U0119712

原創愛
YL145

流瀲紫 著

後宮如懿傳 一

希代多媒體
Sitak Multimedia

原創愛 YL145

后宮・如懿傳 一

作　　者：流瀲紫
編　　輯：李靜美
出 版 者：希代多媒體書版股份有限公司
　　　　　Global Group Holdings,Ltd.
地　　址：台北市內湖區洲子街88號3樓
網　　址：gobooks.com.tw
電　　話：(02) 27992788
E-mail：readers@gobooks.com.tw（讀者服務部）
　　　　　pr@gobooks.com.tw（公關諮詢部）
電　　傳：出版部 (02) 27990909　行銷部 (02) 27993088
郵政劃撥：50007527
戶　　名：希代多媒體書版股份有限公司
發　　行：希代多媒體書版股份有限公司/Printed in Taiwan
初版日期：2013 年5月

國家圖書館出版品預行編目資料

后宮・如懿傳 一/ 流瀲紫著.
-- 初版. -- 臺北市 :
希代多媒體, 2013.5
冊 ; 公分. -- (原創愛 ; YL145)

ISBN 978-986-304-192-4 (第1冊：平裝)

857.7　　101021233

目錄

如懿、如懿，緣起甄嬛卻非甄嬛

——致臺灣讀者序

二〇一二年，電視劇《后宮甄嬛傳》在臺灣地區播出，這是一部由我原著改編並擔任編劇的第一部電視劇作品，播出之前不可謂不忐忑；但到了年底，從海峽那邊不斷傳來消息說，這個劇在臺灣播得很不錯，並引發了諸多話題。這確實是一件令人欣慰非常的事情，對我而言，這是一種鼓勵，更是一種鞭策，在此由衷感謝臺灣讀者和觀眾對我作品一直以來的支援。

回想二〇〇九年，寫完《后宮甄嬛傳》之後，我便著手《甄嬛傳》電視劇劇本的創作，第一次當編劇是在鄭曉龍導演的指導下邊學邊做的，花費了一年多的時間，身心俱疲卻有收穫滿滿。許多喜愛我文字的讀者一直希望我能在《甄嬛傳》之後開啟新的故事篇章，然而抱歉的是：那時，一直埋首於艱苦的劇本創作，費思費力、勞心勞神，實在沒有餘力開寫新的故事。但自己的內心，其實一直是在期待那一個觸動心靈深處、激發寫作衝動的人或事。

彼時，《後宮甄嬛傳》劇組在横店拍攝時，我去探班。當時恰好遇見甄嬛去探望深陷於絕望的烏拉那拉氏皇后那場戲，蔡少芬演繹出的那種被深愛的人厭棄至死的絕望，深深打動了我。於是想寫一個故事，無關成功、無關真愛，而是一個人在末路窮途上煢煢獨行，以為走得更遠更好，卻不知早已走到走無可走的地步，就此墜落。並希望以此將烏拉那拉氏的血脈延續下去，希冀或許還有機會由我喜歡的蔡少芬來主演，繼續下一代的悲歡離合。這個故事，便是《后宮如懿傳》。

與甄嬛不同，如懿一早便深陷在權謀鬥爭中，她是在經歷世事波折後，希望保有自己性格中僅有的屬於自我的東西，卻最後失敗的女人。她的歷史原型是乾隆皇帝的第二任皇后烏拉那拉氏，其在乾隆未登基前便是乾隆的側福晉。乾隆三十年，這位烏拉那拉氏皇后在陪伴乾隆帝第四次南巡至杭州時，與乾隆帝突然決裂，被秘密送回京城並收回了手中的四份冊寶，留下了一個千古疑團。第二年，她默默離開人世，終年四十九歲。她死後，乾隆命喪葬儀式下降一級依皇貴妃儀，入裕陵妃園寢，無享祭。悲涼如此！

常居杭州，偶去西湖探訪。當年見證這位烏拉那拉氏皇后命運急轉直下的「蕉石鳴琴」遺跡猶在，而烏拉那拉氏被棄的千古謎團，卻如同西湖激蕩千年的煙波，流傳至今、眾說紛紜；於是，在「蕉石鳴琴」旁，我想憑藉自己的一點綺想，讓筆下的「如懿」去演繹、去重構她寂寥落寞的一生。當然，小說不是重現歷史，也不可能重現歷史，而僅僅是希望通過自己的想像和感懷，試圖去捕捉、去聆聽並努力靠近那個站在獨特歷史時代和迷霧之中的女人的內心世界。

其實，《如懿傳》不是小說版《甄嬛傳》的延續，更似我的另一部作品——劇本版《甄嬛傳》的延伸。時代背景從雍正至乾隆，具有明顯的連續性，且主要人物青櫻（後賜名「如懿」）、富察氏等也曾在電視劇《甄嬛傳》中出現。但請忘了電視劇中的他們吧，因為小說中的情節和人物性格設定與電視劇相比是完全不同的，請將劇中他們留給你的影子揮去，請讓他們在我的文字、您的想像中獲得新生吧。

最後，需要說明的是，《如懿傳》將是一部採用第三人稱書寫的小說，它不僅僅是從女主人一個人的視角和內心出發來敘述，視角將會更廣闊，涉及的人物也將會更加的豐滿和立體，將會一副後宮群像圖；並以真實的歷史背景為依靠，不同於架空時代的天馬行空，創作時會有戴著鐐銬跳舞之感，相信會帶給我自己全新的創作體驗，也希望能帶給讀者不一樣的閱讀體驗，並誠摯希望我親愛的臺灣讀者們能夠喜歡這部作品。謝謝！

流瀲紫

二〇一三年三月三日於中國杭州

第一部

菩提本無樹，明鏡亦非台。本來無一物，何處染塵埃？

當我終於明白，人世間的男歡女愛、榮華權勢終究不過浮華浪蕩一場，生命的最末，到底是無塵無埃的明鏡台時，我的人生，已經完結了。

一、靈前

雲板聲連叩不斷，哀聲四起，仿若雲雷悶悶盤旋在頭頂，叫人窒悶而敬畏。

國有大喪，天下知。

青櫻俯身於眾人之間，叩首，起身，俯身，叩首，眼中的淚麻木地流著，仿若永不乾涸的泉水，卻沒有一滴，是真真正正發自內心的悲慟。

對於金棺中這個人，他是生是死，實在引不起青櫻過多的悲喜。他，不過是自己夫君的父親，王朝的先帝，甚至，遺棄了自己表姑母的男人。

想到這裡，青櫻不覺打了個寒噤，又隱隱有些歡喜。

一朝王府成潛龍府邸，自己的夫君君臨天下，皆是拜這個男人之死所賜。這樣的念頭一轉，青櫻悄然抬眸望向別的妻妾格格[1]——不，如今都是妃嬪了，只是名分未定而已。

青櫻一凜，復又低眉順眼按著位序跪在福晉身後，身後是與她平起平坐的高晞月，一樣的渾身縞素，一樣的梨花帶雨，不勝哀戚。

忽然，前頭微微有些騷動起來，有侍女低聲驚呼起來：「主子娘娘暈過去了！」

青櫻跪在前頭，立時膝行上前，跟著扶住暈過去的富察氏。高晞月也跟著上來，惶急道：「主子娘娘跪了一夜，怕是累著了。快去通報皇上和太后。」

這個時候，太后和皇上都已疲乏，早在別宮安置了。青櫻看了晞月一眼，朗聲向眾人道：「主子娘娘傷心過度，快扶去偏殿休息。素心，妳是伺候主子娘娘的人，妳去通報一聲，說這邊有咱們伺候就是了，不必請皇上和太后兩宮再漏夜趕來。」

晞月橫了青櫻一眼，不欲多言。青櫻亦懶得和她爭辯，先扶住了富察氏，等著眼明手快的小太監抬了軟轎來，一齊擁著富察氏進了偏殿。

晞月意欲跟進伺候，青櫻身姿一晃，側身攔住，輕聲道：「這裡不能沒有人主持，太后和太妃們都去歇息了，主子娘娘和我進去，姐姐就是位分最高的側福晉[2]。」

晞月眼眸如波，朝著青櫻淺淺一漾，溫柔的眼眸中閃過一絲不馴，她柔聲細語：「妹妹與我都是側福晉，我怎敢不隨侍在主子娘娘身邊？」她頓一頓，「而且，主子娘娘醒來，未必喜歡看見妹妹。」

青櫻笑而不語，望著她淡然道：「姐姐自然是明白的。」

晞月微微咬一咬唇：「我希望自己永遠都能明白。」

她退後兩步，復又跪下，朝著先帝的金棺哀哀痛哭，仿似清雨梨花，低下柔枝，無限淒婉。

青櫻在轉入簾幕之前望了她一眼，亦不覺歎然，怎麼會有這樣的女人？輕柔得如同一團薄霧輕雲，連傷心亦是，美到讓人不忍移目。

青櫻轉到偏殿中，素心和蓮心已經將富察氏扶到榻上躺著，一邊一個替富察氏擦著臉撲著扇子。青櫻連忙吩咐了隨侍的太監，叮囑道：「立刻打了熱水來，雖在九月裡，別讓主子娘娘擦臉著了涼。蓮心，妳伺候主子娘娘用些溫水，仔細別燙著了。」說罷又吩咐自己的侍女，「惢心，妳去開了窗透氣，那麼多人悶著，只怕娘娘更難受。太醫已經去請了吧？」

惢心連忙答應：「是。已經打發人悄悄去請了。」

素心聞言，不覺雙眉微挑，問道：「主子娘娘身子不適，怎麼請個太醫還要鬼鬼祟祟的？」

青櫻含笑轉臉：「姑娘不知道，不是鬼鬼祟祟的。而是方才高姐姐的話說壞了。」

素心頗為不解，更是疑心：「說壞了？」

青櫻不欲與她多言，便走前幾步看著太監們端了熱水進來，惢心側身在素心身邊，溫和而不失分寸：「方才月福晉說，主子娘娘是累著了才暈倒的……」

素心還欲再問，富察氏已經悠悠醒轉，輕嗽著道：「糊塗！」

蓮心一臉歡欣，替富察氏撫著心口道：「主子娘娘要不要再喝些水？哭了一夜也該潤潤喉嚨了。」

富察氏慢慢喝了一口水，便是不適也不願亂了鬢髮，順手一撫，才慢慢坐直身子，叱道：「糊塗！還不請側福晉坐下。」

青櫻聞得富察氏醒轉，早已垂首侍立一邊，恭聲道：「主子娘娘醒了。」

富察氏笑笑：「主子娘娘？這個稱呼只有皇后才受得起，皇上還未行冊封禮，這個稱呼是不是太早了？」

青櫻不卑不亢：「主子娘娘明鑒。皇上已在先帝靈前登基，雖未正式冊封皇后，可主子娘娘是皇上結髮，自然是名正言順的皇后。如今再稱福晉不妥，直呼皇后卻也沒有旨意，只好折中先喚了主子娘娘。」青櫻見富察氏只是不做聲，便行了大禮，「主子娘娘萬福金安。」

富察氏也不叫起來，只是悠悠歎息了一聲：「這樣說來，我還叫妳側福晉，卻是委屈妳了。」

青櫻低著頭：「側福晉與格格受封妃嬪，皆由主子娘娘統領六宮裁決封賞。妾身此時的確還是側福晉，主子娘娘並未委屈妾身。」

富察氏笑了一笑，細細打量著青櫻：「青櫻，妳就這般滴水不漏，一絲錯縫兒也沒有麼？」

青櫻越發低頭，柔婉道：「妾身沒有過錯得以保全，全托賴主子娘娘教導顧全。」

富察氏凝神片刻，溫和道：「起來吧。」又問，「素心，是月福晉在外頭看著吧？」

素心忙道：「是。」

富察氏掃了殿中一眼，歎了口氣：「是青福晉安排的吧？果然事事妥帖。」她見素心有些不服，看向青櫻道，「妳做得甚好，月福晉說我累了……唉，我當為後宮命婦表率，怎可在眾人面前累暈了？只怕那些愛興風作浪的小人，要在後頭嚼舌根說我托懶不敬先帝呢。來日太后和皇上面前，我怎麼擔待得起？」

青櫻頷首：「妾身明白，主子娘娘是為先帝爺駕崩傷心過度才暈倒的。高姐姐也只是關心情切，才會失言。」

富察氏微微鬆了口氣：「總算妳還明白事理。」她目光在青櫻身上悠悠一蕩，「只是，妳處事一定要如此滴水不漏麼？」

青櫻低聲：「妾身伺候主子，不敢不盡心。」

富察氏似讚非讚：「到底是烏拉那拉氏的後人，細密周到。」

青櫻隱隱猜到富察氏所指，只覺後背一涼，越發不敢多言。

富察氏望著她，一言不發。青櫻只覺得氣悶難過，這樣沉默相對，比在潛邸[3]時妻妾間偶爾或明或暗的爭鬥更難過。

空氣如膠凝一般，蓮心適時端上一碗參湯：「主子喝點參湯提提神，太醫就快來了。」

富察氏接過參湯，拿銀匙慢慢攪著，神色穩如泰山：「如今進了宮，好歹也是一家人，妳就不去看看景仁宮那位嗎？」

青櫻道：「先帝駕崩，太后未有懿旨放景仁宮娘娘出宮行喪禮，妾身自然不得相見。」

富察氏微微一笑，擱下參湯：「有緣，自然會相見的。」

青櫻越發不能接口。富察氏何曾見過她如此樣子，心中微微得意，臉上氣色也好看了些。

二人正沉默著，外頭擊掌聲連綿響起，正是皇帝進來前侍從通報的暗號，提醒著宮人們儘早預備著。

果然皇帝先進來了。富察氏氣息一弱，低低喚道：「皇上……」

青櫻行禮：「皇上萬福金安。」

皇帝也不看她，只抬了抬手，隨口道：「起來吧。」

青櫻起身退到門外，揚一揚臉，殿中的宮女太監也跟了出來。

皇帝快步走到榻邊，按住富察氏的手：「琅嬅，叫妳受累了。」

富察氏眼中淚光一閃，柔情愈濃：「是臣妾無能，叫皇上擔心了。」

皇帝溫聲道：「妳生了永璉與和敬之後身子一直弱，如今既要主持喪儀，又要看顧後宮諸事，是讓妳勞累了。」

富察氏有些虛弱，低低道：「晞月和青櫻兩位妹妹，很能幫著臣妾。」

皇帝拍拍她的手背：「那就好。」皇帝指一指身後，「朕聽說妳不適，就忍不住來了，正好也催促太醫過來，給妳仔細瞧瞧。」

富察氏道：「多謝皇上關愛。」

青櫻在外頭侍立，一時也不敢走遠，只想著皇帝的樣子，方才驚鴻一瞥，此刻倒是清清楚楚印在了腦子裡。

因著居喪，皇帝並未剃髮去鬚，兩眼也帶著血絲，想是沒睡好。想到此節，青櫻不覺心疼，悄聲向惢心道：「皇上累著了，怕是虛火旺，妳去燉些銀耳蓮子羹，每日送去皇上宮裡。記著，要悄悄兒的。」

惢心答應著退下。恰巧皇帝帶了人出來，青櫻復又行禮：「恭送皇上，皇上萬安。」

皇帝瞥了隨侍一眼，那些人何等聰明，立刻站在原地不動，如泥胎木偶一般。皇帝上前兩步，青櫻默然跟上。皇帝方悄然道：「朕是不是難看了？」

青櫻想笑，卻不敢做聲，只得咬唇死死忍住。二人對視一眼，青櫻道：「皇上保重。」

皇帝正好也說：「青櫻，妳保重。」

青櫻心中一動，不覺癡癡望著皇帝。皇帝回頭看一眼，亦是柔情：「朕還要去前頭，妳別累著自己。」

青櫻道了聲「是」。見皇帝走遠了，御駕的隨侍也緊緊跟上，只覺心頭驟暖，慢慢微笑出來。

注釋：

1 格格：格格原為滿語的譯音，譯成漢語就是小姐、姐姐、姑娘之意。在滿語中原來是對女性的一般稱謂，而在漢語中出現時則大多表示：一是清朝貴胄之家女兒的稱謂，二是皇帝和親王妾室的稱謂，地位較低。

2 側福晉：順治十七年（1660）規定，親王、親王世子及郡王妻封福晉，側室則稱側福晉。亦用以封蒙古貴族婦女。為了強調正室的嫡妻地位，又稱嫡妻為嫡福晉。嫡福晉與側福晉都由禮部冊封，有朝廷定制的冠服，見《大清會典》。側福晉冠服比嫡福晉降一等。每年一次由宗人府匯奏請封，諮送禮部入冊。相比較於側福晉，又有一種庶福晉的稱謂。庶福晉地位比較低，相當於婢妾，不入冊，也沒有冠服。庶福晉只是別人對她們的客氣稱呼，是沒經過朝廷冊封的。

3 潛邸：一指皇帝即位前的住所。宋歐陽修《代人辭官狀》：「屬潛邸之署官，首膺表擢，陪學黌之講道，無所發明。」清龔自珍《為龍泉寺募造藏經樓啟》：「又詔以潛邸之雍和宮為奉佛處，以大臣專領之。」二也借指太子尚未即位。鄭振鐸《插圖本中國文學史》第五十章：「成祖在潛邸時，已為文人們的東道主。」

二、自處

外頭的月光烏濛濛的，暗淡得不見任何光華，青櫻低低說：「怕是要下雨了呢。」惢心關切道：「小主站在廊簷下吧，萬一掉下雨珠子來，怕涼著了您。」

正巧素心引著太醫出來，太醫見了青櫻，打了個千兒道：「給小主請安。」

青櫻點點頭：「起來吧。主子娘娘鳳體無恙吧？」

太醫忙道：「主子娘娘萬安，只是操持喪儀連日辛勞，又兼傷心過度，才會如此。只須養幾日，就能好了。」

青櫻客氣道：「有勞太醫了。」

素心道：「太醫快請吧，娘娘還等著你的方子和藥呢。」

太醫諾諾答應了，素心轉過臉來，朝著青櫻一笑，話也客氣了許多：「回小主的話，主子娘娘要在裡頭歇息了，怕今夜不能再去大殿主持喪儀。主子娘娘說了，一切有勞小主了。」

青櫻聽她這樣說，知是富察氏知曉晞月不堪重用，只管托賴了自己應對，忙道：「請主子娘娘安心養息。」

青櫻回到殿中，滿殿縞素之下的哭泣聲已經微弱了許多，大約跪哭了一日，憑誰也都累了。青櫻吩咐殿外的宮女：「幾位年長的宗親福晉怕挨不得熬夜之苦，妳們去御膳房將燉好的參湯拿來請福晉們飲些，若還有支援不住的，就請到偏殿歇息，等子時大哭時再請過來。」

宮女們都答應著下去了，晞月在內殿瞧見，臉上便有些不悅。青櫻進來，便道：「方才要妹妹替主子娘娘主持一切，實在是辛苦妹妹了。」

晞月也不做聲，只淡淡道：「妳一句一句妹妹叫得好生順口，其實論年歲算，我還虛長了妳七歲呢。」

青櫻知她所指，只是在潛邸之中，她原是位序第一的側福晉，名分分明，原不在年紀上。當下也不理會，只微微笑道：「是麼？」

晞月見她不以為意，不覺隱隱含怒，別過臉去不肯再和她說話。

過了一個時辰，便是大哭的時候了。合宮寂靜，人人忍著睏意提起了精神，生怕哀哭不力，便落了個「不敬先帝」的罪名。執禮太監高聲喊道：「舉哀——」眾人等著嬪妃們領頭跪下，便可放聲大哭了。

因著富察氏不在，青櫻哀哀哭了起來，正預備第一個跪下去。誰知站在她身側一步的晞月搶先跪了下去，哀哀慟哭起來。

晞月原本聲音柔美，一哭起來愈加清婉悠亮，頗有一唱三歎之效，十分哀戚。連遠遠站在外頭伺候的雜役小太監們，亦不覺心酸起來。

按著在潛邸的位分次序，便該是晞月在青櫻之後，誰知晞月橫刺裡闖到了青櫻前頭放聲舉哀，事出突然，眾人一時都愣在了那裡。

潛邸的格格蘇綠筠更是張口結舌，忍不住輕聲道：「月福晉，這……青福晉的位次，是在您之上啊。」

晞月根本不理會蘇氏的話，只紋絲不動，跪著哭泣。

青櫻當眾受辱，心中暗自生怒，只硬生生忍著不做聲。惢心已經變了臉色，正要上前說話，青櫻暗暗攔住，看了跟在身後的格格蘇綠筠一眼，慢慢跪了下去。

綠筠會意，即刻隨著青櫻跪下，身後的格格們一個跟著一個，然後是親貴福晉、誥命夫人、宮女太監，隨著晞月舉起右手側耳伏身行禮，齊聲哭了起來。

哀痛聲聲裡，青櫻盯著晞月舉起的纖柔手腕，半露在重重縞素衣袖間的一串翡翠珠纏絲赤金蓮花鐲在燭火中透著瑩然如春水的光澤，刺得她雙目發痛。青櫻隨著禮儀俯下身體，看著自己手腕上一模一樣的鐲子，死死地咬住了嘴唇。

待到禮畢，已子時過半，晞月先起身環視眾人，道了聲：「今日暫去歇息，明日行禮，請各位按時到來。」如此，眾人依序退去，青櫻扶著痠痛的雙膝起身，扶了惢心的手，一言不發就往外走。

格格蘇綠筠一向膽小怕事，默然撇開侍女的手，緊緊跟了過來。

青櫻心中有氣，出了殿門連軟轎都不坐，腳下越走越快，直走到了長街深處。終於，惢心亦忍不住，喚道：「小主，小主歇歇腳吧。」

青櫻緩緩駐足，換了口氣，才隱隱覺得腳下痠痛。一回頭卻見綠筠鬢髮微蓬，嬌喘吁吁，才知自己情急之下走得太快，連綠筠跟在身後也沒發覺。

青櫻不覺苦笑，柔聲道：「妳生下三阿哥才三個多月，這樣跟著我疾走，豈不傷了身子？」青櫻見她身姿孱孱，愈加不忍，「是我不好，沒察覺妳跟著我來了。」

綠筠怯怯：「側福晉言重了，我的身子不相干。倒是今日……高姐姐如此失禮，可怎生是好？」

青櫻正要說話，卻見潛邸格格金玉妍坐在軟轎上翩躚而來。

金玉妍下了軟轎，扶著侍女的手走近，笑吟吟道：「怎生是好？這樣的大事，總有皇上和主子娘娘知道的時候，何況還有太后呢。側福晉今日受的委屈，還怕沒得報仇麼？」

青櫻和緩道：「自家姐妹，有什麼報仇不報仇的，玉妍妹妹言重了。」

金玉妍福了一福，又與蘇綠筠見了平禮，方膩聲道：「妹妹也覺得奇怪，高姐姐一向溫柔可人，哪怕從前在潛邸中也和側福晉置氣，卻也不至如此。難道一進宮中，人人的脾氣都見長了麼？」

綠筠忙道：「何人脾氣見長了？玉妍妹妹得皇上寵愛，可以隨口說笑，咱們卻不敢。」

玉妍媚眼如絲，輕俏道：「姐姐說到寵愛二字，妹妹就自愧不如了。現放著側福晉呢，皇上對側福晉才是萬千寵愛。」她故作沉吟，「哎呀！難道高姐姐是想著，進了紫禁城，側福晉會與景仁宮那位一家團聚，會失幸於皇上和太后，才會如此不敬？」

青櫻略略正色：「先帝駕崩，正是國孝家孝於一身的時候，這會子說什麼寵愛不寵愛的，是不是錯了時候？」

綠筠忙收了神色，躬身站在一旁。

玉妍托著腮，笑盈盈道：「側福晉好氣勢，只是這樣的氣勢，若是方才能對著高姐姐發一發，也算讓高姐姐知道厲害了呢。」玉妍屈膝道，「夜深人困倦，才進宮就有這樣的好戲，日後還怕會少麼？妹妹先告辭，養足了精神等著看呢。」

玉妍揚長而去，綠筠看她如此，不覺皺了皺眉。

青櫻勸道：「罷了。妳不是不知道金玉妍的性子，雖說是和妳一樣的格格位分，在潛邸的資歷也不如妳，但她是朝鮮宗室的女兒，先帝特賜了皇上的，咱們待她總要客氣些，無須和她生氣。」

綠筠愁眉不展：「姐姐說得是，我何嘗不知道呢？如今皇上為了她的身分好聽些，特特又指了上駟院的三保大人做她義父，難怪她更了不得了。」

青櫻安慰道：「我知道妳與她住一塊兒，難免有些不順心。等皇上冊封了六宮，遲早會給妳們安置更好的宮殿。妳放心，妳才生了三阿哥，她總越不過妳去的。」

綠筠憂心忡忡地看著青櫻：「月福晉在皇上面前最溫柔、善解人意，如今一進宮，連她也變了性子，還有什麼是不能的？」綠筠望著長街甬道，紅牆高聳，直欲壓人而下，不覺瑟縮了細柔的肩，「常道紫禁城怨魂幽心，日夜作祟，難道變人心性，就這般厲害麼？」

這樣烏深的夜，月光隱沒，連星子也不見半點。只見殿脊重重疊疊如遠山重巒，有傾倒之勢，更兼宮中處處點著大喪的白紙燈籠，如鬼火點點，來往皆白衣素裳，當真淒淒如鬼魅之地。

青櫻握了握綠筠的手，溫和道：「子不語怪力亂神。綠筠妳好歹還癡長我幾歲，怎麼倒來嚇我呢？何況高晞月的溫柔，那是對著皇上，可從不是對著我們。」

綠筠聞言，亦不覺含笑。

青櫻望著這陌生的紫禁城，淡然道：「妳我雖都是紫禁城的兒媳，常常入宮請安，可真正住在這裡，卻也還是頭一回。至於這裡是否有怨魂幽心，我想，變人心性，總是人比鬼更厲害些吧。」

畢竟勞碌終日，二人言罷也就散去了。

晞月回到宮中，已覺得困倦難當。晞月在和合福仙梨木桌邊坐下，立時有宮女端了紅棗燕窩上來，恭聲道：「小主累了，用點燕窩吧。」

晞月揚了揚臉示意宮女放下，隨手拔下頭上幾支銀簪子遞到心腹侍婢茉心手中，口中道：「什麼勞什子！暗沉沉的，又重，壓得我腦仁疼。」說罷摸著自己腕上碧瑩瑩的翡翠珠纏絲赤金蓮花鐲，「還好這鐲子是主子娘娘賞的，哪怕守喪也不必摘下。否則整天看著這些黯沉顏色，人也沒了生氣。」

茉心接過簪子放在妝台上，又替晞月將鬢邊的白色絹花和珍珠壓鬢摘下，笑道：「小主天生麗質，哪怕是簪了烏木簪子，也是豔冠群芳。何況這鐲子雖然一樣都有，小主戴著就是比青福晉好看。」

晞月瞥她一眼，笑吟吟道：「就會說嘴。豔冠群芳？現放著金玉妍呢，皇上可不是寵愛她芳姿獨特？」

茉心笑：「再芳姿獨特也不過是個小國賤女，算什麼呢？主子娘娘體弱，蘇綠筠性子怯懦，剩下的幾個格格侍妾都入不得眼，唯一能與小主平起平坐的，不過一個烏拉那拉青櫻。只是如今小主已經作了筏子[1]給她瞧了，看她還能得意多久！」

晞月慢慢舀了兩口燕窩，輕淺笑道：「從前她總仗著是先帝孝敬皇后和景仁宮皇后的堂侄女兒，又是先帝和太后指婚給皇上的，得意過了頭。如今太后得勢，先帝與孝敬皇后都已作古，景仁宮那位反倒成了她的累贅了。想來太后和皇上也不會再敷衍她。」

茉心替晞月捶著肩道：「可不是麼，奴婢瞧主子娘娘也不願看她。」

晞月歎口氣：「從前雖然都是側福晉，我又比她年長，可是我進府時才是格格，雖然後來封了側福晉，可旁人眼裡到底覺著我不如她，明裡暗裡叫我受了多少氣？同樣這個鐲子，原是一對的，偏要我和她一人一個，形單影隻的，也不如一對在一起好看。」

茉心想著自己小主的前程，也頗痛快：「可不是。小主手腕纖細白皙，最適合戴翡翠了。也是她從前得意罷了，如今給了她個下馬威，也算讓她知道了。側福晉有什麼要緊，要緊的是在後宮的位分、皇上的寵愛。」

晞月柔婉一笑，嘉許地看了茉心一眼，又不免有些憂心：「我今日在哭靈時這樣做，實在冒險。妳的消息可確實麼？」

茉心笑道：「小主放一百二十個心，是主子娘娘身邊的蓮心親口來告訴奴婢的，說是聽見皇上與主子娘娘說的。給蓮心一萬個膽子，她也不敢撒這樣的彌天大謊啊！」

晞月閉上秀美狹長的鳳眼，笑道：「那就好了。」

注釋：

1 作筏子：做樣子。比喻找差錯予以懲治，以警其餘。《紅樓夢》第六十回：「凡有動人動錢的事，得挨的且挨一日。如今三姑娘正要拿人作筏子呢！」

三、風雨

夜深。

殿中富察氏正喝藥，蓮心伺候在旁，接過富察氏喝完的藥碗，又遞過清水伺候她漱口。方漱了口，素心便奉上蜜餞，道：「這是新醃製的甜酸杏子，主子嘗一個，去去嘴裡的苦味兒。」

富察氏吃了一顆，正要合著被子躺下，忽地彷彿聽到什麼，驚起身來，側耳凝神道：「是不是永璉在哭？是不是？」

素心忙道：「主子萬安，二阿哥在阿哥所[1]呢，這個時候正睡得香。」

富察氏似有不信，擔心道：「真的？永璉認床，怕生，他夜裡又愛哭。」

素心道：「就為二阿哥認床，主子不是囑咐乳母把潛邸時二阿哥睡慣的床挪到了阿哥所麼？宮裡又足足添了十六個乳母嬤嬤照應，斷不會有差池的。」

富察氏鬆了口氣：「那就好。只是那些乳母嬤嬤，都是靠得住的吧？還有，大阿哥也住在阿哥所……」

素心微笑：「主子娘娘的安排，哪次不是妥妥帖帖的？大阿哥雖然也住在阿哥所，但和咱們二阿哥怎麼能比？」

富察氏點點頭：「大阿哥的生母雖然和我同宗，卻這樣沒福，偏在皇上登基前就過世了，丟下大阿哥孤零零一個。」她婉轉看了素心一眼，「妳吩咐阿哥所，對大阿哥也要用心看顧，別欺負了這沒娘的孩子。」

素心含笑：「奴婢明白，知道怎麼做。」

富察氏似乎還不安心，有些輾轉反側。蓮心放下水墨青花帳帷，苦口婆心勸道：「主子安置吧，睡不了幾個時辰又得起來主持喪儀。今夜您不在，大殿裡可不知鬧成什麼樣子了呢。」

富察氏微微一笑，有些疲倦地伏在枕上，一把瀑布似的青絲蜿蜒下柔婉的弧度，如她此刻的語氣一般：「是啊。可不知要鬧成什麼樣子呢？尚未冊封嬪妃，她們就都按捺不住性子了麼？」

蓮心淡然道：「由得她們鬧去，只要主子娘娘是皇后，憑誰都鬧不起來。」

富察氏淡淡一笑：「鬧不起來？在潛邸時就一個個烏眼雞似的，如今只怕鬧得更厲害吧。」她翻了個身，朝裡頭睡了，「只是她們耐不住性子愛鬧，就由著她們鬧去吧。」

富察氏不再說話，蓮心放下帳簾，素心吹熄了燈，只留了一盞亮著，兩人悄然退了出去。

青櫻回到宮中，只彷若無事人一般。陪嫁侍婢阿箬滿臉含笑迎了上來：「小主辛苦了。奴婢已經準備好熱水，伺候小主洗漱。」

青櫻點點頭不說話，抬眼見阿箬樣樣準備精當，一應服侍的宮女捧著金盆櫛巾肅立一旁，靜默無聲，不覺訝異道：「何必這樣大費周章？按著潛邸的規矩簡單洗漱便是了。」

阿箬笑盈盈靠近青櫻，極力壓抑著喜悅之情，一臉隱秘：「自小主入了潛邸，皇上最寵愛的就是您，哪怕是福晉主子也比不上。高小主雖然也是側福晉，但她起先不過是個格格，後來才被封的側福晉，如何比得上您尊貴榮耀？」

青櫻淡淡看她一眼：「好端端的，妳和小主說起這個做什麼？」

阿箬笑意愈濃，頗為自得：「大阿哥是富察諸瑛格格生的，諸瑛格格早就棄世而去，那就不提。福晉主子生了二阿哥，將來自然是皇后，但得不得寵卻難說。蘇小主有了三阿哥，卻和高小主一樣，是漢軍旗出身，那可不行了。」

青櫻慢慢撥著鬢角一朵雪白的珠花。銀質的護甲觸動珠花輕滑有聲，指尖卻慢慢沁出汗來，連摸著光潤的珍珠都覺得艱澀。青櫻不動聲色：「那又怎樣呢？」

阿箬只顧歡喜，根本未察覺青櫻的神色：「所以呀，小主一定會被封為僅次於皇后的皇貴妃，位同副后。再不濟，總也一定是貴妃之位。若等小主生下皇子，太子之位還指不定是誰的呢……」

青櫻望著窗外深沉夜色，紫禁城烏漆漆的夜晚讓人覺得陌生而不安，簷下的兩盞白燈籠更是在夜風中晃得讓人發慌。青櫻打斷阿箬：「好了。有這嘴上的功夫，不如去倒杯茶來我喝。」

惢心機警：「小主今日哭久了，怕是口渴得厲害。」

阿箬喜滋滋正要離去，青櫻忍不住喊住她：「先帝駕崩，妳臉上那些喜色給人瞧見，十條命都不夠妳去抵罪的，還當是在潛邸裡麼？」

阿箬嚇得一哆嗦，趕緊收斂神色，諾諾退下。青櫻微微蹙眉：「這樣沉不住氣……惢心，妳看著她些，別讓她失了分寸惹禍。」

惢心點頭：「是。阿箬是直腸子，不懂得收斂形色。」

青櫻掃一眼侍奉的宮人，淡淡道：「我不喜歡那麼多人伺候，妳們下去，惢心伺候就是。」

眾人退了出去。

青櫻歎口氣，撫著頭坐下。哭得久了，哪怕沒有感情投入，都覺得體乏頭痛，無奈道：「在潛邸無論怎樣，關起門來就那麼點子大，皇上寵我，難免下人奴才們也有些失分寸。如今可不一樣了，紫禁城這樣大，到處都是眼睛耳朵，再這樣由著阿箬，可是要不安生。」

惢心點頭道：「奴婢明白，會警醒宮中所有的口舌，不許行差踏錯。」

青櫻頷首，便由著惢心伺候了浸手，外頭小太監道：「啟稟小主，海蘭小主來了。」

因著海蘭抱病，今日並未去大殿行哭禮，青櫻見她立在門外，便道：「這樣夜了怎麼還來？著了風寒更不好了，快進來罷。」

海蘭溫順點了頭，進來請了安道：「睡了半宿出了身汗，覺得好多了。聽見側福晉回來，特意來請安，否則心中總是不安。」

青櫻笑道：「妳在我房中住著也有日子了，何必還這樣拘束。」忙心，扶海蘭小主起來坐。」

海蘭誠惶誠恐道了「不敢」，小心翼翼覷著青櫻道：「聽聞，今夜高晞月又給姐姐氣受了。」

青櫻「哦」一聲：「妳身上病著，她們還不讓妳安生，非把這些話傳到妳耳朵裡來。」

海蘭慌忙站起：「妾身不敢。」

青櫻微笑：「我是怕妳又操心，養不好身子。」

海蘭謙恭道：「妾身是跟著小主的屋裡人，承蒙小主眷顧，才能在潛邸有一席容身之地，如何敢不為小主分擔？」

青櫻溫和道：「妳坐下吧，站得急了又頭暈。」

海蘭這才坐下，謙卑道：「在小主面前，妾身不敢不直言。在潛邸時月福晉雖然難免與小主有些齟齬，但從未如此張揚過。事出突然，怕有什麼變故。」她抬眼望青櫻一眼，低聲道，「幸好，小主隱忍。」

青櫻默然片刻，方道：「高晞月忽然性情大變，連金玉妍都會覺得奇怪。可是只有妳，會與我說隱忍二字。」

海蘭道：「小主聰慧，怎會不知高晞月素日溫婉過人，如今分明是要越過小主去。這樣公然羞辱小主，本不該縱容她，只是……」

「只是情勢未明，而且後宮位分未定，真要責罰她，自然有皇上與皇后。再如何受辱，我都不能發作，壞了先帝喪儀。」

海蘭望著青櫻，眼中盡是讚許欽佩之意：「小主顧慮周全。」她欲言又止，似有什麼話一時說不出口。青櫻與她相處不是一兩日了，便道：「有什麼話，妳儘管說就是。這裡沒有外人。」

海蘭絞著絹子，似乎有些不安：「妾身今日本好些了，原想去看望主子娘娘的病情。誰知到了那兒，聽娘娘身邊的蓮心和素心趁著去端藥的空兒在說閒話。說月福晉的父親江南河道總督高斌高大人甚得皇上倚重，皇上是說要給高氏一族抬旗[2]呢？」

青櫻腦中轟然一響，喃喃道：「抬旗？」

海蘭臉上的憂色如同一片陰鬱的烏雲，越來越密：「可不是！妾身雖然低微，但也是秀女出身，這些事知道一星半點。聖祖康熙爺的生母孝康皇太后的佟氏一族就是大清開國以來第一個抬旗的。那可無上榮耀啊！」

青櫻鬱然道：「的確是無上榮耀。高晞月是漢軍旗，一旦抬旗，那就是滿軍旗了。她原本也就是出身上不如我一些，這一來若是真的，可就大大越過我去了。」

海蘭有些憂心：「人人以為小主在潛邸時受盡恩寵，福澤深厚。如今妾身看來，怕卻是招禍多於納福。還請小主萬事小心。」她微微黯然，「這些話不中聽……」

青櫻微微有些動容：「雖然不中聽，卻是一等一的好話。海蘭，多謝妳。」

海蘭眸中一動，溫然道：「小主的大恩，妾身永誌不忘。妾身先告辭了。」

青櫻看海蘭身影隱沒於夜色之中，不覺有些沉吟：「惢心，妳瞧海蘭這個人……」

惢心道：「她在小主身邊也有些年，若論恭謹、規矩，再沒有比得上她的人了，何況又這樣懂事，事事都以小主為先。」

青櫻凝神想了想：「彷彿是。可真是這樣規矩的人，怎會對宮中大小事宜這樣留神？」

惢心不以為意：「正是因為事事留神，才能謹慎不出錯呀。」

青櫻一笑：「這話雖是說她，妳也得好好學著才是。」

惢心道：「是。」

青櫻起身走到妝鏡前，由惢心伺候著卸妝：「可惜了，這樣的性子，這樣的品貌，卻只被皇上寵幸過兩三回，這麼些年，也算委屈她了。」

惢心搖頭：「小主抬舉她了。海蘭小主是什麼出身？她阿瑪額爾吉圖是丟了官被革職的員外郎。當年她雖是內務府送來潛邸的秀女，可是這樣的身分，不過是在繡房伺候的侍女，若不是皇上偶爾寵幸了她一回，您還求著皇上給了她一個侍妾的名分，才被人稱呼一聲格格，今日早被皇上丟在腦後了，還不知是什麼田地呢。」

青櫻從鏡中看了惢心一眼：「這樣的話，別渾說。眼看著皇上要大封潛邸舊人，海蘭是一定會有名分的，妳再這樣說，便是不敬主上了。」

惢心有些畏懼：「奴婢知道，宮裡比不得府裡。」

青櫻望著窗外深沉如墨的夜色，又念著海蘭剛才那番話，慢慢歎了口氣。

注釋：

1 阿哥所：是清宮皇子年幼至成婚前固定住所的俗稱，主要有「南三所」、「乾東五所」、「乾西五所」幾處。乾東五所在乾清宮之東、千嬰門之北，實際上是五座南向的院落，自西向東分別稱「東頭所」、「東二所」、「東三所」、「東四所」、「東五所」。此區域在明代時就成為皇子的居住之處。乾、嘉、道三朝的多數皇子都居於此。一般來說，皇子成婚封爵之後就要開府，遷出阿哥所，但也有成婚封爵之後仍留在阿哥所居住的。

2 抬旗：是清朝政府改變皇后和妃嬪家族的旗籍，以提高其出身的一種制度。不僅包括將包衣漢姓改變為八旗漢軍，也包括由八旗漢軍改變為八旗滿洲乃至由下五旗改變為上三旗。

四、直言

這日清晨起來，青櫻匆匆梳洗完畢，便去富察氏宮中伺候。為了起居便於主持喪儀諸事，富察琅嬅便一直住在就近的偏殿。

青櫻去時天色才放亮，素心打了簾子迎了青櫻進去，笑道：「青福晉來得好早。主子娘娘才起來呢。」

青櫻謙和笑道：「我是該早些伺候主子娘娘起身的。」裡頭簾子掀起，伺候洗漱的宮女捧著櫛巾魚貫而出。青櫻知道富察氏洗漱已畢，該伺候梳妝了。

素心朝裡頭輕聲道：「主子，青福晉來了。」只聞得溫婉一聲：「請進來吧。」

兩邊侍女雙手掀簾，半曲腰身，低眉頷首迎了青櫻進去。青櫻不覺暗讚，即便是國喪，富察氏這裡的規矩也是絲毫不錯。

青櫻進去時，富察氏正端坐在鏡前，由專門的梳頭嬤嬤伺候著梳好了髮髻。富察氏與皇帝年齡相當，自是端然生姿的華年。簡簡單單一方青玉無綴飾的扁方，也顯得她格外清淡宜人，如一枝迎風的白木蘭，素雖素，卻是莊靜宜人。

青櫻請了安，富察氏笑著回頭：「起來吧。難得妳來得早。」

青櫻起身謝過，富察氏指著鏡台上一個個打開的飾盒，道：「喪中不宜珠飾過多，但太清簡了也叫人笑話。妳向來眼力好，也來替我選選。」

青櫻笑：「主子娘娘什麼好東西沒見過？不過是考考妾身眼力罷了。」

富察氏微笑不語，青櫻揀了一枚點翠銀鳳含珠的步搖比了比，道：「今日是舉哀的最後一日，明日就是正式的登基大典。主子娘娘雖然是素裝，也得戴些亮眼的首飾。這步搖鳳帶翠羽，鳳凰的眼珠子也是藍寶珠子，再配上幾朵藍寶的珍珠花兒，最端雅不過，也還素淨。」

富察氏向梳頭嬤嬤笑道：「還不按青福晉說的做。」

青櫻退開一步守著，只在旁伺候著遞東西。富察氏看在眼裡，也不言語。待到梳妝完畢，才慢慢笑說：「好好兒的側福晉，倒為我做起這些微末功夫，可委屈妳了。」

青櫻忙道：「妾身不敢。」

富察氏對著鏡子照了又照，笑道：「妳配的珠飾，真真是挑不出錯處來。若為人處世都能無可挑剔，那也算是福慧雙修的人了。」富察氏閉目片刻，正色道，「妳這個人，終究是委屈了。」

青櫻不知富察氏所指，慌忙跪下道：「妾身愚鈍，不明娘娘所指，還請娘娘指教。」

富察氏看了她兩眼，慢慢說：「妳怎麼嫁進王府成了側福晉的，妳自己清楚。」青櫻跪在地上，終究不知該如何說起，只好低頭不敢做聲。

富察氏看她一味低頭，慢慢露出笑意，道：「妳我姐妹一場，我才這樣問妳。妳這個人，終究是成也蕭何，最怕敗也蕭何。也難怪高氏要處處搶妳的風頭。」

青櫻勉強微笑：「妾身與月福晉一同伺候皇上，說不上誰搶了誰的風頭。妾身若有不如人的，高姐姐合該指教。」

富察氏淡淡笑一聲：「指教？從前在王府裡，她敢指教妳麼？如今時移世易，妳又該如何自處呢？」

青櫻聞言，不覺冷汗涔涔，輕聲道：「主子娘娘……」

富察氏凝視她片刻，又復了往日端雅賢慧的神色，柔聲道：「好了。我不過提醒妳一句罷了，事情也未必壞到如此地步。」富察氏略略自矜，「到底我也是皇后，皇上的結髮嫡妻，若是妳安分守己，我也不容高氏再欺負了妳去。」

青櫻聽得如此，只得謝恩：「多謝主子娘娘。主子娘娘一向對我和姐姐一視同仁，我能倚仗的，也只有主子娘娘了。」

富察氏的目光悠悠在她手腕上一蕩，看青櫻皓腕上除了一串翡翠珠纏絲赤金蓮花鐲外，別無其他飾物，不由得暗暗頷首：「妳手腕上這只鐲子，還是皇上為皇子的時候安南國進貢的珍品，一共只有一對。當時先帝賜給了咱們府裡。我想著妳和高氏是平起平坐的，便一人一個給了妳們。既是讓妳們彼此間存了親好之心，也是要妳們明白，同為側福晉，應當不分彼此，不要凡事計較。如今妳倒還肯天天戴著，也算不枉了我的一片心。」

這一只鐲子，原是安南國極稀罕的貢品。安南本出好翡翠，但如這一對的，真真是罕見。一串碧綠翡翠珠顆顆一樣大小，通透溫潤不說，更難得的是竟然均勻得沒有半點雜色，碧幽幽的恍若一汪流動的綠水。若拿到陽光下照著，便會出現一紋一紋水波似的瑩白光痕，如同孔雀翎羽一般。因這翡翠珠碧色沉沉，所以特配了赤金纏絲花葉護著珠子周身，每顆翡翠珠的兩端各用薄薄的蓮花狀金片裹住，更是一份匠心獨運。

皇帝當年還是四皇子，得到這對鐲子，也是欣喜異常，雖然寵愛兩位新婚的側福晉，但還是送給了嫡福晉富察氏。富察氏體念皇帝的心意，收下不過幾天，便轉贈給了青櫻和晞月。

青櫻低首，愛惜地撫著鐲子，一臉安分隨和：「主子娘娘說得是。真是感念娘娘這份心意，所以如娘娘當年的囑咐，時時戴著，時時警醒。」

富察氏柔和道：「妳是個懂事的。我看高氏也天天戴著，卻也未必記得這層意思了。」她頓一頓，「唉，昨夜高氏僭越，我不是不知，只是從今以後，妳也只得讓著她了。」青櫻心中想著海蘭昨夜所言，正要說話，卻聽富察氏道：「妳來之前皇上已經有了口諭，為高氏抬旗，抬的可是鑲黃旗，又賜姓高佳氏。大清開國百年，能得皇上親口抬旗，獲此殊榮的，只有高氏一人，且只有正黃和鑲黃兩旗是天子親信，這裡面的分量，妳可掂量清楚了吧？」

青櫻心中悸動，想要說話，卻只驚異得口舌麻木，一個字也說不出來，只得諾諾含笑。

富察氏回轉頭在首飾匣裡閒閒挑出一雙玲瓏藍寶墜耳環，口中道：「從前府中，妳的地位自然比高氏矜貴，如今看來，她竟是要跟妳比肩了。唉……妳先跪安吧。」

青櫻慢慢走出富察氏殿中，只覺得口乾舌燥，彷彿從未如此煩惱過。連當初……當初被三阿哥弘時回絕羞辱，也不曾如此。

她腦中想到「弘時」二字，只覺厭煩，用力擺了擺頭，扶了惢心的手慢慢出去。

炎夏暑氣退散，偶爾一兩陣風來，也隱隱有了清涼之氣。前頭隱約有人說笑著過來，青櫻皺了皺眉，正要說話，卻見高晞月與金玉妍親親熱熱過來。見了青櫻，金玉妍倒還是如常退開半步，屈膝行禮，高晞月卻只笑吟吟望著青櫻：「妹妹好早啊。」

高晞月這般直呼「妹妹」想來是有備而來，潛邸中的身分，如今已是變了。青櫻自知情勢不同往日，先與晞月見了個平禮，方含笑道：「來得早不如來得巧。主子娘娘梳洗完畢，進去正好呢。」

晞月點點頭，笑道：「入宮這幾日，妹妹都還住得慣麼？」

青櫻道：「勞姐姐費心，一切都好。」

晞月頷首：「住得慣就好。我生怕妹妹睡慣了王府的熱炕頭，不習慣紫禁城的高床大枕，半夜醒來孤零零一個，冷不丁嚇一跳呢。」

青櫻眉心微微一蹙，面上倒還笑著：「高姐姐慣會說笑。皇上為先帝守孝，這些日子都在養心殿住著，難不成姐姐還有皇上做伴麼？」

晞月居高臨下瞥她一眼：「妹妹千伶百俐，以後可算棋逢敵手了。景仁宮的烏拉那拉皇后，大約會和妹妹一樣有空，一同閒話家常呢。」她見青櫻神色微微尷尬，走近一步低聲道，「夾在皇太后和烏拉那拉皇后之間，妹妹與其有空爭寵，不如想想，該如何自處是好呢。」

說罷，高晞月向玉妍招了招手，親熱道：「杵在那兒做什麼？還不跟我進去！」玉妍答了聲「是」，瞟了青櫻一眼，得意地挽上晞月的手，親親熱熱地進去了。

有風貼著面刮過。京中九月的風，原來有如此隱隱透骨的涼意，會吹迷了人的眼睛。惢心待她們進去，扶住青櫻的手慢慢往前走，低聲憤憤道：「月福晉不過是和您一樣的人，受了您的禮也不還禮，她……」

青櫻淡淡道：「這樣的日子，以後多著呢。我若連這點氣都受不住，就白和她相處這幾年了。」青櫻緩一口氣，「何況，她到底年長我七歲，我敬她幾分，聽她教誨，也是應當的。只要她不過分也就是了。」

惢心欲言又止，青櫻看她一眼：「妳想說什麼？」

惢心低眉順眼：「小主這樣說，也是知道月福晉那個人，不是我們讓著，她就能不過分的。」

青櫻眉毛一挑，沉聲道：「知道的事一定要說出來麼？訥於言敏於行是妳的好處，怎麼和阿箬一樣心直口快了？」

惢心垂首不語，只伸出手來：「奴婢知錯。小主，時辰到了，該去先帝靈前行禮了。」

這一日靈前哭喪，晞月理所當然跪在青櫻之前。富察氏一句言語都沒有，反而待高氏比尋常更客氣。殿中人最善見風使舵，一時間也改了昨日驚詫之情，待晞月更為恭敬。

過了辰時三刻，太妃們一一入殿，與新帝的嬪妃們分列左右兩側，戚戚舉哀。殿中人雖多，然而一眼而去，皆是素服銀器，白霜霜的一片哀色。彷彿再有魂靈的一個人，也成了那素色中單薄的一點。不過半個時辰，太后烏雅氏扶著福姑姑的手也過來了。因著連日舉哀，太后的神色不太好。太后是先帝的熹貴妃，一向深得寵愛，養尊處優，於保養功夫上也十分盡心，四十多歲的人，望之才如三十許之人。如今太后因著心境哀傷，為著先帝駕崩傷心得數日水米未進，整個人頓時枯槁了許多。彷彿那紅顏盛時，一朝就花葉伶仃了。

琅嬅見太后進殿，忙領著眾人行禮如儀。太后微微頷首：「行了。都是為先帝盡心盡孝的時候，也不必那麼多規矩了。」

琅嬅忙應了聲「是」，起身攙住太后。青櫻一向與琅嬅入宮覲見最多，便也踏出了一步想去扶住太后。哪知晞月往她手肘一撞，一步上前扶住了太后的另一隻手，婉聲道：「太后連日來疲倦了，未免哀思傷身，也應當注意鳳體。」

太后微微頷首，拍一拍晞月手背：「妳有心了。」

待得太后走近了，青櫻才敢抬頭看她。從前入宮相見，太后尚且是得寵的貴妃，雖有年輕的寧嬪與謙嬪後來居上，到底也是陪伴先帝多年的可心人，總是脂光水膩的精緻妝容，不見絲毫懈怠。如今細細打量去，到底歲月無情，伴著憂傷無聲無息地爬過她的皮膚，在她眉梢眼角碾上了細細的痕跡。太后脂粉輕薄的容顏憔悴暗淡，彷彿再好的絲緞，經久了時光，亦染上了輕黃的歲月痕跡，不復光潔平滑，只剩下脆薄易碎的小心。

因著先帝去世，太后的裝扮也素淡了許多。服喪的白袍底下露著銀底緞子繡白色竹葉的素服，最清淡哀戚的顏色，袖口落著精緻綿密的玄色並深青二色絲線撚了銀線錯絲繡的纏枝佛手花。散綴於髮髻上的玉鈿色澤光華，越發襯得一把青絲裡藏不住的白髮如刺眼的蓬草，一絲絲扎著人的眼睛。

青櫻心下惻然，隨著太后與琅嬅跪在靈前，淒淒然哀哭不已。

哭靈的日子雖然乏倦，但真當自己是豎在靈前的一支燭台，或是被金絲細繩紮進了素白帷幔，時光倒也過得快了許多。

到了午膳時分，因著綠筠誕育三阿哥永璋未久，太后特意准了她回去照看。綠筠感激萬分，立刻去了。便由著琅嬅、晞月和青櫻到偏殿侍奉太后用午膳。

太后的午膳本是要回壽康宮中用的。本朝的規矩，新帝不能與先帝嬪妃同居東西六宮。所以先帝過世，匆忙將六宮中一眾遺妃都挪去了壽康宮中安置。太后也暫居在壽康宮正殿，並未搬去本應由太后獨居的慈甯宮中。而這一日，本是為先帝舉哀的最後一日，太后不願車輦勞動，情願多些時候為先帝盡哀，便囑咐了御膳房將午膳挪在了偏殿。

琅嬅本打算趁著中午用膳去看看二阿哥永璉，但太后在此，本著孝道，她也盡心侍奉，一絲不錯。一時間膳食上來，琅嬅添飯，晞月布菜，青櫻舀湯，伺候的人雖多，但一絲咳嗽聲也不聞，靜得如無人一般。

太后見琅嬅服侍在側，不覺問：「二阿哥和三公主都還年幼，怎麼妳不回宮照拂，還要留在這裡伺候哀家？」

琅嬅端然一笑：「太后有所不知，臣妾為了能盡心照拂好後宮諸事，按著祖宗規矩，已經將二阿哥送去阿哥所由嬤嬤照拂了。」

太后微微一驚，似是頗為意外：「怎麼？妳不自己先照拂他兩天，也不怕他住不慣阿哥所？」

琅嬅眉目恬靜，彷彿安然承受：「本朝的家法，一旦生下阿哥公主，若有旨意，低位的嬪妃所出交給高位的嬪妃撫養；若無旨意，則一律交由阿哥所的嬤嬤們照管，以免母子過於情深，既不能安心伺候皇上，也誤了再誕育皇嗣的機會。臣妾不敢不以身作則，所以二阿哥和大阿哥都送去了。」

太后凝神片刻，緩聲道：「那是難為妳了。如此說來，蘇氏的三阿哥也不宜留在身邊教養了。福珈，吩咐下去，命格格蘇氏儘快將三阿哥挪去阿哥所，也好讓她專心伺候皇帝。」

福姑姑答應了一聲，吩咐下去，又轉回太后身邊伺候。

太后用膳的規矩，一向是先飲一碗湯。青櫻見桌上一道火腿鮮筍湯，雪白筍片配著鮮紅火腿，湯汁金燦，引得人頗有胃口，便用如意頭銀勺舀了一勺在碗中，又夾了筍片遞到太后身前放下。

太后喝了一口，微微頷首：「論到湯飲，沒有比上好的金華火腿配了筍片更吊鮮味的了。這湯鮮是鮮，筍片也做得嫩，只是鮮味都在前頭了，後頭的菜再好，總也覺得食之無味了。」

伺候太后的福姑姑是經年的老嬤嬤了，忙笑道：「太后一向是喜歡這個湯的。但連日來為先帝哀思傷神，本就茶飯無味。如今鮮味一過嘴，後面怕更吃不下了。」

青櫻嚇了一跳，忙跪下道：「臣妾只惦記著太后素日喜歡，竟未察覺太后當下的胃口，實在是臣妾的過失了。」

晞月看青櫻如此，忍不住冷笑一聲，只作壁上觀。

琅嬅亦道：「光是湯也罷了。筍片雖鮮嫩，但多食傷胃，於太后是不相宜的。」

太后擺擺手，倦怠道：「算了。妳也是一份孝心，是哀家自己沒胃口罷了。」太后瞟一眼桌上的膳食，懶懶道，「叫人撤下去吧。哀家看了也沒胃口。」

晞月無聲冷笑，徐徐道：「妹妹好一份孝心，太后這些日子飲食清減，好不容易用些午膳，才喝一口湯就被妹妹敗了胃口。今日下午還有好幾個時辰的哀儀，妹妹是打算讓太后餓著身子熬在那兒麼？」

青櫻咬了咬唇，忙跪下磕了頭道：「還請太后恕罪，臣妾一時有失，不想連累了太后鳳體。太后要責罰臣妾都無怨無悔，但請太后保養身體，多進一些吧。」

太后神思懶懶，並不欲進食。琅嬅見狀，忙舀了一碗熬得極稠的粥來，拿銀匙舀了輕輕吹著，遞到太后手中：「太后再不想用膳，也請為了先帝著想，進一碗粥吧。」

太后揚眸看了一眼，又懶懶閉上眼睛，厭道：「哀家沒有胃口。」

福姑姑微微蹙眉，輕聲道：「主子娘娘，太后這幾日胃口不好，頂多進一些熬得極薄的粥水，這麼厚稠的粥，太后實在是沒胃口吃。」

琅嬅並不氣餒，笑吟吟道：「這種熬粥的米是御田裡新進的，粒粒飽滿，晶瑩剔透，吃上去口感微甜，柔軟卻有嚼勁，最適合熬得稠稠的，卻入口即化。皇上這幾日傷心先帝駕崩，又忙著前朝的事情，也是沒有胃口。兒臣囑咐了御膳房做這樣的粥，皇上倒能吃幾口。」

太后這才點點頭：「妳是皇帝的結髮妻子，是該多多關心皇帝，免他操勞。」她頓一頓，「罷了，皇帝都在努力加餐飯，哀家再傷心，也得用一點了。就嘗嘗吧。」

琅嬅喜不自禁，看太后吃了兩口，倒還落胃，便也放心些。晞月殷勤布菜，盡揀些清淡小菜，倒也看著太后將小半碗粥都喝了。

琅嬅方才露了幾絲笑意，柔聲道：「青櫻妹妹的湯是鮮，配著淡粥小菜也能入口了，若是後面的菜還是濃鮮，那才真傷了胃口呢。」

太后回味片刻：「妳們有心了。只是哀家喝著，這粥裡有股淡淡的薑味，吃下去倒是暖胃，稍稍舒服些。」

琅嬅意料之外，實在不知，忙看了身後伺候的御膳房太監一眼，便問：「是什麼緣故？」

太監打了個千兒，躬身答道：「娘娘的囑咐是用御田新進的米做粥，但皇上從前兒夜裡便有些胃寒。青櫻小主知道了，特意吩咐奴才們加了少許嫩薑在粥裡，可以溫胃暖氣。皇上用了一直覺得不錯，所以今兒給太后進的粥也是如法炮製。」

太后輕歎一聲，見青櫻還是跪著，便道：「我的兒！這才是用心用足了。」她看了青櫻一眼，吩咐道，「在外頭跪著，在哀家這裡也跪著，也不怕傷了膝蓋皇帝心疼，起來吧。」

青櫻這才敢謝恩起身。太后扶了扶鬢邊的銀累絲珍珠鳳釵，道：「哀家還想喝點湯，妳選一碗給哀家吧。」

青櫻不敢再輕舉妄動，仔細斟酌了，才選了一碗「紫參雪雞湯」舀了給太后。太后才看了一眼，眼圈便有些紅了：「怎麼選了這個湯？」

青櫻謹慎道：「紫參提氣，雪雞補身，適宜太后鳳體。而且先帝在時，臣妾侍奉先帝與太后用膳，便聽先帝囑咐過此湯適宜太后飲用。如今請太后再飲，只當是請太后顧念先帝苦心，善自保養。」

太后凝神片刻，拈過絹子拭淚道：「先帝在時，是最喜歡這道湯的，總說能提神補氣，也常囑咐哀家喝。如今看著，只是觸景傷情罷了。何況先帝才走，這滿桌的膳食，多半是葷腥，哀家哪裡能入口？罷了吧。」

這幾句話雖不是拒絕用膳，但比方才更嚴重，青櫻只覺得耳後根一陣比一陣燙，燒得頭皮發痛，且御膳的湯飲，為怕涼了，都是拿紫銅吊子暖在那兒的。青櫻捧著一碗滾燙的湯在手裡，起先還覺得指尖又熱又痛，如蟲咬一般，漸漸失了知覺，捧著湯進也不是退也不是，十分尷尬。

晞月見機，忙殷勤夾了一筷子龍鬚菜在太后碗裡：「這龍鬚菜還算清口，太后嘗一嘗，也是吃點素食，略盡對先帝的心吧。」

太后勉強吃了一口，拉過琅嬅與晞月的手歎道：「哀家也是看在妳們的心罷了。其實一飲一食，能有多大的講究？無非是審時度勢，別自作聰明罷了！」她瞟了青櫻一眼，「好了，還端著那湯做什麼？譬如那粥，皇帝適合添些薑，哀家卻未必適合。用心是好，但別總拿著對旁人那一套來對如今的人，明白了麼？」

青櫻本不知自己錯在何處，但聽得這句話，才知了原因所在，直如五雷轟頂一般，軟軟跪下了。

五、皮影

待到晚來時分，青櫻回自己殿中歇息，只覺得精疲力竭，連抬手喝茶的力氣也沒了。

惢心吩咐了一聲，立刻便有小宮女上來，捶肩的捶肩，捏背的捏背。阿箬準備了熱水正要給青櫻燙手保養肌膚，惢心悄悄搖了搖頭，低聲道：「換冰水來吧。」

阿箬即刻換了水來，惢心已經從黃花梨的銀鎖匣子裡找了一盒子清涼膏藥出來，伺候著青櫻浣了手，用銀籤子仔細挑了點藥膏出來，小心翼翼地抹在青櫻的十指上。

阿箬見青櫻的十指個個留著緋紅的印子，知道是燙的了，不覺柳眉倒豎，叱道：「惢心，妳是跟著小主出去的，怎麼小主的手會燙得這麼紅？妳是怎麼伺候的！」

惢心急得滿臉通紅，忙低聲道：「阿箬姐姐，這件事說來話長……」

「說來話長……」阿箬輕哼一聲，「無非是自己偷懶不當心罷了。這會子還敢回嘴！到底不是跟著小主的家生丫頭，不知道心疼小主！」

阿箬是青櫻的陪嫁，一向最有臉面，自恃著是青櫻的娘家人，說話做事也格外厲害些。惢心是過去潛邸裡跟著伺候各房福晉格格的，都是從了心字輩，雖然也是第一等的體面丫鬟，但畢竟比不上阿箬的尊貴了，因此阿箬說話，她也不敢過多分辯。

青櫻聽著心煩不已，只冷冷道：「我沒伺候好太后，弄傷了自己，午後已經上過點藥了。」阿箬吃了一驚，立刻閉上嘴不敢多言，行動伺候間也輕手輕腳了許多。

青櫻塗完了膏藥，就著惢心的手喝了一盞茶，緩和了神色，阿箬方上來笑道：「今日是最後一日舉哀。明兒個是皇上正式登基的日子，小主也該換點喜慶顏色的打扮了。」

阿箬見青櫻點頭，愈加笑起來：「奴婢聽說前頭定了皇上的年號是乾隆，真真是個興隆旺盛、氣象一新的好年號。奴婢們也跟著沾沾喜氣，就等著皇上冊封小主那一日了。」

青櫻默默喝了口茶：「那又如何？」

阿箬喜氣洋洋請了一安：「奴婢就等著小主冊封貴妃的好日子了，這兩日別的宮裡的小主來探望您，她們身邊的奴才也都這麼說呢。」

青櫻似笑非笑，只捧了茶盞凝神道：「妳便看準了我有這樣的好福氣？那麼阿箬，若是我只被封作答應，抑或被趕出宮中，妳覺得如何呢？」

阿箬大驚失色，張口結舌道：「這……這怎麼會？」

青櫻斂容道：「怎麼不會？有妳這樣紅口白舌替我招禍，還敢與別人說這樣的是非，我怎會不被妳牽連？皇上要冊封誰貶黜誰，那全是皇上的心意，妳妄揣聖意，我問問妳，妳有幾條命？」

阿箬嚇得跪下：「小主，奴婢失言了，奴婢也是關心小主情切。」

青櫻冷了冷道：「惢心，帶她出去。阿箬言行有失，不許再在殿內伺候。」

阿箬驚慌失措，忙抱住青櫻的腿道：「小主，小主，奴婢是您的陪嫁侍女，從小就伺候您，還請您顧惜奴婢的顏面，別趕了奴才去外頭伺候。」

青櫻搖頭道：「妳三番五次失言，來日皇上面前，難道我也能替妳擋罪麼？」

阿箬哭道：「奴婢伺候小主，一直不敢不當心。小主喜歡多熱的水多濃的茶，奴才都牢牢記在心裡，一刻都不敢忘。還請小主饒恕奴才這回吧。」

青櫻自知在潛邸裡得意慣了，身邊的人難免也跟著不小心，可是如今形勢大變，不比往常，這心裡的為難氣苦，也只有自己知道。偏偏阿箬仗著是自己的陪嫁丫鬟，慣來無甚眉高眼低，也是個口舌直通著腸子的，自己有心要拿她做個筏子，卻也狠不下心來。

半晌，青櫻見阿箬兀自嚇得伏在地上發抖，拚命哀求，也是從未有過的委屈，立時喝道：「還不出去！要再這樣言語沒有分寸，立刻叫人拖出去杖責，打死也不為過。」

阿箬聞聲，嚇得臉也白了，拚命磕頭不已，還是惢心機靈，一把扶起了阿箬，趕緊謝了恩讓她退下了。

這一來，殿中便安靜了許多。伺候青櫻的人都是見慣阿箬的身分和得寵的，一見如此，不由得人人噤聲。青櫻揚一揚臉，惢心立刻會意，打開殿門，青櫻慢慢啜一口茶，不疾不徐道：「如今是在宮裡，不比在潛邸由得妳們任性，胡言亂語，信口開河。但凡我聽到一句敢在背後議論主子的話，立刻送去慎刑司[1]打死，絕不留情。」

她這句話雖無所指，但人人聽見，無不起了一身冷汗，齊齊應了聲，不敢再多惹半句是非。

青櫻揚一揚臉，眾人會意，立刻都退了出去。惢心見殿中無人，方伺候了青櫻卸妝梳洗。青櫻由著她擺弄，自己只坐在妝台前，望著鏡中的自己。鏡裡容顏是看得再熟悉不過了，她才不過十八歲，出自先帝皇后的母族，一路順風順水，得了庇護，也難免性子驕些。這一路走來不能不說是安穩，但若論萬事真有不足，那也是數年前那一樁舊事了。

出身高貴，青櫻知道自己的身分，這一世不論高低，哪怕不是選秀進宮為嬪妃，也是要嫁與皇親國戚的。最好的出路，當然是成為哪一位皇子的嫡福晉，主持一府事務，延續烏拉那拉氏的榮光。

先帝成年的兒子，只有三阿哥弘時、四阿哥弘曆、五阿哥弘晝。當時她要被許配的，是三阿哥弘時。可是弘時偏偏心有所屬，並不認可自己做他的福晉。萬般無奈之下，正逢當時尚為熹貴妃的太后為四阿哥求娶，她才如獲大赦一般，逃脫了被人指指點點的尷尬，做了四阿哥的側福晉。

嫁入四阿哥府邸後，日子也還算順暢。雖然先帝跟前，四阿哥一直不算是最得寵的皇子，她也安下了心思，陪他過著看似平靜卻得仔細打算著過的日子。幸好家中還安寧，府中比她地位高的，唯有一個嫡福晉富察氏，她一心只念著為四阿哥開枝散葉，鞏固地位，也少與她爭執。這些年四阿哥雖然收了幾個妾室，但待她也算親厚。她雖然出嫁前性子被家中寵得嬌慣，又有夫君的寵愛，難免驕橫些。可是先帝最後那幾年，自己的姑母烏拉那拉皇后失寵，她也不敢不收斂了些許。如今先帝駕崩，自己的夫君一朝登上九五至尊的位置，她心中自然欣喜萬分，為他驕傲不已。可宮中的生活，才這幾日便已經如履薄冰，晞月的淩駕，皇后的冷目，太后的敲打，無一不警醒著她，從前無知無覺的快樂歲月，是一去不復返了。

青櫻靜靜地坐著，看著鏡中形單影隻的自己。為著先帝駕崩，宮中雖然一切簡素，也讓她們暫居偏殿，但宮殿到底還是宮殿，富麗堂皇，金堆玉砌，一切都如同繁花拱錦繡，無一不華美炫目。只有她，她是一個人的，對著鏡是一個人，影子落在地上還是不成雙，如那錦堆裡的一根孤蕊。

青櫻伸出手，握成一個虛空的圈，才知自己什麼都把握不住。她的人生裡，從未有過一日如今日這般惶惑無依，彷彿所有的底氣，都一朝被抽盡了。

正惶惑間，外頭突然吵鬧了起來，似乎有人聲喧譁，驚破了她孤獨的自省。青櫻蹙了蹙眉頭，還未來得及出聲詢問，外頭守著的阿箬已經推了門進來，驚惶道：「小主，蘇格格像是瘋了呢，滿臉是淚跑到咱們這裡來，一定要鬧著見小主。天這麼晚了……」

阿箬話音未落，卻見蘇綠筠已經跑了進來。她想是準備歇息了，只穿著家常的玉色薄綢長衫裙，外頭罩著淺水綠銀紋重蓮罩紗氅衣，跑得鬢髮散亂。這樣夜寒露冷的秋夜裡，她居然跑得滿臉是汗，和著淚水一起混在臉上，全然失了往日的嫻靜溫懦。

青櫻乍然變了臉色，大驚失色道：「綠筠，這是在宮裡，妳這是做什麼？」

綠筠的臉全然失了血色，蒼白如瓷，她彷彿只剩下了哭泣的力氣，淚水如泉湧下。良久，她終於「撲通」跪下，倒在青櫻身前，放聲大哭：「姐姐，姐姐，妳救救我！主子娘娘派人帶走了永璋！我的永璋，我的三阿哥！他才幾個月大，主子娘娘就派人帶走了他！」

青櫻當下明白，皇后在太后跟前言及自己所親生的二阿哥永璉已經在阿哥所撫養，那麼身為小小一個格格所生的三阿哥，更沒有留在生母身邊養育的理由了。

綠筠哭得頭髮都散了，被汗水和淚水混合著膩在玉白的臉頰上，仿若被橫風疾掃過一般。她伏在地上，哀哭道：「姐姐，我求求妳，幫我去求求主子娘娘，讓她把永璋還給我，還給我！」

青櫻忙伸手扶她，哪知綠筠力氣這般大，拚命伏在地上磕頭不已：「姐姐，我人微言輕，主子娘娘不會理我！可是妳不一樣，妳是出身高貴的側福晉，以前在潛邸的時候，主子娘娘也只還肯聽妳幾句，妳幫我求求她，好不好？」

以前，以前是多久的事了？那是彼此身分地位的約衡，而非真心。

青櫻使個眼色，阿箬與惢心一邊一個半是扶半是拽地扶了綠筠起來坐定。她見綠筠哭得聲嘶力竭，心下亦是酸楚，只得勸綠筠：「永璋是主子娘娘派人帶走的，但不是主子娘娘能帶得走永璋的，是祖宗規矩要帶走永璋！」她頓一頓，「這件事，太后是知道的。」

綠筠登時怔住，雙肩瑟瑟顫抖：「哪怕是祖宗規矩，可是永璋還那麼小……」

青櫻按著她的肩頭，柔聲道：「永璋是還小。可是妳要是在宮裡生下的永璋，從他離開母腹的那一刻，就被抱走了，頂多只許妳看一眼。」她緩一緩聲氣，低聲道，「何況主子娘娘稟告了太后，她親生的二阿哥已經在阿哥所了，她也不敢違背家法。」

綠筠身子一晃，幾乎就要暈過去，青櫻趕忙扶住了她，在她虎口狠狠一掐。青櫻本留著寸長的指甲，這一掐下去，綠筠倒是清醒了許多，只癡癡怔怔地流下淚來。阿箬趕緊餵了綠筠一口熱茶：「小主別這樣，真是要嚇壞我們小主了！」

青櫻按住了她，低柔道：「妳這個樣子，嚇壞了我也就算了。可要嚇著了宮裡其他人，被她們那些嘴一個接一個地傳出去，那成了什麼呢？妳不要體面，三阿哥也是要的。」青櫻揚一揚臉，示意惢心取過自己妝台上的玉梳來，一點一點替她篦了頭髮，挽起髮髻，「咱們一進了宮裡，就由不得自己了。從前我還是渾渾噩噩的，到了今日也算明白了。妳比我還好些，還有個兒子。不比我，外頭看著還不差，其實什麼也沒有了。妳的永璋，養在阿哥所裡，有八個嬤嬤精心照顧著，每到初一、十五，她們就會把孩子抱來和妳見上一個時辰，為的就是怕母子太過親密，將來外戚干政。這件事，妳是求誰都沒用了，只能自己受著。」

青櫻的手摸到綠筠的臉頰上，脂粉是濕膩的，淚水是灼人的滾燙。綠筠的淚落到手上，青櫻才覺出自己雙手的涼，竟是一絲溫度也沒有。這些話，她是勸綠筠的，也是勸自己。事到臨頭，若是求誰都沒用，只有自己受著，咬著牙忍著。

她讀過那麼多的宮詞，寂寞闌干，到了最後，只有這一點頓悟。

綠筠的眼淚吧嗒吧嗒落到衣襟上，轉瞬不見。她滿眼潸潸，悲泣傷心：「那麼以後，難道以後，我就只能這樣了。只要生一個孩子，這個孩子就得離開我，是麼？」

青櫻為她正好髮髻，取過一枚點藍點翠的銀飾珠花，恰到好處地襯出她一貫的柔順與溫和。青櫻揚了揚臉，示意惢心絞了一把熱帕子過來，重新替綠筠勻臉梳妝。青櫻側身坐下，輕輕道：「綠筠，不管妳以後有多少個孩子，唯有這些孩子，妳才能平步青雲，在這宮裡謀一個安定的位子。如果妳真的傷心，妳就記著一個人。康熙爺的德妃，先帝的生母孝恭仁皇后，她生先帝的時候，自己身分低微，只能將先帝交給當時的佟貴妃撫養。可是後來她誕育子女眾多，最後所生的十四王爺便留在了自己身邊。如今妳剛剛在宮裡，大家也是一同入宮的，交給誰撫養也不合適，送進阿哥所是最好的。往後，往後妳一切平安順遂，妳也能撫育自己的孩子。明白麼？」

綠筠怔怔地坐著，由著宮女們為她上好妝，勉強掩飾住哭得腫泡發紅的雙眼，淚汪汪道：「姐姐，那我該怎麼辦？」

青櫻拿過絹子，替她拭了拭淚：「忍著。忍到自己有能力撫育自己的孩子。所以，現在妳不能出錯，不能出一點點錯。」青櫻拉著綠筠的手起身，「妳現在打扮得整整齊齊的，去皇后宮裡，向她謝恩，謝她讓阿哥所替妳照顧三阿哥。妳剛才哭，跑到我宮裡，是因為妳傷心過了度，一時昏了頭。現在妳明白過來了，這是恩典，妳都歡歡喜喜受著了。」

綠筠咬著嘴唇，悽惶地搖頭：「姐姐，我說不出來。我怕我一說，就會哭。」

青櫻安慰似的撫著她單薄的肩：「別哭，想著妳的將來，三阿哥的將來，妳還有別的孩子。流淚，是為了他們；忍著不哭，也是為了他們。」

綠筠死死忍著淚，點了點頭，向外走去。庭院內月光昏黃，樹影烙在青磚地上稀薄凌亂，靜謐中傳來一陣陣枝椏觸碰之聲，那聲音細而密，似無數細小的蟲子在啃噬著什麼東西似的，鑽在耳膜裡也是鑽心的疼。青櫻看著綠筠的影子拖曳在地上，單薄得好像小時候跟著嬤嬤們去看新奇的皮影戲，上頭的紙片人被吊著手腳歡天喜地地舞動，誰也不知道，一舉一動，半點不由人罷了。

今時今日的她與綠筠，又有什麼不一樣呢？

這一夜，琅嬅本就睡得不深，暫居的偏殿不是睡慣了的安穩的舊床，耳邊沒有永璉熟悉的兒啼，她怎麼也睡不安穩。窸窸窣窣地翻個身，陪夜睡在地下的侍女素心便聽見了，起來點上蠟燭，倒了盞安神湯遞到琅嬅跟前，體貼地道：「都三更了，娘娘怎麼還睡不安？」

琅嬅本無睡意，便支著身子起來：「永璉不在身邊，我心裡總是不安穩。」

素心塞了個白菊青葉軟枕在她腰間墊著，溫言勸道：「娘娘安心。奴婢早去問過了，三位阿哥都在阿哥所，那些奴才對咱們的二阿哥最盡心了，生怕有一點照顧不到。那些乳母奶水養得又好又足，輪流餵著二阿哥，嬤嬤們也伺候得精細，一點都不敢疏忽。」

琅嬅歎了口氣，鬱然道：「祖宗規矩在那兒，我不能常去看，妳一定要替我盡心著。」

素心忙道：「那是自然了。咱們二阿哥天尊地貴，其他阿哥連他腳趾上的泥都配不上，底下沒有一個人敢不盡心盡力的。」她輕笑一聲，「今兒三阿哥也被送離了蘇格格身邊，奴婢才叫高興呢。憑什麼娘娘守著祖宗家法，偏她母子倆一塊兒，奴婢就是看不過去。」

琅嬅就著素心的手慢慢啜飲著暗紅色的安神湯，隨口道：「罷了，她也可憐見兒的，明明傷心成那樣了，還硬忍著到我跟前來謝恩。聽說她哭著跑去烏拉那拉氏那兒了，烏拉那拉氏也不敢陪著，趕緊送了蘇氏出來。」

素心高興道：「就得這樣！青福晉能幫她，奴婢才不信。她自己都是泥菩薩過江自身難保了，今兒午膳的時候太后都給了她好大的沒臉呢。」

琅嬅微微一笑：「本來烏拉那拉氏是太后為皇上求娶的側福晉，又是先帝景仁宮皇后的侄女兒，我怎麼也要讓她三分。如今太后都給了這樣的臉色，宮裡的人就更有數了。」

素心揚了揚唇角，甚是歡欣：「宮裡除了太后，娘娘是唯一的主子娘娘。妳要她們怎麼著，她們就只能怎麼著，就像那戲台上的皮影似的，一舉一動，線兒都得在您的手裡。」

琅嬅撫著胸前一把散著的青絲，凝神片刻道：「是得都在我手裡。所以素心，妳明兒就去阿哥所吩咐下去，一定要好好待三阿哥，比待我的永璉更好更精細。吃食由著吃不許約束，冷暖要注意著，一定要好好疼三阿哥，在襁褓裡就盡著他玩，盡著他樂。咱們皇家的孩子吃不得苦，好好寵著一輩子就是了。」

素心雖不解其意，但聽琅嬅這樣鄭重吩咐，忙答應了，取過她手中喝完的安神湯，重又垂下了水墨青花帳。

注釋：

1慎刑司：清內務府所屬機構。初名尚方司，順治十二年（1655）改尚方院。康熙十六年（1677）改慎刑司。掌上三旗刑名。凡審擬罪案，皆依刑部律例，情節重大者移諮三法司會審定案。太監刑罰，以慎刑司處斷為主。

六、棄婦

十三年九月己亥，上即位於太和殿，以明年為乾隆元年。

——《清史稿・高宗本紀》

壽康宮裡靜悄悄的。太妃們哭了許多日也盡累了，所有的昔年情意恩寵，隨著淚水，也都殆盡了。餘下的日子，也是活在榮華的虛影裡，然後便是數得清的富貴，望不盡的深宮離離，寂寞孤清。

前朝嬪妃們所住的壽康宮，安靜得如同活死人墓一般。哪怕是才十幾二十歲的先帝遺妃們，也被塵埃覆沒了，再沒有了一絲活氣。

落在偌大的紫禁城內廷外西路的壽康宮，是不同於鮮活的東西六宮的，那是另一重天地，也是住著皇帝的女人們，也是帳帷流蘇溢彩，闌干金粉紅漆，宮闈裡也垂著密密織就的雲錦，提到手中沉甸甸、綿密密的，照樣是上貢的最好錦緞，最最吉祥如意的圖案。但那錦緞不是歡喜天地，人月兩圓，不是滿心期許，空闈等待，而是斷了的指望，死了的念想，枯萎盡了的時光，連最顧影自憐的淒清月光，都不稀罕透入半分。

福珈端了一盤剝好的柚子，才打了簾子進來，便覺得壽康宮內陰暗狹小，不比往日宮內的高大敞亮，連幽幽的檀香在裊裊散開，也覺得這裡幽閉，未等散盡就消失了。加上先帝新喪，裡頭的佈置也暗沉沉的只有七八成新，心下便忍不住發酸。她見太后盤腿坐在榻上，捧了一卷書出神，少不得忍了氣悶，換了一臉笑容道：「福建進貢的柚子，酸甜涼潤，又能去燥火，太后吃著正好。」

太后淡淡笑道：「難為妳了，費這麼大力氣剝了，哀家又吃不上幾口。」

福珈笑道：「您能吃幾口，也算是這柚子的福氣了。」

太后捏了捏手臂，福姑姑會意，立刻上前替她捶著肩膀，輕聲道：「今日皇上在太和殿登基，您在大典上陪著，也是累了一天了。不如早點安置，好好歇息。」

太后摸了摸自己的臉頰：「也是。一下子就成了太后了。皇帝登基，哀家的心思也定了。今日看著皇帝似模似樣，大典上一絲不錯，哀家真是欣慰。只是倒也不覺得睏，想是日短夜長，這長夜漫漫的，有得睡呢。」

福珈見她如此神色，打量著狹小的正殿，「太后能安心就好，這些日子是委屈了。」

「委屈？」太后取了一片柚子拈在手中，「這片柚子若是被隨意扔了出去爛在路邊，那才叫委屈，現在妳拿了鬥彩蝶紋盤裝著它，已經有了安身的地方，怎麼還叫委屈？」

福珈垂著臉站著，雖是一臉恭順，卻也未免染上了擔憂之色：「太后，這柚子原該裝在太后所用的鬥彩鳳紋盤裡的，現在將就在這裡，一切未能顧全，只能暫時用太妃們用的蝶紋盤將就，可不是委屈了？」

太后將柚子含在嘴裡，慢慢吃了，方凝眸道：「福珈，哀家問妳，這裡是什麼地方？」

福珈臉上憂色更重，更兼了幾分鬱鬱不平之色：「這兒是壽康宮，太妃太嬪們居住的地方。正經您該住的慈甯宮，又軒亮又富麗，勝過這兒百倍。」

太后臉上一絲笑紋也沒有：「是了。太妃太嬪們住的地方，用的自然是太妃們該用的東西。」

福珈聽到這一句，不覺抬高了聲音：「太后！」太后輕輕「嗯」一聲，微微抬了抬眼皮，目光清和如平靜無瀾的古井：「什麼？」

福珈渾身一凜，恰巧見鎏金蟠花燭台上的燭火被風帶得撲了一撲，忙伸手護住，又取了小銀剪子剪下一段焦黑卷曲的燭芯，方才敢回話：「奴婢失言了，太后恕罪。」

太后平靜地睜眸，伸手撫著紫檀小桌上暗綠金線繡的團花紋桌錦，淡淡道：「妳跟了哀家多年，自然沒有什麼失言不失言的地方。只是哀家問妳，歷來後宮的女人熬到太后這個位子的，是憑著什麼福氣？」

福珈低緩了聲音，沉吟著小心翼翼道：「這個福氣，不是誕育了新帝，就是先帝的皇后。」

太后的輕歎幽深而低迴，如簾外西風，默然穿過暮氣漸深的重重宮闕：「福珈，哀家並不是皇帝的親生額娘，也從未被先帝冊封為皇后。哀家所有的福氣，不過是有幸撫育了皇帝而已。哀家這個被冊封的太后，名不正言不順，皇帝要不把哀家放在心上，哀家也是沒有辦法。」

福珈眉心一沉，正色道：「先帝在時，就宣稱皇上是太后娘娘您親生的，皇上不認您，難道還要回熱河行宮找出宮女李金桂的骨骸奉為太后麼？也不怕天下人詬病？何況先帝雖有皇后，但後來那幾年形同虛設，六宮之事全由太后打理。您殫精竭慮，扶著他登上九五至尊的位子，這個太后您若是名不正言不順，還能有誰？」

太后徐徐撫著手上白銀嵌翡翠粒團壽護甲：「這些話就是名正言順了。可是皇帝心裡是不是這麼想，是不是念著哀家的撫育之恩，那就難說了。」

福珈小心覷探著問：「內務府也來請了好幾回了，說慈甯宮已經收拾好了，請您挪宮。可您的意思……」

太后微微一笑：「挪宮總是要挪的，可是得皇帝自己想著，不能哀家嘴裡說出來。所以皇帝一日不來請哀家挪宮到慈甯宮，只是內務府請，哀家也懶怠動。」

福珈垂下臉，躊躇道：「先帝駕崩，皇上剛登基，外頭的事千頭萬緒，皇上已經兩日沒來請安了。哪怕是來了，皇上要不提，難道咱們就僵在這兒？」

太后伸手用護甲挑了挑燭台上垂下的猩紅燭淚：「皇帝宮裡頭的人雖不多，但從潛邸裡一個個熬上來的，哪一個不是人精兒似的？總有一個聰明伶俐的，比別人警醒的，知道怎麼去做了。哀家沒有親生兒子當皇帝，沒有正室的身分，若是再連皇帝的孝心尊重、後宮的權柄一併沒有了，那才是什麼都沒有了。」

新帝登基，青櫻也是極歡喜的。初到潛邸為新婦的日子，她是有些抱屈的，因為新帝畢竟不是先帝最愛的兒子。然而她卻也感激，感激她的夫君拉她出了是非之地。相處的時日久了，漸漸有了真心。她也逐漸發現，她的夫君雖然謹慎小心，但極有抱負與才華，更具耐心。一點一點地熬著，如冒尖的春筍，漸漸為先帝所注意，漸漸得到先帝的器重。他的努力不是白費的，終於有了今朝的喜悅榮光。那，也是她的喜悅榮光。

晚膳時青櫻情不自禁地囑咐廚房多做了兩道皇帝喜愛的小菜，雖然明知這樣的夜裡，皇帝是一定不會在後宮用膳的，前朝有著一場接一場的大宴，那是皇帝的歡欣，萬民的歡騰。可是她看著那些他素日所喜歡的菜餚，也是歡喜的，好像她的心意陪著他一般，總是在一塊兒。

用膳過後也是無事。皇帝的心思都在前朝，還顧不上後宮，顧不上尚無名分的她們。她的歡喜時光，也是寂寞。青櫻只能遐想著，想著皇帝在前朝的意氣風發，居萬人之上。他有抱負，有激情，有著對這片山河熱切的嚮往。她想得出他嘴角淡而隱的笑容底下有著怎樣的雄心萬丈。

這樣癡想著，殿門被輕巧推開，阿箬瘦削的身子一閃進來，輕靈得唯見青綠色的裙裾如荷葉輕卷。她悄聲進來，在青櫻耳邊低語幾句，青櫻神色冷了又冷，強自鎮定道：「誰告訴妳的？」

阿箬的聲音壓得極低，語不傳六耳：「老主子身邊還有一個宮女叫繡兒的，是老主子帶進宮的心腹。她偷偷跑來告訴奴婢，說老主子不大好，一定要見您一面。」她見青櫻神色沉重如欲雨的天氣，急忙勸道，「奴婢多嘴勸小主一句，不去也罷。」

青櫻轉著手指上的琺瑯貓眼晶護甲，那貓眼晶上瑩白的流光一漾，像是猶豫不定的一份心思。青櫻遲疑著問：「怎麼？」

阿箬蹙眉，有些畏懼道：「老主子是太后的心腹大患。若是讓太后知道……哪怕不是太后，是宮裡任何一個其他人知道，對小主而言都是彌天大禍，萬劫不復。何況老主子對小主您，實在算不得好。」她沉吟又沉吟，還是說，「小主自重。」

青櫻這位姑母，待青櫻實在是算不上好。但，是她給了自己家族的榮華安逸，是她陰差陽錯引了自己嫁了今日的郎君。青櫻有成千上萬個理由不去見她，但是最後，青櫻還是遲疑著起身了。

夜路漫漫，她是第一次走在紫禁城夜色茫茫的長街裡。阿箬在前頭提著燈，青櫻披著一身深蓮青鑲金絲撒梅花朵兒的斗篷，暗沉沉的顏色本不易讓人發現。要真發現了，也不過以為她是看別的嬪妃罷了。

東一長街的盡頭，過了景仁門，往石影壁內一轉，就是景仁宮。角門邊早有宮女候著，見她來了也只是一聲不問，開了角門由她進去。阿箬自然是被留在外頭了。青櫻走進闊朗的院中，看著滿壁熟悉的龍鳳和璽彩畫，眼中不由一熱。

這個地方，是曾經來熟了的。可是如今再來，備感淒涼。住在這兒的曾經最尊貴的女子早已失了恩寵，失了權勢，如同階下囚一般。她有萬千個不踏進這裡的理由，卻還是來了。

因為她們的身上，流著一樣的血。

她遲疑片刻，踏著滿地月色悄然走進。身後有在地上啄食米粒的鴿子，像是跳躍著的白色幽靈，只顧著貪吃，並不在意她的到來。甚至，連一絲撲棱也沒有。或者，比起殿中的人，牠們才更像這景仁宮的主人。

青櫻推開沉重的雕花紅漆大門，宮室裡立刻散發出一股久未修葺打掃的塵土氣息，嗆得她掩住了口鼻。

殿中並沒有點過多的燭火，積了油灰的燭台上幾個蠟燭頭狼狽地燃著，火頭搖搖欲墜，好像隨時都會滅去。借著一縷清淡月光，她辨認片刻，才認出那個坐在鳳座上的身影，似足了她的姑母。

她輕聲喚道：「姑母。」

那人緩緩站起身來，如一重陰影逼到她跟前，森森道：「原來妳還肯來？」

青櫻沉沉點頭：「割開肉，掰開骨，我和姑母流著的血都是烏拉那拉氏的。」

那人笑了笑，聲音如同夜梟一般嘶啞低沉：「好。不管從前怎麼樣，有妳這句話，我叫妳來是對的。」

青櫻被她的笑聲激起一身戰慄，她仔細打量著眼前人，心下密匝匝地刺進無數的酸楚與感慨，低聲道：「姑母，您見老了。這些年，叫您受苦了。」

可不是老了？當年烏拉那拉氏雖不算一等一的貌美，也是端然生華的六宮之主。

烏拉那拉氏乾脆地笑了一聲，冷道：「我雖老了，妳還年輕，這才是最要緊的。」

青櫻猶豫片刻，還是道：「姑母，今日登基的，是弘曆。太后的養子。」

烏拉那拉氏仰天笑了片刻，笑得眼角都沁出淚來：「恭喜啊恭喜，妳也算如願以償，修得善果了。」她臉上忽然一冷，面色有些淒厲的猙獰，「誰登基誰做皇帝，誰做太后誰做階下囚，都不必妳來說了。今日鈕祜祿氏來見過我，她告訴我，新帝會追封我的姐姐——先帝前頭的福晉為孝敬皇后，我一生所作的德行，都會記在她身上。鈕祜祿氏是成全了先帝的心願，我姐姐死了，只當她是活著。而我呢？而我呢？不入史冊，不附太廟，來日以無名無姓的先帝嬪妃的身分下葬。無聲無息，我就成了後宮裡的一塵一芥，風吹過就散了，半點不留下痕跡。好啊好，好狠毒的鈕祜祿氏！這樣狠毒，青櫻，妳可要好好學著！」

青櫻驚得背心寒毛陣陣豎起，整個人定在原地，只覺得冷汗涔涔而下，如細小的蟲子慢悠悠爬過，所過之處，又是一陣驚寒。

烏拉那拉氏輕蔑地瞟她一眼：「這般無用，我是白費了心思叫妳來了。看來還是如從前一般，心浮氣躁，不成大器。」

青櫻回過神來，勉強鎮定著道：「成不成大器，我能有今日，是姑母的功勞。」

烏拉那拉氏看了青櫻一眼，徐徐道：「功勞？當年三阿哥弘時一時糊塗，不肯娶妳為福晉，讓妳受辱，妳心中自然不忿。我要妳暫忍屈辱，先居格格之位侍奉在側，以圖後算，妳也以為受辱，不肯屈就。」

青櫻默默片刻，沉聲道：「雖然都是妾室，但三阿哥無意於我，只鍾情先帝的瑛貴人，才招來彌天大禍。未曾嫁給三阿哥，是我的運氣。嫁給四阿哥，我也從未後悔。」

烏拉那拉氏眼皮也不抬：「可是嫁給弘曆為側福晉，妳就心滿意足了麼？到底，側福晉也好，格格也好，都只是妾室而已。」

青櫻想起弘曆，只覺萬般鬱結都鬆散開來，只餘如蜜清甜：「皇上對我頗為鍾愛，三阿哥只視我如無物。情分輕重，青櫻自然懂得分辨。」

烏拉那拉氏笑了笑，語氣酸澀：「身在帝王家，談論情分，豈不可笑？」她見青櫻只是不以為然的樣子，不覺歎了口氣，「妳這個年紀，自然是不能明白的。也好，不明白總有不明白的好處，自以為安樂，何嘗不也是一種安樂呢？只是青櫻……從今日起，妳可再不是王府的側福晉了，皇宮深苑，又豈是區區一個王府可比？」

青櫻想起這幾日境遇，不覺也有些蹙眉，烏拉那拉氏打量她神色，淡淡道：「怎麼？才進宮，名分尚未定，就波瀾頓生了？」

青櫻望著烏拉那拉氏，屏息斂神，鄭重下拜：「青櫻愚昧，還請姑母賜教。」

烏拉那拉氏冷笑：「難得，我這個敗軍之將，一個為先帝所厭棄至死的棄婦，還有人來請我賜教。」

青櫻俯身：「姑母雖然無子無寵，但皇后之位多年不倒。若非因為太后，今日鳳座之上或許是您。哪怕您今日困坐深宮，也一定有青櫻百般難以企及之處。」

烏拉那拉氏別過頭：「當年妳姻緣不諧，成為宮中笑柄，難免不記恨我。如今妳又是鈕祜祿氏的媳婦，我又何必要教妳？」

青櫻沉吟片刻，誠懇地望著烏拉那拉氏：「因為姑母與我，都是烏拉那拉氏的女兒。」

烏拉那拉氏望著窗外，深黑的天色下，唯見她面容黯然。烏拉那拉氏聲音微啞：「如今，我不是大清的國母，不是先帝的皇后，更不是誰的額娘。我剩下的唯一身分，只是烏拉那拉氏的女兒。」她停一停，沉聲說，「當年孝恭仁太后告訴我，烏拉那拉氏的女兒是一定要正位中宮的，如今我一樣把這句話告訴妳。妳，敢不敢？」

心頭的驚動乍然崛起，青櫻被驚得後退幾步，不免生了幾分怯意，低低道：「青櫻不敢妄求皇后之位，只求皇上恩愛長久，做個寵妃即可。」

烏拉那拉氏唇角揚起譏誚的笑意：「寵妃？除了擁有寵愛，還有什麼？寵妃最大的優勢不過是得寵，一個女人，得寵過後失寵，只會生不如死。」烏拉那拉氏冷冷掃她兩眼，「咱們烏拉那拉氏怎麼會有妳這樣目光短淺之人？」

青櫻覺得滿臉都燒了起來，訕訕地垂著手立著，不敢說話。

烏拉那拉氏道：「等妳紅顏遲暮，機心耗盡，妳還能憑什麼去爭寵？姑母問妳，寵愛是面子，權勢是裡子，妳要哪一個？」

寵愛與權勢，是開在心尖上最驚豔的花，哪一朵，都能豔了浮生，驚了人世。青櫻思忖片刻，暗暗下了決心：「青櫻貪心，自然希望兩者皆得。但若不能，自然是裡子最最要緊。」

烏拉那拉氏頷首：「這話還有點出息。人云宮門深似海，立足艱難。何況妳又是我的侄女兒，要在後宮立足，只怕更是難上加難。」

青櫻被說中心事，愈加低頭。片刻，她抬起頭來，大聲道：「雖然難，但青櫻沒有退路，只能向前。」

烏拉那拉氏眼中精光一閃，終於露出幾分欣慰的神色，緩緩伸出手扶起青櫻：「要在後宮立足，恩寵、皇子，固然不可少。但是青櫻，妳要隱忍，更要狠心。斬草除根，不留後患。乾淨俐落，不留把柄。妳要爬得高，不是只高一點點。妳高一點點，人人都會妒忌妳謀害妳；可是當妳比別人勝出更多，籌謀更遠，那麼除了屈服和景仰，她們更會畏懼，不敢再害妳。」

青櫻有些懵懂，烏拉那拉氏看她一眼，並不理會，繼續道：「後宮之中，人人都想有所得，不願有所失。可是青櫻，妳要明白，當一個人什麼都可以捨棄之時，才是她真正無所畏懼之時。」烏拉那拉氏頗為欷歔，「我的錯失，就是太過於在乎后位，在乎先帝的情分，才會落得如此地步。」

青櫻若有所悟：「姑母所言，是無欲則剛？」

烏拉那拉氏略略點頭，冷然道：「我所能教妳的，只有這些了。敗軍之將的殘言片語，妳覺得有用就聽，無用過耳即忘就是。時候不早了，妳走吧，惹人注目的話，明朝或許就是死期了。」

青櫻起身告退：「青櫻先走，將來若是方便，還會再來探望姑母。」

烏拉那拉氏漠然道：「不必了，再見也是彼此麻煩。」

青櫻低聲安慰道：「太后沒有說如何處置姑母。姑母安心避居一些時日再說吧。」

烏拉那拉氏揚起下頜，驕傲道：「我是堂堂大清門走進的皇后，難道還要聽她處置？

還是妳自求多福吧。」

青櫻默默拜別，隻身出去。快到殿門口時，烏拉那拉氏忽然喚了一聲：「青櫻！」那聲音似乎有些淒厲，青櫻心中一顫，立刻轉過頭去，烏拉那拉氏淒然欲落淚，「烏拉那拉氏已經出了一個棄婦，再不能出第二個棄婦了！妳……」

那是一個女人一生的泣血之言啊！

青櫻忍著淚，無比鄭重：「青櫻明白。」

烏拉那拉氏旋即如常般淡然，慢慢走上鳳座，端坐其上，靜靜道：「妳要永遠記得，妳是烏拉那拉氏的女兒。」

青櫻鼻中一酸，只覺無限慨然。寶座之上的烏拉那拉氏早已年華枯衰，卻依然風姿端華，不減國母風采。青櫻情不自禁拜身下去，叩首三次，轉頭離去。

阿箬候在長街深處，本是焦急得如貓兒撓心一般，見青櫻出來，才鬆了一口氣：「小主，妳終於出來了。」

青櫻忙問：「沒人瞧見吧？」

阿箬點頭：「沒人。」她急急拿披風兜住青櫻，扶住青櫻的手往前走。

兩人急急忙忙走著，也不知道走了多遠，才覺得提著的一顆心稍稍放了下來。阿箬才敢問：「老主子突然要見小主，到底是什麼事？」

夜風幽幽，吹起飛揚的斗篷，恍若一隻悽惶尋著枝頭可以棲落的蝶。青櫻緩住腳步，遠遠望見深冷天際寒星微芒，只覺無盡淒然，低低說：「這……恐怕是我和姑母的最後一面了。」

阿箬大驚：「小主怎麼這樣說？老主子她……」

青櫻含淚道：「姑母的性子怎肯屈居人下，又是折辱自己的人。寧肯玉碎，也絕不瓦全。」

她望著長街幽狹的墨色天空，極目遠望，前朝的太和殿、中和殿、保和殿猶自熱鬧非凡，五顏六色的煙花絢爛飛起在紫禁城無邊無際的黑沉夜空裡，整個夜空幾乎被照得亮如白晝，連一輪明月亦黯然失色。不知哪兒來的一隻寒鴉，怕是被絢麗的煙火驚著了，拍著烏沉沉的翅膀，呀呀地飛遠了。

青櫻忍不住落淚，俯下身體，朝著景仁宮方向深深拜倒，阿箬被她的舉動嚇了一跳，趕緊攙住她：「小主，地上的磚涼，您小心身子。」青櫻扶住她的手霍然起身，再不回顧。

阿箬悄悄看青櫻，只見她神色清冷如霜，臉上再無一點淚痕。天際煙花絢爛繽紛的光彩照過重重赤紅宮牆，千迴百轉照映在她臉上，愈顯得她膚色如雪，沉靜如冰。

須臾，青櫻沉聲吩咐：「阿箬，陪我去壽康宮，拜見太后。」

七、求存

青櫻入殿時，太后正坐在大炕上靠著一個西番蓮十香軟枕看書。殿中的燈火有些暗，福姑姑正在添燈，窗台下的五蝠捧壽梨花木桌上供著一個暗油油的銀錯銅鏨蓮瓣寶珠紋的熏爐，裡頭緩緩透出檀香的輕煙，絲絲縷縷，散入幽暗的靜謐中。

太后只用一枚碧璽翠珠扁方綰起頭髮，腦後簪了一對素銀簪子，不飾任何珠翠，穿著一身家常的湖青團壽緞袍，袖口滾了兩層鑲邊，皆繡著疏落的幾朵雪白合歡，配著淺綠明翠的絲線花葉，清爽中不失華貴。她背脊挺直，頭頸微微後仰，握了一卷書，似乎凝神端詳了青櫻良久。

青櫻福了福身見過太后，方才跪下道：「深夜來見太后，實在驚擾了太后靜養，是臣妾的罪過。」

太后的神色在熒熒燭火下顯得曖昧而渾濁，她隨意翻著書頁，緩緩道：「來了總有事，說吧。」

青櫻俯身磕了個頭，仰起臉看著太后：「請太后恕罪，臣妾方才夜入景仁宮，已經去看過烏拉那拉氏了。」

青櫻微一抬眼，看見在旁添燈的福姑姑雙手一顫，一枚燭火便歪了歪，燭油差點滴到她手上。太后倒是不動聲色，輕輕地「哦」了一聲，只停了翻書的手，靜靜道：「去便去了吧。親戚一場，骨肉相連，妳進了宮，不能不去看看她。起來吧。」

青櫻仍是不動，直挺挺地跪著：「臣妾不敢起身。烏拉那拉氏乃是先帝的罪婦，臣妾未等稟告，擅自漏夜看望，實在有罪。」

太后的聲音淡淡的，並無半分感情，道：「看都看了，再來請罪，是否多此一舉？」太后聲音雖輕，語中的寒意卻迫身而來。有清風悠然從窗隙間透進來，殿外樹葉隨著風聲沙沙作響，不知不覺間秋意已經悄無聲息地籠來。

青櫻不自覺地聳了聳身子：「不是多此一舉。是因為無論今時，還是往後，太后都是後宮之主。」

「後宮之主？」太后輕輕一嗤，擱下手中的書道，「哀家老了，皇帝又有皇后，不是該皇后才是後宮之主麼？」

青櫻以寥寥一語相應：「您是皇上的額娘，後宮裡毋庸置疑的長輩。」

太后目視四周，輕歎一聲：「可惜啊！委屈妳來這裡見哀家，這兒是壽康宮，可不是正經太后所居的慈甯宮。」

青櫻即刻明白，慈甯宮新翻修過，是後宮的正殿。而壽康宮，一切是簡陋了不少。她即刻道：「皇上剛登基，事情千頭萬緒，難免有顧不到的地方。但總也是因為親疏有別，外頭的事多少臣民的眼睛盯著，一絲也疏忽不得，都是加緊了辦的。裡頭是皇上的親額娘，稍稍耽誤片刻，只要皇上的孝心在，太后哪裡有不寬容的呢？到底是至親骨肉啊！」

太后的眼睛有些瞇著，目光卻在熒熒燭火的映照下，含了矇矓而閃爍的笑意：「妳這番話，既是維護了皇帝，也是全了哀家的顏面。到底不枉哀家當年選妳為皇帝的側福晉。只是妳這番話，不知道是不是皇帝自己的心意呢？」

青櫻咬了咬唇，閉目一瞬，很快答道：「皇上忙於朝政，若一時顧不到，那就是后妃們的職責，該提醒著皇上。」

「這就是了。」太后看了青櫻兩眼，溫和道，「雖然妳是先帝與哀家欽賜給皇帝的側福晉，身分貴重，潛邸之時亦是側福晉中第一，比生了三阿哥的蘇氏，後來才從格格晉為側福晉的高氏都要尊榮。可是如今，卻不一樣了……」

青櫻愈加低頭，神色謙卑：「臣妾自知為烏拉那拉氏族人，景仁宮烏拉那拉氏有大罪，臣妾為之蒙羞，若能在皇上身邊忝居烹茶添水之位，已是上蒼對臣妾厚愛了。」

太后揚一揚臉，不置可否，片刻，方低聲說：「福珈，妳扶青櫻起來說話。」

福珈伸手要扶，青櫻慌忙伏身於地：「臣妾不敢。臣妾有罪之身，不敢起身答太后的話。」

太后微微歎一口氣，柔聲道：「青櫻，妳姑母是妳姑母，妳是妳。雖然妳們都是烏拉那拉氏之人，但先帝的孝敬皇后就是皇后，烏拉那拉皇后是罪婦，而妳是新帝的愛妃。個中關係，哀家並沒有糊塗。」

青櫻眼中一熱，稍稍安心幾分：「臣妾多謝太后垂憐。」

太后微笑：「當年是哀家做主請先帝賜妳為皇帝的側福晉，如今自然也不會因為烏拉那拉皇后而遷怒於妳。」她稍稍一停，笑意暗淡了三分，「人死罪孽散，烏拉那拉氏幽禁多年，是不久於人世的人了。哀家活到這個年紀了，難道還看不破麼？」

青櫻終於敢抬頭，再次叩首，熱淚盈眶：「多謝太后恕罪。」

太后瞥了青櫻一眼，柔和的語調中帶了幾分警戒：「還不肯起來麼？妳初居宮中，哀家就讓妳長跪，豈不讓那些無端揣測是非之人以為哀家遷怒於妳？日後，妳又要在宮中如何立足？」

青櫻腦中一蒙，全然一片雪白。當時腦中一熱，只求請罪避嫌，竟未曾想到這一層。青櫻呆在當地，只覺太后目光明澈，自己手足無措，只能由著福姑姑扶起自己按在座上。

太后目光一轉，只打量著青櫻：「新帝潛邸中的那些人，除了妳和新后富察氏，還有格格珂裡葉特氏，其餘都是漢軍旗。富察氏和妳出身高貴，其他人就不用說了。可是新帝登基，自然要求滿漢一家，所以高氏雖然在潛邸時位分不如妳，但是如今在後宮，卻不得不多賞她幾分臉面了。而且高氏的父親高斌，也是皇帝所倚重的能臣。」

青櫻一怔，心中漸漸有些明白，立刻起身，恭謹道：「臣妾與高姐姐原如姐妹一般，高姐姐賢慧端雅，處處教導臣妾，自然該居臣妾之上。」

太后道：「叫妳受委屈了。可是有些委屈，妳既來了這裡，就不得不受。昨日午膳哀家駁妳的面子，就是為了這個理兒。以後這樣的委屈，即便哀家不給妳受，妳也少不了的。」

青櫻低首含胸，誠懇道：「太后肯教導臣妾，臣妾怎會委屈？」

太后似笑非笑，似有幾分不信，只斜靠著軟枕，拔下髮間的銀簪子撥了撥燈芯。

青櫻笑一笑，只覺得心裡空落落的，此刻大方也不是，客氣也不是，左右為難，到底露出了幾分小兒女情態：「太后，臣妾明白皇上為難，後宮比不得潛邸。可是皇上應該自己和臣妾說，請太后來安慰臣妾，固然是皇上看重臣妾，可也顯得臣妾忒不明理了。」

太后這才笑起來，溫煦如春風：「妳到底才十八歲。若是太賢慧了，也不像個真人兒了。」太后目光銳利一掃，「妳那位罪婦姑母，就是賢慧太過了。」

青櫻身體一凜，只覺得悚然。

太后道：「你們小夫妻一心，妳肯體諒就最好。自然，新帝在潛邸時一直寵愛妳，妳另一位姑母也是先帝的孝敬皇后。所以呢，哀家與皇帝也不會委屈妳。」

青櫻心中說不出是感泣還是敬畏，只望著太后，坦誠道：「有太后這句話，臣妾就不算委屈。」青櫻福一福身，「臣妾還有一事求告太后，青櫻之名，乃臣妾幼年之時所取。臣妾覺得……這個名字太不合時宜。」

太后微瞇了眼睛：「不合時宜？」

青櫻有些窘迫：「是。櫻花多粉色，臣妾卻是青櫻，所以不合時宜。」青櫻仔細窺著太后神色，鼓足勇氣，「何況……臣妾是烏拉那拉氏的女兒，更是愛新覺羅的兒媳，懇請太后親賜一名，許臣妾割斷舊過，祈取新福。」

太后凝神片刻：「妳這樣想？」
青櫻懇切望著太后：「若太后肯賜福……」
太后托腮片刻，沉吟道：「妳最盼望什麼？」
青櫻一愣，不覺脫口道：「情深義重，兩心相許。」話未完，臉卻燙了。太后微微震驚，頗有些動容，姣好如玉的臉上分不清是喜還是悲。
良久，太后輕聲道：「如懿，好不好？」
「如意？」青櫻細細念來，只覺舌尖美好，仿似樹樹花開，真當是歲月靜好，「可是事事如意的意思？」
太后見青櫻沉吟，亦微笑：「如意太尋常了。哀家選的是懿德的懿，意為美好安靜。《後漢書》說『林慮懿德，非禮不處』。人在影成雙，便是最美好如意之事。這世間，一動不如一靜，也只有靜，才會好。」
青櫻歡喜：「多謝太后。」她微微沉吟，「只是臣妾不明白，懿便很好，為何是如懿？」
太后眉間的沉思若凝佇於碧瓦金頂之上的薄薄雲翳，帶了幾分感慨的意味：「妳還年輕，所以不懂這世間完滿的美好太難得，所以能夠如懿，便很不錯。」
青櫻心頭一凜，恍若醍醐灌頂，瞬間清明：「太后的意思是完滿難求，有時候退而求其次便是滿足。」她深深叩首，「太后的教誨，臣妾謹記於心。」
太后微微頷首，含了薄薄一縷笑意：「好了。夜深了，妳也早些回去歇息。今日就是新帝登基之日，為先帝傷心了這些日子，也該緩緩心思迎新帝和你們的大喜了。」

青櫻起身告辭。太后見青櫻扶了侍女的手出去了，才緩緩露出一分篤定的笑容。福珈為太后披上一件素錦袍子，輕聲道：「移宮的事兒，太后囑咐皇后一聲就行了，或者晞月小主如今得皇上的器重愛惜，她去說也行。青櫻小主……不，是如懿小主的身分，不配說這樣的話。」

太后拾起書卷，沉吟道：「妳真當她不夠聰明麼？從前是家世顯赫，被寵壞了的格格脾氣，不知收斂。從烏拉那拉氏被幽禁至今，世態炎涼，還不夠打磨她的麼？憑她今日去見了烏拉那拉氏還敢來回哀家，這就是個有主意的丫頭了。」

福珈遲疑道：「太后是說，她明知宮中人多眼雜，萬一將來露了去景仁宮探望的事要遭禍患，所以先來向太后請罪？」

太后道：「宮裡除了哀家，還有誰最介意烏拉那拉氏？只要哀家不動氣，旁人也就罷了。且她事事撇清，請哀家賜名，又表明心意，只說是愛新覺羅家的兒媳，就是為了消哀家這口氣，更是為了求她的一己存身之地。」

福珈明白過來，只是歎息道：「昔年烏拉那拉氏這樣凌辱太后，這口氣一時如何能消得掉？」

「不管消不消得掉，她要求的是安穩。宮裡有皇后，又有高晞月新寵當道，如懿的日子不好過。若哀家再不放鬆她些，她就真當是舉步維艱了。就因為這樣，她才會想方設法去皇帝面前提移宮的事，也會想方設法做好，不容有失。而皇后既有地位，又有皇子和公主，兒女雙全；高晞月有恩寵有美貌，她們什麼都不用向哀家求取，自然不會用心用力了。」

福姑姑恍然大悟：「所以太后才會容得下如懿小主。」

太后凝眉一笑，從容道：「能不能讓哀家容得下，就且看她自己的修為了。」

第二日晨起是個晴好天氣，富察琅嬅帶著一眾嬪妃來壽康宮請安。雖然名分尚未確定，但富察氏的皇后是絕無異議的，眾妃按著潛邸裡的位分，魚貫隨入。

太后見天朗氣清，心情也頗好，便由諸位太妃陪坐，一起閒聊家常。見眾人進來，不覺笑道：「從前自己是嬪妃，趕著去向太后太妃們請安。轉眼自己就成了太后太妃了，看著人家年輕一輩兒進來，都嬌嫩得花朵兒似的。」

晞月嘴甜，先笑出了聲：「太后自己就是開得最豔的牡丹花呢，哪像我們，年輕沉不住氣，都是不經看的浮華。」

太妃忍不住笑道：「從前晞月過來都是最溫柔文靜的，如今也活潑了。」

晞月笑著福了福：「從前在王府裡待著，少出門少見世面，自然沒嘴的葫蘆似的。如今在太后跟前，得太后的教誨，還能這麼笨笨的麼？」

太妃笑著點頭道：「我才問了一句呢，晞月就這麼千伶百俐的了，果然是太后調教得好。」

太后微微頷首：「好了，都賜座吧。」

眾人按著位次坐下。正噓寒問暖了幾句，太后身邊的貼身太監成翰公公進來，遠遠垂手站在階下不動。

太后揚了揚眉，問：「怎麼了？」

成公公上前，打了個千兒道：「回太后娘娘的話，景仁宮娘娘歿了。」

話音未落，如懿心頭一顫，捧在手裡的茶盞一斜，差點撒了出來。惢心眼疾手快，趕緊替她捧住了。

晞月坐在如懿旁邊，立時看見了，伸手扶了扶鬢邊的纏絲鑲珠金簪，朗聲道：「到底是一家人連著心，才聽了一句，青櫻妹妹就傷心了呢。」

太后也不理會，只定定神道：「什麼時候的事？」

成公公回道：「是昨日半夜，心悸而死。宮女發現送進去的早膳不曾動，才發現出了事。來報的宮女說她身子都僵了，可是眼睛仍睜得老大，死不瞑目呢。」

如懿雙手發顫，她不敢動，只敢握緊了絹子死死捏住，以周身的力氣抵禦著來自死亡的戰慄。昨日半夜，那就是自己走後不久。姑母，真當是不行了，她自己明白，所以一定要見自己那一面，將一切都叮囑了她，託付了她。

太妃搖了搖頭，嫌惡道：「大好的日子，真是晦氣！」

太后默然片刻：「該怎麼做便怎麼做吧。皇帝剛登基，這些事不必張揚。」她看一看如懿，「正好如懿妳也在。妳姑母過世，妳也當去景仁宮致禮。」

如懿忙扶著椅子站起身子，強逼著自己站穩了，忍住喉中的哽咽：「臣妾只知壽康宮，不知景仁宮。且烏拉那拉氏雖為臣妾姑母，但更是大清罪人，臣妾不能因私忘公。所以這致禮之事，臣妾恕難從命。」

太后長歎一聲：「妳倒公私分明。罷了，妳是皇帝身邊的人，剛到宮裡，這不吉的事也不宜去了。」

琅嬅聽到這裡，方敢出聲：「敢問皇額娘一句，皇額娘怎麼喚青櫻妹妹叫如懿呢。」

太后微微一笑：「那是哀家昨夜新賜的名字，烏拉那拉氏如懿，凡事以靜為好。」

琅嬅含笑道：「那是太后疼如懿妹妹了。」

太后微微斂容，正色道：「今日是皇帝登基後妳們頭一日來壽康宮請安，哀家正好也有幾句話囑咐。皇上年輕，宮裡妃嬪只有妳們幾個。今後人多也好，人少也好，哀家眼裡見不得髒東西，妳們自己好自為之，別做出傷天害理的事來。」

眾人一向見太后慈眉善目，甚少這樣鄭重叮囑，也不敢怠慢，忙起身恭敬答道：「多謝太后教誨，臣妾們謹記於心。」

如懿一直到踏出了壽康宮，仍覺得自己滿心說不出的戰慄難過，卻不得不死死忍住，胸腔裡像含了一把利劍似的，明知鋒刃傷人，卻不得不忍耐受著。她舉目望去，滿園的清秋菊花五色絢爛，錦繡盛開，映著赭紅烈烈猶如秋日斜陽般的紅楓，大有一種春光重臨的美麗。可是這明麗如練的秋色背後，竟是姑母泣血一般的人生所餘下的蒼白的死亡。

明知一別，再無相見，卻不承想是這樣快。然而除了自己，姑母生活了一世的幽深宮苑裡，還有誰會為她動容？深宮裡的生死，不過如秋日枝頭萎落的一片黃葉而已。那會不會，也是自己的一生？

如懿這樣想著，忍不住打了個激靈。惢心嚇得趕緊按住她的手：「小主，千萬別露了什麼神色。」

如懿緊緊地握著惢心的手，像是要從她的薄而溫熱的手心獲取一點支撐的勇氣似的。她輕聲吩咐：「回宮。惢心，我要回宮。」

話音未落，卻聽晞月的聲音自楓葉烈烈之後傳過，即刻到了耳畔：「妹妹好狠的心，得了太后的賜名，連姑母的喪儀都不肯去致禮了，自己撇得倒乾淨。」

如懿心頭如針刺一般，強裝著笑轉身：「原來晞月姐姐這樣有心。記得當年姐姐嫁入潛邸時，也是去拜見過姑母的呢。既有姐姐做主，不如姐姐陪我一起去景仁宮行個禮，也當是全了孝心。」說罷，她便伸手去挽晞月。

晞月如何肯去，倏地縮回手，冷笑道：「妹妹的親姑母，自己惦記著就是了，何必扯上我？我既嫁入愛新覺羅家，便是皇家的兒媳，可不只是娘家的女兒。」

如懿含了一縷澹靜笑意：「那就是了。我和姐姐何嘗不一樣？離了母家，就是皇家的兒媳。生在這兒，說句不吉利的，來日棄世，也只能是在這兒。所以別的人別的事，與我們還有什麼相干呢？」

晞月揚了揚小巧的下巴：「也算妹妹妳識趣了。只是妹妹要記得，哪怕妳撇得再乾淨，到底妳也是姓烏拉那拉氏的，這是誰也改變不了的事。只怕太后聽見這個姓氏，就會覺得神憎鬼厭，恨不得妳立即從眼前消失才好。」

如懿毫不示弱，冷然道：「既然姐姐這麼喜歡揣測太后的心思，不如陪妹妹再去一趟壽康宮，問問太后的意思，好麼？」

晞月描得精心的遠山眉輕微一蹙，冷笑一聲：「我此刻要去陪主子娘娘說話，沒空陪妳閒話。」她扶過侍女的手，「茉心，我們走！」

如懿見她走遠，腳下微微一軟，花盆底踩在腳心，便有些不穩當。惢心和阿箬忙扶了她往近旁的澄瑞亭中坐下，如懿倚在碧色欄杆上，以睫毛擋住即將滑落的淚水，緩了緩氣息道：「惢心，妳說姑母會不會怪我？」

惢心替她撫著背心，輕聲道：「小主所行，必是景仁宮娘娘所想。否則，小主便是辜負景仁宮娘娘的一片心了。」

如懿閉目片刻，將所有的淚水化作眼底淡薄的矇曨，靜靜道：「妳說的話，正是我的心意。」

阿箬陪侍在側，看如懿一言一問只看著惢心，不覺暗暗咬了咬牙，臉上卻不敢露出什麼來。

如懿揚了揚手：「妳們到亭外伺候，我想靜一靜。」

阿箬與惢心忙告了退，走到亭外數十步。阿箬本走在後頭，突然往甬道上一擠，惢心一個不當心，差點被路旁的花枝劃了臉頰，忙站住了腳道：「阿箬姐姐。」

阿箬聞聲回頭，哼道：「自己走路不當心，還要來怪我麼？」

惢心忙賠笑道：「怎麼會呢？我是想說，早上起了露水，甬道上滑，姐姐仔細滑了腳。」

阿箬皺了皺眉頭：「自己笨手笨腳的，以為都跟妳一樣麼？」她橫了惢心一眼，「就會在小主面前抓乖賣巧，明明昨夜是我冒險陪了小主去的景仁宮，小主偏偏每句話都問著妳，好像這麼危險的差事都是妳伺候了。」

惢心忙欠身笑著道：「正因為我伺候小主不如姐姐親厚，所以小主才問我呀。姐姐細想，姐姐是小主的貼身人，想什麼說什麼都是和小主一樣的，小主又何必再問。就是我呆呆笨笨的，小主才白問一句罷了。我這麼想的，肯定外頭那些不知情的，更都是這麼想的了。這樣小主才能放心呀。」

阿箬這才稍稍消氣，抬了抬手上的金絞絲鐲子：「妳看看這個鐲子吧，是小主新賞給我的。別以為妳伺候小主的時候多，親疏有別，到底是不一樣的。」

惢心諾諾答了「是」。兩人正守在一旁，忽然見亭中如懿已經站起身子，忙回身過去伺候。

如懿問道：「這個時候，皇上在哪裡呢？」

阿箬掰著指頭道：「這個時候皇上已經下朝，也過了見大臣的時候，怕是在養心殿看書呢。」

如懿點點頭：「去備些點心，我去見過皇上。」

養心殿裡皇帝自己的小書房在西暖閣的末間。地方雖不大，卻佈置得清雅肅穆，窗明几淨。裡頭滿架子的書卷整整齊齊地放著，都是皇帝素日愛讀的那些。東板牆上疏疏朗朗地掛著十幾隻壁瓶，有龍紋、高士、八仙、松竹梅、蘆雁、折枝花果、雉雞牡丹等圖樣，多選淡雅溫潤的豆青色，更覺觸目清爽。

皇帝身邊的大太監王欽替她打了簾子進來，想來是剛剛換過家常衣衫，皇帝身上是一襲月白色紗綴繡八團夔龍單袍。皇帝坐在窗下長榻上，閒閒捧一卷書在手，淡金色的澄澈秋陽自雪白的明紙窗外灑落全身，任由光暈染出一身清絕溫暖的輪廓，紫銅嵌琺瑯的龍紋香爐裡燃著琥珀似的龍涎香，整個屋子裡瀰漫著龍涎香幽寧沉鬱的氣味，也變得幽幽裊裊，襯著滿架書香，倒像是一軸筆法清淡的寫意畫卷。

皇帝見如懿穿著一身月白緞織彩百花飛蝶袷襯衣[1]，月白素淨的妝花緞面上，以大紅、粉紅、碧綠、草綠、香黃、淺絳、湖藍、深灰、淺黑、淡白等十餘種色線織成點點折枝花卉及蟲蝶紋樣，雖然素淨，卻不失華豔。

他仰起身笑道：「妳倒巧，都與朕穿了一樣的顏色。」

如懿含笑行禮：「沒有打擾了皇上讀書，就算是巧了。」

皇帝擱下書，朝她招招手：「過來坐。」見如懿在榻邊坐了，方才笑道，「朕剛登基，前朝的事沒個完，一直不得空去看妳們。如今妳過來，倒也正好。」他看見如懿身後的惢心手裡捧著一個紅籮小食盒，「帶了什麼好吃的，好香！」

如懿揚一揚臉，示意惢心一樣樣取出來，不過是四樣小點心，糖蒸酥酪、松子穰、藕粉桂糖糕和玫瑰山楂餡兒的山藥糕。

皇帝笑道：「朕正好有些餓了，陪朕一起用一點。」

如懿取了銀筷子出來，遞到皇帝手中，笑道：「臣妾本想備四樣點心，誰知宮裡只備了三樣現成的。這一味藕粉桂糖糕還是太后賞賜下來的，說皇上原愛吃這個。這兩日皇上不得空去壽康宮，所以賞賜給了臣妾，臣妾就正好借花獻佛了。」

皇帝取了一塊慢慢吃了：「聽說皇額娘給妳改了個名字？」

「叫如懿。太后說，懿為美好安靜。『林慮懿德，非禮不處』。所以叫如懿。」

皇帝輕吁一口氣：「皇額娘的性子，朕在她身邊多年也摸不清楚。她給妳改了名兒，又是這個意思，大概是不會難為妳了。」他握一握如懿的手腕，「今兒早上，朕聽說景仁宮皇后過身了，原想著妳該去看看，但怕太后多心，也不便說什麼了。」

如懿低眉一瞬：「臣妾知道，臣妾不去。一去，又是是非，臣妾是愛新覺羅家的人，不該給皇上添是非。」

皇帝點點頭，親手遞了一塊山藥糕給她：「這山藥糕酸酸甜甜的，妳喜歡這個口味。」

如懿謝過，打量著四周道：「皇上喜歡壁瓶，本可四時插花，人作花伴，取其清芬滿床，臥之神爽意快之效，只是如今點著龍涎香，反而不用花草好，以免亂了氣味。」

皇帝笑吟吟道：「朕也這樣想。所以寧可空著，閒來觀賞把玩，也是好的。」

如懿立起身，望著其中一尊瓶身道：「這個圖案倒好，不比其他吉祥圖案，倒像個什麼故事。」

皇帝笑話她：「老萊子彩衣娛親，這個妳也忘了？」

如懿望一眼書架，又見皇帝案上空著，便笑：「皇上素日常看的那本《二十四孝》，怎麼如今不在身前了？」

皇帝隨口道：「大概是隨手放哪裡了，回頭讓王欽去找找。」

如懿似是凝神想著什麼：「皇上，臣妾記得《二十四孝》裡第一篇是不是閔子騫單衣奉親？」

皇帝失笑：「妳今兒是怎麼了？《二十四孝》第一篇是虞舜孝感動天，第二篇才是閔子騫單衣奉親。」

如懿斂容道：「皇上心存孝道，自然記得清楚明白。《二十四孝》第一篇便是講虞舜孝感動天，可見世人心中，總是百善孝為先，更以君王作為其中典範，宣揚孝道。皇上才登基，諸事忙亂，來不及走一趟後宮。」她沉吟片刻，「太后，還住在壽康宮裡。」

皇帝揚了揚眉毛：「怎麼？內務府不是再三請皇額娘去慈甯宮了麼？怎麼還住在壽康宮？」

如懿微微一笑：「照臣妾看，不是內務府辦事不力，而是太后存心將這個表示孝道的機會留給皇上您了。」

皇帝靜了片刻，柔和笑容帶一點疏懶意味：「朕也想讓皇太后移居慈甯宮。可是……」如懿會意，示意宮人們退下。閣中只留了皇帝與如懿二人，皇帝方低低說，「可朕心裡，總還是有道過不去的坎。」他的目光轉向窗外，有些癡惘，「朕的親生額娘……」

如懿巴望地看著皇帝，按住了他的手，輕輕搖了搖頭，堅定道：「皇上的親生額娘，只有太后，就住在壽康宮，等著皇上請她老人家移住慈甯宮。」

皇帝的目光沉靜若深水：「皇太后專寵多年，在朝中與宮中都頗有權勢，若正位慈甯宮，朕怕她會不會……」

「會與不會，都不在於進不進慈甯宮，而在於皇上的魄力與才幹。皇上心懷天下，胸中有萬千韜略，何懼區區一女子。」如懿定定地望著皇帝，「慈甯宮，只是皇太后名正言順居住的一個地方。」她反握住皇帝的手，以自己手心的冰涼，慰他掌心的潮熱，「皇上，委屈了太后的住所，天下臣民會指責您。而把太后送進慈甯宮，是點醒了天下人，皇上以天下養太后，請她頤養天年。」

皇帝目光微沉，片刻，露了兩分笑意：「那朕，就依妳所說，盡心孝敬，請太后頤養天年，好生養息。」

注釋：

1　襯衣：清代女式襯衣為圓領、右衽、捻襟、直身、平袖、無開衩、有五個紐扣的長衣，袖子形式有舒袖（袖長至腕）、半寬袖（短寬袖口加接二層袖頭）兩類，袖口內再另加飾袖頭。是婦女的一般日常便服。以絨繡、納紗、平金、織花的為多。周身加邊飾，晚清時邊飾越來越多。常在襯衣外加穿坎肩。秋冬加皮、棉。

八、名分（上）

這一日眾人皆到皇后的長春宮中請安，富察氏命人賞了一籮紅橘下來，含笑道：「皇上念著咱們後宮，江南進貢的紅橘一到，就先挑了一籮送來。正好咱們也一起嘗嘗。」

眾人起身謝恩：「多謝皇后娘娘恩典。」

皇后囑了眾人落坐，看蓮心和素心分了紅橘，方慢慢道：「咱們這些姐妹，都是從前潛邸時便一起伺候皇上的，彼此知道性情。如今進了紫禁城做了皇上的人，一則規矩是定要守的，二則也別拘了往日的姐妹之情，彼此還是有說有笑才好。」

晞月先站了起來，滿面恭謹道：「皇后娘娘從前是臣妾們的姐姐和主子，如今更是天下之母。臣妾們不敢不心存恭敬。」

皇后淡然笑道：「晞月妹妹言重了。本宮比妳們虛長幾歲，自然在教導之餘，更要好好顧全妳們。」

晞月領著眾人起來：「謝皇后娘娘隆恩。」

如懿看著皇后與晞月一唱一和，只低了頭慢慢剝著紅橘把玩，面上略含了一縷笑，淡淡不語。

皇后對晞月的應答甚是滿意，含笑點了點頭：「妳們坐著吃些橘子好好聊聊吧，本宮有些乏了，先回寢殿歇息。」

她停一停，環視眾人：「皇上已經擬定了妳們的位分，也各自安排了宮室與妳們居住。如今皇太后已經先移居了慈甯宮。晌午旨意一下來，就各自搬過去住吧。為著這些日子替大行皇帝哭靈，擠在一塊兒住也是為難了妳們。」

眾人聞言一凜，哪有心思再坐，便紛紛告辭了。

果然到了晌午，皇帝冊定位分的旨意遍傳六宮。如懿站在廊簷下逗著一雙藍羽鸚哥兒，只聽著阿箬掰著指頭嘟囔道：「立後大典之後，皇后已經挑了長春宮去住。長春長春，真是個好意頭，只盼著皇上春恩長在呢。蘇格格新添了三阿哥，封了純嬪，陳格格本來就是出身低下的漢軍旗女子，又不得寵，因她的名字叫婉茵，便只封了婉答應，都住在鐘粹宮。黃格格封了怡貴人，住在景陽宮，她倒挺高興的。本來嘛，皇上也不是很寵愛她，給個貴人就不錯了。金格格只封了嘉貴人，住在啟祥宮，她不高興又不敢說。金格格一直以為自己的朝鮮宗室女的身分便覺得高人一等，眼下也只不過是個貴人，看她還有什麼好神氣的！」

如懿取過鳥食撒在鸚哥兒跟前：「妳說話便說話，背後議論人家做什麼？」

阿箬吐了吐舌頭：「奴婢知道了。另外就是海蘭格格了，皇上只封了她常在，也沒說住哪個宮，大概位分不高，隨便跟著哪個主位住著吧。倒是咱們和月福晉那裡，還不知是什麼旨意。」阿箬說著往門外看了看，不免有些焦灼，「太陽都快落山了，別的小主都住進新殿去了，怎麼咱們這兒還沒聖旨來呢？」

如懿心裡雖有些著急，卻不便在阿箬面前流露出來，便拿給鸚鵡取食的小勺子攪著水。阿箬忙道：「小主，咱們的鸚鵡好乾淨，拿取食的勺子攪了水，牠們就不喝那水了。」

如懿正不耐煩，卻見惢心領著傳旨太監王欽並兩位大臣進來。

王欽打了個千兒道：「啟稟小主，聖旨下。大學士禮部尚書三泰為正使，內閣學士岱奇為副使，行冊封禮。」

如懿忙忙低首跪下，院子裡的人也跟著跪在後頭。

王欽取過聖旨，朗聲念道：「奉天承運，皇帝詔曰：朕惟教始宮闈。式重柔嘉之範。德昭珩佩。聿資翊讚之功。錫以綸言。光茲懿典。爾庶妃那拉氏，持躬淑慎。賦性安和。早著令儀。每恪恭而奉職勤修內則。恒謙順以居心。茲仰承皇太后慈諭。以冊印封爾為嫻妃。爾其祗膺巽命。荷慶澤於方來。懋讚坤儀。衍鴻休於有永。欽哉。」

如懿雙手接過聖旨：「臣妾謝皇上隆恩。」

如懿使個眼色，惢心忙從袖中取過三封紅包，一一交到三人手中。

王欽滿面堆笑：「多謝嫻妃娘娘賞賜，皇上說了，延禧宮就賜給娘娘居住。請娘娘即刻遷往延禧宮。」

如懿心中一沉，勉強笑道：「多謝公公。阿箬，好生送公公和兩位大人出去。」

阿箬答應著，王欽拱手道：「奴才還要去皇上那兒覆命，娘娘別忘了明日一早換上吉服去長春宮給皇上和皇后娘娘謝恩。」

如懿頷首道：「有勞公公提醒。」

院中眾人尚跪在地上，叩頭道：「恭喜嫻妃娘娘，娘娘萬安。」

如懿道：「本宮乏了，等下阿箬會給你們賞錢，你們再把東西收拾了去延禧宮。」

惢心忙跟著如懿走到內殿。

如懿屏息靜氣，問道：「月福晉那兒有消息了麼？」

惢心低聲道：「剛得的消息。月福晉封了慧貴妃，皇上的口諭，貴妃之外戚，著出包衣，入於原隸滿洲旗分。果然的滿門抬鑲黃旗，賜姓高佳氏，貴妃也遷往咸福宮居住了。」

如懿淡淡笑一聲，更覺煩惱不堪：「咸福宮？可不是福澤咸聚麼？」

惢心柔聲勸道：「娘娘別煩惱！延禧宮雖然偏僻，雖然……」惢心想要寬慰如懿，也覺得皇帝恩義懸殊，實在也無從寬慰起。

如懿搖頭道：「延禧宮偏僻卻不冷清，旁邊就是宮人來往的甬道，嘈雜紛擾。且從康熙爺二十五年之後，足有三十多年未再修葺，乃是六宮之中最破敗的宮苑。」如懿不安道，「難道太后和皇上，就厭棄我至此麼？」

惢心道：「皇上和娘娘多年情分，斷不會如此。即便是太后，不也說不怪罪娘娘麼？」

如懿心中煩亂如麻：「口中所言，只怕是說說而已。算了，此時此刻，我也不能爭什麼，先收拾了東西去延禧宮吧。」

住進延禧宮中，已經是夜來時分。所幸延禧宮雖然靠近宮人進出的甬道，但關上大門，也還清靜。宮中雖不是新修葺的，但前後兩進院落各五間正殿，又有東西配殿三間，倒也寬敞。如懿本是喜靜之人，宮人們仔細打掃之後，反覺得室內古樸，也不是十分簡陋。

如懿往延禧宮中看了一圈，慶幸道：「你們打掃得仔細，總算還不是太差。」

阿箬撇嘴，有些不滿道：「小主也太知足了。東西六宮之中，哪一個不比延禧宮好？奴婢瞧著承乾宮、翊坤宮，個個都是頂好的，景致又美，離皇上的養心殿又近。住在這兒，不知道皇上多久才來一次呢。」

如懿瞥了她一眼，只看著梁上的雕花歎了口氣。

惢心笑著拉住阿箬道：「好姐姐，皇上要願意來，不會嫌路遠；若是不肯來，哪怕住進養心殿後頭的圍房，也不濟事。」

阿箬正要回嘴，如懿淡淡道：「願意來的總不在乎遠近，滿肚子的心思未必要掛在嘴上。阿箬，妳說是不是？」

阿箬有些氣餒，只得諾諾地道：「幸好娘娘搬過來之後，皇上也賞賜了好些東西添補宮裡的擺設，皇上心裡總是有娘娘的。」

如懿頷首道：「皇上今晚宿在長春宮，咱們也早些安置。新換了地方，也不知道會不會睡得香。」

惢心眼珠一轉，笑吟吟道：「就怕娘娘覺著換了地方睡不香，奴婢已經在寢殿點了安神香了。」

如懿讚許地點點頭，阿箬卻只是暗暗翻了個白眼，垂了手站到了後頭。

主僕三人正準備往寢殿走，外頭守著的小太監進來道：「啟稟娘娘，海常在來給娘娘請安。」

如懿不覺詫異：「這個時候，怎麼海蘭還來請安？快請進來吧。」

如懿方走到西暖閣坐下，海蘭已經帶著侍婢葉心進來了。

如懿含笑道：「怎麼這麼晚還來請安？可是長夜漫漫睡不著麼？」

海蘭倒不似往日一般，只是拘謹。惢心斟了茶上來，謙恭道：「海常在請用茶。」

海蘭也不喝茶，只是盈盈望著如懿，一臉委屈地不做聲。

如懿暗暗納罕，便笑道：「妹妹有什麼話儘管對我說。對了，今日聖旨到的時候還不知道妹妹住在哪個宮裡，不知皇后娘娘可安排了？」

海蘭眼圈微微一紅，低首道：「嬪妾人微言輕，自然是皇后隨手安排了哪裡就是哪裡了。」

如懿奇道：「是什麼地方？難道不好麼？」

葉心忍不住道：「皇后娘娘說慧貴妃的咸福宮寬敞華麗，就指了小主去咸福宮。這本也沒什麼，可是咸福宮那位向來是不容人的，如今抬了旗，那是更不得了了。譬如怡貴人，就是從前伺候皇后娘娘的侍女。可慧貴妃那裡，從前有個丫頭在她不方便的時候伺候了皇上，就被她想了法子攆出去了。」

如懿柔聲打斷：「這也是從前的事了。如今她是貴妃，自然要比從前顯得溫柔大方些。」

葉心憤憤道：「我們小主好性兒，總被人欺負。到了咸福宮先聽了慧貴妃一頓訓，又被撥到了一間西曬的屋子裡住。」

如懿聞言皺眉：「那哪裡是住人的地方？夏天曝曬，冬天冷得冰窖似的，便是一般的奴才也不住那裡，不過就是平日裡放放不要緊的東西罷了。慧貴妃也不怕皇上看見麼？」

海蘭微微啜泣：「皇上素來就少去嬪妾那裡，如今在慧貴妃眼皮子底下，那更是不能了。今日慧貴妃還說，若皇上真問起來，便只說嬪妾自己愛住那裡，她還勸不住。嬪妾……其實皇上哪裡會管嬪妾呢？」

如懿心中不忍：「她既這樣待妳，那妳現在這般出來，她可不忌諱？」

海蘭泣道：「她有什麼可忌諱的？這會兒咸福宮裡不知道多熱鬧呢，人人都趨奉著她封了貴妃，更抬了旗呢。」

如懿沉吟片刻道：「那妳如何打算？」

海蘭淚汪汪看著如懿：「嬪妾只敢來求嫻妃娘娘恩典，希望能與娘娘同住，便心滿意足了。」

如懿忙道：「妳素來只叫我姐姐，如今還是叫姐姐。口口聲聲『娘娘』、『嬪妾』，倒生分了。」

海蘭怯怯點頭，感動道：「是。」

如懿想了想道：「妳要過來住，也不是不行，只消我回稟皇后娘娘……」

如懿一語未完，惢心上前道：「小主，茶涼了，奴婢再替您換一盞。」

如懿正點頭，卻見惢心深深望了自己一眼，也是心知肚明，只得暗暗歎了口氣道：「妳要過來住，也不是不行，只消我回稟皇后娘娘也就是了。只是妳知道我如今的情境，一來不能像以前一般開口向皇后求什麼，二來我真求了，皇后也未必會答應。只怕還要怪妳不安分守己，若是慧貴妃因此遷怒於妳，妳以後的日子更不好過。」

惢心替海蘭添了茶水，裝作無心道：「其實海蘭小主在潛邸時就住咱們小主旁邊的閣子裡，若說和咱們一起住延禧宮那也說得過去。這下子硬生生要分開那麼遠，真不知是什麼道理。」

海蘭淚眼迷濛，低頭思忖了片刻，才低低道：「原是我糊塗了，怎好叫姐姐為難呢。」

如懿過意不去：「若是在從前，我沒有不幫妳的道理。可是眼下，妳看看我的延禧宮便知，我實在沒有開口的餘地。且妳搬來延禧宮這種偏僻地方，也未必是好事。若是被我牽連失寵於皇上，就更不好了。」

海蘭環視延禧宮，也不覺歎了一口氣：「姐姐在潛邸時乃是側福晉中第一人，何曾住過這樣委屈妳的地方？」

如懿拍了拍她的手：「委屈不委屈，不在於一時。妳我都好好的，還怕來日會不好麼？」

海蘭拿絹子拭去淚痕，展顏道：「姐姐說得是。」她微微含笑，「從前我在潛邸的繡房做侍女時也被人欺負，是姐姐偶爾看見憐惜我，勸我要爭氣。後來皇上寵幸了我又忘了，是姐姐將我繡的靴子進獻皇上，讓皇上想起我給我名分。姐姐幫我的，我心裡都記得。」

如懿溫和道：「好了。妳有妳的忍耐，我也有我的。咱們都忍一忍，總會過去的。」

海蘭這才起身，依依道：「時候不早，妹妹先告退了，姐姐早點歇息吧。」

如懿送至廊簷下，心中略略不安：「慧貴妃若真難為妳，妳還是要告訴我。再不濟總能和妳分擔一些。」

海蘭感激道：「多謝姐姐，我都記得了。」

如懿見海蘭和葉心出去，庭院中唯見月色滿地如清霜，更添了幾分清寒蕭索之意，不知不覺便歎了一口氣。

惢心取了披風披在如懿肩上，方才跪下道：「小主歎氣，可是怪奴婢方才勸阻小主？」

如懿搖頭道：「妳做得對。我自身難保，何必牽連了海蘭。」

惢心道：「從前在潛邸時，慧貴妃的性子並不是這樣驕橫，倒常見她溫柔可人，怎麼一入宮就成了這樣呢？」

如懿望著庭院青磚上搖曳的枝影，心事亦不免雜亂如此，只是耐著性子道：「得意驕橫，失意謙卑乃是人之常情。若能在得意時也能謙和謹慎，溫容待人，才是真正的修為。」

惢心沉吟道：「皇上一向稱讚小主慧心蘭性，嘉許慧貴妃嫻靜溫婉，怎麼到了今日給小主的封號是嫻，慧貴妃反而是慧？」

如懿緊了緊披風，淡淡道：「皇上做事別有深意，咱們別胡亂揣測了。」

養心殿書房的明紙窗糊得又綿又密，一絲風都透不進來，唯見殿外樹影姍姍映在窗欄上，彷彿一幅淡淡水墨蕭疏。

皇帝只低頭批著摺子，王欽悄聲在桌上擱下茶水，又替皇帝磨了墨，方低聲道：「皇上看了一個時辰的摺子啦，喝口茶水歇歇吧。」

皇帝「嗯」了一聲，頭也不抬。王欽又道：「皇上，張廷玉大人來了，就在殿外候著呢。」

皇帝停下筆，朗聲道：「快請進來吧。」

王欽聽得這一句，就知道皇帝待張廷玉親厚，忙恭恭敬敬請了張廷玉進來。張廷玉一進殿門，老遠便躬身趨前，端端正正行了一禮：「微臣躬請聖安。」

皇帝微笑道：「王欽，快扶張大人起來，賜座。」

王欽扶了張廷玉起身，養心殿太監李玉已經搬了一張梨花木椅過來，張廷玉方才敢坐下。

皇帝關切道：「廷玉，你已年過花甲，又是三朝老臣，奉先帝遺旨為朕顧命。到朕面前就不必這樣行禮了。」

張廷玉一臉謙恭：「皇上恩遇，微臣卻不敢失了人臣的禮數。先帝器重，微臣更要勤謹奉上，不敢辜負先帝臨終之托。」

皇帝頷首道：「這個時候，你怎麼還進宮求見朕？」

張廷玉欠身道：「皇上封慧貴妃，抬旗賜姓是莫大的榮耀，微臣方才正是從慧貴妃母家大學士高斌府第喝了賀酒回來。」

皇帝「哦」了一聲，淡淡道：「這是慧貴妃的榮耀，也是高氏一門的榮耀。連你都賀喜，那朝中百官，想是都去了吧。」

張廷玉不假思索道：「皇上皇恩浩蕩，高府賓客盈門，應接不暇。」張廷玉覷著皇帝神色，小心翼翼道，「本來鄂爾泰還和微臣玩笑，說這麼多人怕是要踏爛了高府的門檻，想來高大學士思慮周詳又見多識廣，一早命人換了紫檀木的門檻。」

皇帝素來知道張廷玉與皇后富察氏的伯父馬齊、馬武交好，一向最支持中宮，自然看不慣慧貴妃的父親高斌新貴得寵，當下只是微微一笑，似乎不以為意：「紫檀木雖然名貴，但也不算稀罕東西。」

張廷玉越發笑容可掬：「微臣也是這麼想，只是今日和內務府主事郎大人閒話，郎大人說這兩年紫檀短缺，兩廣與雲南皆無所出，只有南洋小國略有所獻，漂洋過海過來，所費不下萬金。更難得的是高大學士府上所用的紫檀，入水不沉，高大學士深以為傲，約了百官同賞，臣也是大開眼界。」

皇帝笑著飲了口茶水，喚過王欽道：「朕記得，高斌府上所用的紫檀……」皇上似乎思索，只看了王欽一眼。

王欽一愣，還未反應過來，伺候在殿角的太監李玉已經搶著道：「回皇上的話，高大人府上所用的紫檀是前兩日皇上賞的，為著事多，皇上交代了王公公，王公公囑咐奴才去內務府辦的。」

王欽回轉神來，忙拍了拍腦袋：「皇上，瞧奴才這記性，居然渾忘了。」王欽忙跪下道，「還請皇上恕罪。」

皇帝並不看他，只道：「你初入宮當差，大行皇帝身後留下的事情多，忘了也是有的。起來吧。」

王欽鬆了口氣，趕緊謝恩爬起來，擦了擦額頭的冷汗。

張廷玉微笑道：「原來是皇上賞的，這是天大的恩典，自然該百官同慶。」他略略思忖，「皇后冊封以來，臣一直未向皇后請安，心中慚愧。還盼年節下百官進賀時，可以親自向皇后娘娘問安。」

皇帝道：「那有什麼難的？到時朕許你親自向皇后問安便是。」

張廷玉再度欠身：「臣謝皇上隆恩。皇后娘娘是先帝親賜皇上為嫡福晉，皇后娘娘出身於名門宦家，世代簪纓，伯父馬齊與馬武都是兩朝的重臣。富察氏又為咱們滿洲八大姓之一，為大清多建功勳。臣敬慕娘娘仁慈寬厚，才德出眾，能得皇上允許親自向娘娘問安，乃是臣無上榮耀。」

皇帝微微正色：「你的意思朕明白。皇后乃後宮之主，執掌鳳印，朕自然敬愛皇后，不會因寵偏私。」

張廷玉肅然道：「臣聽聞兩宋與前明後宮弭亂，寵妾淩駕皇后之舉屢屢發生，導致後宮風紀無存，影響前朝安定。皇上英明，微臣欣慰之至。」張廷玉望著皇帝案上厚厚一沓奏摺，關切道，「先帝在時勤於朝政，每日批摺不下七個時辰。皇上得先帝之風，朝政雖然要緊，也請皇上萬萬保養龍體，切勿傷身。」

皇帝略有感激之色：「廷玉對朕，亦臣亦師。將來朕的皇子，也要請你為師，好生教導。」

張廷玉誠惶誠恐：「微臣多謝皇上垂愛。天色不早，微臣先告退了。」

皇帝道：「李玉，好生送張大人出去。」

李玉忙跟著張廷玉出去了。

皇帝嘴角還是掛著淡淡笑意，十分溫和的樣子，眼中卻殊無笑色，取過毛筆飽蘸了墨汁，口中道：「王欽，你是朕跟前的總管太監，事無大小都要照管清楚，總有疏漏的地方。有些差事，你便多交予李玉去辦吧。」

王欽心頭一涼，膝蓋都有些軟了，只支撐著賠笑道：「奴才遵旨。」

皇帝埋首寄書：「出去吧，不用在朕跟前了。」

王欽諾諾退出去，腳步聲極輕，生怕再驚擾了皇帝。出了養心殿，王欽才發覺脖子後頭全是冷汗，腳底一軟，坐倒在了漢白玉石階上。

門口的小太監忙殷勤過來扶道：「總管快起來，秋夜裡石頭涼，涼著了您就罪過了。」

王欽硬生生甩開小太監的手，遠遠望見李玉送了張廷玉回來，恨恨罵小太監道：「王八羔子，也敢到我跟前來耍機靈了！」

跟在他後頭的李玉知道他是指桑罵槐，指著自己，也不敢回嘴，忙縮了頭回去。王欽正站著，皇帝的聲音已經從裡頭傳出來：「去長春宮。」

王欽一骨碌站起來，用盡了嗓子眼裡的力氣，大聲道：「皇上起駕啦——」

九、名分(下)

太后站在慈甯宮廊下，看著福姑姑指揮著幾個宮人將花房送來的數十盆「黃鶴翎」與「紫霞杯」擺放得錯落有致。彼時正黃昏時分，流霞滿天如散開一匹上好的錦繡，映著這數十盆黃菊與紫菊，亦覺流光溢彩。

福珈笑吟吟過來道：「慈甯宮的院子敞亮了許多。若是在壽康宮，這幾十盆菊花一擺，腳都沒處放了。」她見太后歡喜，越發道，「也是皇上的孝心，那日攏了皇后親自來請您移宮。如今有什麼好的都先盡著您用。連花房開得最好的紫菊，也都送來了您這裡。」

太后微笑頷首，扶著福珈的手走到階下，細細欣賞那一盆盆開得如瀑流瀉的花朵：「如此，也算哀家沒白疼了皇帝。只不過那日雖然是皇帝和皇后來請，可這背後的功勞，哀家知道是誰。」

「太后是說嫻妃？」

太后拈起一朵菊花仔細看了片刻：「顏色多正的花兒，和黃金似的，可惜了，還沒開出勁兒來。」

福珈笑道：「有您愛護調教，要開花不是一閃兒的事？」

「這也急不得。滿園子的花，前面的花骨朵開著，後面的也急不來。由著天時地利吧。」太后鬆開拈花的手指，拍了拍道，「皇上只給她一個妃位，是可惜了。按著在潛邸的位分，怎麼也該是貴妃或者皇貴妃。」

福珈取了絹子替太后抹了抹手：「有福氣的，自然不在這一時上看重位分。往後的時間長著呢。」

太后頷首道：「慧貴妃是會討人喜歡。有時候跟著皇后來哀家這裡請安，規矩也一點不差。」

福珈思忖著道：「照規矩是該晨昏定省的，但皇后和嬪妃們，也不過三五日才來一次。這……」

太后一副從容淡然，看著天際晚霞彌散如錦，緩緩道：「哀家住在這慈甯宮裡，便是名正言順的太后，一日來兩次也好，三五日來一次也罷，都不是要緊事。要緊的是哀家的眼睛還看著後宮，太后這個位子原不是管家老婆子，不必事事參與介入，大事上點撥著不錯就是了。這樣，才是真正的權柄不旁落，也省得討人嫌。」

福珈這才笑道：「太后的用心，奴婢實在不及。」

夜來的長春宮格外靜謐，明黃色流雲百蝠熟羅帳如流水靜靜蜿蜒地下，便籠出一個小小天地，由得琅嬅伏在皇帝肩上，細細撥著皇帝明黃寢衣上的金粒紐子，只是含笑不語。

皇帝本無睡意，便笑：「皇后一向端莊持重，怎麼突然對朕這麼親昵起來了？」

琅嬅輕笑道：「皇上只看見臣妾端莊持重，就不見臣妾也很依賴皇上麼？」

皇帝望著帳頂，嘴角含了薄薄一縷笑意：「皇后在後宮一力獨斷，為朕分憂，朕很高興。不過見慣皇后的正室樣子，小兒女模樣倒是難得了。」

皇后默然片刻，盈盈笑道：「後宮小兒女情長多了，難免爭風吃醋的小心眼兒多些。臣妾若再不持重，豈不失了偏頗，叫人笑話？」她停一停，小心覷著皇帝道，「皇上的意思，是嫌臣妾今早提議讓嫻妃居住延禧宮有些失當了？」

皇帝略略含了一絲笑影，鬆開被琅嬅倚著的肩膀：「皇后是六宮之主，後宮的事自然應當由皇后決斷。皇后的提議，朕自然不會不准的。」

琅嬅心頭微微一驚，不免含了幾分委屈：「皇上這樣說，真是低估了臣妾了。難道臣妾跟隨了皇上這些年，還會如幾位貴人一般不懂事，只曉得爭風吃醋？臣妾不過是以為，皇上近日抬舉慧貴妃，自然是恩寵有加，慧貴妃賢淑安靜，也受得起皇上這點眷顧。只是嫻妃在潛邸時位分既高，性子又傲，如今被貴妃高了一頭，難免氣不順，要與人起爭執，不若將她放到安靜些的地方，也好靜心些。等她心氣平伏些許，皇上再好好賞賜她，給她些恩典就是了。」

皇帝伸手撫了撫皇后的頭髮：「皇后思慮周詳。」

琅嬅這才鬆了口氣，伸手攬住皇帝的手臂，笑意盈盈：「臣妾的愚見，怎麼比得上皇上的聖明？往日裡皇上一向稱讚嫻妃慧心蘭性，而慧貴妃嫻靜溫婉，怎麼到了今日給嫻妃的封號是嫻，貴妃反而是慧？臣妾卻不懂了。」

隱隱有風吹進，帳外的仙鶴銜芝紫銅燭台上燭火微微晃了一晃，映著拂動的帳幔，如水波顫顫，明滅不定。皇帝的臉色落著若明若暗的光影，有些飄浮不定，他的笑影淡得如天際薄薄的浮雲：「朕也是隨手擇了兩個字罷了。」他低下頭看著琅嬅，「朕囑咐了內務府，用心佈置妳的長春宮，妳可還滿意？」

琅嬅笑意深綻，彷彿燭火上爆出的一朵明豔的燭花：「皇上在後宮的第一夜是留在臣妾宮中，便是對臣妾最大的用心與恩典了。」

皇帝輕輕拍著琅嬅的肩膀，聲音漸漸低微下去，卻依依透著眷戀與溫柔：「朕的用心，妳懂得就好了。妳是朕的皇后，又一向賢慧，後宮的事妳打理著，朕很放心。」

因出了喪，也立后封妃，嬪妃們也不再一味素服銀飾了。海蘭一早換了一身如意肩水藍旗裝，只衣襟袖口繡了星星點點素白小花，如她人一般，清新而不點眼。自然，這也是她一貫的生存態度。

海蘭照常來候著如懿起身，又陪她一同用了早膳，才去長春宮中向琅嬅請安。

琅嬅氣色極好，又精心修飾過容顏，換了芙蓉蜜色繡折枝蝴蝶花氅衣[1]，頭上只用一支鎏金扁方綰住如雲烏髮，端正的髮髻上只點綴了疏疏幾點銀翠瑪瑙珠釵，並幾朵通草花朵而已。雖然簡單，倒也大方爽朗。一大早二阿哥也被乳母抱來了，琅嬅愈加高興，嬪妃們也少不得熱鬧起來，說著二阿哥又壯了或是看著聰明伶俐。

唯有嘉貴人金玉妍打量著琅嬅一身的打扮，笑吟吟不說話。琅嬅一時察覺，便笑道：「素日裡嘉貴人最愛說笑，怎麼今日反而只笑不說話了，可是長春宮拘謹了妳了？」

玉妍忙笑道：「臣妾是看皇后娘娘身上繡的花兒朵兒呢，雖然繡的花朵少，可真真是以清朗為美，看著清爽大氣。」

琅嬅略略正了正衣襟上的珍珠紐子，含笑道：「嘉貴人一向是最愛嬌俏打扮的，本宮倒想聽妳評說評說。」

玉妍斜斜行了一禮，如風擺楊柳一般，細細說來：「臣妾看娘娘身上的繡折枝花，只在領口和袖口滿繡，衣襟和裙裾全是布料本來的紋樣，像是從前大清剛入關的時候，宮眷們最時興的繡法。那是往往以旗裝繡疏落闊朗的圖案為美，用的也是京繡手法，講究的是大氣連綿，富貴吉祥。而時下宮裡最時興的，是用輕柔的緞料，追求輕盈拂動之柔美，往往在袖口、領口、衣襟和裙裾上滿繡輕巧花樣，多用江南的繡法，或用金銀絲線和米珠薄薄織起，雖然花枝繁密，但追求越柔越好。如今看皇后娘娘的裝扮，真是頗有入關時的古風呢。」

眾人聽玉妍娓娓道來，再看自己身上旗裝，雖然顏色花色各異，但比之皇后身上的繡花，或用金線或用米珠點綴，果然是輕盈精巧許多。

皇后聽她說完，不覺歎道：「同樣是穿衣打扮，本宮一直覺得嘉貴人精細，如今看來，果然她是個細心人，能察覺本宮的心意。今早起來，本宮查看內務府的帳單，才發覺後宮女眷每年費製衣料之數，竟如斯龐大。本宮身上的衣衫雖然繡花，但花枝疏落，只在袖口和領口點綴，又是宮中婢女或京中普通衣匠都能繡的式樣。而妳們所穿，越是輕軟，就必得是江南織造蘇州織造所進貢的，加上織金泥金的手法昂貴，其中所費，相差懸殊。而且後宮所飾，往往民間追捧，蔚然成風，使得京城之中江南所來的衣料翻倍而漲，連繡工也愈加昂貴。如此長久下去，宮外宮中，奢侈成風，還如何了得？」

琅嬅一句一句說下去，雖然和顏悅色，但眾妃如何不懂其中意思？都垂下頭不敢再多言。唯有純嬪不知就裡，賠笑道：「皇后娘娘說得是，只是皇上一向都說，先帝與康熙爺勵精圖治，國富民強……」

琅嬅淡淡一笑，取過茶盞定定望向她道：「民間有句老話，叫富不過三代。即便國富民強，後宮也不宜奢華揮霍。否則老祖宗留下的基業，能經得起幾代？不過話說回來，純嬪妳剛誕下了三阿哥，皇上看重，自然要靡費些也是情理之中。本宮不過是拿自己說話罷了。」

素心會意，往皇后杯中斟上了茶水道：「可不是呢，昨兒皇后就吩咐了內務府，以後哪怕是長春宮的飾物，也頂多只許用鎏金和尋常珍珠，最好是銀器或是絨花通草，赤金和東珠、南珠是一點不許用的呢。」

晞月閒閒一笑，看著手上的白銀鑲翠護甲：「皇后娘娘的話，臣妾自然是聽著了。不比純嬪妹妹，有了三阿哥，說話做事的底氣，到底是不同了。」

純嬪雖然單純膽小，但話至於此，還有什麼不明白的？她不覺蒼白了臉，腿下一軟便跪下道：「皇后娘娘恕罪！還請娘娘明鑒。臣妾雖然誕下阿哥，但都是皇后娘娘福澤庇佑，臣妾不敢居功自傲，更不敢靡費奢侈。」

琅嬅淡淡一笑：「好了，別動不動就跪下，倒像本宮格外嚴苛了妳們似的。起來吧。」

純嬪這才敢起身，怯怯坐下。

玉妍很是得意，掃了一眼眾妃，上前一步笑道：「皇后娘娘的話說得極是。只是如今風氣已成，別說宮裡宮外了，連皇上賞賜給朝鮮的衣料首飾，也無不奢麗精美。臣妾聽來往朝鮮的使者說起，朝鮮國中也很是風靡呢。若咱們改了入關時的衣飾，也這般賞賜親貴女眷或屬國，豈不讓外人驚異？」

她這一番話，自以為是體貼極了皇后，也能顧全自己的喜好。如懿與海蘭對視一眼，當下只是笑而不語。

琅嬅輕輕啜了一口茶水，方徐徐道：「嘉貴人的話自然也是有理的。皇上恩賞外頭，那是免不了的。只是在內，咱們深居六宮的，凡事還是簡樸為好。」她微微正色，「更要緊的是，如今天下安定，咱們也別忘了祖宗入關平定天下的艱難。咱們身為天下女子的表率，更得時時記著自己的身分，事事不忘列祖列宗才是。」

這番話極有分量了，饒是金玉妍伶牙俐齒，也只得低頭稱是。

晞月第一個站起來道：「既然皇后娘娘作出表率，臣妾等定當追隨。今日起，不再華服麗飾，一定效仿皇后娘娘，追思祖宗辛苦，簡樸度日。」

琅嬅頷首，輕歎道：「本宮一番良苦用心，妳們千萬別以為是本宮有心苛責了妳們。後宮人多，若人人多花費些，家大業大，總有艱難的時候。」

這時，坐在一旁悶聲不語的怡貴人小聲道：「奴婢伺候皇后娘娘多年，皇后娘娘一直不事奢華，直到如今，連衣襟上用的珍珠紐子，也不過是內務府最尋常的那種，連上用的珍珠都覺得太過浪費了。」

純嬪忙賠笑道：「怡貴人從前是貼身伺候皇后娘娘的，自然無事不曉。看來是臣妾們一直太粗心了，不曾好好追隨皇后娘娘。」

皇后笑盈盈看著怡貴人道：「好了。如今都是皇上正式冊封的貴人了，還一口一個奴婢，成什麼體統呢？」

怡貴人忙恭恭敬敬道：「臣妾謹遵皇后娘娘吩咐。」

晞月忽地轉首，看了如懿一眼：「嫻妃妹妹一直不言不語，難道不服皇后所言，還是另有主張？」

如懿抬了抬眼簾，徐徐道：「所謂言傳身教，皇后娘娘身體力行，咱們自然只有聽其言隨其行的份兒，何須再多置喙呢？」

海蘭亦忙低低道了「是」，又道：「臣妾不敢多言，是怕自己蠢笨失言。所以仔細學著皇后，不敢再多言了。」

如懿微微一笑：「可不是！皇后的意思，就是皇上的意思。咱們好好聽著學著，便是受益無窮了。」

晞月輕笑一聲，掩唇道：「嫻妃妹妹這句話，倒是意在皇上昨夜留宿長春宮了，好像有些酸意呢。」

如懿淡淡笑道：「我方才說的話，心存和睦的人自然聽出帝后一心，後宮和睦的意思；心存酸意的麼，自然也聽出酸意了。」

晞月秀眉一挑，似有不忿。琅嬅和悅一笑：「好了。昨夜是皇上眷顧本宮這個皇后的面子罷了，來日方長，妳們都精心準備著，皇上自然會一一來看妳們。」

眾人答了「是」，如懿舉起手腕上的翡翠珠纏絲赤金蓮花鐲道：「這鐲子雖是臣妾入潛邸不久後皇后娘娘親自賞賜的，但如今宮中節儉，臣妾也不敢再戴了。還請皇后娘娘允准。」

她這般一說，晞月也忙站了起來。

皇后神色微微一沉，如秋日寒煙中沾上霜寒的脈脈衰草。然而旋即秋陽明豔，那寒意便蒸發得無影無蹤。皇后還是那樣無可挑剔的笑容：「既是本宮從前賞的，那也無妨。何況妳們倆到底一個是貴妃一個是嫻妃，不能委屈了。」二人答應了，方才告退。

外頭秋色明麗如畫卷，綠筠與海蘭陪著如懿出來，三人都是默默的。金玉妍與黃綺沄走在前頭，猶自有些埋怨：「哎呀，從今往後，再不能穿這樣的江南軟緞子了，我一想著皇后娘娘身上的旗裝，雖然好看，但只用絲線繡花，普普通通的，一點也無精緻飄逸之美，唉……」

怡貴人淡淡笑道：「嘉貴人美貌，自然穿什麼都是好看的。再不濟，妳一向在梳妝打扮上用心，皇上一定會留意的。」

玉妍輕輕「呀」了一聲，便道：「怡貴人在皇后身邊久了，自然懂得皇后的心思。有皇后娘娘這個榜樣，我哪裡敢不跟隨呢？罷了，如今金珠玉器都用不得了，要打扮便插了滿頭花做個瘋婆子吧。」兩人說說笑笑，便走到前頭去了。

如懿安慰地拍拍綠筠的手：「今日的事別往心裡去。皇后只是看重祖宗家法，並不是有意指責妳。」

綠筠愁眉微攏：「皇后的意思我如何不明白？先頭大阿哥的親娘是皇后族人，雖然歿了，但身分依舊高貴。二阿哥是皇后娘娘親生的，那更是尊貴無比的嫡子。只有我，身分不尷不尬的，我阿瑪不過是筆帖式，要不是我僥幸生養了三阿哥，皇上怎麼會給我嬪位？我自知出身不高，平時已經恭謹安分，可是皇后仍然在意……」她再要說下去，已經含了幾分淚意。海蘭趕緊拿絹子擋在綠筠口邊，輕聲道：「好姐姐，妳對皇后當然是恭謹安分，只是姐姐心思單純，有什麼說什麼。這兒是在外頭，叫人聽見又多是非了。」

綠筠嚇得一噤，忙取了絹子趕緊擦去淚痕。四周靜寂無聲，連陪侍的宮女也只遠遠地跟在後頭。

如懿讚許地看了海蘭一眼，柔聲道：「好了。有什麼事儘管到了我宮裡再說。如今，可別再失言了。」

綠筠連連點頭，三人便說著話往御花園去了。

彼時秋光初盛，御花園中各色秋菊開得格外豔麗，姹紫嫣紅，頗有春光依舊的絢美繁盛。美景當前，三人也少了方才的沉悶。一路繞過斜柳假山，如懿見前頭亭中玉妍和怡貴人正坐著閒話，便與綠筠和海蘭看著池中紅魚輕躍，自己取樂。

玉妍和怡貴人背對著她們，一時也未察覺，只顧著自己說得熱鬧。

玉妍笑道：「其實姐姐被封為嫻妃，我倒覺得皇上選這個『嫻』字為封號，真是貼切。」

怡貴人拈了絹子笑：「妹妹說來聽聽，也好叫我們知道皇上的心意。」

玉妍拔下頭上福字白玉鎏金釵，蘸了茶水在石桌上寫了個大大的「嫻」字，笑吟吟道：「閑字，女旁。皇上登基之後最愛去皇后娘娘和慧貴妃那裡，嫻妃娘娘好些日子沒見到皇上了，可不是一個閒著的女人無所事事麼？」

怡貴人拿絹子捂了嘴笑，倒是怡貴人身邊的宮女環心機靈，看見如懿就站在近處，忙低呼一句：「貴人乏了，不如咱們早些回宮歇息吧。」

這樣突兀一句，連玉妍也覺著不對，回首看見了如懿一行人。玉妍並不畏懼，索性輕蔑地看著如懿，嬌滴滴道：「嬪妾不過是說文解字，有什麼說什麼，嫻妃娘娘可別生氣。」

怡貴人瞟了如懿一眼：「嫻妃娘娘哪裡會生氣？一生氣可不落實了嘉貴人的話麼？不會不會。」

如懿聽著她們奚落，心頭有氣，只是硬生生忍住。

海蘭實在聽不下去了，大著膽子回嘴道：「嫻妃娘娘面前，咱們雖然都是潛邸的姐妹，也不能如此不敬。」

玉妍微瞇了雙眼，招了招手道：「海常在，快過來說話。」

玉妍的位分比海蘭高，海蘭見玉妍召喚，稍稍猶豫，還是不敢不去。待海蘭走到近前，玉妍伸手托起海蘭的下巴，仔細端詳著：「繡房裡的侍女，如今做了常在，嗓子眼兒也大起來了。」

海蘭窘得滿臉通紅，只說不出話來。金玉妍越發得趣，銀嵌琉璃珠的護甲劃過海蘭的面龐便是一道幽豔的光。海蘭只覺得渾身起了雞皮疙瘩，顫聲道：「嘉貴人，妳想做什麼？」

玉妍笑吟吟湊近她：「我想……」

話未說完，玉妍的手已被如懿一把撩開。

如懿冷然一笑，將海蘭護在身後：「憑著貴人的身分嚇唬一個常在算什麼本事？妳也不過只能在本宮面前作口舌之稽罷了。見到本宮，還不是要屈膝行禮，恭謹問安。」

綠筠忙勸道：「嘉貴人，妳若與海常在玩笑，那便罷了吧。她一向膽子小，禁不起玩笑的。」

玉妍輕哼一聲，蔑然道：「海蘭是什麼身分，我肯與她玩笑？」

如懿瞥她一眼，緩緩道：「人在什麼身分就該做什麼事。若妳覺得慧貴妃位分在本宮之上苛責本宮是理所應當，那麼本宮要來為難妳，也是情理之中，妳合該承受。」

玉妍嘴角一揚，毫不示弱：「妳雖然是妃位，位分遠在我之上，可是妳是烏拉那拉氏的後代，我卻是朝鮮宗室王女，若論身分，我自然比妳高貴許多。雖然我位分一時在妳之下，妳便以為妳坐穩了妃位，我也沒有出頭之日了麼？」

如懿微微一笑：「妳自恃朝鮮宗室王女，卻不想想，朝鮮再好，也不過是我大清臣屬之國。小國寡民，連國君都要俯首稱臣，何況是區區宗室女？妳若真要與本宮討論何謂身分何謂高貴，就好好管住自己，做合乎自己身分的言行，才能讓人心悅誠服，才是真正的高貴。」

如懿話音未落，卻聽得身後一聲婉轉：「本宮當是誰呢？這樣牙尖嘴利不肯饒人的，只有嫻妃了。」

如懿微微欠身，冷眼看著她：「昔日在潛邸中，貴妃溫順乖巧，可不是今日這副模樣。」

慧貴妃瞥如懿一眼，大是不屑：「此一時彼一時，當日妳位序在我之上，我自然不得不尊崇妳。而今本宮是貴妃，妳只是妃位，尊卑有序如同雲泥有別，妳自然要時時事事在我之下。若連這個都不知道，妳便不用在這後宮裡待下去了。」

如懿默然不語，貴妃描得細細的柳眉飛揚而起：「怎麼？妳不服氣？」

如懿笑意澹然：「禮儀已經周全，貴妃連人心也要一手掌控麼？若真要如此，就不是以威儀壓人，而是以懿德服人了。」她再度福身，「貴妃娘娘位分在上，我不會不尊。但也請貴妃明白，您的高貴應當來自敬服，而非威懾。」

如懿說罷，逕自離去。純嬪與海蘭對視一眼，立刻急急跟上。

玉妍見慧貴妃氣得發怔，旋即笑道：「貴妃娘娘別聽她饒舌，眼見她以後的日子是不好過了，娘娘何必與她費口舌？嫻妃在您之下，將來還怕不能收拾了她麼？」

慧貴妃眉頭微鬆，笑向玉妍道：「有嘉貴人與本宮一心，本宮有什麼可擔心的呢？」

注釋：

1 氅衣：氅衣與襯衣款式大同小異，小異是指襯衣無開楔，氅衣則左右開楔高至腋下，開楔的頂端必飾雲頭；且氅衣的紋飾也更加華麗，邊飾的鑲滾更為講究，在領托、袖口、衣領至腋下相交處及側襬、下襬都鑲滾不同色彩、不同工藝、不同質料的花邊、花條、狗牙等等，尤以江南地區，素以多鑲為美。為清宮婦女正式的穿著。

十、哲妃

紫禁城中的夜彷彿格外深沉。如懿記得在潛邸的時候，院子也是大院子，福晉侍妾們也各有自己的閣子院落，但那夜是淺的，這頭望得到那頭。站在自己的院中，默默數著，往前幾進院落便是弘曆的書房了。夜晚乏悶了，出了閣子幾步便是旁的妾室的閣院。雖然見面也有齟齬，也有爭寵，但那都是眼皮子底下的事。總有幾個稍稍要好些的，斟著茶水，用著點心，說說笑笑，便也填了寂寞。連弘曆走進誰的閣樓了，那得寵的人的樓台燈火也格外明豔些，心酸醋意都是看得見的，也越發有了新的盼望。

可是如今，規矩越發大了，宮牆深深，朱紅的壁影下，人都成了微小的螻蟻。長街幽深，哪怕立滿了宮人侍婢，也是悄然無聲，靜得讓人生怕。很多次如懿坐在暖閣裡，安靜地聽著更漏滴滴，以為四下裡是無人了，一轉頭，卻是一個個泥胎木偶似的站著，殿外有，廊下有，宮苑內外更多的是人。但那都是說不上話的人。一眾入宮的嬪妃裡，格外要好些的，只有蘇綠筠與珂裡葉特氏海蘭。陳婉茵雖也來往，但她少言寡語，臉都不敢隨便抬起來。她們都是性情平和的人，從前如懿的性子尖銳孤傲，與高晞月一向是彼此看不過眼的。高晞月身邊有黃綺浤和金玉妍，更依附著富察琅嬅，她也只是冷冷地不與她們多言。可如今，蘇綠筠沉浸在兒子去了阿哥所不得相見的愁苦裡，每常見了也總是鬱鬱寡歡。海蘭呢，當年一夕承歡就被弘曆忘在腦後，受盡了奚落白眼。如懿雖然不喜歡弘曆有新寵，但到底也看不過人人都欺負她，偶爾在弘曆面前提了一句，才成全了海蘭的身分，在府裡有了一席棲身之地。為著這個緣故，海蘭總也喜歡跟著她，怯怯的，像是在尋找羽翼蔭庇的受傷的小鳥，總是楚楚可憐的樣子。現下海蘭與晞月同住，她也不便總和海蘭來往，免得晞月介意，讓海蘭的日子越發難過。

如此一來，如懿便更覺得寂寞了。像一根空落落燃燒在大殿裡的蠟燭，只她一根，孤獨地燃燒著，怎麼樣也只是煎熬燒灼了自己。

皇帝剛剛登基，進後宮的日子並不多。每日敬事房遞了牌子上去，三四日才翻一個綠頭牌，先是皇后，然後是慧貴妃，彷彿是按著位次來的，如懿盼著數著，以為總該輪到自己了，皇帝卻又久久地沒有翻牌子了。

漸漸地，她也曉得這寂寞是無用的了。宮中的日子只會一天比一天長，連重重金色的獸脊，也是鎮壓著滿宮女人的怨思的。

這一夜晚來風急，連延禧宮院中的幾色菊花也被吹落了滿地花瓣。京城的天氣，過了十月中旬，便是一日比一日更冷了。如懿用畢晚膳，換過了燕居的雅青色綢繡枝五瓣梅紋襯衣，濃淡得宜的青色平紋暗花春綢上，只銀線納繡疏疏幾枝淺絳色折枝五瓣梅花，每朵梅花的蕊上皆繡著米粒大的粉白米珠，襯著綰起的青絲間碧璽梅花鈿映著燭火幽亮一閃。

地下新添了幾個暖爐，皆裝了上等的銀屑炭，燃起來頗有松枝清氣。

如懿捧了一卷宮詞斜倚在暖閣的榻上，聽著窗外風聲嗚咽如訴，眼中便有些倦澀。她迷濛地閉上眼睛，忽然手中一空，握在手裡的書卷似是被誰抽走了。她懶怠睜眼，只輕聲道：「阿箬，那書我要看的。」

臉上似是被誰呵了一口氣，她一驚，驀然睜開眼，卻見皇帝笑吟吟地俯在身前，晃了晃手裡的書道：「還說看書呢，都成了瞌睡貓了。」

如懿忙起身福了一福，嗔道：「皇上來了外面也不通傳一聲，專是來看臣妾的笑話呢。」

皇帝笑著搓了搓手在榻上坐下，取過紫檀小桌上的茶水就要喝。如懿忙攔下道：「這茶都涼了，臣妾給皇上換杯熱的吧。」

皇帝搖手道：「罷了。朕本來是去慈甯宮給太后請安的，內務府的人晌午來回話，說明日怕是要大寒，太后年紀大了受不住冷，朕去請安的時候就看看，讓內務府的人趕緊暖了地龍，別凍著了太后。這一路過來便冷得受不住，想著妳這兒肯定有熱茶，便來喝一杯，誰知妳還不肯。」

如懿奪過茶盞，虎了臉道：「是不給喝。現下覺得涼的也無妨，等下喝了肚子不舒服，又該埋怨臣妾了。」她回頭才見守在屋裡的宮人一個也不在，想是皇帝進來，都趕著退下了。如懿朝著窗外喚了一聲「阿箬」，阿箬應了一聲，便捧了熱茶進來，倒了一杯在金線青蓮茶盞中。

皇帝捧過喝了一口，便問：「是齊雲瓜片？」

阿箬嬌俏一笑，伶俐地道：「齊雲瓜片是六安茶中最好的。這個時候奴婢估摸著皇上剛用了晚膳，天氣冷了難免多用葷腥，這茶消垢膩、去積滯是最好的。」

皇帝向著如懿一笑：「千伶百俐的，心思又細，是妳調教出來的。」

阿箬笑生兩靨：「奴婢能懂什麼呢？這話都是小主日常口裡顛來倒去說的，惦記著皇上用了什麼，用得好不好。奴婢不過是耳熟，隨口說出來罷了。」說罷她便欠身退下了。

皇帝握了如懿的手引她一同坐下：「難怪朕會想著妳的茶，原來妳也念著朕。」

如懿低了頭，笑嗔道：「皇上也不過是惦記著茶罷了。明兒臣妾就把這些茶散到各宮裡去，也好引皇上每宮裡都去坐坐。」

皇帝握了握她的手：「天一冷就手腳冰涼的，自己不知道自己這個毛病麼，也不多披件衣裳。」他見榻上隨手丟著一件湖色繡粉白藤蘿花琵琶襟給馬褂，便伸手給如懿披上，歎口氣道，「這話便是賭氣了。」他攤開如懿方才看的書，一字一字讀道，「十二樓中盡曉妝，望仙樓上望君王。遙窺正殿簾開處，袍袴宮人掃御床。[1]」

如懿面紅耳赤，忙要去奪那書道：「不許讀了。這詞只許看，不許讀。」

皇帝將書還到她手裡：「是不能讀，一讀心就酸了。」

如懿不好意思，亦奇道：「宮詞寫的是女人，皇上心酸什麼？」

皇帝靜靜道：「朕在太和殿裡坐著上朝，在乾清宮裡與大臣們議事，在養心殿書房裡批閱奏摺。妳想著朕，朕難道不想著妳麼？妳在『鎖銜金獸連環冷，水滴銅龍晝漏長』的時候，朕也在聽著更漏處理著國事；妳在『雲髻罷梳還對鏡，羅衣欲換更添香』的時候，朕在想著妳在延禧宮中的日子如何，是不是一切順心遂意？」

如懿動容，伏在皇帝肩頭，感受著他溫熱的氣息。皇帝身上有隱隱的香氣，那是帝王家專用的龍涎香。那香氣沉鬱中帶著淡淡的清苦氣味，卻是細膩的，妥帖的，讓人心靜。暖閣裡豎著一對雙鶴比翼紫銅燈架，架上的紅燭蒙著蟬翼似的乳白宮紗，透出的燈火便落成了十八九的月色，清透如瓷，卻昏黃地溫暖。皇帝背著光站著，身後便是這樣光暈一團，如懿只覺得沉沉地安穩，再沒什麼不放心的了。

良久，如懿才依偎著皇帝極輕聲道：「臣妾初初嫁給皇上之時，其實內心忐忑，不知自己託付終身之人會是怎樣的男子。可是成婚之後日夕相對，皇上體貼入微，臣妾感激不盡。如今皇上身負乾坤重任，雖然念及後宮之情，卻也隱忍以江山為重，臣妾萬分欽佩。」

皇帝的聲音沉沉入耳：「朕忍的是兒女私情，不過一時而已。而妳也要和朕一樣，有什麼委屈，先忍著。朕知道入宮之後，妳的日子不好過，可再不好過，想想朕，也該什麼都忍一忍。朕才登基，諸事煩瑣，妳在後宮，就不要再讓朕為難。」

如懿雙眸一瞬，睜開眼道：「皇上可是聽說了什麼？」

皇帝道：「朕是皇帝，耳朵裡落著四面八方的聲音，可以入耳，卻未必入心。但朕知道，住在這延禧宮是委屈了妳，僅僅給妳妃位，也是委屈了妳。」

如懿道：「延禧宮鄰近蒼震門，那兒是宮女太監們出入後宮的唯一門戶，出入人員繁雜、關防難以嚴密，自然是不太好。但宮裡哪裡沒有人？臣妾只當鬧中取靜罷了。至於位分，有皇上這句話，臣妾什麼委屈也沒有了。」

皇帝微微鬆開她：「有妳這句話，朕就知道自己沒有囑咐錯。」他停一停，朝外頭喚了一句，「王欽，拿進來吧。」

王欽在外答應了一聲，帶著兩個小太監捧了一幅字進來，笑吟吟向如懿打了個千兒：「給嫻妃娘娘請安。」

如懿含笑頷首：「起來吧。」

王欽答應著，吩咐小太監展開那幅字，卻是斗大的四個字——慎贊徽音。

皇帝笑道：「朕親手為妳寫的，如何？」

如懿心頭一熱，便要欠身：「臣妾多謝皇上。」

皇帝忙扶住了她，柔聲道：「《詩經》中說『大姒嗣徽音，則百斯男』。徽音即為美譽，這個『慎』字是告訴妳，唯有謹慎，才能得美譽。日後宮中度日，朕是把這四個字送給妳。」

如懿明白皇帝語中深意，沉吟著道：「那臣妾便囑咐內務府的人將皇上的字做成匾額，放在延禧宮正殿，可好？」

皇帝攏一攏她的肩：「妳與朕的意思彼此明白，那就最好。」

往下的日子，皇帝依著各人位分在各宮裡都歇了一夜，是謂「雨露均沾」。之後皇帝便是隨性翻著牌子，細數下來，總是慧貴妃與嘉貴人往養心殿侍寢的日子最多。除了每月朔望，皇帝也喜歡往皇后宮中坐坐，閒話家常。如懿的恩寵不復潛邸之時，倒是隨著純嬪、怡貴人和海常在一般沉寂了下來。

無寵，無子，無顯赫家世，突然成了清靜自然身，如懿再無人理會。

紛紛揚揚地下了幾場雪之後，紫禁城便入了冬了。內務府忙碌著各宮的事宜，漸漸也疏懶了延禧宮的功夫。這日午後如懿正坐著和海蘭描花樣子，卻聽阿箬掀了簾子進來道：「內務府越發會看臉子欺負人，皇后娘娘今兒賞給各宮的白花丹和海枯藤是做成了香包的，說是宮裡濕氣重，戴著能祛風濕通絡止痛的。結果奴婢打開一看，裡面塞的白花丹粉末全是次貨，想要再跟內務府要，他們說太醫院送來的就是這些，沒更好的了。奴婢想，慧貴妃那兒，他們敢送這樣的？連縫製的香包都鬆鬆散散的，針腳不成個模樣……」

海蘭停了手，含了一縷憂色：「姐姐這兒都是這樣的，我那裡就更不必說了。」

如懿抬頭看了看阿箬：「既是次的，也比不用好。先擱著吧。」

海蘭道：「也是。外頭快下雪了。省得來回折騰。這樣吧，阿箬，妳先把這些香包都送到我那兒去，我替姐姐把針腳都縫一縫吧，省得用著便散了。」

如懿道：「這些微末功夫，叫她們做便罷了，妳何必自己這麼累？」

海蘭靜靜一笑：「姐姐忘了，我本閒著，最會這些功夫了。就當給我打發時間吧。」

這一日下了一上午的雪點子，皇帝身邊的大太監王欽親自過來了。那王欽本是先帝時的傳奏事首領太監，因皇帝為皇子時侍奉殷勤，十分得力，皇帝登基後便留在了身邊為養心殿副總管太監。因總管太監的位子一直空缺，他又近身伺候著皇帝，言語討喜，所以宮中連皇后也待他格外客氣。

王欽進來時，皇后穿了一身藕荷色緞繡牡丹團壽紋袷衣，外罩著米黃底碧青竹紋織金緞紫貂小坎肩，籠著一個畫琺瑯花鳥手爐，看著素心與蓮心折了蠟梅來插瓶。

王欽見了皇后，忙恭恭敬敬行了一禮，道：「奴才王欽給皇后娘娘請安。」

皇后含笑道：「外頭剛下了雪，地上滑，皇上怎麼派了你過來？可是有什麼要緊事？」說著一壁吩咐了蓮心上茶賜座。

王欽諾諾謝恩，方道：「謝皇后娘娘的賞，實在是奴才不敢逾越。話說完了，還等著別的差事呢。」又道，「皇上吩咐了，明兒是十五，要在娘娘的長春宮用晚膳，也宿在長春宮，請娘娘預備著接駕。」

皇后眉目間微有笑意，臉上卻淡淡的：「知道了。夜來霜雪滑腳，你囑咐著抬轎的小太監們仔細腳下，還有，多打幾盞燈籠，替皇上照著路。」

王欽忙道：「娘娘放心，奴才不敢不留心著呢。」

皇后微微頷首，揚了揚臉，道了句「賞」。蓮心立馬從屜子裡取出十兩銀子悄悄兒放在王欽手心裡。

王欽嘴上千恩萬謝了，眼睛往蓮心臉上一瞟，蓮心紅了臉，忙退到後頭去了。王欽又道：「還有一件事。昨兒夜裡下了一夜的雪，皇上想起去年潛邸裡歿了的大阿哥的生母，道了好幾句『可惜』。」

皇后惋惜道：「諸瑛是本宮富察氏的族姐，伺候皇上也久。誰知去歲病了這一場，好好的竟去了，也沒享這宮裡一日的福。」說罷便拿絹子按了按眼角，慢慢說，「諸瑛是大阿哥的生母，當年也只是潛邸裡的一位格格，位分不高。如今她雖福薄棄世而去，但皇上也不能不給她一個恩典，定下名分，給個貴人或嬪位，也是看顧大阿哥的面子。」

王欽恭謹道：「皇后娘娘慈心，皇上昨夜便說了，是要追封為哲妃，過兩日便行追封禮，還要在寶華殿舉行一場大法事，還請皇后娘娘打點著。」

皇后微微一怔，旋即和婉笑道：「還是皇上顧慮周全，先想到了。那你去回稟皇上，哲妃與本宮姐妹一場，又是本宮的族姐，她的追封禮，本宮會命人好好主持的。」

王欽笑道：「是。那奴才先告退。」

皇后眼看著王欽出去了，笑容才慢慢凝在嘴角，似一朵凝結的霜花，隱隱迸著寒氣。素心素知皇后心思，忙端了一盞茶上來，輕聲道：「天冷了難免火氣大，這江南進貢的白菊還是皇上前兒賞的，說是最清熱去火的，娘娘嘗嘗。」

皇后接過茶盞卻並不喝，只是緩緩道：「本宮是皇后，六宮之主，有什麼好生氣的？」

素心看了皇后一眼，低婉道：「娘娘說得是。其實皇上給哲妃臉面，也是看著皇后娘娘的緣故，要不是哲妃和娘娘同宗，都是富察氏的女兒，哪怕她生了大阿哥，又算什麼呢？純嬪生了三阿哥，皇上不也只給她嬪位麼？」

皇后淡淡一笑：「哲妃是與本宮同宗，可她伺候皇上早，和皇上好歹也有些情分，所以也是她先生了大阿哥。」

皇后鬱然歎了口氣，望著榻上內務府送來的一疊精心繡製的幼兒衣裳：「這件事本宮想起來便有些心酸。當年本宮嫁給皇上為嫡福晉，諸瑛原本是富察族人裡派去潛邸協同料理婚事的，誰知被皇上看上了，有了身孕。本宮的母家就著急了，也不嫌這是丟人的事兒，硬生生塞了諸瑛進來，說是本宮的族人，她萬一得幸生下了孩子，就等於是本宮的孩子。」

素心慨然道：「這件事，娘娘是受委屈了。」

「結果本宮大婚沒多久，諸瑛就生下了大阿哥，本宮心裡雖然欣慰，卻更難過。幸好後來皇天有眼，皇上對本宮越來越眷顧，這才有了二阿哥。」皇后愛惜地撫著那些孩兒衣裳，心酸道，「只是嫡子非長子，本來就是失了本宮的顏面了。」

素心道：「雖然都是富察氏，可哲妃的身分卻不能和娘娘比肩了。再怎麼樣，在潛邸時也不過是個格格。」

皇后搖搖頭，雙眉微蹙：「她身分如何且不說，皇上如今追封她為妃，就不能不當心了。母憑子貴、子憑母貴是祖宗家法。如今慧貴妃和嫻妃都無所出，純嬪身分略低。除了本宮的二阿哥，就是大阿哥身分最尊了。古來立太子，不是立嫡就是立長。若是永璉是嫡長子，那就更好了。」

素心忙勸解道：「不管怎麼樣，哲妃都已經沒了。大阿哥哪怕再爭氣，沒娘的孩子能翻出什麼天來？娘娘可是正宮皇后呢。」

皇后喝了口茶，沉吟道：「凡事但求萬全，本宮已經讓哲妃福薄了，可不能讓大阿哥再福薄。記著，照顧大阿哥的人必須多，萬不可虧待了這沒娘的孩子。」

素心略略不解：「娘娘，是像厚待三阿哥一樣麼？」

皇后微微一笑，神色端然：「太后和皇上素來誇本宮是賢后，本宮自然要當得起這兩個字。但是三阿哥還小，從襁褓裡寵愛著，自然能定了性子。大阿哥年紀卻長成了，先頭在潛邸的時候皇上還親自教導過一陣，這個時候才寵著護著，由著他淘氣，豈不是背了皇上的心思？福薄的額娘最會生下福薄的孩子，哪怕多多的人照顧著，也是不濟事的。人多，才手忙腳亂麼。」

素心會意，即刻笑道：「奴婢知道了。」

注釋：

1 出自薛逢的《宮詞》。宮怨是唐詩中屢見的題材。薛逢的這首《宮詞》，從望幸著筆，刻畫了宮妃企望君王恩幸而不可得的怨恨心理，情致委婉，有其獨特風格。全詩為：十二樓中盡曉妝，望仙樓上望君王。鎖銜金獸連環冷，水滴銅龍晝漏長。雲髻罷梳還對鏡，羅衣欲換更添香。遙窺正殿簾開處，袍袴宮人掃御床。

十一、琵琶

皇后正囑咐素心，卻聽外頭傳來太監特有的尖細悠長的通傳聲：「慧貴妃到——」

皇后點一點頭：「傳吧。」

只見白藤間紫花繡幔錦簾輕盈一動，外頭冷風灌入，盈盈走進來一個單薄得紙片兒似的美人兒，素心已經先屈膝下去：「慧貴妃萬福金安。」

慧貴妃忙笑道：「快起來吧。日常相見的，別那麼多規矩。」

說著由侍女茉心卸了披風，慧貴妃才輕盈福了福身：「給皇后娘娘請安，娘娘萬福金安。」

皇后忙笑著道：「賜座。本宮也是妳的那句話，日常相見的，別那麼多規矩。」

慧貴妃謝了恩，往下首的蝠紋梨花木椅上坐下，方才笑道：「才剛午睡了起來，想著日長無事，便過來和娘娘說說話，沒擾著娘娘吧？」

皇后笑道：「正說著妳呢，妳就來了。」她打量著慧貴妃，天氣還未到最冷的時候，慧貴妃卻早早換上了一襲水粉色厚緞繡蘭桂齊芳的棉錦袍，底下露著桃紅繡折枝花綾裙，行動間便若桃色花枝漫溢無盡春華。她外頭搭著深一色的桃紅撒花銀鼠窄裉襖，領子和袖口都鑲飾青白膁鑲福壽字貂皮邊，那風毛出得細細的，絨絨地拂在面上，映著漆黑的髮髻上一支雙翅平展鎏金鳳簪垂下的紫晶流蘇，越發顯得她小小一張臉粉盈盈似一朵新綻的桃花。

慧貴妃好奇：「皇后說臣妾什麼？」

皇后見素心端了茶點上來，方道：「說下了幾場雪冷了起來，妳原是最怕冷的。果然現在看妳，連風毛的衣裳都穿上了。這若到了正月裡，那可穿什麼好呢？」

慧貴妃捧著手裡的琺瑯花籃小手爐一刻也不肯鬆手：「皇后娘娘是知道我的，一向氣血虛寒，到了冬日裡就冷得受不住。整日裡覺得身上寒浸浸的，只好有什麼穿什麼吧。」

茉心笑道：「皇后娘娘不知道呢。雖說到了十一月就上了地龍，可我們小主還是冷得受不住，手爐是成日捧著的，腳爐也踩著不放呢。」

皇后歎了口氣道：「妳年輕輕的，也該好好保養著。如今不比在潛邸的時候，什麼好太醫沒有？盡著妳瞧的。好好把身子調養好了，也像純嬪一樣給皇上添個阿哥才好。」說到子嗣上，慧貴妃便有些傷感，忙低了頭低低應了一聲。

皇后喚了蓮心上前，道：「本宮記得長春宮的庫房裡有一件吉林將軍進貢的玄狐皮，皇上前兒剛賞的，妳去取了來。」蓮心忙退了下去，皇后見左右都是心腹之人，方肯推心置腹地道，「其實妳的年紀比本宮還長些，侍奉皇上的日子又久。說句不見外的話，皇上也是宿妳宮裡最多，怎麼會到了如今還沒一點兒動靜？妳也該好生留意著了。」

慧貴妃眼圈兒一紅，低聲道：「皇后這麼說，滿心裡是疼臣妾，臣妾都知道。可是太醫也一直調理著，還是皇上親自指的太醫院院判齊魯齊大人，不能不說是用心替臣妾看著的，只臣妾自己福薄罷了。」

皇后歎了一聲，也是感觸：「皇上膝下才三位阿哥，本宮的二阿哥是不消說了。大阿哥和三阿哥的出身都是一般，本宮是有多指望妳也能有個阿哥，聰明靈慧不消說，二阿哥也有個伴兒了。那才是真正的親兄弟呢！」

慧貴妃聽了這句話，滿心裡感激，急忙跪下，含淚道：「皇后娘娘一直眷顧臣妾，臣妾都是知道的。有娘娘這句貼心話，臣妾萬死也難報娘娘的垂愛了。」

皇后忙扶起她道：「這樣的話就是見外了。本宮與妳相處多年，也不過是格外投緣，才把妳視若姐妹一般。」她抬首見蓮心捧了那件玄狐皮進來，便道，「交給茉心吧，本宮賞給慧貴妃的。」

慧貴妃素知皮貨有「一品玄狐，二品貂，三品狐貂」之說，又見那狐皮毛色深黑如墨，唯有頂上一鬚銀毫明燦，整張皮子油光水滑，更兼是吉林將軍的貢品，一年也不過一兩件，自知是一等一的好貨，忙謝恩道：「這樣貴重的東西，臣妾怎麼敢用？又是皇上賞賜給娘娘的。」

皇后和顏道：「既是皇上賞給本宮的，本宮自然可以做主了。妳且收著吧，明兒叫內務府做件保暖的衣裳，自己暖了身子就不枉費了。」

慧貴妃再三謝過，方命茉心仔細收了。皇后一雙碧清妙目，往那狐皮上一轉，驀然歎了口氣：「其實本宮給妳的東西，再好也就是樣貢品罷了。左不過今年沒玄狐，明年後年也總還有的。哪裡比得上旁人，連宮裡掛著的一幅匾額，都是皇上御筆親賜的。」

慧貴妃似是不解，忙問：「什麼匾額？」

皇后本要回答，想了想還是擺手：「罷了，什麼要緊事呢，本宮也不過隨口一說罷了。」

慧貴妃見她寧願息事寧人，愈加不肯放鬆：「娘娘是有什麼話連臣妾也要瞞著麼？」

素心見慧貴妃盞中的茶不冒熱氣了，忙添了點水，為難道：「娘娘哪裡是要瞞著貴妃，只是怕說了也只是添氣罷了，便也懶怠多言。奴婢可是眼裡揉不得沙子的。今兒上午內務府來回稟，說皇上御筆寫了幅字給嫻妃的延禧宮裡，嫻妃就忙不迭地囑咐了人做成了金漆匾額掛在了正殿裡。其實皇上賞賜誰不賞賜？偏她這樣抓乖賣巧，生怕人看不見似的硬要掛在正殿裡，還一路宣揚著，以為這樣就得了恩寵了麼？其實奴婢看，哪怕皇上要賜字懸匾，那也是該先在皇后和貴妃宮裡，哪裡就輪到她了？」

慧貴妃貝齒輕咬，冷笑一聲道：「臣妾還以為這些時日皇上都沒召她侍寢過，她便會安分些，原來還是這潑辣貨野路子好強的性格。臣妾倒不信了，皇上御筆而已，一塊匾額就這麼難了。」她說罷起身，匆匆告辭去了。

皇后望著她背影，只是淡淡一笑，道：「本宮惦記著二阿哥，妳帶上本宮親手縫給二阿哥的那些衣裳，咱們去阿哥所走一趟。」

素心道：「今兒上午內務府不是送來了好些上用的衣裳麼？奴婢瞧著都挺好，娘娘總熬著夜給二阿哥做衣裳，自己也仔細鳳體才好。」

皇后瞥了眼那堆五顏六色的衣裳，冷冷搖頭：「旁人送來的東西，再好本宮也不放心。寧可自己辛苦些，哪怕妳們經手也放心些。」

素心聞言一凜，答應了道：「奴婢明白了。」

慧貴妃離了長春宮，坐在輦轎上支腮想了片刻，便道：「茉心，妳帶著這件玄狐皮先回宮。彩珠、彩玥留下，陪著本宮去養心殿看望皇上。」

茉心答應了聲「是」，囑咐彩珠、彩玥好生照看著，便先回去了。

慧貴妃不顧雪後路滑，催促了抬轎的太監兩聲，緊趕慢趕著便去了養心殿。才到了養心殿門外，王欽見是慧貴妃來了，忙迎上來打著千兒親手扶了慧貴妃下轎，一迭聲道：「貴妃娘娘仔細台階滑，就著奴才的手兒吧。」

慧貴妃漾起梨渦似的一點笑意：「有勞王公公了。這個時候，皇上在做什麼呢？」

王欽賠了十足十的笑意：「貴妃娘娘來得正巧，皇上歇了午覺起來批了奏摺，現下正歇著呢。挑了南府樂班的幾個歌女，正彈著琵琶呢。」

慧貴妃笑了笑道：「皇上好雅興，本宮進去怕擾了皇上呢。」

王欽笑道：「這宮裡說到音律，誰比得過娘娘？要不是怕雪天路滑，皇上肯定請了您來了。」

慧貴妃這才道：「那就勞公公去稟一聲吧。」

王欽答應著去了。慧貴妃在廊下立了一會兒，果然聽見裡頭琵琶錚錚，正出神，王欽已出來請她了。

因著皇帝在聽曲，她入殿便格外輕手輕腳，見皇帝斜坐在暖閣裡，閉著眼打著拍子。數步外坐著三五琵琶伎，身著羽藍宮紗，手持琵琶擋住半面，纖纖十指翻飛如瑩白的蝶。慧貴妃見皇帝並未察覺她的到來，便也垂手立在一邊靜靜聽著。等到一曲終了，方欠身見過皇帝。

皇帝見了她來，倒是十分高興，牽過她手一同坐下道：「本想叫妳來一同聽琵琶，又怕外頭天寒地凍的，妳本來就畏寒。」皇帝關切道，「朕命齊太醫替妳調理身體，如今覺得還好麼？」

慧貴妃低眉淺笑：「臣妾身子雖然羸弱，但有皇上關懷，覺得還好。所以今日特意過來養心殿一趟。」

皇帝握著她的手，眼中微微一沉：「手還是這樣涼，王欽，叫人再添兩個火盆來，仔細貴妃受寒。」

慧貴妃本來就是弱不勝風的體態，皇帝這般關切，更多了幾分女兒嬌態：「皇上龍氣旺盛，臣妾在旁邊，也覺得好多了。」

皇帝眉眼間都是溫潤的笑意，道：「好好坐著，也就暖過來了。」說罷指著幾個琵琶伎道，「方才妳在旁邊聽著，覺得如何？」

慧貴妃嬌盈盈道：「如今南府裡竟沒有好的琵琶國手了麼？選這幾個來給皇上清賞，

也不怕汙了皇上的耳朵。」

那幾個琵琶伎聽了，不由慌了神色，忙跪下請罪。

皇帝揚揚手，示意她們退在一邊，微微一笑道：「論起琵琶來，有妳這個國手在這兒，朕還聽得進別人彈的麼？不過是妳不在，所以聽別人彈幾曲打發罷了。」

慧貴妃盈然一笑，愈加顯得容光瀲灩，一室生春。她隨手取過其中一個琵琶伎用過的鳳頸琵琶，微微疑道：「怎麼現在南府這般闊氣了？尋常琵琶伎用的也是這種嵌了象牙的鳳頸琵琶麼？」

皇帝唇角的笑容微微一滯，那退在一邊的琵琶伎便大著膽子道：「奴婢技藝不佳，未免汙了皇上清聽，所以特別用了最好的琵琶。」

慧貴妃蔑然望了她一眼，見那琵琶伎不過二八年紀，姿容雖不十分出眾，卻別有一番清麗滋味，更兼身形略略豐腴，恰如一顆圓潤白滑的珍珠，比得慧貴妃怯弱的身量更單薄了似的。慧貴妃心下便有些不悅：「若沒有真本事，哪怕是用南唐大周後的燒槽琵琶，也只是暴殄天物而已。」

那琵琶伎垂著臉不說話，便低首立在一旁。慧貴妃一眼望去，琵琶伎所用的樂器中，只有這般鳳頸琵琶音色最清，便橫抱過琵琶，輕輕調了調弦，試準了每一個音，才開始輕攏慢撚，任由音律旋轉如珠，自指間錯落滑墜，凝成花間葉下清泉潺潺，又如花蔭間棲鳥交頸私語，說不盡的纏綿輕婉，恍若窗外嚴寒一掃而去，只剩了春光長駐，依依不去。

一曲而過，皇帝猶自神色沉醉，情不自禁撫掌道：「若論琵琶，宮中真是無人能及晞月妳。」

慧貴妃揚了揚纖纖玉手，頗為遺憾道：「可惜了，今日臣妾手發冷有點澀，又用不慣別人的琵琶，此曲不如往常，讓皇上見笑了。」

皇帝頗為讚許：「已經很好了。」他似想起什麼，向外喚了王欽入內道，「貴妃說手冷。朕記得吉林將軍今年進貢了玄狐皮，統共只有兩條，一條朕賜給了皇后。還有一條，就賜給貴妃吧。」他含笑向晞月道，「若論輕暖，這個不知勝了紫貂多少倍，給妳最合適了。」

晞月一雙剪水秋瞳裡盈盈漾著笑意：「這倒是巧了。方才皇后也賞了臣妾一條玄狐皮，也說是吉林將軍進貢的，看來這樣好東西，注定是都落在臣妾宮裡了。」

皇帝眼中閃過一絲欣慰之色：「皇后賢慧大方，對妳甚是不錯。如此，這兩條都給妳就是了。只不過朕的心意比皇后多一分，王欽，你便拿去內務府著人替貴妃裁製了衣裳再送去咸福宮吧。」

王欽答應著，又招了招手，引了一班樂伎去了。皇帝不動聲色地望了一眼其中一個，只見那羽藍宮裝消失在朱紅殿門之後，方低低笑道：「如何？」

晞月嗤地一笑，別過身子道：「什麼如何？皇上疼臣妾是假的，疼嫻妃才是真的。」

皇帝笑著搖首：「這樣的話，也就妳說罷了。朕難得才去看嫻妃一次，怎麼倒是不疼妳了？」

晞月露出三分委屈的樣子：「臣妾今兒聽說，皇上特賜御筆給嫻妃，嫻妃興興頭頭讓內務府做了匾額掛在延禧宮的正殿裡。偏臣妾的咸福宮裡那塊匾額都不知道是誰寫的，金粉也不足了。嫻妃這樣的榮耀，臣妾指望都指望不上。」

皇帝揚了揚唇角，失笑道：「原來妳是喜歡那個。朕不過是想嫻妃住的延禧宮不如妳的咸福宮多了，怕看著寒酸才隨手寫了一幅字給她。哪裡比得上妳的咸福宮，東室的畫禪室和西室的琴德簃都是朕親手題寫的。為著妳喜歡搜羅樂器，雅好琴音，朕還特意把聖祖康熙皇帝最為珍愛的古琴，包括宋琴鳴鳳、明琴洞天仙籟都放在了那裡供妳賞玩。還命人在咸福宮院中栽種蓮藕，朕便可以與妳在荷風中對景撫琴，平添清暇幽遠的意境。這樣還不足麼？」

晞月含情脈脈道：「皇上曾說，每來咸福宮，見佳景如斯，每一靜對，便穆然神移。」晞月牽住皇帝的衣袖盈盈道，「可是咸福宮什麼匾額都有了，就缺正殿一塊皇上的親筆御書。既然是隨手，皇上不如也賜給臣妾和皇后一幅。省得滿宮裡只有嫻妃有，臣妾羨慕還來不及。」

皇帝刮一刮她小巧的鼻頭：「妳有什麼羨慕的，朕什麼好的沒給妳？只這一樣，妳也喜歡？」

晞月半是委屈半是撒嬌：「皇上終日忙於朝政，臣妾在後宮日夜盼望，若能見字如見人，也可以稍稍安慰。」

皇帝微微沉吟，頃刻笑道：「好了。妳非要這般貪心不足，有什麼難的？妳既惦記皇后，朕賜給妳和皇后就是了，也許妳們做成匾額，掛在正殿裡。這下可滿意了麼？」

晞月這才嬌俏一笑，溫順伏在皇帝肩頭，柔聲道：「臣妾就知道，皇上最疼臣妾了。」

晚膳過後，皇帝著人送了晞月回去，便留在書房攤開了紙行雲流水般寫起字來。王欽見皇帝在綿白的撒金大紙上寫了十一幅字，便在旁磨著墨汁賠笑道：「皇上對皇后和慧貴妃實在是格外恩典。奴才愚心想著，皇上的字自然都是好的，原來皇上還要在這十一幅裡選了最好的賞賜呢。」

皇帝見他滿臉堆笑，也不說話，只將毛筆擱在青玉筆山上，含了笑意一張張看過去。皇帝側首，見侍奉在書房門口的李玉一臉了然而謙卑的笑意，便問：「王欽是這個意思。李玉，你怎麼看？」

李玉怔了一怔，回道：「奴才愚笨，以為皇上恩澤遍佈六宮。延禧宮已然有了一幅字，這十一幅自然是六宮同沐恩澤了。」

皇帝擊掌笑道：「好，算你聰明。」皇帝一幅幅細賞下來，自己也頗得意，一一念道，「咸福宮是滋德合嘉，許慧貴妃福德雙修的意頭；皇后的長春宮是敬修內則，皇后最敬祖宗家法，這幅字最適合她不過；鐘粹宮是淑慎溫和，與純嬪的心性最相宜，也算安慰她親子不在身邊的失意；啟祥宮是淑容端賢……」

王欽忙湊趣道：「嘉貴人該是容色冠後宮。」

皇帝微微頷首：「景陽宮是柔嘉肅靜，承乾宮是德成柔順，永和宮是儀昭淑慎，儲秀宮是茂修內治，翊坤宮是懿恭婉順，永壽宮是令儀淑德，景仁宮是德協坤元。」

王欽奇道：「景仁宮也有？」

皇帝道：「景仁宮皇后已經過身，你著內務府好好修整下，以後總要有人住進去的。」

王欽忙答應了，皇帝瞟了眼伺候在旁的李玉，笑道：「方才你機靈，那朕就把這十一幅字送去內務府製成匾額的事，交給你了。」

李玉受寵若驚，只覺得光彩，忙恭聲道：「奴才謝皇上的賞。」

皇帝奇道：「這賞干你什麼事？」

李玉喜滋滋道：「這賞是皇上給六宮小主娘娘的，奴才有幸接了這個差事，自然是沾了福氣的，所以謝皇上的賞。」

皇帝忍不住樂道：「是會說話。朕用剩下的這張撒金紙，就賞給你了。」

李玉喜得忙磕了頭，起身才看見王欽臉色陰沉，嚇得差點咬了舌頭，忙捧著紙退下了。

皇帝似乎有些倦了，便問：「什麼時辰了？」

李玉忙道：「到翻牌子的時候了。皇上，敬事房太監已經端了綠頭牌來，候在外邊了。」

皇帝凝神片刻：「今兒南府來彈琵琶的那個琵琶伎，抱著鳳頸琵琶的那個……」

李玉一怔，即刻回過神來：「是南府琵琶部的樂伎，叫蕊姬。」

皇帝按了按眉心，嘴角不自覺地蘊了一分笑意，簡短道：「帶來。」

李玉只覺得腦袋一蒙，嘴上卻不敢遲疑，忙答應了趕緊去了。

長街的積雪已被宮人們清掃得乾乾淨淨，緩步走在青石花磚上，兩旁堆雪映著紅牆碧瓦，越發覺得雪光炫目，猶如白日一般。

如懿扶著惢心的手慢慢走著，前頭兩個小太監掌著羊角宮燈，只見冷風打得宮燈走馬燈似的亂走，四周唯有陰森寒氣貼著朱牆呼嘯而過，卷起碎雪紛飛，海蘭便有些害怕，更緊緊依偎在如懿身邊。

如懿安撫似的拍拍她的手，歉然道：「這麼晚了，還要妳陪我去寶華殿祈福，實在是難為妳了。」

海蘭靠在她身邊挽著手慢慢走著，眼裡卻有幾絲歡悅：「我一個人待在宮裡也悶得慌，貴妃她又……」她欲言又止，「還好能陪姐姐去寶華殿聽聽喇嘛師父誦經，心裡也安靜許多。」

如懿道：「佛家教義，本來就是讓人心平氣和的。我去和大師們一同念念經文，將這些日子抄的《法華經》燒了，也是了了自己的一樁心願。」

海蘭往四下看了看，緊張地道：「姐姐別說，別說了。」

如懿含了一脈坦然笑意：「別怕，只有妳明白罷了。親人不在身邊，咱們在世的人也只是盡一點哀思罷了。」

海蘭微微點頭，觸動心事，眉梢便多了幾分落雪般的傷感：「海蘭父母早亡，只有姐姐在身邊，不過姐姐在，我心裡也安穩多了。」她說著，將自己單薄的身體更緊地往如懿身邊靠了靠，彷彿只有這樣，才能抵禦冬日裡無處不在的侵骨寒意。

如懿懂得地握了握她削薄的手腕，彷彿形影相依一般：「妳常來看我是好的，但被貴妃知道，只怕又要刁難妳。」

海蘭輕聲道：「我都慣了。」

兩人正低聲說著話，忽然聽得車輪轆轆碾過青磚，一輛朱漆銷金車便從身畔疾馳而過。如懿將海蘭攔在身後，自己躲避不及，身上的雲白青枝紋雁翎氅便沾了幾點車輪濺起的濁泥。

猶有餘香散在清冷的空氣中，纏綿不肯散去。海蘭詫異道：「是送嬪妃去侍寢的鳳鸞春恩車！」

如懿顧不得雁翎氅上的污濁，驚異道：「今夜並不曾聽說皇上翻了牌子，這鳳鸞春恩車走得這樣急，是誰在上面？」

海蘭嗅了嗅空氣中殘餘的甜香，亦不免驚詫：「好甜郁的香氣！貴妃都不用這樣濃的熏香，是誰呢？」

二人相視疑惑，只聽得宮車轆轆去得遠了，裊裊餘音。那車過深雪，兩輪深深的印跡便似碾在了心上，揮之不去。

十二、蕊姬(上)

這一日清晨，嬪妃們一早聚在皇后宮中，似是約好了一般，來得格外整齊。殿中一時間鶯鶯燕燕，珠翠縈繞，連熏香的氣味也被脂粉氣壓得暗淡了不少。

皇后尚在裡頭梳妝，並未出來。嬪妃們閒坐著飲茶，鶯聲燕語，倒也說得極熱鬧。怡貴人忍不住道：「昨兒夜裡吹了一夜的冷風，嗚咽嗚咽的。也不知是不是妹妹聽岔了，怎麼覺得好像有鳳鸞春恩車經過的聲音呢？」

嘉貴人冷笑一聲，扶了扶鬢邊斜斜墮下的一枚鎏金蟬壓髮，那垂下的一綹赤晶流蘇細細地打在她脂粉均勻的額邊，隨著她說話一搖一晃，眼前都是那星星點點的赤紅星芒。嘉貴人道：「不是怡貴人妳聽岔了，而是誰的耳朵也不差，掃過雪的青磚路結了冰，那車輪聲那麼響，跟驚雷似的，誰會聽不見呢！」

海蘭忍不住道：「別說各位姐姐是聽見的，嬪妾打寶華殿回來，正見鳳鸞春恩車從長街上過去，是載著人呢。」

這下連近來一直沉默寡歡的純嬪都奇怪了，便問：「我明明記得昨夜皇上是沒有翻牌子的，鳳鸞春恩車會是去接了誰？」說罷她也疑惑，只拿眼瞟著剝著金橘的慧貴妃，「莫不是皇上惦記慧貴妃，雖然沒翻牌子，還是接了她去？」

慧貴妃水蔥似的手指，慢慢剝了一枚金橘吃了，清冷一笑：「本宮怎麼知道是誰在車裡？這種有違宮規又秘不告人的事，左右不是本宮便罷了。」

如懿端著茶盞，拿茶蓋徐徐撇著浮沫，淡淡道：「不管是誰，大家要真這麼好奇，不如去喚了王欽來問，沒有他也不知道的道理。」

慧貴妃媚眼微橫，輕巧笑了一聲：「這樣的事只有嫻妃敢說，也只有嫻妃敢做。不如就勞駕嫻妃妹妹，去扯了王欽來問。」

如懿只看著茶盞，正眼也不往慧貴妃身上瞟，只淡淡道：「誰最疑心便誰去問吧。金簪子掉在井裡頭，不看也有人急著撈出來，怎麼捨得光埋在裡頭呢？」

嘉貴人拿絹子按了按鼻翼上的粉，笑道：「也是的，什麼好玩意兒，只怕藏也藏不住。等著看就是了。」

眾人正說著，只聽裡頭環佩叮咚，一陣冷香傳至，眾人知是皇后出來了，忙噤聲起身，恭迎皇后出來。

皇后扶著素心的手，行走間沉穩安閒，自有一股安定神氣，鎮住了殿中的浮躁心神。皇后往正中椅上坐下，吩咐了各人落坐，方靜聲道：「方才聽各位妹妹說得熱鬧，一句半句落在了耳朵裡，什麼好事情，這麼得各位妹妹的趣兒？」

眾人面面相覷，到底是嘉貴人沉不住氣先開了口：「臣妾們剛才在說笑話兒呢，說昨夜皇上並沒有翻牌子，鳳鸞春恩車卻在長街上走著，不知是什麼緣故呢。」

皇后淡淡一笑，那笑意恍若雪野上的日光，輕輕一晃便被凝寒雪光擋去了熱氣：「能有什麼緣故？不過是咱們姐妹的福分，又多了一位妹妹做伴罷了。」

「多了位妹妹？」嘉貴人忍住驚詫之情，勉強笑道，「皇后娘娘的意思是……」

「連著天寒，本宮囑咐妳們不必那麼早來請安，所以妳們有所不知。方才妳們來前，皇上已經讓敬事房傳了口諭，南府白氏，著封為玫答應。本宮也已經撥了永和宮給她住過去。」

慧貴妃攥緊了手中的絹子，忍不住低呼：「南府？那不是……」

如懿心裡雖也意外萬分，卻也忍住了，只與海蘭互視一眼，暗暗想，難怪這麼重的熏香氣息，果然是這麼一個玉人兒了。

皇后面上波瀾不驚，只抬了抬眼皮看了慧貴妃一眼：「照理說貴妃應該是見過的，聽說是一個彈琵琶的樂伎。」

慧貴妃眉頭微鎖，凝神想去，昨日所見的幾個樂伎裡，唯有一個眉目最清秀，身形又豐腴多魅，想來想去，再無旁人。她咬了咬牙，忍著道：「是有一個彈鳳頸琵琶的，皇上還嫌她們彈得不好……」

純嬪鬱然吁了口氣道：「琵琶彈得好不好有什麼要緊，得皇上歡心就是了。」

旁人聽了這一句還罷了，落在慧貴妃耳中，雖然說者無心，卻直如剜心一般，一刀一刀剜得喉嚨裡都忍不住冒出血來。她死死抓著一枚金橘，直到感覺沁涼的汁液濕潤地染在手上，才意識到自己的失態，忙喝了口茶掩飾過去。

嘉貴人柳眉揚起，不覺帶了幾分戾氣：「南府樂伎，那是什麼身分？比宮女還不如。宮女晉封還得一級級來，先從無名無品的官女子開始呢，她倒一夕之間成了答應了。」

皇后和藹道：「樂伎雖然身分不如宮女，但總比辛者庫賤奴好多了。康熙爺的良妃，不是還出身辛者庫麼？照樣生下皇子封妃，一生榮寵。也因著樂伎不是宮女，皇上格外恩賞些，也不算破了規矩。」

嘉貴人眉心微曲，嫌惡似的撣了撣絹子：「樂伎是什麼低賤身分，來日在這裡與我們平起平坐，是要和我們閒話南府裡的哪個戲子有趣呢，還是她穿上哪身樂伎的衣裳彈起琵琶來最勾魂？咱們已經有一個海常在平時陪著說說絲線刺繡了，如今倒來了個更好的。」

海蘭聽說到她，卻也悶悶地不敢說話。皇后臉上一沉，已帶了幾分秋風落葉的肅然之氣：「好了！」

嘉貴人一驚，自知失言，也不敢多說了。皇后緩和了口氣道：「不管怎麼說，玫答應都是皇上登基後納的第一個新人，皇上要喜歡，誰也不許多一句閒言碎語。本宮只有一句話，六宮和睦，才能子嗣興旺。誰要拈酸吃醋，彼此閒算計，本宮斷斷容不下她！」

眾人諾諾答應了。一時間氣氛沉悶了下來，倒是純嬪大著膽子道：「皇后娘娘，臣妾有一個不情之請，實在是……」

皇后溫和道：「有什麼事，但說無妨。」

純嬪躊躇片刻，還是道：「娘娘，昨兒夜裡刮了一夜的風，臣妾聽著怕得很。臣妾的三阿哥還在襁褓之中，一向怕冷畏寒的。臣妾心中掛念，想請皇后娘娘允准，允許臣妾今日去阿哥所多陪陪三阿哥。」

皇后一時也未置言，只是抿了口茶，方微笑道：「今兒本就是十五，妳可以去看三阿哥。祖宗規矩，半個時辰也夠盡你們母子的情分了。」

慧貴妃笑言：「可不是！除了皇后娘娘，後宮妃嬪每月初一十五可去阿哥所探望，但都不許過了半個時辰。皇后娘娘常去探望幾位阿哥和公主，本宮也跟著去過一次，三阿哥受的照顧比皇后親生的二阿哥和三公主還好呢。饒是這樣，皇后娘娘還千叮萬囑了三阿哥年幼嬌嫩，要萬事小心。有皇后娘娘這麼眷顧，純嬪妳還有什麼不足的？難道多陪了一會兒，妳的三阿哥到了冬天便不知道冷了麼？」

純嬪被她一席話說得啞口無言，只得黯然垂下了眼眸。

皇后寬和一笑：「好了。妳在意兒子本宮是知道的。只是阿哥所的事，妳放心就是。再這樣成日記掛著兒子，還怎麼好好伺候皇上呢？」

至此，眾人再無閒趣，便各自散了。

慧貴妃本在最後，正起身要走，見皇后向她微微頷首，便依舊坐在那兒，只剝著金橘吃。

待到眾人散盡了，皇后方歎了口氣，揉著太陽穴道：「暖閣裡有上好的薄荷膏，妳來替本宮揉揉。」

慧貴妃答應著跟著皇后進了暖閣。素心取出一個暗花紋美人像小瓷缽擱在桌上，便悄然退了下去。慧貴妃會意，打開一聞，便有沖鼻清涼的薄荷氣味，直如湃入霜雪一般，登時清醒了不少。她用無名指蘸了一點替皇后輕輕揉著，低聲道：「不是臣妾小心眼兒，皇上納了這樣一個人，實在……」

皇后輕輕吁了口氣：「身分低賤也就罷了，只要性子和順總是好的。妳卻不知道她的來歷……」

慧貴妃愈加驚疑：「什麼來歷？」

皇后彷彿無限頭痛，冷然道：「本宮只當皇上封了個嬪妃，也沒往心裡多想。誰知才讓趙一泰去南府問了底細，那白氏竟是和她有關的。」

慧貴妃大驚失色：「娘娘的意思是……嫻妃！」她愈想愈不對，恨聲道，「果然呢！臣妾以為皇上不太去她那裡，她便安分了。原來自己爭寵炫耀不算，暗地裡竟安排了這個進來，真是陰毒！」

皇后用手指蘸了一點薄荷膏在鼻下輕嗅片刻，才覺得通體通泰許多：「不是她陰毒，是咱們整日裡以為高枕無憂，疏忽大意了。一個不留神就出來一個玫答應，她若是個好的也罷了……」

慧貴妃切齒道：「南府裡出來的，能有幾個好的？一個個狐媚惑主，輕佻樣兒。臣妾方才想起來，昨日臣妾覺著她們琵琶技藝不佳，白說了一句，便有一個膽子大的敢當著皇上回臣妾的話。一個兩個都是這樣膽大包天的，能有什麼好的？」

皇后倒吸一口涼氣，詫異道：「當著妳的面也敢如此，那就真不是個安分的了。」她隱然憂道，「本宮顧著後宮千頭萬緒的事情，總有顧不到的地方。妳是貴妃，一人之下眾人之上，妳若不替本宮看著點警醒著點，哪日我們姐妹被人算計了去都不曉得！嫻妃近來無寵，可她才十八歲，來日方長……」

慧貴妃微微失神，按著太陽穴的手也不覺鬆了下來：「臣妾已經二十五了……」

皇后的手輕輕搭在慧貴妃纖白的手上，低低道：「妳二十五，本宮也已經二十五了。」她語氣一凜，旋即沉聲道，「二十五又如何？只要咱們眼光放得長遠，萬事顧慮周到，一個人眼睛不夠，另一個人幫襯著，總不會有顧不到的地方，也容不得狐媚子媚寵。當日本宮分配殿宇的時候，特意把海蘭放在妳宮裡，妳知道是為何麼？」

慧貴妃聽得皇后語氣沉穩，心下也稍稍安慰，忙道：「潛邸之時，除了臣妾與嫻妃、嘉貴人，其餘人等都不算得寵。皇后娘娘將海蘭放在臣妾宮裡，是要防著她哪一日又偷偷狐媚了皇上。皇后娘娘放心，皇上快連她是誰都不記得了呢。」

皇后的目光在她臉上輕輕一轉，見她只是一副篤定的樣子，不覺搖頭道：「這雖然是其中一個原因，但不是最要緊的。海蘭向來不得寵，所以對皇上而言，既是一個記不得的人，也很可能會成為一個新鮮人兒。妳防著她不錯，但更要防的是嫻妃與海蘭的親近。」

慧貴妃旋即會意：「娘娘的意思是說，海蘭也會成為第二個玫答應？」

皇后沉靜道：「那也未必。但凡事不能不多長個心眼。妳自己宮裡的人，自己留心著吧。」

這邊廂延禧宮裡也不安靜，如懿正站在廊下看著從內務府領來的冬日所用的炭火分例。小太監三寶領著幾個人數清了，上來回話道：「娘娘，已經數清了，黑炭一千二百斤，紅籮炭三百斤，都已經在外頭了。」

如懿點點頭，問道：「海常在那兒如何？」

三寶道：「按著常在的位分，沒有紅籮炭，只有按著每日二十斤的黑炭算。但是奴才方才打內務府過來，聽說……」

如懿蹙眉：「說話不用吞吞吐吐，聽說什麼？」

三寶嚇得吐了吐舌頭，忙說：「聽說海常在宮裡總說黑炭不夠用，可那分例是定了的，哪有再多？怕是海常在正受著凍呢。」

阿箬替如懿將剛籠上的手爐捧了來，細心地套上一個紫絨爐套才送到如懿手裡，輕聲道：「外頭風大，小主仔細被風撲了腦仁，回頭著了風寒。」

如懿笑道：「總關在屋子裡悶得慌，這兒避風，倒也不怕。」

阿箬又道：「聽三寶說這話，海常在一向是老實的，若不是凍得受不住，怕也不會去跟內務府再要炭了。只不知她宮裡統共就那兩個人，怎麼會不夠呢？」

如懿歎息道：「這就是她的難處了。昨兒夜裡我和她都在寶華殿誦經祈福，才摸到她的手爐溫溫的，居然都不熱。我還以為是伺候她的葉心和香雲不仔細，誰知道問了一句，她眼睛都紅了，說是分例的炭根本不夠用，她那西曬的屋子本來就冷，平日裡燒一個火盆就勉勉強強了，哪裡還顧得到手爐腳爐。我這才知道，她的日子竟這樣難過。」

阿箬正了正身上一色兒的暗紫色宮裝，寬慰道：「這也不能怪小主。貴妃向來和小主不睦，小主自然不便去她的咸福宮看海常在，否則怎會顧不到？要說起來，也是貴妃太不當心了，由著自己宮裡人受苦。」

如懿心下難過，忍著氣道：「按理說海蘭只有兩個丫頭，兩個太監，東西自然不會不夠。但她告訴我，貴妃怕冷，總嫌著宮裡不夠暖和，內務府送來的炭都是剋扣了大半才給她的。貴妃自己也就罷了，連奴才的屋子裡都燒得暖烘烘的，也不顧著海蘭。」

阿箬倒抽了一口涼氣：「那怎麼成？再往下正月裡二月裡凍得不行，海常在怎麼受得住？」

如懿歎了一聲：「這何嘗不是我的不是，為了避嫌避禍，這樣委屈了她。若我仔細些早發覺了，她也不必這樣受凍。」她喚過三寶，「你仔細些，悄悄兒送些炭到海常在那兒，別叫人留意著。還得記得只能是黑炭，她的位分不能用紅籮炭，那紅籮炭燒了的炭灰是銀白的，一眼就叫人認出來了，反而不好。黑炭卻是看不出多少的。」

三寶應了一聲道：「奴才明白。會趁貴妃去請安時隔幾天送一次，免得送多了點眼。」

如懿滿意微笑：「那就趕緊去吧。還有，內務府撥來的冬衣，你也挑一批好的，悄悄兒送過去。」

阿箬看三寶下去了，便道：「小主待海常在也算有心了，天剛冷的時候就送了好些新棉去，如今又送衣裳。」

如懿頗有觸動：「這宮裡有幾個人是好相與的？海蘭也算和我投契了，彼此照應些也是應當的。」她轉過臉問阿箬，「方才讓妳去永和宮送些薄禮給玫答應，可打聽到了什麼？」

阿箬眼光往四周一轉，忙輕聲道：「奴婢奉小主之命送了兩匹妝花緞過去，誰知道永和宮可熱鬧了呢，嘉貴人和怡貴人都送了東西去，連慧貴妃也賞了好些東西呢。」

如懿念及什麼，便問：「那純嬪……」

「奴婢去的時候純嬪宮裡還沒送東西去呢。」

如懿明白，剛離了皇后宮裡，純嬪一定是緊趕著去了阿哥所看望兒子。即便回來了，也必定傷感兒子不在身邊，一時也怕顧不到這些禮數。她便道：「那等下我去鐘粹宮看看純嬪，她也可憐見兒的。」

阿箬又道：「奴婢特意拜見了玫答應。雖然是答應，但永和宮的佈置，玫答應的打扮，比怡貴人還尊貴呢。可見雖然才侍寢了一次，皇上卻是極喜歡的。」

話音未落，卻聽嘉貴人婉轉的嗓音自院外傳入：「皇上怎麼會不喜歡玫答應？吹拉彈唱的有什麼不會？又是人家一手調教出來的好人兒！」

如懿微一揚眸，就見金玉妍穿了一身玫瑰紫柳葉穿花大毛斗篷，扶著侍女麗心的手風擺楊柳似的進來。玉妍見了如懿便躬身福了一福，笑聲冷冽如簷下冰：「恭喜嫻妃，賀喜嫻妃了。」

如懿一怔，旋即笑道：「嘉貴人這句話合該對著永和宮的玫答應說。怎麼錯到了延禧宮呢？」

嘉貴人冷笑一聲：「嬪妾沒這樣好的本事，調理得出花朵兒一樣的人兒吹拉彈唱，歌舞迎人。娘娘一手栽培出了這樣得意的人來，怎麼不算喜事呢？」

如懿心下含糊，雖不知出了什麼事，卻聽得金玉妍句句話都沖著自己來，便也不假辭色：「嘉貴人一向快人快語，今兒有話也不如直說。本宮洗耳恭聽。」

「洗耳恭聽？」嘉貴人盈盈一笑，那笑意卻似這天氣一般，帶了犀利的寒氣，「嫻妃娘娘聽琵琶曲兒聽得熟了，何必今日早上要和咱們一樣糊塗，還議論玫答應的來歷呢？」

如懿聽她提得「來歷」二字，心中越發糊塗。卻見金玉妍一臉了然，想是什麼都知道，與其自己揣測，還不如聽她說來。如懿只得道：「不管嘉貴人說什麼，關於玫答應的來歷，本宮真是懵然不知。若是嘉貴人覺得不必白來這一趟延禧宮，不如賜教告訴本宮一聲，也好叫本宮落個明白。」

嘉貴人姣好的長眉輕輕一挑，疑道：「妳是真不知還是假不知？」

如懿坦白：「真不知。」

嘉貴人似信非信地挑眉看著她，緩了口氣道：「玫答應不是娘娘母家烏拉那拉府邸送進南府的麼？」

如懿與阿箬對視一眼，彼此俱是愕然，嘉貴人見她神色不假，也有幾分信了：「妳真的不知道？」

如懿走到廊下，坦誠道：「這件事本宮也是毫不知情，正打算讓阿箬去打聽了的。妹妹若是知道，不妨直言。」

嘉貴人冷冷看了她一眼：「玫答應是先帝雍正八年，妳母家烏拉那拉府邸送進來的人。」

如懿凝神想了一想：「雍正八年本宮才十三歲，如何能得知這些事？」

嘉貴人撫著指上尖尖的護甲：「妳不知道，不代表當年的景仁宮皇后不知道。慧貴妃和嬪妾已經查問過，當年玫答應入南府，是景仁宮皇后允許的。妳當年雖不知情，難道後來也一無所知麼？何況玫答應突然得寵，也太奇怪了些。其中的關節，也只有娘娘妳自己知道了。」

金玉妍言畢，扶了麗心的手逕自離去。唯餘如懿站在院中，聽著簷下冰柱滴答落下冰水來，滴答，滴答，敲在她疑惑不定的心上。

十三、蕊姬（下）

這一日是臘月初一，皇帝照例宿在皇后宮中。如懿聽著窗外風聲淒冷，雪落綿綿，正對著燈花想著心事，卻見阿箬進來，抖落了一身的雪花，近前道：「小主。」

如懿將自己壺中的茶倒了一碗遞給她，又將暖爐給她捧在懷裡：「先喝杯熱茶暖一暖。」

阿箬凍得抖抖索索的，一氣把那茶喝盡了，方暖過來道：「都打聽清楚了。玫答應的確是出自咱們府裡，也是老主子手裡進來的人。不過那年先帝選充南府的樂伎，各府裡都挑了好的送進來，倒也不止咱們一家。奴婢問過了，玫答應今年十七，是十二歲的時候送進來的。」

火盆裡一芒一芒的紅籮炭燒得極旺，不時迸出幾星通紅的火點子。如懿慢慢地撥著指甲，凝神道：「難不成姑母這麼早就佈置下了人在宮裡？只是有這麼個人，姑母也不曾向我提過一句呀。」

阿箬搓著手取暖道：「奴婢也是這麼想。只不過最後那幾年老主子自顧不暇，與小主也來往不多，渾忘了也是有的。」

如懿點點頭：「也許也是咱們想多了，不過是各府裡都送了人進來，咱們恰巧也有一個罷了。落在別人眼裡，疑心便生了暗鬼，以為是我唆使了送去皇上那兒的。」

阿箬冷笑道：「可不是！什麼亂七八糟的都往咱們頭上栽，小主可別再那麼好性子了。什麼時候冷不丁給她們一下，她們就都知道厲害了。」

如懿一笑：「再厲害也厲害不過妳的嘴！」她蹲下身，拿起烏沉沉的火筷子撥著火盆裡的炭，底下冒出一陣香氣，阿箬吸了吸鼻子，喜道：「好香！是烤栗子的味道！」

如懿笑道：「知道妳愛吃，妳剛出去我就往火盆裡扔了好幾個栗子，這會兒正好。妳自己拿火筷子夾出來，仔細燙手。」

阿箬忙不迭地笑著答應了，取出烤得爆開的栗子，顧不得燙，就剝開吃了起來。暖閣裡燈火通明，隱隱地透著栗子的甜香，主僕倆相視一笑，倒也開懷。

此後連著幾日，但凡有侍寢，必是永和宮的玫答應，得寵之深一時風頭無兩。加之數日鵝毛大雪，出門不便，皇后免了晨昏定省，一時之間眾人對這位未曾謀面的玫答應存了無數好奇之心。

好容易五六天後雪止晴霽，終於能出門了。這日的宮中請安，眾人便到得格外早。果然才坐定陪皇后聊了幾句，殿外便有太監通傳：「玫答應到了。」

聽得這一聲，本來還在笑語連珠的嬪妃們都靜了下來，不自覺地向外看去。

只見殿門豁開，一個身著淺菊色繡碧桃花蝶蘇緞旗裝的女子低著頭盈盈走進，她梳著精巧的髮髻，髮間不用金飾，只以碧璽花朵零星點綴，髻上斜兩支雪色流珠髮簪，卷起的鬢邊嵌著一粒一粒瑩瑩的紫瑛珠子。待到走得近了，才看出她的衣裙上繡著一小朵一小朵淺緋的碧桃花瓣，伴著銀線湖藍淺翠的蝴蝶，精繡繁巧輕靈如生，彷彿呵口氣，便會是花枝展天地，春蝶翩飛於衣裾之上。

慧貴妃見她早不是昔日打扮，不覺擱下茶盞，冷笑一聲：「狐媚！」

因是玫答應一直低著頭，雖未看清模樣，嘉貴人已然奇道：「咱們冬日的衣衫厚重，怎麼她這一身卻輕薄，好像不怕冷似的。」

純嬪坐在她身旁，低低道：「聽內務府說江寧織造新貢了一種暖緞，雖然輕薄，卻十分暖和。」

嘉貴人鬱然歎了口氣道：「自從皇上登基，皇后下了命令，不許用純金的首飾，不許金線織衣，更不許用江南的好料子，說是靡費。如今看她這一身衣裳便是蘇緞的料子，只是個答應也用了銀線織繡，雖未用金飾，可那碧璽又如何不貴重了？」

純嬪輕輕搖了搖頭，示意她噤聲。嘉貴人沒好氣地收斂了神色，只擰著絹子不做聲。

玫答應低頭欠身，行了一禮：「臣妾永和宮答應白氏參見皇后娘娘、各位小主。皇后娘娘萬福金安，各位小主順心遂意。」

皇后含了一縷妥帖雍容的笑意，和言道：「這便是玫妹妹了，本來早應相見的，只是一直大雪，到了今日才得見。起來吧，蓮心，賜座。」

玫答應抬起頭來，眾人見她這般盛裝打扮，只以為是個千嬌百媚的絕色美人，誰知仰起面來，不過是個白淨嬌麗的面孔，雖然十分清秀，但也只是中上之姿而已。旁人倒還不覺得怎樣，嘉貴人先不由自主地鬆了口氣，只低頭撥著自己手腕上的銀鑲珠翠軟手鐲，笑吟吟地不說話。

蓮心在海常在之後添了一張椅子請玫答應坐了，又殷勤端上茶來。

玫答應倒也不羞怯，朗聲道：「本該早些來拜見皇后娘娘的，可惜一直天公不作美，到了今日才能來。」

皇后向上挑起的唇勾勒出一朵和婉的笑紋：「來與不來，都只是一份心意。以後朝夕相見，妳就知道各位姐妹都是好相處的了。」說罷便由蓮心一一指了妃嬪引她見過。

嘉貴人輕聲笑道：「不僅咱們是好相處的，皇上也格外疼妹妹啊。妹妹這身料子，輕薄暖和，是江寧進貢的暖緞吧。」

玫答應淡淡笑道：「嘉貴人好眼力。」

嘉貴人唇際欲笑未笑：「不是我好眼力，而是乍一看見妹妹穿得單薄，害怕凍著了妹妹。原來是皇上的一片心意。只是這暖緞難得，連皇后宮裡也都沒有，我也只是聽說了胡亂一猜罷了。」

嘉貴人娓娓道來，眾人心裡難免多了一分醋意，玫答應還是那樣淡淡的神情：「是麼？皇上只是賞了我衣裳，別的我不多問，也全不知道。」

嬪妃們見她只是這樣疏懶的神情，也知道不好相與。倒是慧貴妃說了一句：「皇上登基後皇后娘娘就一直主張後宮簡樸。妹妹只是區區一個答應，這身衣服也略奢華了些。」

玫答應懶懶抬了抬眼：「是麼？皇上喜歡嬪妾這樣穿而已。」

慧貴妃一時噎住，不覺有些氣惱。

皇后看出幾分端倪，朗然道：「好了。外頭雖然雪停了，但天寒地凍，路滑難行，大家還是早些回去吧。快到年下了，別凍著身子才好。」

眾人答應著散了，便各自上了輦轎回宮。

阿箬替如懿圍上雲白青枝紋雁翎氅，兜好風毛和暖爐，扶了她的手出去。如懿看著滿世界冰雪銀裝，便道：「別傳輦轎了，這麼好的雪景，咱們從御花園慢慢走回去。」

阿箬笑道：「也好。好些天沒出來了，悶得慌呢。」

二人正要邁步出去，忽聽身後一聲喚「嫻妃娘娘留步」。如懿轉過頭去，卻見玫答應攜了一個小宮女的手盈然上前，笑道：「嫻妃娘娘好雅興，嬪妾正好想去御花園中賞雪，不知娘娘可否願意與嬪妾同行？」

如懿笑道：「既然妹妹願意，獨行不如結伴罷了。」

二人慢慢踱步向前，雪後的陽光雖無多少暖意，但與雪光相映更加顯得明亮。多日來的積雪更是將御花園映得白光奪目，恍若行走在晶瑩琉璃之中。偶爾有樹枝上的積雪墜落至地發出輕微的簌簌之聲，越發襯得周遭安靜得彷彿不在人世。此時積雪初定，間或有幾株蠟梅正開得繁盛。那蠟梅素黃粉妝，色如蜜蠟，金黃燦爛一樹，加上梅枝間新雪相襯，呼吸間只讓人覺得清芬馥郁，冷香透骨。

如懿不覺深吸了一口氣，玫答應察覺，便笑：「嫻妃娘娘喜歡梅花？」

如懿伸手攀住一掛蜜凍似的花枝輕輕嗅了嗅，沉醉道：「是，尤其是綠梅，清雅宜人，不落凡骨。」

玫答應道：「娘娘見過綠梅？」

如懿頷首：「小時候和阿瑪去蘇州，在那時見過兩次，實在是人間至美之物。」

玫答應淡淡一嗤，唇邊露出三分清冷之意：「嬪妾也是因為善彈月琴，才被人從蘇州買來。後來才機緣巧合被送進宮來。」

如懿奇道：「聽聞玫答應出身南府琵琶部，不是應該善彈琵琶麼？」

玫答應幽然凝眸，墨灰色的憂傷從眸底流過：「嬪妾本來擅長的是月琴，只因入了南府，教習師傅說先帝喜歡琵琶，才改學的。」她伶仃的歎息轉瞬落在寒風裡，「哪裡不都一樣？喜歡什麼，中意什麼，都由別人說了算，半點由不得自己。」

如懿聽她感傷身世，便試探道：「這句話，妳是在怪烏拉那拉府當年把妳送進南府麼？」

玫答應冷然一笑：「送嬪妾是送，送旁人也是一樣，有什麼可怪的？不送嬪妾進南府，嬪妾也不過是府裡一個樂伎，漂若浮萍罷了。哪裡比得上嫻妃娘娘金尊玉貴，連喜歡的花都是骨骼清奇的稀世綠梅，相形之下，嬪妾不過是風中柳絮，蒲柳命數了。」

如懿正不知如何接話，只聽得後頭一個聲音道：「只可惜這綠梅實在是難得。凡事太過清奇，終究不容於世長久。嫻妃，妳說是不是？」

如懿聞聲抬首，卻見慧貴妃攜了宮女站在不遠處一樹蠟梅下，手中折了兩枝蠟梅，盈盈向她笑語。

如懿見了她，便與玫答應屈身行禮道：「給貴妃請安。」

慧貴妃吩咐了「起身」，笑道：「風吹得順，聽見嫻妃與玫答應閒聊，倒惹得玫答應自傷身世了。」她笑著向玫答應瞥了一眼，「士別三日當刮目相待，說的就是玫答應啊。」

玫答應微微低首：「再相見，貴妃娘娘雍容華貴，風姿依舊。」

慧貴妃細細打量著她，最後將目光落在她水蔥似的纖纖指尖上：「這麼會說話，南府裡應該選妳去唱曲兒，只彈琵琶是可惜了。倒還沒問過妹妹，叫什麼名字呢？」

玫答應不信她不知，卻還是答道：「嬪妾姓白，名蕊姬。」

慧貴妃唇角漾著甜美的笑意，眼中的清冷卻與這冰雪並無二致：「果然是個好名字，一聽生來就是供人賞玩取樂的。」

玫答應眉心一跳，臉上卻平靜無波：「命裡注定的緣分，若能供皇上一時之樂，就是嬪妾的無上福澤了。」

慧貴妃聽她句句仗著皇帝的恩寵，笑意頓斂，冷冷道：「別以為封了個答應，妳的榮寵就長久了。妳那一手琵琶，皇上閒時當麻雀唧喳似的聽個笑話兒，還真當自己成了鳳凰清啼麼？」

玫答應不卑不亢，只蘊了一抹淡淡笑意，悠然望著天際道：「嬪妾自知琵琶不如貴妃娘娘，姿容也不如貴妃娘娘。可是娘娘想過沒有，為什麼皇上放著娘娘這一手琵琶絕技不聽，只喜歡嬪妾這些不入流的微末功夫呢？」

慧貴妃神色一冷，還不及回嘴，玫答應眼波悠悠在她面上一轉，恍若無意般望著近處一樹怒放的蠟梅，悠然道：「歲月匆匆，不饒人哪！」

慧貴妃臉色大變，只見一張粉面漸次蒼白下去，直如枝椏上透白的積雪一般，腳下微微一個踉蹌，身邊的宮人忙牢牢扶住了。

如懿聽得不對，立刻呵斥道：「放肆！貴妃和本宮面前，豈容妳胡言亂語，肆意犯上！」

玫答應毫不畏懼，她的笑聲落在雪野中恍若簷下風鈴一般清脆玎玲：「嫻妃娘娘別吃心，娘娘只比嬪妾長了一歲，歲月怎捨得薄待了娘娘？嬪妾說的是誰，那人心裡自然清楚！」

如懿本是好意，念在同出於烏拉那拉氏門下，想替她圓了過去。誰知蕊姬毫不領情，越發指著慧貴妃不依不饒。饒是如懿這樣的外人，聽了亦覺得下不來台。

慧貴妃才一站穩，聽得這一句，臉上騰地紅了起來，顯是怒到了極點。她的目光如利劍一般，恨不能在玫答應年輕飽滿的面孔上狠狠刺出兩個血洞來。片刻她口中迸出兩個字：「掌嘴！」

話音擲地有聲，不容半句辯駁。慧貴妃身邊的首領太監雙喜一個搶身，按住了玫答應的肩就要往下按。偏是那玫答應是南府出身的，身段水蛇兒似的輕靈，輕輕一擰便扭開了。雙喜一個手快，這下再不留情，往她膝彎裡狠狠一踢，玫答應吃痛，一下就跪在了雪地裡。雙喜一個耳光就要搧上去，玫答應如何肯受辱，喝道：「我是皇上親封的嬪妃，怎容你一個奴才欺辱？」

雙喜稍一猶豫，按著玫答應肩膀的手卻絲毫不肯放鬆。

如懿看情勢不好，忙求道：「貴妃娘娘，蕊姬剛成答應不久，宮中的規矩禮數還沒有都懂得，但請貴妃寬恕，饒了她一遭吧。」

慧貴妃冷冷一笑，根本不去理睬如懿，只看著玫答應道：「自己才從奴才堆裡爬出來，就嫌棄人家是奴才不配動妳了？妳是皇上親封的答應，本宮是皇上親封的貴妃，雲泥之別，妳敢冒犯本宮，就活該要受責罰！雙喜，給本宮狠狠掌她的嘴！」

話音剛落，玫答應雪白嬌嫩的臉頰上便已經狠狠挨了一掌。雙喜顯是用足了力氣打下去，玫答應的左側臉頰立刻高高腫起，嘴角溢出猩紅一抹血痕。她猶自不怕，仰著頭道：「旁人說奴才兩個字就罷了，貴妃娘娘自己也是包衣出身，和嬪妾有什麼兩樣？又誰比誰高貴了！」

慧貴妃自抬旗為高佳氏之後，平生最恨人提起她是漢軍旗包衣出身，生生地比如懿矮了一截。此時又正當著如懿的面，她愈加氣得渾身發顫，指著玫答應厲聲道：「雙喜，她這樣不知死活，你也不必留情！給本宮狠狠地打，打到她老實為止！」

這一吩咐，雙喜更落了十二分的力氣，又狠狠搧了兩下。如懿轉過頭不忍去看，那聲音卻噼啪響亮入耳，想躲也躲不過去。

突然耳邊俐落一聲「住手」，眾人聞言轉身，舉目卻見洋洋灑灑一行人，前導四人執銷金鳳首提爐，隨侍太監在後執翟扇、掌曲柄五色九鳳傘，色彩灼灼，在紛白雪地中格外奪目。皇后身邊的趙一泰走在前頭，喝道：「皇后娘娘駕到！」

眾人一個醒神，忙一齊屈身下去，齊聲道：「皇后娘娘萬福金安。」

皇后的神色並不好看，一時也未叫「起來」，居高臨下看著眾人：「本宮本想去阿哥所探視幾位公主阿哥，誰想才走到這裡，就聽見妳們喧譁吵鬧，毫無體統！」她的目光從貴妃、嫻妃、玫答應身上從容滑過，帶了幾分沉肅之意，「這裡是宮中御苑，不是妳們自家的刑場，容得妳們在這兒失了皇家的體統。」

慧貴妃恨恨瞟了玫答應一眼，努力擠出幾分笑色，回稟道：「皇后娘娘息怒。娘娘有所不知，玫答應出言狂妄，肆意犯上，不僅譏笑臣妾出身包衣，又譏諷臣妾人老珠黃……」

玫答應毫不示弱，仰起臉露出唇角兩道血痕，她雪白的面孔尤顯得淒厲猙獰。「皇后娘娘明鑒，臣妾是說過慧貴妃出身包衣，但就因貴妃出身包衣才有今天的榮寵，這話並沒有錯。但貴妃娘娘所言『人老珠黃』，臣妾絕對沒有說過這四個字，只是歎息歲月匆匆罷了。」她轉頭看了如懿一眼，「皇后娘娘若是不信，大可問一問嫻妃娘娘。」

如懿聽她辯駁，雖然意指貴妃人老珠黃，但的的確確沒有說出「人老珠黃」四個字，只得回道：「方才玫答應的確是出言不敬，但『人老珠黃』四個字，確實是沒有說過。」

慧貴妃愈加不忿：「她雖沒有說過這四個字，但的的確確就是這個意思。嫻妃妳如此縱容包庇，要說和玫答應絕無勾連，本宮實在不信！」

如懿心中一驚，再想分辯，想想慧貴妃已然認定，再多言也是無濟於事，索性別過臉去不再應對。

皇后臉色一沉，喝道：「好了。各人有各人的意思，一時誤會也是有的。」她緩了緩聲氣，和言道，「玫答應新晉嬪妃，自然有禮數不周的地方。妳是僅次於本宮的貴妃，管教約束也是應該的。既然掌嘴也掌了，臉也成了這個樣子。罷了，都起來吧。」

眾人忙謝過起身，玫答應倔強道：「皇后娘娘，臣妾的確言語有失，但貴妃娘娘氣急敗壞便叫掌嘴。臣妾新侍皇上不久，就損傷了容顏，皇上若是問起，臣妾不敢不答。」

皇后看她的目光並不含任何溫意：「皇上若是問妳，妳們各執一詞，皇上誰的也不會聽。本宮只會秉公直言。妳錯在言語犯上，貴妃罰妳不錯，只是罰妳的人下手太重罷了。妳要再不安分，頻頻生事，本宮也不會容妳！」

皇后甚少以這樣的口吻說話，如懿知道利害，忙在後頭悄悄拉了拉玫答應的披風。玫答應聽得皇后如此語氣，一時也不敢再言。

皇后見眾人都是默然無聲，便向如懿溫和道：「嫻妃，這件事妳未曾過多參與。這樣吧，就由妳送玫答應回去，好好勸解她幾句。」

如懿本不欲接這差事，免得眾人都以為她真與蕊姬有何勾連。可偏偏方才有些話沒有問完，想想既然身在這嫌疑裡，一時也避不開，便也答應了。

慧貴妃見二人去得遠了，忍不住憤憤道：「皇后娘娘寬厚仁慈，只是這種小婢子出身寒微，輕狂驕縱，若不好好教導規矩，只怕仗著皇上寵愛要翻了天了。」

皇后冷然瞟了她一眼：「打妳也打了，雪地裡妳也讓她跪著了。妳還要怎樣？真打破了臉，跪傷了膝蓋，皇上問罪下來，妳怎麼回話？」

慧貴妃賭氣道：「臣妾就實話實說罷了。左右也是玫答應自己先錯了。」

皇后看了她一眼，搖頭道：「她的確是錯了，但妳是貴妃，是居上位者，應該有容人之量，這樣發作鬧起來，只為了幾句言語口角，即便真是玫答應錯了，皇上也只會怪妳心胸不夠開闊。」她推心置腹道，「好妹妹，不是本宮要說妳，她是皇上的新寵，無論如何，妳都應該要忍過這一時之氣。等到時日長了，皇上冷了下來，妳要打要罰，皇上不會心疼，反而還覺得妳對。妳可明白麼？」

慧貴妃這才露出幾分懊喪之情：「那臣妾已經把她的臉打成那樣了，皇上會怪罪臣妾麼？」

皇后微微歎息：「妳呀！好了，這件事皇上要真過問，本宮會替妳圓過去。另外，本宮會讓人從太醫院拿些清涼消腫的藥膏替妳送過去。這件事畢竟她也有錯，若她知道其中的利害，也不敢隨意去皇上那兒哭訴。」

慧貴妃這才稍稍放心，心悅誠服道：「有皇后娘娘做主，臣妾就安心了。」

皇后轉頭吩咐：「素心，妳即刻去太醫院送些膏藥去永和宮，別耽誤了。」

素心答應著去了。慧貴妃感激道：「臣妾謝過皇后娘娘。」

皇后含了一分欣慰的笑，道：「好了。妳若有空，就陪本宮去阿哥所吧。」

慧貴妃忙扶過皇后的手，兩人攜著手踏雪而去。

十四、風波

如懿陪著蕊姬一路自御花園返回永和宮。因大雪初停，一路上掃雪的宮人並不少，見了二人同行，忙不迭跪下行禮請安。然而蕊姬因掌摑而受傷的面頰格外惹人注目，即便宮人們在低頭行禮時，亦不免拿眼偷瞧，並以彼此的眼色來交換詫異與驚奇之情。蕊姬對此似乎渾不在意，既不借闊大的風帽掩飾傷口，也不喝止宮人們看似無禮的行徑，只是施施然行走，彷彿渾不覺旁人的目光與私語。

回到永和宮中，侍婢們趕忙迎接上來，替如懿和蕊姬接過風帽與斗篷，又換過新的手爐。她們見到蕊姬紅腫的臉頰，雖然面色驚疑卻不敢相問，想是蕊姬這裡規矩極嚴，自己不說，旁人問都不許問一句。如懿四下裡掃了一眼，這才察覺，裝飾一新的偌大的永和宮中，侍奉的宮人竟比身為貴人的黃綺沄更多。而殿中所用的炭火，也是身為答應根本用不上的紅籮炭，烘得一室洋洋如春。阿箬侍奉在側，不覺露出幾分驚異之色。如懿察覺，旋即道：「阿箬，去問問她們有沒有消腫的藥膏，若沒有，趕緊著人去太醫院領。」

阿箬答應著出去了，恰好外頭小太監進來通報，說內務府送了新做的匾額來要掛在正殿。蕊姬頷首道：「讓他們拿進來吧。」

內務府的執事太監恭恭敬敬捧了匾額進來，卻是斗大的金漆大字，寫著「儀昭淑慎」四字。

如懿即刻便認了出來，含笑道：「玫答應，這是皇上的御筆呢。」

執事太監笑道：「可不是呢。嫻妃娘娘好眼力。」

蕊姬將那四個字輕輕讀了一遍，道：「這幾個字我倒是都認識，但擱在一塊兒就不知是什麼意思了。嫻妃娘娘，妳若知道，還請告訴一聲兒。」

如懿微微一笑：「《儀禮》中說，敬爾威儀，淑慎爾德。意思是要求女子和善謹慎，以保儀德。」

蕊姬輕輕一嗤，帶了幾許輕蔑之色：「那麼嫻妃，妳覺得我配不配得上這四個字？」

如懿從容自若：「皇上是將這匾賜給永和宮的，既然皇上許妳住了永和宮，自然是以為妳擔得起這四個字。」

蕊姬的目光逡巡在匾額之上，只是含了一抹冷淡的笑意：「多少人要看見了都會覺得我不配，可是配不配，這都是歸了我的。」

執事太監趕著差事，忙請示蕊姬：「請問玫小主的意思，是不是即刻掛上去？」

蕊姬點點頭：「這樣的榮耀，當然不能藏著掖著，趕緊掛起來吧。」

執事太監響亮地應了一聲，便帶著幾個赭衣的小太監開始動手。執事太監一臉的諂媚：「玫小主，嫻妃娘娘，這兒釘起匾額來聲音太大，怕吵著二位。不如請兩位小主挪動玉步，去旁邊暖閣稍事休息，奴才們馬上就好。」

蕊姬道：「我聽了這些聲音就煩，嫻妃娘娘跟我往暖閣裡間去坐坐吧。」如懿本不想在她這兒多留，想了想還是陪她進去了。

暖閣的裡間倒還安靜，如懿見服侍的宮人們並沒有跟進來，便問：「臉上的傷腫得厲害，叫下人們煮了雞蛋給妳揉揉。」

蕊姬輕笑一聲：「這些下人的功夫，我比她們清楚，娘娘放心就是了。」

如懿聞言微微蹙眉：「眼看著妳得寵，聽妳的話，倒像是很介意自己的出身。」

蕊姬舉著護甲輕輕劃在黃楊木小几上，冷笑道：「能不介意麼？從我第一次侍寢被封答應，一個個烏眼雞似的盯著我，動不動就拿我的出身來笑話，恨不能生吞了我。」

如懿正坐著：「人的出身是不能選的，妳比別人更介意，別人就得意了。」

蕊姬黑冷的眸子在她面上輕輕一刮：「原來出身烏拉那拉氏，也是嫻妃娘娘的痛處。」

如懿不意她言辭這般犀利，於是凝了一縷靜和的笑意：「若本宮不把這個當痛處，別人也不會讓本宮覺得痛。」她目光流轉，「倒是妳，卻是被人認定了和本宮一路人，受了不少委屈。其實本宮也很想知道，到底妳為何會一夕得幸，平步青雲？」

蕊姬的護甲劃在小几上發出「刺啦」一聲銳聲，她的容色並不好看：「旁人都以為嬪妾出自烏拉那拉府第，是受了嫻妃娘娘的指使才得幸於皇上，原來娘娘還疑心嬪妾受了旁人的指使。嬪妾若有本事受誰的指示就好了。這一輩子都是只由得命，由不得人。」她冷然道，「原以為娘娘生性有幾分傲氣，才與娘娘多言幾句。既然如此，嬪妾要休息了，請便吧。」

她話音未落，卻見小宮女進來：「小主，皇后娘娘跟前的素心姑姑來了，在外邊候著呢。」

蕊姬不耐煩道：「她來做什麼？」

小宮女道：「回小主的話，說是送太醫院的藥來。」

蕊姬點頭：「那就讓她進來吧。」

如懿起身要走，蕊姬便道：「方才說話得罪了，但請嫻妃替我看一眼，別是送了什麼別的來我也不懂。」

如懿想著到底是皇后囑咐了自己送她來的，此刻素心來了，若自己不在，只怕又是是非，便又重新坐了下來。

素心進來福了一福道：「嫻妃娘娘，玫答應，奴婢奉貴妃娘娘的旨意，特意從太醫院取了上好的消腫藥膏來給玫答應。」

蕊姬冷笑一聲：「慧貴妃好善的心哪！剛打了我就送藥來，以為打一巴掌給個甜棗就完了麼？這藥我還真不敢用。」

素心不防吃了這句話，捧著藥膏進退不得，只好求助似的看著如懿：「嫻妃娘娘……」

如懿伸手向她：「給我看看。」入手是一個粉瓷圓缽，缽中盛的是淡淡綠色的半透明膏體，撲鼻便是一股清涼香氣，隱隱有蜂蜜、薄荷、丹七的氣味。她取過一點輕輕一嗅，的確是尋常所用的消腫良藥，並無二致，她點頭，「宮中平常所用的消腫藥膏，的確是這種。另外，冰敷，用雞蛋揉，服食山藥、薏仁和三七粉，都可以活血消淤。」

素心這才鬆了口氣：「嫻妃娘娘說的不假，紅豆薏仁湯的確是可以消腫的。其實貴妃娘娘責罰您之後自己也很後悔了。又被皇后娘娘訓斥了一頓，所以忙不迭吩咐奴婢送藥來，以免皇上召見小主時小主無法侍奉。小主放心，只要用這個藥，三天就會消腫的。」

「三天？」蕊姬嗤笑道，「妳能保證這三天皇上都不宣召我？」

素心欠身道：「皇后娘娘說，如有宣召，也請小主顧全大局，切勿動氣喧嚷。畢竟貴妃那兒，皇后娘娘已經狠狠訓斥過了。若再生枝節，只怕今日的事小主自己也脫不了干係！」

蕊姬微微語塞，旋即語氣凜冽：「那就替我謝過貴妃和皇后。只要這張臉沒事，這次的事我甘休就是。」

素心微笑道：「這就是了。玫答應新獲聖寵，一定希望以後步步順利，事事遂心。小主這麼聰明識大體，一定會心想事成的。」

說罷素心便退下去了。如懿稍稍坐過，亦起身告辭離去。

慧貴妃扶著宮女的手順著長街慢慢走回去，一路看著雪景，神色倒也安寧。正過了建福門的甬道，忽見前面一個綠衣的小太監鬼鬼祟祟領著兩個人背著身從咸福宮的角門出來。慧貴妃一怔，立刻吩咐身邊的宮女茉心道：「去看看，什麼人鬼鬼祟祟地在咸福宮附近晃蕩。」

茉心追上去兩步，厲聲喝道：「誰在那裡！見了娘娘怎麼也不跪下！還不快轉過身來！」

那綠衣太監腳下一遲疑，知道是走不脫了，轉身跪下請了個安：「奴才參見慧貴妃，貴妃娘娘萬安。」

「萬安？」慧貴妃不悅道，「你們見了本宮就跑，本宮還安什麼安？抬起頭來！」

那綠衣小太監猶豫不決，只得抬起頭來。茉心詫異道：「三寶？」

慧貴妃臉色微微一沉：「你是延禧宮的人，跑到本宮的咸福宮來做什麼？」

三寶機靈地磕了頭道：「都怪這場大雪，奴才走得凍死了，想靠在咸福宮的牆根下取會兒暖再走。誰知見到了娘娘過來，怕娘娘責罵，所以背著身就跑了。」

慧貴妃蹙眉，似是不信：「咸福宮在西邊的最末，延禧宮在東邊的最前頭，你要取個暖也走得太遠了吧。」她瞥見三寶按在雪地上的兩手洇出烏黑的痕跡來，便抬了抬眼，示意茉心上前看一眼。茉心會意，往前幾步，拉起三寶笑道：「好了，你喜歡往咸福宮跑又怎麼了？咸福宮的地氣暖，連皇上都愛來，別說你了。」她別過臉，朝慧貴妃點點頭。

慧貴妃會意，便換了和緩的笑意：「沒事就走吧。記得告訴你們嫻妃，有空常來咸福宮走動。」

三寶受了這一場驚嚇，正恐瞞不過去，卻不想這般輕輕揭過，忙不迭謝了恩走了。

慧貴妃見他們走遠，盯著地上發黑的六個掌印，鄙夷地笑了笑：「敢在本宮面前裝鬼，茉心，去看看是什麼？」

茉心蹲下身看了一眼，奇道：「回娘娘的話，那烏黑的東西是炭灰，是黑炭的灰。」

慧貴妃疑道：「黑炭又不是什麼上好的東西，難道延禧宮還缺了這個來偷？」她一回神，暗暗咬牙，「不對，她是給海蘭的！」

茉心點點頭。慧貴妃愈加惱恨，一張粉面紫漲著：「算她珂裡葉特氏厲害，本宮用了她一點兒炭，她就敢到處喊冤哭訴去了！弄得旁人來周濟，還當本宮怎麼苛待了她！」

茉心連忙道：「可不是！皇后娘娘一直說後宮裡要節儉，她屋裡就那麼幾個人，能用得了多少，娘娘也是為宮裡替她儉省罷了。誰知道海常在這麼不惜福！」

慧貴妃貝齒輕輕一咬，仿若無意道：「她跟延禧宮是一條心，本宮算是看得真真兒的，這吃裡爬外的東西……」她抿了抿唇，再沒有說下去。

茉心不自禁地閃過一絲寒意，便也低下了頭去，忙道：「娘娘，外頭冷，咱們趕緊進去吧。」

慧貴妃微微頷首，扶著茉心進了宮。正巧內務府的執事太監從永和宮出來，在咸福宮掛完了匾額，抹了手正要走。回頭卻見慧貴妃進來，忙堆了一臉的笑意，又是打千兒又是奉承，直哄得慧貴妃萬分高興，囑咐了宮裡的首領太監雙喜道：「這麼冷的天還要顧著差事，替本宮好好打賞他們。」

執事太監高興，越發說了許多錦上添花的話：「皇上說了，咸福宮這塊匾額是滋德合嘉，許慧貴妃娘娘福德雙修的意頭。這層意思，聽說是皇上斟酌了好久才定的呢。說是給咸福宮的東西，不能輕易下筆了，必得是最好的。」

慧貴妃深有興致，細細賞著皇帝的御筆，笑若春花：「皇上的御筆難得，這個匾額是獨本宮宮裡有呢，還是連皇后那裡都有？」

內務府執事太監愣了一愣，一時答不上話來。慧貴妃瞟了他一眼，輕笑一聲道：「你怕什麼？皇后娘娘那裡有是應該的，難不成本宮還會吃皇后的醋麼？」

那執事太監只好硬著頭皮道：「不止皇后娘娘宮裡，按皇上的吩咐，東西六宮都有。」

慧貴妃的笑意在一瞬間似被霜凍住，眉目間還是笑意，唇邊卻已是怒容。她的笑和怒原本都是極美的，此刻卻成了一副詭異而嬌豔的面孔，越發讓人心裡起了寒噤：「那麼，連永和宮都有麼？」

那執事太監連頭皮都發麻了，只得戰戰兢兢答道：「是。」

慧貴妃森然問：「是什麼字？」

執事太監道：「是儀昭淑慎。」

慧貴妃神色冰冷，厲聲道：「她也配！」

執事太監嚇得撲通跪下，忙磕了頭道：「玫答應自己也知道不配，還特意去問了嫻妃，結果嫻妃說皇上是給永和宮的匾額，她住著永和宮，肯定是她擔得起。玫答應這才高興了。」

晞月臉色變了又變，最後沉成了一汪不見底的深淵，慢慢沉著臉道：「下去吧。」

那執事太監聽得這一句，巴不得趕緊走了，立刻帶人告退。

慧貴妃走到正殿門前，看著外頭天色淨朗，陽光微亮，海蘭所住的西房裡，葉心正端了炭盆出來，將燃盡的黑色炭灰倒在了牆角。

慧貴妃冷冷看著，目光比外頭的雪色還冷：「雙喜，你給本宮好好盯著海常在那兒，看延禧宮的人多久悄悄來一次。」

雙喜看慧貴妃神色不似往常，也知道利害，忙答應了。

連著幾日忙著年下的大節慶，戊寅日，皇帝為皇太后上徽號曰「崇慶皇太后」，加以禮敬。接著又因準噶爾遣使請和，命喀爾喀扎薩克等詳議定界事宜，一連忙碌了好幾日。

這一夜雪珠子格楞格楞打著窗，散花碎粉一般下著。如懿坐在暖閣裡，惢心拿過火盆攏了攏火，放了幾枝初冬採下的虎皮松松塔並幾根柏枝進去，不過多時，便散出清郁的松柏香氣來。阿箬見惢心忙著在裡間整理床鋪，如懿靠在暖閣的榻上看書，便抱了一床青珠羊羔皮毯子替她蓋上，又給踏腳的暖爐重新攏上火，鋪了一層暖墊。

阿箬見如懿捧著書有些怔怔的，便問：「小主這兩日最喜歡捧著這本《搜神傳》看了，怎麼今兒倒像沒趣了似的？」

如懿笑道：「都是神鬼古怪的東西，看得多了，越發覺著待在這兒悶悶的。」

阿箬笑嘻嘻道：「可不是！小主從前在老宅的時候，最喜歡偷偷溜出去跑馬了。如今下了雪這般悶，難怪小主覺得沒勁兒。」

如懿悶了一會兒，便問：「皇上有好幾日沒召人侍寢了吧？」

阿箬添了茶水，道：「可不是！聽說為了準噶爾的事一直忙著，見不完的大臣，批不完的摺子。敬事房送去的綠頭牌，都是原封不動地退了回來的，說皇上看也沒顧上看一眼。」

如懿凝神想了想：「這樣也好，就這三四日，用著那藥，玫答應的臉也該好全了。」

阿箬輕哼一聲：「倒是便宜了慧貴妃！」她稍稍遲疑，還是問，「不過小主，奴婢也是想不通，皇上到底是看上了玫答應什麼，要容貌不算拔尖兒的，性子也不算多溫順，出身就更不必提了，竟連婉答應都比不上。婉答應從前好歹還是潛邸裡伺候皇上的通房丫鬟呢。」

如懿輕輕瞥了她一眼，歎道：「阿箬，妳這個人平時最機靈不過。只一樣不好，太喜歡背後議論。這樣的話傳了出去，旁人聽見了，只當我的延禧宮裡成日就是坐了一圈愛嚼舌根的。」

阿箬看惢心也在，不免臉上一紅：「奴婢也是在小主跟前罷了。若是對著別人，咬斷了舌根也不會嚼半句的。」她絞著髮梢上的紅繩鈴兒，「奴婢就是想不通嘛。」

如懿指著瓶中供著的一束金珠串似的蠟梅，問道：「這四時裡什麼花兒不好，怎麼偏折了蠟梅來？」

阿箬一愣：「小主說笑呢，不是冬日裡沒什麼別的花，只能折幾枝梅花麼？」

如懿抿了抿唇道：「是了。別人沒有，只有她有，自然是好的。妳看咱們宮裡這幾個人，皇后寧和端莊，貴妃溫柔嬌麗，純嬪憨厚安靜，嘉貴人是最嫵媚不過的，怡貴人和海常在呢，話也不多一句，婉答應更是個沒嘴的葫蘆。但不論怎麼說，咱們這些人都還是有些出身的，也多半順著皇上。皇上見慣了咱們，偶爾得了一個出身低微卻有些性子的，長相也清秀脫俗，怎麼會不好好疼著她寵著她？何況寵愛這樣出身的人，自己也滿足些。」

阿箬怔了片刻，回過神來道：「奴婢聽出小主的意思了，男人對著出身低微的女人，寵著她給她尊榮，看她高興，比寵著那些什麼都見過什麼都知道的女人，要有成就感得多。」

如懿握著書卷，意興闌珊：「因為她們曾經獲得的太少，所以在得到時會格外雀躍。也顯得你的付出會有意義得多。」

阿箬若有所思：「那僅僅因為這樣，皇上就會一直寵愛她麼？」

炭火嗶啪一聲發出輕微的爆裂聲，越發沁得滿室馨香，清氣撲鼻。如懿道：「那……就是她自己的本事了。」

一時間，兩人都沉默了，阿箬低低道：「原來一個男人喜歡一個女人，還有這麼多的緣故。」

如懿無聲地笑了笑，那笑意倦倦的，像一朵凋在晚風中的花朵。惢心放下帳帷，輕聲道：「康熙爺喜歡的良妃出身辛者庫，不也一路升至妃位麼？其實哪有那麼多喜歡不喜歡的緣故，不過是一念之間，盛衰榮辱罷了。」

正說著話，外頭三寶急匆匆趕了進來，打了個千兒慌慌張張道：「娘娘，咸福宮出事了，您快去瞧瞧吧。」

十五、凌辱

三寶話音剛落，偏偏炭盆裡連著爆了好幾個炭花兒，連著噼啪幾聲，倒像是驚著了人一般。

如懿心頭一驚，聲氣倒還緩和：「出了什麼事？好好說話。」

阿箬撇撇嘴道：「三寶越來越沒樣子了，咋咋呼呼的，話也說不清楚。要是慧貴妃出事，我先去放倆鞭炮偷樂子，要是海常在，那也不打緊，慢慢說唄。」

如懿蹙了蹙眉頭：「要是慧貴妃，三寶會這麼不分輕重麼？」

三寶擦了擦額頭的汗，馬上道：「是海常在出了事兒。兩個時辰前慧貴妃宮裡鬧起來，說貴妃用的紅籮炭用完了。可今兒才月半，按理是不會用完的。貴妃怕冷，又不肯用次些的黑炭，一時受了冷，結果發了寒證。」

如懿頗為意外：「寒證？著太醫看了麼？」

「請了太醫了。這事也罷了，但貴妃身邊的茉心盤算這用了的紅籮炭的數目不對，便留心查問宮裡。結果在海常在房裡倒出來的炭灰裡發現了不妥。那黑炭的炭灰是黑的，紅籮炭的炭灰是灰白的，所以茉心就鬧了起來，說海常在房裡偷盜了貴妃所用的紅籮炭。」

如懿盯著三寶，肅然問：「本宮記得當初命你悄悄送炭的時候就吩咐過，貴人以下是不能用紅籮炭的，未免麻煩。你可是老老實實每次只送黑炭的？」

三寶忙磕了個頭道：「是是是，小主的遠見，奴才一次都不敢誤了。」

如懿心中著緊，越發擔心起海蘭來：「那就好。別的本宮不敢說，海蘭不是那種僭越的人，她必不敢偷的。阿箬，替我更衣，咱們就去看看。」

如懿霍地站起來，阿箬急得拉住了如懿的袖口：「小主不能去！」她虎著臉，向三寶喝道，「咸福宮就是一攤渾水，貴妃的位分又比小主高，小主哪裡能管得上！咱們不去，要去也是該皇后去的事兒！」

如懿靜靜神，即刻問：「皇后呢？」

三寶向養心殿努了努嘴兒：「今晚皇上翻的是皇后娘娘的牌子。這個時候，皇后娘娘怕是在養心殿歇下了。」

如懿倒抽一口冷氣：「皇上忙了這麼多天的政務，眼下又是皇后侍寢，誰敢去打擾！」她只覺得掌心濕濕地冒起一股寒意，「可要不驚動皇后，宮中貴妃的位分最高，這件事怕是要掩下去了。」

阿箬急忙勸道：「咸福宮出了事情，小主巴巴兒地趕去，即便是到了門口，也幫不上什麼呀！」

三寶焦惶惶道：「可是奴才聽到消息的時候，說海常在馬上要給上刑了，要再不去，若出了什麼事……」

如懿大吃一驚：「上刑？上什麼刑？」

「杖刑！」三寶見如懿一時沒反應過來，忙解釋道，「不是用板子責打大腿，而是脫了鞋子，用棍子責打腳心，那可比打在腿上痛多了。」

如懿失聲道：「打腳心？」

三寶點頭道：「可不是！咱們當奴才的誰不知道，打在腿上只是肉疼，傷不了筋動不了骨。可腳多細嫩哪，幾下下去，那都是傷身的。」

如懿定一定神：「除了皇后和貴妃，宮中便是我位分最高，我若不去，海蘭要是被上了刑，還不知道要被傷成什麼樣子。事不宜遲，阿箬，快替我更衣。三寶，去傳轎。」

阿箬待要再勸，看如懿著急之下不失決絕，只好答應著去了。

外頭下著搓絮似的小雪。如懿坐在暖轎裡，抬轎的太監們走得又穩又急，只聞得靴底與石磚摩擦的輕響，飛也似的往咸福宮方向而去。

如懿捧著手爐，平時覺得暖暖的，此刻捧在手裡，卻仿如灼心一般，燙得刺手。她不時地打起簾子往外張望，三寶一路小跑跟著，喘著氣道：「小主別急。延禧宮和咸福宮本就隔得遠，咱們已經很快了。」

如懿無奈地垂下簾子，正焦心著，卻聽得三寶在外道：「到了，到了！」

夜來的咸福宮燈火通明，如懿扶著阿箬的手下了暖轎，快步走進院中。只聽得太監尖著嗓子通報：「嫻妃娘娘到——」

尖細的尾音尚自裊裊飄在空中，如懿人已經到了廊下。只見咸福宮正殿的鏤花朱漆填金大門豁然洞開，廊下自台階左右兩列站滿了滿宮的宮人，一個個噤若寒蟬，只望著廊下一個跪著的宮裝女子。

慧貴妃穿著一身錦茜色彩繡花鳥紋對襟長衣，肩上披著一件大鑲大滾的紫貂風領玄狐大氅[1]，人坐在正殿中央的牡丹團刻檀木椅上，旁邊七八個暖爐和炭盆眾星拱月似的烘著，如懿才一靠近正殿，便覺得暖洋如春，整個人都舒展了過來。可慧貴妃的臉色並不好看，她本是小巧細弱的柳葉身段，大約為著動怒，又過了病氣，底下雪裡金遍地錦滾花鑲狸毛長裙絮絮掠動著，漾起水樣的波紋。她照常淡掃娥眉、敷染胭脂，可病中的一張臉雪白雪白的，顯得上好的玫瑰絲胭脂也一縷縷地浮在面上，吃不住似的。如懿見她面色不善，忙欠身請安道：「給貴妃娘娘請安，貴妃萬福金安。」

慧貴妃坐在椅上一動不動，只冷笑道：「自皇上分封六宮之後嫻妃就未曾踏足過咸福宮，怎麼今兒什麼風連妳也驚動了，深夜還闖進本宮宮裡來？」

如懿見她左右太陽穴上都貼了兩塊烏沉沉的膏藥，額上一抹深紫色水獺皮嵌珍珠抹額勒著，真當是憔悴得楚楚可憐。

如懿忙低著頭道：「聽聞貴妃娘娘發了寒證，所以漏夜過來探視。」

慧貴妃揚了揚唇角：「本宮有什麼可值得嫻妃妳勞心的？倒是咸福宮裡鬧了賊，嫻妃妳的耳報神快，就緊趕著來看熱鬧了。」

如懿越發低首：「臣妾不敢。」

身後的海蘭嚶嚶低呼一聲：「貴妃娘娘，嬪妾……嬪妾不是賊！」

慧貴妃陡地斂起笑容，森冷道：「還敢狡辯，人贓俱獲了還要嘴硬！雙喜，再給本宮狠狠地打！」

如懿方才匆匆進殿，不敢細看海蘭。此刻回頭，只見海蘭被強行剝去了鞋襪跪在廊下冰冷的石磚上，近台階的磚邊結了薄薄的碎冰，一望便生寒意。一雙青緞繡喜鵲登梅花盆底鞋被隨意拋擲在階下的雪中，漸漸被落下的小雪浸濕了小半，如它的主人一般全無尊嚴。

如懿留神去看她的腳，凍得通紅的赤足之上有著細密的血珠沁出。海蘭見如懿注目，羞愧地極力想縮著足把它藏到裙底下去，茉心一言不發，立刻用手撩起她的裙角，冷冷道：「常在不好好招供，也不老實受刑，別怪奴婢不留情面，掀起您的裙角來。在奴才們面前露足已經夠丟臉了，要再讓人看見您的小腿，這種丟了臉面的事就是您自作自受了。」

海蘭大驚，極力低著頭以散落的髮絲遮蔽自己因羞愧和憤怒而紫漲的面龐，她忍著痛分辯：「貴妃娘娘恕罪，嬪妾真的沒有偷盜娘娘的紅籮炭啊！」

如懿忙賠笑道：「貴妃娘娘發了寒證，臉色不太好。病中原不宜動氣，不知娘娘到底為什麼責罰海常在，而且要動用杖刑責打海常在雙足？」

慧貴妃轉過臉微微咳嗽了幾聲，彩玥和彩珠忙上前遞茶的遞茶，捶肩的捶肩。茉心清了清嗓子道：「海常在偷盜貴妃娘娘所用的紅籮炭，犯上僭越，以致娘娘缺了炭火寒證發作，損傷鳳體。這樣的罪過，還不夠受杖刑的麼！」

如懿連忙道：「海常在向來安分守己，而且貴人以下是不許用紅籮炭的，海常在也不是第一天知道，怎還會如此？」

茉心鄙夷道：「那就要問海常在自己了。奴婢在海常在屋裡倒出的炭灰裡發現了紅籮炭燒過的灰白色炭灰。而且海常在幾個奴才那裡也問過了，伺候海常在的宮女香雲已經招了，是海常在指使她去偷盜紅籮炭的。」

如懿看著跪在階下戰戰兢兢的香雲，起身走到她跟前：「香雲，茉心說的是真的麼？」

香雲臉色煞白：「方才奴婢已經招了，海常在指使奴婢偷盜紅籮炭，一是不服氣貴妃娘娘用著好東西，二是嫉妒貴妃娘娘得寵於皇上，想害貴妃罷了。」她拚命磕了兩個頭，乞求道，「貴妃娘娘恕罪，奴婢已經知錯了，再也不敢了。」

海蘭忍著疼，別過頭看著香雲道：「香雲，妳跟了我兩三年，我自問待妳並不薄……」

香雲並不畏懼，迎著海蘭的目光，定定道：「小主，不管您待我如何，這種昧著良心的事奴婢是再也不敢了。奴婢也勸您一句，人贓並獲，您還是認了吧。」

「有錯能改，善莫大焉。所以香雲，本宮也不會責罰妳。但知錯不改，還死不承認，那就要好好責罰了。」慧貴妃不覺微微作色，冷笑道，「這宮裡頭誰不知道本宮畏寒體弱，是最禁不得冷的。海常在用心這樣惡毒！雙喜，給本宮再打！」

隨著慧貴妃話音俐落而下，雙喜已經取過一旁的荊條，道一聲「得罪了小主」，立刻便要打下去。如懿仔細看去，才發覺那並不是尋常的荊條，不僅格外粗大，而且未剝皮，也未去刺。兩指粗的荊條上利刺凸起，沾了鮮紅的血點。想來海蘭足上的血珠，便是由此物造成的。

雙喜二話不說，舉起棍子便向著海蘭腳心狠狠猛擊數下，海蘭慘叫一聲，幾乎暈倒在地，足上鮮血淋漓，簡直慘不忍睹。如懿既驚且憂，她雖知道足心受痛遠勝於他處，但看海蘭如此吃痛，亦知道不好。情急之下，她只得伸臂攔下雙喜手中的荊棍，喝道：「慢著！」

海蘭痛得伏在地上，慧貴妃優雅地揚起細長的眼眸，喚道：「茉心！」

如懿趕忙上前扶住了海蘭，茉心嗤笑道：「嫻妃娘娘來了沒關心我們娘娘幾句，倒先忙著幫扶海常在，這可真是是非不分了。何況方才海常在受了幾下棍子沒事，現在怎麼弱不禁風了，可不是看人來了，就這般喬張做致麼？」

海蘭癱倒在如懿懷裡，滿臉濕膩膩的冷汗黏住了頭髮，狼狽之中仍喃喃道：「嫻妃姐姐，嬪妾……我，沒有偷。真的……」她話未說完，人便痛暈了過去。

如懿心疼地抱著海蘭，用裙襬遮住她的雙足，心中揪痛不已，只得強忍著怒氣道：「貴妃娘娘以炭灰和香雲的供詞便認定海蘭偷竊紅籮炭逼害娘娘。可娘娘細想，今兒是臘月二十，娘娘的紅籮炭是內務府按著每月的分例給的，每日十五斤，一個月便是四百五十斤。海蘭若是真的全偷去了害得娘娘無紅籮炭可用，那至少也得偷了十天的份額，一共一百五十斤紅籮炭。她的宮室就那麼點大，能藏到哪裡去？娘娘一查便知。」

慧貴妃的臉微微變色，朝著茉心揚了揚臉。茉心從如懿懷中一把搶過海蘭，順手端過廊下擱著接簷下冰水的銅盆，嘩一聲兜頭兜臉全潑在了海蘭身上。如懿驚怒交加，喝道：

「茉心，妳做什麼！」

茉心笑吟吟道：「海常在痛得暈過去了，不拿水潑醒，怎麼問她剩下的紅籮炭藏在哪兒啊！」

如懿怒視著她道：「這麼冷的天氣，妳拿冷水潑她，豈不是要了她的命！」

茉心見海蘭痛苦地呻吟了一聲，笑道：「只要海常在醒了，一切都好說。您看，這不奏效了麼？」

如懿連忙取下絹子替她擦拭，阿箬站在一旁也嚇呆了，忙不迭取下絹子和如懿一起擦拭。慧貴妃雙眼微瞇，抬了抬下巴，茉心即刻會意，轉身從廊下蓄水的大缸裡舀了一盆，不管不顧一潑，將如懿澆得如落湯雞一般。如懿只覺得一個激靈，渾身上下都已經被冰水澆透了，從骨子縫裡直透出寒意來，兼著院中廊下冷風灌入，立時間像被堆在了冰雪中，冷得全身發顫。

茉心「哎呀」一聲，忙道：「嫻妃娘娘，真是對不住。誰讓您離海常在這麼近呢？奴婢原以為一盆水下去不能讓海常在醒過來，所以加了一盆。這可怎麼好……」

慧貴妃微微坐直身子，曼聲道：「茉心，妳也太不當心了。」她努一努櫻唇，「彩珠，彩玥，還不搬幾個炭盆過去，替嫻妃和海常在暖一暖。」

彩玥和彩珠答應著，卻只揀了幾個快熄了的炭盆擱在如懿與海蘭身邊，那火光微弱，實在是無濟於事。

如懿死死地握著拳頭，以指尖觸進手掌的疼痛，提醒著自己要忍耐，將海蘭緊緊擁住，希望以彼此的體溫來溫暖些許。天寒地凍的時節裡，渾身濕透的徹骨寒意逼上身來，除了忍耐，還有什麼辦法？貴妃與妃位不過差了一個位次，地位卻是千里之別。晞月，她是正當寵的貴妃。自己呢，不過是一個久未見君面的妃子罷了。她沒有別的辦法，只能忍耐著，只盼能救出海蘭，拉扯她一把。

如懿垂首，冰冷刺骨的水珠滑過她一樣冰冷而麻木的面孔，她只覺得頭越來越重，聲音也有點縹緲：「貴妃娘娘，海常在已經受過責罰，現下全身也濕透了。能否容許我帶她去換一身衣裳？否則這樣凍下去，她的身子也吃不消的。」

慧貴妃輕咳幾聲，慵然看著手上的鎏金鑲琺瑯護甲，微微含了一抹舒展的笑意。然而她眼中卻一分笑意也無，那種清冷之光，如她小指上金光閃爍的護甲一點，尖銳而冷清：「方才嫻妃有句話說得很好，一百五十斤的紅籮炭呢，一下子也燒不完，保不準是藏在哪兒了。既然這樣，不能不仔細搜一搜。」她曼聲喚道，「雙喜！」

雙喜答應著湊了上前：「奴才在。」

慧貴妃慵懶道：「去海常在那幾間屋子裡好好搜一搜，連著海常在的寢殿，仔仔細細，哪兒也別放過。好好查查那些紅籮炭放在了哪裡，也好叫她們死心。」

如懿聽她死死咬著「她們」二字，知道是不得好過了。這一搜也不知要搜到什麼時候，自己和海蘭凍在這兒，當真是求生不得求死不能。

海蘭本已幽幽醒轉，聽得這句話，不禁失色，哭求道：「娘娘要搜查是不錯，可嬪妾的寢殿也要搜麼？嬪妾……」

如懿矍然變色，怒意浮上眉間，只得強壓了怒火道：「貴妃的意思是要搜宮？那不是半點臉面也不給海常在留了！此事若傳出去，海常在還如何在後宮立足呢？」

茉心笑滋滋，伸手向海蘭身上，作勢就要翻開她濕答答的袍子，道：「不僅是海常在的寢殿，哪怕是海常在身上，奴婢也不能不瞧一瞧。」

海蘭見她伸手過來，又氣又怒，卻也不敢反抗，只得拚命縮向如懿懷中。如懿忍無可忍，一手護住海蘭，劈面一個耳光打在茉心臉上，怒道：「放肆！小主身上豈是妳能亂碰的！」

茉心挨了重重一掌，一時也被打蒙了。她是晞月身邊第一得意的侍女，又是侍奉多年的，自認為十分得臉，連晞月的一句重話都未受過，何曾受過這樣的委屈？她還尚未從那一巴掌裡醒轉過來，慧貴妃已經按捺不住，從座椅上霍然站起，三寸長的護甲敲在手爐上叮然作響，在靜夜裡聽來與她的嗓音一般尖銳而令人不適。

慧貴妃厲聲道：「來人，給本宮搜檢珂裡葉特氏的寢殿，箱籠衣物，一律不許放過！嫻妃深夜咆哮咸福宮，給本宮跪在院中思過。沒本宮的吩咐，不許起身。」

海蘭臉色慘然，望一眼如懿，終於伏下身叩頭哭泣道：「貴妃娘娘，都是嬪妾的錯。嬪妾不是有心偷盜的。」

如懿緊緊攥住她的手，決絕搖頭：「沒有做下的事，不許亂認！」

海蘭滿臉是淚，冒在她冰涼的面龐上泛起雪白的熱氣：「嫻妃姐姐，我已經連累了妳，不能再害得妳渾身濕透了跪在雪地裡……」

她悽楚的哭聲在落著簌簌細雪的夜裡聽來格外淒涼。如懿無助地摟著她，感受到身後巨大的拖力要將自己拽到廊下去。阿箬急惶的哭聲響在耳邊，是在對貴妃哭求：「貴妃娘娘，貴妃娘娘，奴婢求求妳，哪怕是要跪，也讓我們小主先換身衣裳。她會凍壞的呀，貴妃娘娘！」

慧貴妃站在殿內居高臨下看著眾人，眼神凍得如簷下能刺穿人心肺的冰凌一般。海蘭伏在地上，像一隻卑微的螻蟻，慧貴妃的語氣沒有任何溫度：「茉心，給本宮扒開珂裡葉特氏的外裳，一寸一寸仔細地搜查，不許她藏匿了半分！」

茉心響亮地答應了一聲，恨恨地咬了咬牙，伸手就上去拉扯。海蘭護著自己的衣襟，拚命掙扎著，無助的哭聲悲戚地飄在夜空中，像一縷沒著落的孤魂一般，又被綿綿的雪子掩埋了下去。

注釋：

1 大氅：披用的外衣，又稱「披風」。無袖、頸部繫帶，披在肩上用以防風禦寒。短者曾稱帔，長者又稱斗篷，斗篷一般連帽。披風多為一片式結構，多為北方人和兒童在冬季穿用。後也泛指斗篷。中國古代有虛設兩袖的長披風。

十六、君心

如懿被拽到了階下跪著，雪子沙沙地打在臉上，像打在凍僵了的肉皮上，起先還覺得疼，漸漸也麻木了。不過片刻，衣襟上結了薄薄的冰凌。她眼見海蘭受辱，一時間急怒攻心，彷彿一把野火從心頭躥到了喉嚨裡，再也忍不住道：「貴妃娘娘，您要責罵海常在或是動手打她，我都無話可回。但海常在到底是皇上的嬪妃，您不能這樣羞辱她，尤其是當著奴才們的面。若海常在真被剝了衣衫搜身，您就真是要逼死她了！」

海蘭嗚嗚地哭著，如同一隻小小的困獸，做著徒勞而無力的掙扎。她領口的一粒如意扣已被生生拽開，露出生絹色的中衣。慧貴妃只是含了一縷閒適的笑意，好整以暇地看著廊下，如同坐在戲台下看著一出精彩絕倫的戲碼。她輕蔑地瞟一眼如懿：「本宮也知道她身上藏不了紅籮炭。可是她能偷炭，保不準還偷了什麼其他貴重東西。既然做了賊，就別怕沒臉，若是想不開，那橫豎也是她自己逼死自己的。」

如懿見她絲毫沒有轉圜的餘地，掙扎著便要起身。奈何她是凍透了的人，手腳完全不聽使喚，才站起來便禁不住一陣冷風，又被人七手八腳地按了下去。

心中的焦苦直逼舌尖，她只覺得舌頭都凍木了，唯有眼中的淚是滾熱的，一滴一滴燙在臉孔上，很快也結成了冰滴子。這樣的痛苦，就如吹不盡的寒風，沒有盡頭。

正混亂間，外頭忽然有擊掌聲連連傳來，有太監的通報聲傳進：「皇上駕到──皇后駕到──」

心口幾乎就是一鬆，整個人都軟倒在地，於悲戚之中生了一絲歡喜。他來了，他終於來了。

慧貴妃立刻揚了揚臉，示意所有人停下手中的動作。阿箬眼疾手快，忙脫下自己身上的彈花襖子，披在了如懿身上。

門口明黃一色倏然一閃，皇帝已經疾步進來。皇后穿了一身煙霞藍底色的百子刻絲對襟羽紗袍，雖是夜裡歇下了又起來的，鬢髮卻一絲不亂，疏疏地斜簪著幾朵暗紅瑪瑙圓珠的簪子。雖然急迫，神色卻寧靜如深水，波瀾不驚，連簪子上垂下的纏絲點翠流蘇，亦只是隨著腳步細巧地晃動，閃爍出銀翠的粼粼波光。

慧貴妃領著人在院中接駕。皇帝見了她，忙一把扶住了：「朕一聽說妳發了寒證，趕緊就過來了。」他握住貴妃的手，焦急道，「怎麼樣？要不要緊？」

皇后跟在身後，沉靜中帶了幾分關切的焦慮：「皇上一聽人稟報說妳發了寒證又動氣，急得什麼似的。本來皇上都睡下了，還是趕緊吩咐了起來，和本宮一起過來了。」

皇帝眉眼間都是急切，道：「太醫來看過沒有？到底怎麼樣？」

慧貴妃嬌聲道：「臣妾謝皇上皇后關愛。臣妾這兒缺了紅籮炭，一時顧不上暖著，結果引發了寒證。太醫已經來瞧過了，說臣妾因受寒而傷了陽氣，以致身寒肢冷，嘔吐清水，又使氣血凝滯，運行不暢，因而身上疼痛。」她身子一歪，正好倒在皇帝的臂彎裡，「此刻臣妾便覺得頭暈體乏，膝蓋酸疼呢。」

皇帝心疼不已，一迭聲道：「來人！快扶了貴妃進去坐下。多拿幾個手爐暖著。」慧貴妃就著彩珠的手邁了兩步，腳下一個虛浮，差點滑倒。皇帝歎了口氣，伸手攬過她道：「朕陪妳進去吧。」

皇帝一心著緊在慧貴妃身上，自進來便似沒看見如懿一般。如懿和海蘭濕淋淋地站在簷下，冷風一陣陣逼上身來，似鋼刀一刀一刀刮著。海蘭渾身哆嗦著，站也站不穩，被如懿和阿箬攙扶著才能勉強站住腳。皇帝只顧著和貴妃說話，眼光根本都沒落到如懿身上。如懿心下酸楚難言，只覺得自己站也不是，坐也不是，恨不得化作一根冰凌子凍在這兒，立時化去便好了。

皇帝經過她倆身旁，微微蹙眉道：「還杵在這兒做什麼？去換件暖和衣裳。濕漉漉的，等下別把寒氣過給了貴妃。」

皇后溫言道：「去吧。都去海蘭屋子裡換件衣裳再來見駕。」

如懿知道皇帝到底還是憐憫，忙領著海蘭退下了。

進了暖閣坐下，皇帝喚過隨行的太醫：「齊魯，你是太醫院的院判，一直照管著貴妃的身體，你趕緊再替貴妃瞧瞧，別落下什麼症候才好。」

齊魯忙答應著取過診脈的藥包，搭了片刻道：「貴妃娘娘的寒證發得不輕，加之又動了怒氣，只怕得好生調養兩日。」

皇帝微微鬆了口氣，憐惜道：「往日到了冬天妳的身體便格外弱些，今兒又是為了什麼，動這樣的氣？」

慧貴妃眼中有盈盈淚光，別過頭去輕輕拭了拭眼角，方哽咽道：「咸福宮不幸，也是臣妾管教無方，竟叫自己宮裡人生了偷盜這樣見不得人的事。海常在偷了別的也罷了，臣妾不能不顧惜著多年姐妹的情分，送了也就是了。偏偏是臣妾冬日裡最不能缺的紅籮炭。」

皇帝頗為意外，與皇后對視一眼，問道：「海常在偷那個做什麼？」

皇后吁了口氣，惋惜道：「怕是滿宮裡只有海常在和婉答應位分低用不上紅籮炭，所以海常在一時糊塗了吧？」

慧貴妃長長的睫毛像小小的羽扇輕盈垂合，眼中似乎有淚光：「每次臣妾奉召侍寢，茉心她們總聽見海常在摔摔打打地不樂意。臣妾心想也算了，可是這次想不到她竟這樣惡毒，臣妾聞不得黑炭的煙氣，一向只用紅籮炭取暖，她偷取了臣妾的紅籮炭害得臣妾寒證突發……」她說著咳嗽起來，撫著額頭道，「臣妾氣怒攻心，實在是受不了了，一審之下人贓並獲，可海常在還是抵死不認。」

她正暗暗垂泣，如懿已經換過了海蘭的衣衫，攜了海蘭一同進來，嘴上道：「沒有做過的事情，叫海常在怎麼認？」

如懿領著海蘭行了禮，海蘭仍是怯怯的，像是一隻受足了驚嚇的小鳥，渾身顫抖著，縮在如懿後頭。

皇后搖頭，亦是似信非信的口吻：「看著海常在柔柔弱弱一個人，怎麼心思這麼毒？」她看著如懿，「嫻妃，聽說妳大鬧咸福宮，肆意喧譁，到底怎麼了？」

如懿欠身恭謹道：「回稟皇上皇后，臣妾怎敢肆意喧譁，只是看海常在在所謂的『人贓並獲』之下，受了足杖，還要被搜身，臣妾實在不能不替海常在分辯幾句。而且臣妾若真喧譁，怎會被人潑了一身冰水也不吭聲呢？」

皇帝眼角的餘光落在她倆身上，漫不經心道：「喝了薑湯才來回話的吧？別帶了寒氣進來。」

如懿見海蘭只是一味縮在自己身後，連頭也不敢抬，越發生了憐惜愛護之意，回道：「是。都喝了的，不敢讓貴妃娘娘沾了寒氣。只是皇上……」她仰起頭注視著皇帝冷峻的面龐，「皇上，雖然貴妃在海常在用過的炭灰裡找到了紅籮炭的灰，也有香雲作證，可是……」

皇帝的口氣淡淡的，像是說著一件極不要緊的事：「什麼可是？朕記得上回天剛冷的時候囑咐過妳一句，說宮裡就海常在和婉答應用不上紅籮炭，怕黑炭熏著了她們。婉答應位分實在低也罷了，海常在那裡要妳從自己宮裡撥出些給她。朕記得那日也囑咐了妳，這件事不宜聲張，免得生是非。妳也太老實了，貴妃都氣成這樣了，妳也不肯告訴她一聲。」

如懿立刻明白過來皇帝的維護之意，滿臉自責道：「都是臣妾的不是，一心想著皇上囑咐過不許說，所以也特意叮囑了海蘭妹妹。她原是跟臣妾一個心思，不敢說出來惹來是非，沒想到還是惹了是非。」

皇帝的眼睛只看著一臉震驚的貴妃，心疼不已：「原是嫻妃她們太癡了，不懂轉圜。貴妃本就身子弱，哪裡禁得起這樣氣？」他轉頭吩咐，「王欽，記得囑咐內務府，以後咸福宮缺什麼少什麼，一律不用告訴內務府這樣麻煩，立刻從養心殿撥了給貴妃用。」

慧貴妃的臉色本是青紅交加地難看，聽到這一句才緩過來，盈盈道：「多謝皇上關愛。」

皇帝的口吻輕柔如四月風：「好了。既發了寒證，怎麼不好好將養著，還要這樣折騰？豈不知自己的身體最要緊麼？」

慧貴妃猶自有些不服：「雖然皇上吩咐嫻妃暗中照顧海常在，可是香雲也明明看見海常在偷盜了。海常在她……」

皇帝的語氣淡得不著痕跡，口吻卻極溫和：「這件事說白了也是小事，能有貴妃妳的身子要緊麼？至於海蘭，她既惹妳生氣，朕便不許她在咸福宮住就是了。」

如懿聞言一喜，趕緊看一眼身後的海蘭，她一直蒼白的面色上微微浮了一絲緋紅，只是緊緊攥著如懿的衣袖，像抓著救命稻草一般。

慧貴妃急道：「偷竊也算了，但犯上都是宮中大罪，皇上就這樣輕易饒過了麼？還有嫻妃，這樣莽撞無禮……」

皇帝笑道：「打也打了，罰也罰了。嫻妃和海常在一身的冰水也算是責罰過了。今日的事，朕是要賞罰分明，才能解了妳的氣，平息這件事。」他轉頭問道，「今兒的事，人證是誰？」

香雲怯怯地膝行上前，含了半分笑意道：「是奴婢。」

皇帝眼皮也不抬一下，王欽便道：「是伺候海常在的宮女，叫香雲的。」

皇帝這才瞟了她一眼：「模樣挺周正的，舌頭也靈活。能招出今晚的事，這舌頭活靈活現的。」

香雲喜道：「多謝皇上誇獎。」

皇帝低下頭，把玩著腰間一塊鏤刻海東青玉珮，漫不經心道：「王欽，帶她下去，亂棍打死。」

王欽嚇得一抖，趕緊答應了：「是。」他一揚臉，幾個小太監會意，立刻拖了香雲下去。香雲嚇得求饒都不會了，像個破布袋似的被人拖了出去。

只聽得外面連著數十聲慘叫，漸漸微弱了下去，有侍衛進來稟報道：「皇上，香雲已經打死了。」

海蘭打了個寒噤，如懿只是含了一縷快意的笑意，很快又讓它泯在了唇角。

皇帝微微頷首，渾不在意：「拔了舌頭懸在宮門上，讓滿宮裡所有的宮人都看看，挑撥是非，謀害主上，是什麼下場！」

如懿陡地一凜，目光撞上皇帝深淵靜水似的眼波，心頭舒然一暖，像是在雪野裡迷了路的人遠遠望見燈火人家，便有了著落。皇帝的目光旋即移開，彷彿對她只是那樣的不上心而已。

慧貴妃又驚又怕，渾身止不住地打起冷戰，皇帝憐愛地替她緊了緊大氅，柔聲道：

「別怕！都是下人們的不是，妳安心養好身子暖著才要緊。」

慧貴妃在皇帝的安撫下微微放鬆，咬了咬牙強笑道：「是。這樣嚼舌的奴才是留不得的，皇上不發落，臣妾也要殺了她以儆效尤呢。只是拔了舌頭血淋淋的，她既然跟這些紅籮炭扯上了是非，就拿些熱炭填到她嘴裡去，好歹留個囫圇的全屍給她。」

皇帝眉目間帶著疏懶的笑意，撫了撫她的手：「也好。既然妳替她求情，就留個全屍給她。」他目光一沉，環視眾人，已是不容置疑的口吻，「貴妃今日做下的典範，後宮裡都要謹記，任何一個奴才，都不許挑撥是非，惹起風波。否則不是主子的錯，朕只問你們這些舌頭和嘴，經不經得起拔舌燙嘴之苦！」

滿宮的宮人們嚇得魂飛天外，立刻跪下道：「是香雲自己生是非，奴才們都不敢的。」

皇帝生了幾分倦怠，打了個呵欠道：「好了。夜也深了，妳早點歇著。朕和皇后也要回養心殿去了。」

眾人忙起身：「恭送皇上，恭送皇后娘娘。」

皇帝攜了皇后的手一同出去，在經過如懿與海蘭時稍稍駐步，他的目光滑過海蘭不帶任何溫度與情感，彷彿只是看著一粒小小的塵芥，根本不值一顧：「妳再住在咸福宮也只是讓貴妃生氣，換個地方住吧。」

如懿忙道：「皇上，延禧宮還空著……」

皇帝有些不耐煩：「那妳好好調教海常在，別再生出這麼多事來。」

如懿答應一聲，心口鬆暢，拉了海蘭一同跟著出去了。

回到延禧宮中已是深夜。安頓了海蘭在後殿住下，又請了太醫來給她診治，如懿才回到寢殿裡稍稍歇息。雖然早換上了厚實的暖襖，如懿又抱著幾個手爐取暖，仍是覺得身上一陣陣發冷，便命小宮女又端了幾個火盆進來燒著。小丫頭綠痕用松紋銀漆盤端了幾大碗濃濃的紅糖薑湯餵了如懿喝下，又替她加了個貂皮套圍得嚴嚴的。如懿取過一碗給裹著大襖蹲在火盆邊取暖的阿箬：「快釃釃地喝一碗，去去濕冷。」阿箬忙仰頭喝了，如懿也喝出了一身的熱汗，忍不住打了幾個噴嚏，才覺得身上鬆快了些。

惢心已經陪著太醫看過了海蘭，此刻又跟過來請許太醫給如懿診脈。許太醫取出朱紫色的請脈包墊在如懿手腕下，又搭上一塊潔白的絹布，告一聲「得罪」，才敢把兩指落在如懿的手腕上。

片刻，許太醫鬆了口氣道：「嫻妃娘娘萬幸，素昔身子強健，只是受了一點風寒。微臣會開些發熱疏散的方子，只要娘娘連著喝幾天藥和薑湯，注意保暖，再用生薑和艾葉熬的熱水多泡澡，就會好的。但切記切記，這幾天不許再見風了。」

如懿取過絹子按了按塞住的鼻子，悶聲道：「多謝太醫。海常在如何了？」

許太醫搖了搖頭，似是沉吟不已。

如懿愈覺得不安，便道：「許太醫是常來常往，專照顧本宮的，有什麼話不妨直說。」

許太醫思量再三，沉聲道：「受寒和驚嚇都是小事，微臣開了安神藥給海常在喝下，已經安穩睡了。風寒雖重，調理著也無大礙。要緊的，是海常在的足傷。」

許太醫道：「海常在是足心的湧泉穴挨了打受了傷，才會如此虛弱，形同重病。」

如懿奇道：「湧泉穴？」

許太醫沉聲道：「是。湧泉穴又名地沖穴，乃是腎經的首穴，又是腎經與心經交接的要害。微臣查看過小主的足心，湧泉穴的位置乃是被荊棘重創之地，說明下手之人是特意挑了這個地方的。此穴一旦受損，等於腎經與心經同時受損，便有失眠倦怠、精力不足、暈眩焦躁、頭痛心悸等症併發，加之小主受寒，真是險之又險。」

如懿大驚失色，只覺得心頭沉沉亂跳，忙問：「太醫，可有什麼法子醫治麼？」

許太醫沉吟許久，才道：「微臣會仔細掂量著開個方子，使寒氣外泄，傷口癒合。也請娘娘吩咐伺候常在的宮人們，每日用熱鹽水浸泡小主雙足的湧泉穴，熱水以能適應為度，每日臨睡前浸泡半個時辰。另外每日正午用艾灸熏湧泉穴，每日一次，至湧泉穴有熱感上行為度，熏好之後敷上用酒炒過的吳茱萸護著。等到傷口好了之後，再每日按摩，但求見效。」

如懿聽他細細說了醫治之法，知道還是有法子的，也稍稍安心些，眉頭也鬆開了一截：「那就有勞許太醫了。綠痕，好好送許太醫出去。」

許太醫告辭退下，如懿向著後殿方向張望了片刻，惢心忙道：「小主放心，一切都打點好了。海常在服了安神湯藥，此刻已經熟睡，想是連番折騰，人也累壞了。您若想看她，還是等明日自己養足了精神再去吧。」

如懿掩不住眉目間的倦怠之色：「好了。我也乏了，準備著安置吧。」

惢心答應著去捧了熱湯水來伺候，阿箬拍打著如懿換下來的海蘭那身衣裳，滿肚子壓抑不住的怒氣，手上的力氣就大了，噼噼啪啪的。如懿聽著發煩，蹙眉道：「什麼事情，粗手大聲的？」

阿箬逕自道：「小主身上冷，奴婢心裡冷，心裡更是有氣。慧貴妃是什麼人？從前在潛邸的時候是矮了小主一頭的……」

如懿心中不快，打斷她道：「好了！如今是如今，不要再說從前的事！」

阿箬憋了口氣道：「如今竟敢這樣折辱小主。小主，妳一定得想想法子，不能再這樣受委屈了。」

如懿轉過身，將手裡的湯盞遞給蹲在地上撥火的小宮女：「收拾了都下去吧，火盆不必撥了。」

宮人們退了下去，惢心在一旁靜靜地立著往案上的綠釉狻猊香爐添了一把安神香。那雪色的輕煙便從蓋頂的坐獅口中悠悠逸出，溫暖沉靜的芬芳悄無痕跡地在這寢殿中縈紆裊裊，散出定心安神的寧和飛香。

如懿撥著手爐上的琺瑯蓋子，輕聲道：「阿箬，那麼依妳的意思，我該怎麼辦？」

阿箬將拍好的衣裳往花梨木衣架子上一撂，眼睛撲閃撲閃，瞬間亮了起來：「按奴婢的意思，好辦！人活一口氣，樹活一張皮，一定要好好爭了這口氣回來。」她走近如懿身邊，推心置腹道，「小主怕什麼？小主什麼都不必怕！論家世，烏拉那拉氏是出過中宮皇后的，門楣比富察氏還高，何況她一個包衣抬旗的？論位分，妃位和貴妃就差了那麼一階兒，哪天冷不丁就越過她了。論恩寵，小主從前和她平分春色，只要放出點手腕來好好籠絡皇上，皇上也會常來延禧宮了。」

如懿啜了口熱茶，慢慢搓著手背暖手，淡淡道：「妳的話是不錯，什麼理兒都占全了。可是妳的眼睛太高，只看見了我的長處，卻未看見短處。」

阿箬不解：「短處？」

暖爐的熱氣氤氳地撲上臉來，蒸得室內供著的蠟梅香氣勃發，讓人有片刻的錯覺，恍若置身四月花海，春暖天地。可是，窗外明明是嚴寒時節，數九寒天。而宮中的際遇，只會比這寒天更寒，怎麼也暖不過來。

如懿出神片刻，沉穩道：「一個人的長處和優勢，只會錦上添花，讓她往高處走得更高些。而她的短處和缺失，卻是能拉著她一路跌到深淵再爬不起來的。所以我看人，不看她的長處能帶著她走多高，而是看她的短處會讓她摔得多重！」

阿箬一時答不上嘴，只得問：「那小主打算一直這麼忍下去？」

如懿的手微微一顫，鬱然歎了口氣：「現在的境況對我並不好，一味去爭，只有摔得頭破血流。忍一忍過去了，以後的日子便鬆快些，也覺得沒那麼難忍了。要是不忍，永遠就擠在一條窄道上，那就真的為難了自己。」

阿箬囁嚅著嘴唇說不出話來。如懿支著額頭，輕輕揮手：「今兒晚上妳也累了，著了氣又受了冷，趕緊去歇下吧。」

阿箬答應著下去了。惢心扶了如懿上床歇下。如懿看著她放下茜紫色連珠縑羅帳，她穿著墨紫色彈花上襖，花紋亦是極淡極淡的玉色旋花紋，底下著次一色暗紫羅裙，這樣站在薄薄的帳簾外，彷彿整個人都融了進去，只餘一個水墨山水一般暗淡的身影。

如懿淡淡地吁了口氣，惢心忙問：「小主，是焐著湯婆子不夠暖麼？」

如懿拍一拍她的手臂：「方才阿箬說了那麼一大篇話，妳只在旁邊安靜聽著。但我知道，今兒晚上沒有妳去養心殿報信，皇上來不了那麼快。」

惢心的面色沉靜如水：「奴婢候在咸福宮外，看見小主受辱，當然要去稟報。只是……」

「只是什麼？」

惢心低低道：「奴婢見著王公公，王公公說既是咸福宮的事，就由咸福宮的主位定奪，就轟了奴婢出來。幸好李玉公公要輪到上夜了，看見了奴婢才去告訴皇上的。否則，事情也被耽擱了。」

如懿沉吟片刻，含笑道：「王欽哪裡是個好相與的？他一向只聽皇后和貴妃的話。」

惢心的眉眼恭順地垂著，低聲道：「王公公不好相與，是被人定了的。但是李公公……」

如懿眉心一動，笑著拍了拍她的手：「這就是妳比阿箬細心的地方了。言語不多，但眼睛都落在了實處。我沒有白疼妳。」

惢心直直地跪在床前的架子上，眼中微微含了一絲晶瑩，道：「奴婢剛進潛邸的時候，不過是被人牙子賣來的小丫鬟，只值兩百個錢，被發配在伙房砍柴，是打死也不作數的賤民。是小主可憐奴婢，把奴婢從伙房的柴火堆裡揀出來，一路抬舉到了今天這個地位。奴婢沒什麼可說的，只有盡心盡力護著小主，伺候小主罷了。」

如懿拉著她的手，心頭暖暖的，一陣熱過一陣：「好，好，不枉我這些年一直這麼待妳。阿箬機靈，嘴卻太快。妳心思安靜，就替我多長著眼睛，多顧著些吧。」

惢心懇切道：「奴婢一定不會辜負小主的期望。」

十七、玉面（上）

宮中的夜如許深長，如懿從未受過這般折辱委屈，原是乏極了。她原本以為靠著軟枕就能沉沉睡去，誰知聽著窗外風聲淒冷，刮得寢殿外兩盞暗紅的宮燈風車似的轉著，彷彿兩隻睜大的猩紅鬼眼，直愣愣地盯著她不放。如懿看著外頭的燈火，心裡思緒翻騰不定，彷如千絲萬縷都纏在了心上，一絲一絲緊緊地勒著。榻下惢心的呼吸聲已經沉穩而均勻，顯是睡得熟了。如懿油然便生了一星羨慕之情，若都像惢心一樣，無知無覺，能安穩睡到天亮，也是一種福氣。她側過身，將臉埋在絲緞的菀花軟枕間，極力閉上了眼睛。也不知過了多久，她睡得其實並不沉穩，半夢半醒的恍惚間，窗外穿行枝椏的風聲猶如在耳畔，像是誰在低低地哭泣，幽咽了整整一夜。

醒來時是在後半夜了，如懿覺得煩渴難耐，便喚了一聲「惢心」，惢心立刻從榻下的地鋪上起身，問道：「小主是要喝水麼？」

如懿道了聲「是」，惢心披著衣裳起來點上蠟燭，倒了一碗熱茶遞到她手邊，輕聲道：「小主慢點喝。」

如懿飅飅地喝了一碗，便說還要，惢心搭了把手在她額頭一按，驚呼道：「小主額頭有點燙，怕是發燒了呢。」

如懿覺得身上軟軟的，半點力氣也沒有，口中腹中都是焦渴著，只得懶懶道：「喝了那麼多薑湯，怕還是著了風寒了。」

惢心道：「現下晚了，也不便請太醫再過來，明兒先把太醫院的方子開上喝一劑。」

如懿撫著頭道：「還是老法子，煮了濃濃的薑湯來，我再喝一碗發發汗。」

惢心想了想道：「那奴婢用小銀吊子取了來在寢殿裡頭熬著，隨時想喝就喝著。奴婢醒著點神看著就是了。」

兩人正說著話，只聽得後殿忽然幾聲驚叫，如懿怔了怔，便問：「什麼聲音？」

惢心豎著耳朵聽著：「怕是風聲吧？」

那尖叫聲連綿幾聲，夾雜在風裡也顯得格外清晰。如懿心頭一沉，忙披了大氅起身道：「不對！是海蘭！」

夜裡惶急起身，如懿只趿了雙軟底鞋便匆匆趕出來。海蘭縮在寢殿的桃花心木滴水大床上，那床原是極闊朗的，越發顯得海蘭蜷在被子裡，縮成了小小一團。葉心早嚇得跪在了床邊，和伺候海蘭的一個小太監一起苦苦哀求著，海蘭卻似什麼也聽不見一般，只是捂在被子裡捂住耳朵發出尖銳而戰慄的尖叫。

如懿忙揮了揮手，示意眾人噤聲，才在床沿上坐下，輕聲哄著道：「海蘭，是我，是我來了。」

海蘭睜大了惶恐的雙眼，像是一隻剛剛逃脫了死亡與襲擊的小小的幼獸，無助地裹著被子，想要把自己縮進看不見的角落裡。床上的湖水色秋羅帳子隨著她劇烈的顫抖像是被厲風刮過的湖面，無聲地漾起起伏不定的波縠。她喃喃地低訴著，帶著深受刺激後的低沉與驚悚：「他們打我的腳，他們，他們要搜我身上！姐姐！我受不了，我再也受不了了！」

情緒激烈地波動間，海蘭的雙足從被子底下露了出來，厚厚地纏著一層層白紗，隱約還有暗紅的血點子乾涸了凝在上頭。如懿輕輕地撫了撫她足上的白紗，挪到床裡，隔著被子攬住她，柔聲道：「別怕，別怕，這兒是延禧宮了，妳就在我身邊住著。什麼都不用怕，再沒人冤枉妳了。」

海蘭伏在她懷裡，嗚嗚咽咽地抽泣著。那聲音低低的，惶惑的，又那樣無助，含了無窮無盡的委屈和畏懼，一點一點地往外傾吐著。如懿抱著她，她的眼淚是滾燙的，身體也是滾燙的，可是這滾燙底下，她的心卻是和外頭凍實了的冰坨子一樣，寒到了極點。如懿由著她哭，彷彿海蘭的眼淚也是替自己流著，熱熱地洇在皮膚上，慢慢滲進肌理裡去，那樣灼熱的，好像灼傷了肌膚，就能連帶著心裡也暖和點似的。

也不知過了多久，海蘭才慢慢平伏下來。如懿伸手搭了搭她的額頭，柔聲道：「額頭比我還燙，今兒是凍著了吧？沒事兒，太醫院的藥好得很，喝下去就好了。」她輕輕地拍著海蘭的肩膀，像哄著嬰兒似的，「藥是治病的，別管是妳身上的風寒還是腳上的傷，都會好起來。要是心裡還害怕，妳就想著，這兒是延禧宮，離她的咸福宮遠遠的。有什麼事兒，妳說一聲我在前殿就聽見了。」

海蘭嗚咽著埋首在她懷裡：「姐姐，還好妳在。」

如懿替她綰一綰鬆散的鬢髮，語氣溫沉沉的：「我在這兒呢。」

海蘭緊緊地攥著如懿的手腕：「姐姐，我沒想到妳會來，如果妳不來，我一定被她們……」她哽咽著說不下去了。

如懿取下絹子替她擦著額角沁出的汗：「今兒晚上，我本不想來，別說妳，我也忌憚她。可是我不能不來，心在嗓子眼兒裡跳著，催著我來。從潛邸到如今，多少年來，我也只和妳還有純嬪說得上話。我要不來，或許從此就不知道妳在哪兒了。還好，還好事情都過去了。」她看著葉心，「太醫開的藥還在嗎？端來給你們小主喝下去發發汗，再喝一劑安神湯。」

海蘭死死攥著如懿的手不肯放，哀哀道：「姐姐，妳別走。」

如懿忍著手腕上的疼痛，微笑道：「我不走，我看妳睡下了再走，好麼？」她接過葉心遞來的藥，「喝下去，喝下去病就好了。」

海蘭順服地一口一口嚥了下去，如懿替她抹了抹嘴角，扶她躺下，替她掖好了被角。海蘭安靜地蜷縮著，閉上了眼睛。

次日外頭落著雪雨，越發凍得人不願意出去了。屋子裡點了沉水香，透著木質淡若輕岫一般的雅淡香氣。饒是如此，因著炭盆生得多，尤是悶悶的，唯有几上青花纏枝美人觚裡插著幾枝新開的淡紅色玉蝶梅上，那鮮妍的色彩才讓人心頭稍稍愉悅。如懿倚在暖閣裡養神，正瞇著眼睛，忽然見簾下站了一個湖藍宮裝女子，不由得起身招手道：「天寒地凍的，妳怎麼來了？」

純嬪笑盈盈側了側身，施了一禮，上前坐下道：「原本想去看看海常在，聽葉心說昨兒後半夜喝了安神湯還睡著，所以先過來看妳。」她看如懿額上圍著大紅猩猩氈鑲碎玉粒子昭君套，披著一身厚厚的多寶絲線密花錦襖，身上還嚴嚴實實蓋著一床青紅舍利皮鑲邊的紅緞錦被，便關切道，「海蘭病著，妳也沒好多少，這些天可不許見風了。」

如懿含笑道：「一早皇后宮裡來囑咐過了，免了我和海蘭這些天的晨昏定省，只叫我們歇著。」

純嬪點頭道：「這是應該的。現在可好些了？」

如懿舉過茶盞給她看：「眼下都不許我喝茶了，都換成了薑茶。從昨兒起就喝了好多的薑湯了，太醫院的藥也喝下去發汗了，現在只覺得熱得慌。」

純嬪伸手替她掖了掖錦襖，歎道：「昨兒夜裡鬧成這樣，我早早睡下了竟不知道。今兒一早聽說了，我還以為是宮人們亂嚼舌根呢。直到見了嘉貴人才知道是真的。」她念了句佛道，「阿彌陀佛，福禍相倚，還好海蘭搬離了咸福宮，也算沒白受罪。倒是妳，怎麼把妳也扯進去了呢？」

如懿按了按額頭上勒著的昭君套，低聲道：「我只問姐姐一句，姐姐相信海蘭會偷盜麼？」

純嬪微微吃了一驚，篤定地搖搖頭：「皇上不是說那紅籮炭是他悄悄兒賞的麼？」

如懿伸手撥弄著瓶裡供著的那幾枝玉蝶梅：「皇上也是為了息事寧人，順嘴兒安撫過去罷了。我只有那一句話，既說海蘭都偷了，那剩餘的一百多斤炭海蘭能藏到哪兒去？這件事若再查下去，誰都不好看。」

純嬪眉心微曲，如曲折的春山逸遠：「我還以為是皇上心疼妳們，所以連那挑撥是非的香雲打死了都還塞了一嘴的熱炭。今兒早上屍車運出神武門的時候，聽守門的侍衛說，香雲的嘴都燙爛了，不成個樣子。這麼看，皇上是給貴妃台階下了。」

如懿寸把長的指甲掐在梅枝上，汁水細細地沁了出來：「誰知道呢？我只管著自己鼻塞頭昏的。」

純嬪輕輕一嗅：「既然還鼻塞頭昏的，就該點點沖鼻醒神的藏香。這沉水香好聞是好聞，卻太清淡了。滿宮裡也只有妳喜歡用，旁人是看都不看一眼的。」

如懿看著地下香潭清水裡浸著的一塊陡峭似山形的黑釉色的木塊，靜靜道：「倒也不只是為了這個味兒。沉香如定石，能沉在水底，故名沉水香。我只是覺得，若是能心若沉水香一般，世事再繚亂，也可以不怕了。」

純嬪微微出神，盯著如懿的面龐道：「我剛認識妳的時候，妳並不是這樣的性子。」

如懿的笑意淡得若一縷輕煙：「從前事事有人慣著護著，如今可沒有了。」

純嬪似是觸動了心事，眉間也多了幾許清愁：「妳只想著要靜下心來，卻沒想過，慧貴妃如今敢這樣囂張，無非是她有著『歡作沉水香，儂作博山爐』的恩情寵幸。妹妹要是想一改境況，也該好好留心著聖寵，別讓貴妃和新人占盡了恩寵。」

如懿明白她意下所指，便問：「這幾天皇上似乎都沒召見玫答應，是怎麼了？」

純嬪微一凝神，靠近如懿道：「別說是妳，我也覺得奇怪。這些天雖說皇上忙於朝政，除了昨夜召幸皇后之外，都沒翻過別人的綠牌子。可是我卻聽說，其實有兩日午後皇上是召了玫答應去彈琵琶曲的，可是玫答應卻推辭身體不適，並未奉召前去。」

如懿心下也生了一層疑雲：「照理說她新得聖寵，應該極力固寵才是，怎麼會自己推辭了呢？」

純嬪搖了搖頭：「誰知道呢？我只聽說她臉上不大好，難不成那天貴妃讓雙喜下的手太狠，怎麼都好幾日了還沒見好呢？」她想著忍不住低低笑了一聲，「算了。這件事玫答應自己是打落牙齒和血吞，也沒鬧出貴妃的事來。左右她沒在皇上跟前，昨兒咸福宮的又說發了寒證，今兒皇上已經傳旨了，午膳和晚膳都留在咸福宮陪著她用，又左賞賜右賞賜的，太醫一趟趟地往咸福宮跑。」

如懿心中皺得跟一團揉碎了的紙似的，只勉強笑道：「皇上一向喜歡她，妳是知道的。」

純嬪聊了幾句，見扯上了「恩寵」這樣的話，也是傷感，便囑咐了幾句讓如懿好好調養的話，便也走了。惢心端了藥進來服侍如懿喝了，又拿清水漱了口，阿箬便端了幾顆酸漬梅子過來給如懿潤口。

惢心倒了漱口水進來，道：「小主，方才海常在醒了，燒也退了。」

如懿想了想道：「那就好。如今葉心一個人伺候著不夠，內務府撥過來的人也不敢用，再出一個香雲這樣的可怎麼好？」

愡心含笑道：「小主放心。奴婢已經撥了咱們宮裡的春熙過去了，那丫頭老老實實的，言語也不多，是潛邸裡用老了的人了。」

如懿正要說話，阿箬橫了愡心一眼，道：「光惦記著別人那裡有什麼用呀？小主，叫奴婢說，一個香雲出在海常在宮裡就夠讓人寒心的了，要是咱們宮裡出了這樣的奴才，那可就倒了八輩子楣了。」

如懿讚許地看了阿箬一眼，吩咐道：「滿宮裡的宮人，除了妳們兩個和三寶，其他的人，哪怕是綠痕這樣的，都要仔細留意著。香雲平時不言不語的，算是個沒嘴兒的葫蘆了吧，一被人收了去，就能張嘴咬自己的主子，還不往死裡咬不甘休。」她沉下臉，眼中閃過一絲狠意，「這算是前車之鑒，咱們宮裡，絕不能出這樣的人！」

愡心與阿箬互視一眼，俱是一凜：「奴婢們會仔細防查，斷不能這樣。」

如懿鬆了口氣，往後殿張望一眼：「我去看看海蘭，她精神好些了麼？」

愡心憂心忡忡道：「精神是好些了。可人還是那樣子，不肯見人，不肯見光。即便是大白天也扯上了厚厚的簾子，將自己裹在被窩裡一動不肯動。」

如懿理了理鬢髮，起身道：「那我更得去看看了。」

後殿裡靜靜的，安神香在青銅鼎爐裡一刻不停地焚著，由鏤空的蓋中向外絲絲縷縷地吁著乳白的輕煙。朦朧的煙霧婀娜如絮地散開，瀰漫在靜室之中，像一隻安撫人心的手，溫柔地拂動著。

海蘭的精神好了許多，只是人乾巴巴的，頭髮也蓬著，唯有一雙眼睛睜得老大老大，像兩個深不見底的黑洞，警覺地望著外頭。整個人嵌在重重簾幃中，單薄得就如一抹影子。如懿才進來，海蘭便嚇得趕緊縮到床角拿被子捂住自己。待看清來人是如懿，方敢露出臉來。如懿心中一陣酸楚。太醫的話其實錯了，海蘭腳上的傷雖重，延及心腎二脈，但她的心志所受的摧殘更厲害。昨晚的羞辱，已經徹底損傷了她的尊嚴與意志。

雨中的竹葉隨風搖曳，竹影輕移，淡淡地映在碧羅窗紗上。海蘭立刻驚慌地回頭，慌不迭地喊：「拉上！把簾子都拉上。」

宮人們忙碌著，海蘭睜著驚惶的眼，一把拉了如懿坐下：「姐姐，在這兒，坐在這兒，哪裡都別去，外頭都是要害咱們的人！」

如懿撫著她的肩，安慰道：「別怕，天已經亮了，事情也過去了。皇上還是心疼咱們的，這麼大的事兒，說揭過去就揭過去了，還讓妳在我宮裡住著。這不是妳一直盼著的麼？」

海蘭呆呆地坐著，任由淚水無聲而肆意地滑落：「可是姐姐，只要我一起來，我就覺得好多好多的眼睛看著我，看著我赤足受刑，看著我被人誣陷偷竊，看著我險些被人扒了衣裳搜身。那麼多奴才的眼睛看著，我……」她渾身戰慄著，大口大口地喘息著，神色驚懼而不安。

如懿緊緊摟著她：「妹妹，我知道妳是嚇著了。可我們在潛邸裡住了這些年，如今待在後宮裡，過一天，妳應該更明白一天。」海蘭憔悴的臉孔對著如懿，露出惶惑的神情，如懿繼續道，「昨兒的日子過去，今兒妳應該活得更明白。活在這兒的人，風刀霜刃，口蜜腹劍，什麼沒受過，什麼使不出來？昨天一盆冷水澆下來的時候，我真是恨極了。可是恨有什麼用？我還得抬起脊梁骨來，受完了繼續把日子過下去，然後防備著這樣的明槍暗箭再過來。」

海蘭怔住了，伸手想要替如懿去擦眼淚，才發覺她的眼窩邊如此乾涸，並無一點淚痕。她的聲音低而柔：「姐姐，妳要是委屈，就哭一哭吧。」

如懿的嘴角蓄起一點笑意，那笑意越來越深，慢慢攀上她的笑靨，沁到了她的眼底，那笑卻是冷冰冰的：「哭？海蘭，她們不是就盼著我哭麼？我偏不哭，人人當我昨夜在咸福宮受了委屈，我偏不委屈。忍不過的事，咬著牙笑著忍過去，再想別的辦法。我哭？我一哭是樂了她們。」

海蘭畏懼地聳了聳肩：「姐姐，不，我不行，我做不到！她那樣羞辱我，還有香雲……」

如懿扶著她坐直身子：「害妳的香雲已經被亂棍打死，死了還不算完，還讓人塞了一嘴熱炭燙爛了嘴。至於其他的人，如果妳自己都覺得羞恥，那麼人人都會把妳當笑話羞辱妳。妳自己打起精神不當回事兒，人家笑話妳妳便衝著她笑笑，怎麼也不當回事，那便誰也不能再笑話妳了。」

海蘭出了半天的神，睫毛微微發顫：「姐姐，我做不到……我……我怕做不到……」

如懿站起身，問葉心：「小主今兒的藥都吃了麼？」

葉心忙道：「都喝下了，一滴不剩。」

如懿沉聲道：「海蘭，吃了藥慢慢醫妳的病。至於妳的心病，醫治的法子我已經告訴了妳。妳若自己不肯用，就當我昨夜拚死護著的，是一個不中用的人。我護了她這回，卻護不了下回。」

海蘭怔怔地聽著，她的影子虛浮在帳上，單薄得好像唱皮影戲吹彈可破的畫紙人。如懿待要再勸，三寶躡手躡腳進來，低聲道：「小主，皇上宣您即刻去養心殿暖閣見駕。」

阿箬滿面喜色，笑道：「小主昨兒夜裡受足了委屈，皇上一定是宣您去好好安慰幾句呢。」她轉臉見海蘭頹喪地低著頭，忙道，「自然還有話讓您帶給海常在。」

如懿點了點頭，便道：「可說是什麼事？」

三寶道：「來傳旨的小太監面生得很，只說是要緊事，請小主快去。」

如懿只得起身離去，走了兩步又囑咐海蘭：「我的話不好聽，可良藥苦口，妳自己掂量著吧。」

外頭下著凍雨，地上濕濕滑滑的，連著雨雪不斷的天氣，長街的磚縫裡一溜一溜地冒著濕膩的霉氣，連帶著朱紅色的宮牆亦被濕氣染成了一大片一大片泛白的暗紅，看著失去了往日被歲月沉澱後的莊嚴與肅穆，只剩下累卵欲傾般的壓抑。

因是皇帝傳召，暖轎走得又疾又穩，不過一炷香工夫，便到了養心殿前。如心正打了傘扶了如懿下轎，卻見一旁的白玉台階下面，跪了濕淋淋一個人。如懿揚一揚臉，惢心忙扶了她過去，仔細一看，卻是皇帝跟前伺候的李玉。

如懿微微吃了一驚，忙道：「李玉，這是怎麼了？」

李玉見是如懿，抬起被雨淋得全是水滴子的一張臉，苦著臉道：「嫻妃娘娘別問了，無非是奴才做錯了事受罰。」

如懿目光一低，卻見李玉並非跪在磚石地上，而是跪在敲碎了的瓦片上。她吃了一驚：「到底怎麼回事？」

李玉含著淚道：「左不過是王公公罰奴才罷了。這兒冷得很，娘娘快進去吧。」

如懿見旁人也未注意，低聲道：「跪這個太傷膝蓋，得了空來趟延禧宮，本宮讓惢心給你備下藥。」如懿還欲再說，卻見王欽迎了出來，皮笑肉不笑道：「嫻妃娘娘來了，怎麼不進去，在這兒跟奴才說話呢。」

如懿恍若不在意似的：「好好兒的，李玉怎麼跪在這兒了？」

王欽冷笑道：「伺候得不當心，拿給皇上的茶熱了幾分，燙了皇上，可不該受罰麼？嫻妃娘娘，下賤人的事兒您別操心了，往裡請吧。」

如懿才跨進暖閣，卻見皇帝與皇后都正襟危坐著，臉上一絲笑容也無。她心頭一沉，便福身下去：「皇上萬福，皇后萬福。」

十八、玉面（下）

暖閣的窗下鋪著一張櫻桃木雕花圍炕，鋪著一色青金鑲邊明黃色萬福閃緞坐褥，炕中設一張白檀木刻金絲雲腿細牙桌，上頭放了些茶點，想是帝后二人本在此閒話家常。因是尋常對坐，皇后只簡單綰了個高髻，簪了小朵的攢珠櫻桃絹花壓鬢，並幾支小巧的流蘇銀簪，身上一件紫棠色芍藥長壽紋緙絲襖，被暖閣裡地龍的暖氣一烘，倒襯得面容微紅。皇后見了她請安，便讓素心端了小杌子來讓她在跟前坐下，方微微揚了揚嘴角：「嫻妃，下著凍雨還叫妳過來，實在是有件要緊事得問問妳。」

皇后正要說話，皇帝慢慢揀了一枚剝好的核桃肉吃了，淡然道：「昨夜的事，妳和海常在都好些了吧？」

如懿心中一暖，欠身道：「臣妾本就無礙，海常在倒是受了驚嚇，加上足上的傷，還得好生將養著。」

皇帝道：「既然在妳宮裡，妳就費心些照看著吧。囑咐她寬心些，已經過去的事便不要想了。」

如懿答應著，皇后含了謙和的笑容，向皇帝道：「午後冷清清的，這個時候要是玫答應來彈奏一曲琵琶，倒也清閒。只是她五六日不肯面聖了。」

皇帝的笑意極淡，卻似這閣中的靜塵，亦帶了暖暖的氣息：「她總說臉上的傷沒好，不宜面聖，由得她去。」

皇后微笑道：「那日貴妃是氣性大了些，可玫答應也有不是之處，皇上心裡惦記著玫答應，卻不縱容她，臣妾很是欣慰。」

皇帝的茶盞裡翠瑩瑩如一方上好的碧玉，他悠然喝了一口：「雖然沒見著，心裡想著，就如見著了一樣。」

如懿入宮後才陪了皇帝一次，久久未見聖駕，雖然心裡是存著皇帝的叮囑的，卻難免有那麼幾絲寂寞。那種寂寞，是歡悅明媚的曲子唱著，卻知道下一出的唱詞裡是男歡女愛的失散，是相思相望不相親的分離；那種寂寞，是花好月圓的美滿裡，想得見殘月如鉤的淒冷；那種寂寞，是燈火輝煌，半壁盛世裡的一身孤清的影子；可是再寂寞，那滋味卻是溫涼溫涼的，涼了一陣兒，總還有盼望，有希冀，那便是溫熱的一層念想。直到昨兒夜裡匆匆相見，原本以為皇帝是護著自己的，可是他的眼風卻沒幾次落到自己身上，便是落到了，也像天際上遠遠飛著的鴿子，落不到綿白的雲彩裡。

她的目光忽然凝在皇后的衣衫上，那樣沉穩而不失豔麗的紫棠色，熱鬧簇繡的芍藥蜂蝶圖案，繡著萬年青的壽字滾邊，映得自己身上一襲梅子青繡乳白色凌霄花的錦衣，是那樣暗淡而不合時宜。而凌霄，本就是那樣孤清的花朵。

如懿的喉嚨裡像含著一顆酸透了的梅子，吐不出也嚥不下，她臉上掛著勉強的笑意，忍不住問道：「玫答應伺候皇上的日子也不久，怎麼皇上這樣喜歡她？」

皇帝原本稀微的笑容漸漸多了幾分暖色：「正是因為她跟在朕身邊的日子不久，卻事事遂心，像一個跟朕久了的人似的，什麼事兒都想到了，朕才覺得她貼心投意。」

如懿聽了這一句，哪怕心底裡再酸得如汪著一顆極青極青的梅子，也只能垂下了眼睛。

皇后的笑意凝在唇角，似一朵將謝未謝的花朵，凝了片刻，還是讓它張開了花骨朵：「說起這個事兒來，臣妾有句話不知當說不當說。」

皇帝微笑道：「皇后跟朕，有什麼不當說的？」

皇后笑容微微一滯：「午膳過後，玫答應來找臣妾，給臣妾看了看她的臉，臣妾一時間不敢定奪，只好帶了她過來見皇上。玫答應哭哭啼啼的，現在也不敢進殿來，臣妾想那日玫答應被掌摑的事嫻妃是親眼看著的，又送她回了永和宮，所以急召嫻妃過來。也請皇上看一看玫答應的臉吧。」

皇帝頗為意外：「蕊姬來了？人在哪裡？」

皇后鬱然道：「人在偏殿等著，就是不敢來見皇上。」皇后見皇帝眉心漸漸起了曲折，便道，「素心，妳去請玫答應進來，有什麼委屈自己來說吧。」

素心出去了片刻，便領了玫答應進來。玫答應如常穿著嬌豔的衣裳，只是臉上多了一塊素白的紗巾，用兩邊的鬢花挽住了，將一張清水芙蓉般的秀淨面龐遮去了大半。

她眼裡含著淚花，依足了規矩行了禮，皇帝未等她行完禮便拉住了道：「這是怎麼了？即便是受了兩掌，這些日子也該好了啊。」

玫答應撐不住哭起來，嬌聲嬌氣道：「橫豎是傷在臣妾臉上的，皇上看個樂子，還覺得紅腫著挺喜興的呢。」

如懿聽著她與皇帝這樣說話，驀然想起自己初嫁的時候，晨起時對著菱花鏡梳妝，也和皇帝這樣有一搭沒一搭地玩笑著，撒著嬌說著貼心話兒，並無尊卑之分。那年歲，真當是一生中最天真無憂的好時候。只是就這麼著彈指過去了，到了眼下，見皇帝一面不易，卻眼睜睜看著他與新人親近歡好，一如對著當日的自己。

她想著，便抬眼看了看皇后，皇后只是垂著臉，像廟宇裡供奉著的妙嚴佛像，無喜無悲，寶相莊嚴。如懿把玩著衣襟上垂下的金絲串雪珠墜子，那珠子質地圓潤而堅硬，硌得她手心一陣生疼。她越發覺得風寒沒有散盡的暈眩逼上臉來，少不得按了按太陽穴，替自己醒醒神。

玫答應哭著，便將臉上的紗巾霍地扯下，如懿瞥了一眼，差點沒嚇了一跳。玫答應的臉原本只是挨了掌摑紅腫，嘴角見了血，此刻不僅腫成青紫斑駁的一塊一塊，嘴角的破損也潰爛開來，蔓延到酒窩處，起了一層層雪白的皮屑，像落著一層霜花似的，底下露出鮮紅的嫩肉來。

皇帝驚得臉色一變：「妳的臉……」他未說下去，與皇后對視一眼，皇后即刻道：「這個樣子，斷不是掌摑造成的，必是用錯了什麼東西，或是沒有忌口。」

玫答應立刻跪倒在地上，眼波哀哀如夜色中滴落的冷露，哭訴道：「臣妾愛惜容貌，不敢破了面相惹皇上不高興。得罪了貴妃是臣妾的不是，挨了打臣妾也該受著，但臣妾已經飲食清淡，按時用藥了。可是臉卻壞得越來越厲害，臣妾心裡又慌又怕，不敢面見皇上，只得告訴了皇后娘娘。」

皇后擔心道：「臣妾問過伺候玫答應的人，都說她這幾日飲食十分注意，連喝水都特意用了能消腫化淤的薏仁水，也不忘拿煮熟的雞蛋揉著，是夠當心了。」

皇帝微一沉吟：「妳說妳用藥了？是哪兒來的藥？」

玫答應停了哭泣：「是太醫院拿來的，說是貴妃打了臣妾，也願意息事寧人，所以特意送了藥來，略表歉意。」

皇帝目光微冷：「那藥妳帶來了麼？」

玫答應從袖中取出一個小小的圓缽，素心忙接了過去，打開一聞，道：「當日是奴婢去太醫院領的藥，是這個沒錯。」

皇帝的眼神微有疑惑，皇后便道：「那日臣妾也在，為了後宮和睦，是臣妾勸貴妃送藥給玫答應，也是臣妾讓素心以貴妃的名義去取的藥。」

皇帝眼中閃過一絲讚許的光彩：「皇后有心了，朕有妳周全著，後宮才能安穩如斯。」

皇后安然一笑：「皇后的職責，不正是如此麼？臣妾只是做好分內之事罷了。」

皇帝便不再言，只問道：「王欽，朕記得剛有太醫來替朕請過平安脈，還在麼？」

王欽恭聲道：「是太醫院的趙銘趙太醫，此刻還在偏殿替皇上擬冬日進補的方子呢。」

皇帝微微一凝：「著他過來，看看這藥有什麼名堂。」

王欽立刻去請了趙太醫進來，趙太醫是個辦事極利索的人，請過安一看玫答應臉上的紅腫，再聞了聞藥膏，沾了一點在手指上撚開了，忙跪下道：「這藥是太醫院的出處沒錯，只是被人加了些白花丹，消腫祛淤的好藥就成了引發紅腫蛻皮的下作藥了。」

皇后蹙眉道：「白花丹？怎麼這樣耳熟？」

趙太醫恭謹道：「是。入了冬各宮裡都領過白花丹的粉末，配上曬乾的海風藤的葉子，是一味祛風濕通絡止痛的好藥。宮裡濕氣重，皇后娘娘的恩典，每個宮裡都分了不少，做成了香包懸在身上。只有玫答應新近承寵，她的永和宮剛收拾出來，所以是沒有的。」

如懿亦道：「是。臣妾的宮裡上個月也領了不少。」

皇后連連道：「可不是！臣妾與嫻妃身上都掛著這樣的香包。」

皇帝避免目光與玫答應的臉相觸，只道：「白花丹到底是什麼東西？」

趙太醫道：「白花丹若與其他藥配用，那是一味好藥。但若單用，卻是一種極霸道的藥物，是有毒性的。只要皮膚與白花丹接觸，只需一點點，便會紅腫脫皮，繼則潰破，滋水淋漓，形成潰瘍。以後潰瘍日久不愈，瘡面肉色灰白或暗紅，流溢灰黑或帶綠色污水，臭穢不堪。瘡口愈腐愈深，甚至外肉脫盡，可見脛骨。答應小主的病徵，便是這藥膏裡被摻了白花丹。」

玫答應一聽便哭了出來，指著素心道：「皇上，皇上，臣妾不知得罪了什麼人，竟叫素心拿了這樣的藥來害臣妾！」她雖說的是素心，眼睛卻瞪著皇后，恨聲道，「臣妾自知出身微賤，要是有人容不得臣妾侍奉皇上身側，臣妾寧可一頭碰死在這裡，也受不了這些下作的手段！」

皇后神色大變，立刻起身道：「皇上明鑒。藥雖然是臣妾讓素心去拿的，可若是臣妾做下這等天理不容的事，臣妾還怎敢帶玫答應來養心殿，一定百般阻撓才是啊。」

皇帝啜了一口茶，扶住皇后道：「皇后一向賢慧，朕是有數的。只是素心……」

素心慌得雙膝一軟，立刻跪倒在地：「皇上明鑒，皇后娘娘明鑒，那日是奴婢親自取的藥，親自交到玫答應手裡，可奴婢不敢往那藥裡摻和別的東西呀！」她忽地想起什麼，撩起袖子道，「那日臣妾取藥的時候在太醫院被裁藥的小剪子誤傷了，當時太醫們就指點著奴婢用這缽裡的藥取了一點塗上，說有止血的功效。奴婢當時用了，也沒再潰爛哪。」

素心的手腕留著指甲大的一個紅色的疤痕，顯然是幾天前傷的。她急急地辯道：「奴婢不敢撒謊，這事兒太醫院好些太醫見著的，都可以為奴婢作證。」

趙太醫便道：「皇上，皇后娘娘，那日微臣也在太醫院，是有這個事。因這種藥膏配製不易，那日只有這一瓶了，就從缽裡取了一點給素心姑姑用了。」

皇后凝神一想：「當時用了沒事，那素心，妳一路上過去，有誰碰過這個藥膏沒有？」

素心斬釘截鐵道：「絕沒有了，奴婢趕著過去，到了永和宮只有嫻妃娘娘陪著，奴婢給了藥便走了。」

玫答應絞著帕子，恨得銀牙暗咬：「是了。那日素心送了藥，嫻妃陪臣妾坐了會兒也走了。之後再沒旁人來探視過臣妾了。」

皇帝的目光落在如懿的面龐上，帶了一絲探詢的意味：「嫻妃，妳待在那裡做什麼？」殿內龍涎香幽暗的氣味太濃，被暖氣一熏，幾乎讓人透不過氣來。如懿面色沉靜如璧：「皇后娘娘讓臣妾陪玫答應回永和宮，臣妾說了幾句話就走了，並沒有多留。」

皇后眼波似綿，綿裡卻藏了銀針似的光芒：「那麼其實除了嫻妃，便沒有別人再能碰到那瓶藥膏了。永和宮裡，也沒輪到給這個。嫻妃，妳能告訴本宮，是怎麼回事麼？」

如懿跪在寸許長的「松鶴長春」織金厚毯上，只覺得冷汗一重重逼濕了羅衣。她從未這樣想過，從那次掌摑開始，到她送玫答應回永和宮以及藥膏送來，種種無意的事端，竟會織成一個密密的羅網，將她纏得密不透風，不可脫身。

心中驚悸如驚濤駭浪，她臉上卻不肯露出分毫氣餒之色，只望著皇帝道：「皇上，臣妾沒有做過，更不知道其中原委。」

皇后頗有為難之色，遲疑道：「皇上，玫答應出身烏拉那拉氏府邸，想來嫻妃顧念情誼，一定不會做這樣的事。」

玫答應轉過臉，逼視著如懿，語氣咄咄逼人：「嫉妒之心人人有之，嬪妾也知道自從承蒙皇上恩寵，便被人覬覦陷害，卻不想這樣的人竟是嫻妃娘娘！敢問娘娘一句，那日除了妳，還有別人有機會在嬪妾的藥膏裡下白花丹的粉末麼？」

如懿平視於她，並不肯有絲毫目光的回避，平靜道：「當日本宮一直在妳跟前，說了幾句話就走，如果妳一定認定本宮會當面害妳，那本宮無話可說。」

皇帝望著如懿，幽黑的眸中平靜無瀾：「既然鬧出這樣大的事情，還傷了玫答應的容顏，朕就不能不徹查。」

皇后歉然道：「嫉妒乃是嬪妃大罪，何況暗中傷人。後宮管教不嚴，乃是臣妾的罪過。」

皇帝凝眉道：「皇后是有過失，但罪不在妳。」他眼底閃過一絲不忍，恰如流星閃過的尾翼，轉瞬不見。

皇后思慮片刻，道：「嫻妃，無論是不是妳做的，總要問一問。去慎刑司吧，有什麼話，那裡的精奇嬤嬤會問妳。」

如懿身上一凜，慎刑司掌管著後宮的刑獄，上至嬪妃，下至宮人，一旦犯錯，無一不要在裡頭脫一層皮才能出來。她忍著身上寒毛豎起的不適，強撐著身體俯身而拜：「事關臣妾清白，臣妾不能不去。只是請皇上相信，臣妾並非這樣的人。」

皇帝微微頷首，語意沉沉：「妳放心。」

不過三個字，如懿心中一穩，覺得渾身都鬆了下去。惢心忍不住哭求道：「皇上，即便要問小主的話，也別去慎刑司呀。小主昨晚已經著了風寒，哪裡還禁得起這樣折騰。皇上！」

皇帝溫和道：「若是風寒，朕會讓太醫去診治。但規矩是不能破的。」

皇帝話語的尾音尚未散去，只聽外頭砰的一聲響，有人用身體撞破了門衝進來道：「皇上，不是姐姐幹的！不是！是臣妾做下的事情，您帶臣妾去慎刑司吧！」

十九、兩敗

隨著冷風重重灌入，海蘭撲到皇帝跟前，死死抱住皇帝的腿道：「皇上，是臣妾嫉妒，臣妾看不慣玫答應得寵，一時起了壞心，是臣妾害她的！不干姐姐的事！」

皇帝皺眉道：「妳怎麼來了？」

外頭小太監怯怯道：「海常在來了好一會兒了。跟著她的葉心說常在見嫻妃娘娘久久未回宮，一時擔心所以出來了。因為聽見皇上在裡頭問話，所以一直在殿外不敢進來。」

皇后看著海蘭的樣子，憂心道：「海常在剛受了足傷，身子又不好，你們怎麼不攔著？」

那小太監嚇得磕了個頭：「奴才，奴才實在是攔不住啊！」

皇后秀眉微曲，示意素心拉開海蘭，道：「海常在，本宮知道妳擔心嫻妃，但這樣的大事，不是誰都能擔得起的。妳說是妳下的白花丹，那本宮問妳，妳何時去過永和宮，何時下的藥？」

海蘭微微語塞，立刻仰起臉一臉無懼道：「只要臣妾想下藥，何時何地都能下！左右這件事不是嫻妃做的！」

皇后神色肅然，嚴厲道：「海常在，本宮知道妳與嫻妃姐妹情深，但這種事豈能是妳替她背的！」

海蘭本伏在地上，聽得這一句立刻仰起臉來，梗著脖子倔強道：「不是臣妾要替嫻妃姐姐背，只是這件事，一定不會是姐姐做的，但若真要認定是姐姐，那就算是臣妾做的。」

海蘭一向怯怯的不太言語，驟然間言辭這樣激烈，連皇帝也有幾分信了：「那麼海蘭，妳為什麼認定不會是嫻妃做的？」

海蘭一把扯下如懿紐子上佩著的芙蓉流蘇香包，她用力過大，將香包上垂著的精緻纓絡也扯了好幾縷下來，顫顫地纏在指尖上。海蘭用力解開香包：「因為姐姐香包裡根本沒有白花丹，她又如何能拿白花丹來下藥？」

香包裡的東西在她掌心四散開來，唯見幾片枯葉與深紅色的粉末。趙太醫忙取過細看：「皇上，白花丹的粉末為青白色，此物深紅，乃是大血藤磨粉而成。」

如懿又驚又疑，只得道：「臣妾記得當日內務府送來的白花丹粉末成色不佳，本說要換的，後來海常在看香包縫得不嚴實，將延禧宮的都拿去重新縫了一遍。至於裡面的白花丹為何不見了……」

海蘭戚戚然道：「臣妾知道內務府敷衍嫻妃姐姐，送的都是些次的東西。延禧宮地冷偏僻，只怕那些白花丹粉不頂用。正好臣妾宮裡有多餘的大血藤粉，與白花丹一樣都是祛風濕通絡止痛的。所以就用上好的大血藤粉換了白花丹。試問姐姐的香包裡沒有白花丹，又怎能害人？」

玫答應橫了海蘭一眼，旋即道：「既然大血藤與白花丹功效一樣，誰知有毒還是無毒？」

皇帝看一眼趙太醫，趙太醫立刻道：「皇上，大血藤無毒，絕不會損傷答應小主容顏。」

如懿繃緊的身體終於鬆懈下來，緊緊握住海蘭的手，忍不住熱淚盈眶：「海蘭，我此身能得分明，都是妳了。」

海蘭不知哪來的勇氣，沉聲道：「姐姐不用謝我。要謝就謝內務府藐視姐姐，敷衍姐姐，才使姐姐逃脫一難，免於受苦。」她直挺挺跪著道，「皇上若是不信，大可一一去查。若還有人覺得是姐姐做的，就帶臣妾去慎刑司吧。」

皇帝伸手扶起海蘭與如懿，溫和道：「好了。海蘭，從前見妳不言不語的，原來如此勇氣可嘉。」他的手拂過如懿的手背，有一瞬的停留，「妳的委屈，朕都知道。這件事朕會再查，妳放心。」

海蘭羞得滿面通紅：「臣妾沒什麼勇氣，只是姐姐怎麼拚死護著臣妾的清白，臣妾也怎麼護著姐姐就是了。」

皇帝的目光掃過皇后的面龐微微一滯，很快笑道：「這麼說，朕沒有白白讓妳住進延禧宮去。倒成全了妳們倆好生照應著。」

皇后忙含笑起身，蘊了一分肅殺之意：「這件事，臣妾以為一定要徹查到底。否則無以肅清宮闈，以正綱紀。」

皇帝道：「既然這件事由貴妃而起，也差點蒙蔽了皇后，不如還是交給嫻妃去查。後宮瑣事眾多，又到了年下，皇后安心於其他事務吧。」

皇后身子微微一晃，幾乎有些站不住腳，臉上卻撐著滿滿的笑意：「是。從前潛邸的時候，嫻妃就很能幫得上忙。」

皇帝又道：「嫻妃，不管查出什麼來，這件事朕就交給妳去處置。」他轉頭吩咐趙太醫，「趙太醫，你好好給玫答應治治，該不會落下什麼疤痕吧？」

玫答應聞言又要落淚，但見皇帝臉色不好，只得硬生生忍住了。趙太醫忙道：「還好下的白花丹分量不多，微臣仔細調治，不過半個月就能好，斷斷不會留下什麼疤痕。」

皇帝道：「那便好。都下去吧。」他見如懿和海蘭欠身離去，溫言囑咐，「海常在，妳仔細著自己的身子，嫻妃也別再著了風寒。」

二人答應著退下了。皇帝見四下再無旁人，也不理皇后將剝好的橘子遞過來，只看著別處道：「這件事雖是由貴妃莽撞而起的，玫答應也有些嬌氣。但妳是皇后，事情未查清楚，便對嫻妃有了疑心。後宮之事雖多，但只講究一個公正無疑。妳是中宮，心也該擺在中間。」

皇后安靜地聽著，勉強浮了一絲笑意：「臣妾也是看見玫答應的臉有些嚇著了，嫻妃又接二連三地扯進是非裡去，所以有些著急。」

皇帝口吻愈加冷：「那些是非是嫻妃自己要扯進去的麼？妳是中宮，朕的皇后，這個位子妳坐著，便不能急，只能穩。這樣朕的後宮才能穩。」皇帝換了溫緩些的口氣，「眼下宮裡才這麼幾個人，來日人更多了……」

皇后聽得這一句，只覺得心口酸得發痛，舌底也澀得轉不過來，只得勉力鎮定下來道：「是臣妾年輕不夠穩重，處事毛躁，以後斷斷不會了。臣妾會加倍當心的。」

皇帝嗯了一聲：「那朕去和貴妃用晚膳，妳也早些回去吧。」

皇后答應著出去，外頭的冷風如利刃刺進眼中，她都感覺要沁出滾熱的血了。片刻，眼中只有發白的霧氣，她揚一揚臉，再揚一揚臉，緊緊地攥著手指，忍耐了下去。

如懿和海蘭的軟轎一前一後回了延禧宮。踏過朱紅色的宮門檻的時候，如懿才覺得腳下有點發軟。海蘭忙攙住了她，從葉心手裡接過傘舉著。

如懿扶著她站穩了，嗔怪道：「妳剛才這樣不要命地衝進來，真當是不顧自己了麼？」

海蘭黯然道：「我只有姐姐了，若是姐姐被她們冤枉了去，我還有什麼依靠？何況姐姐昨夜怎麼救的我，我以後也一樣救姐姐。」

如懿看著她，心底的感動難以言語，只是牢牢握住了她的手，以彼此的溫度溫暖著對方：「我以為妳怕成那樣，以後都不敢走出延禧宮了。」

海蘭眼中的光彩漸次亮起來：「怕過了昨日，今日還有更怕的。姐姐說得對，我若是一直這樣怕下去，別人還沒把我怎麼樣，我自己先掐死了自己。」

如懿稍稍寬慰：「但願我們以後，只這樣扶持著走下去，不要再有昨日和今日這樣的事了。」

兩人撐著傘走在淒淒冷雨之中，如懿挽緊了她的手臂，彼此的身影依偎得更緊了。彷彿只有這樣，才能抵禦這深宮中無處不在的寒冷與陰厲。

入了宮中，如懿先陪海蘭回了後殿看她足上的傷口上了藥，等著天色擦黑了，便見惢心悄悄兒帶著李玉進了暖閣。

李玉在門口躊躇了一會兒，如懿向他招手道：「怎麼不進來？」

李玉遲疑著：「小主，奴才是怕給您招麻煩。」

如懿停了手裡揀艾葉的功夫，笑道：「本宮自己還不夠麻煩的麼？要是怕麻煩，便不叫你來了。你放心，這個時候王欽跟著皇上在咸福宮伺候，沒空理會你了。」

惢心扯了李玉一把，李玉拐著腿便坐下了，如懿讓惢心搬了個小杌子過來讓李玉坐下，惢心手腳麻利地替李玉捲起褲腿，李玉忙遮了一下，惢心笑道：「好吧，你要害羞就自己動手。」

如懿忍不住笑：「捲起來看看，在本宮這兒怕什麼？」李玉臊眉搭眼地捲了褲腿起來，如懿見膝蓋上又紅又紫一片，夾雜著青腫，跟油彩似的，翻起的皮肉還往外滲著血，不由得變了神色，便問，「跪了多久？」

李玉帶了幾分傷心委屈：「一個時辰的碎瓦片，瓦片都跪得碎成渣了，又換了鐵鍊子跪了一個時辰。」

如懿帶了幾分探詢的意味打量著他：「就為你伺候皇上一時有不周到的地方？」

李玉惹出了傷心，抽抽搭搭道：「就為了幾樁差事，奴才露了幾分乖，討了皇上的喜歡。王副總管就不高興了，做什麼都挑奴才的刺。這不今天被他逮了機會，就狠狠罰了一通。」

如懿歎了口氣，伸手從紫檀架子上取下一瓶藥粉，小心翼翼地往他傷口上撒了。李玉疼得直齜牙，忙攔著道：「嫻妃娘娘，您玉手尊貴，怎麼能麻煩您替奴才做這樣的事？」

如懿撩開他的手：「這是雲南劍川上貢的白藥粉，兌著三七和紅花細磨的，止血祛淤最好不過了。你要想明天還站起來在御前伺候，當著這份差事，就乖乖坐著上藥。」

惢心笑著在李玉額頭戳了一下：「瞧你這好福氣。我伺候小主這麼久，也只一回燙傷的時候小主替我上過藥。」

李玉感激得熱淚盈眶：「多謝嫻妃娘娘。」

如懿歎道：「你不必謝，要不是昨晚惢心通報的時候你替她向皇上傳了話，本宮還不知道落到什麼田地呢。」

李玉微微正色：「那是因為王副總管不肯，惢心又與奴才是一早相識的。奴才想著，總不能讓娘娘在咸福宮遭難。別看皇上平日裡不太到延禧宮，心裡卻是在意的。」

如懿微微失神，旋即道：「這就是你比王欽聰明的地方了。可是王欽資歷老，位次高，你的聰明要是隨隨便便露了出來，不好好藏在心裡，就是害了自己了。」

李玉若有所思：「娘娘的意思是……」

如懿取過惢心遞來的白紗，替李玉將膝蓋包好：「居人之下的時候，聰明勁兒別外露。尤其是上頭還是不容人的時候。皇上喜歡你的聰明，別人卻未必。回去的時候也別露出怨色來，好好奉承著王欽，畢竟在他手下當差呢。」

李玉拐著腿起來，打了個千兒道：「原是奴才糊塗了，多謝娘娘指點。」

如懿將藥瓶塞到他手裡：「好生收著藥，偷空就上上藥。伺候皇上的時候當心點，亮著一百二十個心眼子。」

李玉答應著去了，惢心抿著嘴笑道：「小主終於也肯上心了。」

如懿怔了片刻，慢慢挑揀著艾葉：「能不上心麼？連環套這麼落下來，差點怎麼死的都不知道！王欽是什麼人？皇后一早收服了的，只有李玉，聰明，又是妳一早結識的可靠人兒。」

惢心低聲道：「聽說，皇后為了拉攏王欽，打算將身邊的蓮心給王欽配了對食兒。」

如懿睜大了眼睛：「真的？」

「可不是呢！王欽看上蓮心都好久了。只是皇后這麼打算著，還沒鬆口。」

如懿出神了一會兒：「皇后也是可憐，萬人之上有萬人之上的孤寂害怕，就像站在塔尖上，一陣小風都成了大風，吹得人站不穩。」她將手上揀好的艾葉遞給惢心，「算了，別想這些事了。把這些艾葉送去給海常在。」

惢心答應著去往海蘭處。如懿望著惢心遠去的背影心中一陣歎息，這宮裡又有誰過得輕巧呢？微末如宮裡的奴才，高貴如萬人之上的皇后，誰人不是在孤寂害怕中，謹小慎微、如履薄冰。夜色漸要降臨，晚歸的鳥兒在簷頭盤旋著，咕咕作聲。「皇上……今晚不知翻了誰的綠頭牌」，如懿心轉此念，一聲輕歎轉身進房。

皇帝是夜深時分來看的如懿。如懿原本沒想到皇帝會過來，已經在寢殿裡卸了晚妝，正拿熱水兌了玫瑰花擰的汁子浸手。冷不防三寶喜滋滋地從外頭進來，一臉撿了元寶的歡喜樣子：「小主，皇上來了！皇上……您快接駕吧！」

如懿連忙擦淨了手，才站起身子，皇帝已經進來了，笑道：「好香的玫瑰花味兒，倒叫朕忘了是在冬天了。」

如懿只穿著一身水玉色的萱草紋寢衣，也不及換衣衫，只得福身下去請安。皇帝忙扶住了她，柔聲道：「受了兩日的委屈了，還不趕緊坐下。」

如懿凝視著他紋絲不動的衣裾，湖藍底銀白紋飾，是那樣熟悉，又帶了久未見的陌生。不知怎的，如懿心中驀然一軟，忍了兩天的眼淚便潸潸落了下來。眾人會意，趕緊退了下去。皇帝伸手沾了她的淚水，低低道：「妳不是愛哭的人。這回哭了，是真難為了妳。」

四下裡寂靜無聲，唯有沉默的哽咽。大顆大顆的淚珠順著臉頰滑落在衣襟上，洇出斑駁的淚痕，彷彿夜來霜露，無聲地染上了衣裳上的花枝。

皇帝摟過她，靜靜地按在自己的肩頭，欷歔道：「朕以為冷著妳一些日子，會對妳有好處。至少不會人人的目光都盯著妳不放……」他擁得更緊一些，「是朕疏忽了。」

如懿忍一忍淚：「皇上是疏忽了。外頭這麼冷，夜深了你還過來……」

皇帝握住她的手按在自己心口：「不過來，這裡不安穩。」

如懿忍不住低低笑了一聲：「那臣妾可以去養心殿。」

話音未落，皇帝已經吻上她的額頭，以他的溫熱來安撫她這幾日的驚辱。皇帝的語氣低低的，卻是那樣貼近，就在耳邊，也在心上：「朕昨天看妳在咸福宮渾身濕透了，朕很想來拉妳一把，給妳披上衣裳，狠狠責罰那些欺辱妳的人。可是如懿，朕不能那樣做。因為直到那一刻，朕還以為，朕在人前愛護妳，便是害了妳。如懿，再出了今日的事，朕卻改變了主意。或許朕冷淡了妳，所以她們越發以為得了意，以為妳失寵，所以敢欺負妳，陷害妳。妳放心，朕不會了，以後不會了。」

如懿依偎著皇帝，感受著他身上陌生而熟悉的氣味。那種氣味，是讓她在覆劫之中尚且覺得安心的來源。她依依道：「臣妾最喜歡皇上說三個字。」

「哪三個字？」

「妳放心。有這句話，哪怕臣妾現在身處慎刑司，臣妾也能安心不怕。」

皇帝輕舒一口氣：「幸好，妳是懂得的。」

如懿挽住皇帝的脖子，額頭抵著他的下巴：「臣妾懂得。臣妾初嫁的那一夜，皇上看見臣妾的第一句話，就是一句『妳放心』。臣妾這一世的放心，便是從那天開始的。」

皇帝低首吻住她，呢喃道：「妳懂得就好。」

如懿是懂得的。但有知心長相重，即便她受了這些日子的寂寞與冷遇，仍能感受如是情意，脈脈蜿蜒於彼此心上。

紫銅蟠花燭台上的燭火一盞一盞亮著，紅淚一滴一滴順勢滑落於燭台之上，映著重重紫綃羅幃，濃朱淡紫，混雜了安神香淡淡的香氣，幽幽地瀰漫開一室的旖旎。

第二日起來是格外好的天氣，在一片初陽輝照之中醒來，看著天光放明，冬日裡難得一見的朝陽灑下薄薄的金粉似的粲然光芒，透過「六合同春」的雕花長窗的鏤空，照出一室淡淡水墨畫的深淺。

如懿醒來時皇帝正起身在穿龍袍，王欽和幾個宮女忙碌地伺候著。如懿剛仰起身，皇帝忙按住她溫聲道：「妳累著了，好好睡一會兒吧。朕先走。」

如懿臉上一紅，嗔著看了皇帝一眼，便縮進了被子裡。皇帝剛走，滿宮的宮人都喜滋滋地像過節似的，阿箬笑著進來道：「小主，您知道皇上出門前說什麼了麼？」

如懿瞥她一眼，笑道：「有什麼了不得的話，惹得妳這樣？」

阿箬拖長了語調，學著皇帝的語氣道：「皇上說，阿箬，照顧好你們小主，朕晚上再來看她。」

如懿拿被子蒙住臉：「我可什麼都聽不見，那就是告訴妳的，妳聽著就是了。」

阿箬忍不住笑出了聲，往外頭去了。

如懿再醒來時已經是巳時一刻了，心裡無牽無掛的，睡得倒極安穩。起來梳洗了寫了幾副春聯叫宮人們掛上，便邀了海蘭一同過來用午膳。

小廚房的菜向來清爽落胃，海蘭又是個不挑揀的，兩人說說笑笑，倒吃了好些。正吃著，三寶忽然進來了，垂手站在門邊不吭聲。如懿知道他是有要緊事，便盛了一碗酸筍雞絲湯慢慢啜了一口，大概覺得不錯，又給海蘭遞了一碗，才道：「什麼事兒？」

三寶的眼睛只盯著地上，道了聲「是」，卻不挪窩兒。如懿便揮了揮手，示意伺候的人下去：「說吧。」

三寶道：「慎刑司剛來的回話，說太醫院有個侍弄藥材的小太監去自首了。」

如懿一怔：「自首什麼？」

「說是玫答應用的塗臉的藥膏裡，是他配藥的時候不小心沾上了白花丹的粉末在圓缽內壁上，才惹出這麼大的禍事。」

海蘭端著碗停了喝湯，道：「不對呀，既是沾在圓缽上，怎麼素心用了沒事，偏玫答應用了有事？」

三寶輕嗤了一聲：「那玩意兒說，素心是用了上面的，所以沒事。玫答應用得多，便沾上了。」

如懿道：「那慎刑司怎麼辦？」

三寶道：「已經用刑了，吐來吐去就這兩句。所以來請小主的意思。」

海蘭放下碗道：「姐姐信麼？」

如懿一笑：「那麼，妳信麼？」

海蘭堅決地搖了搖頭，如懿淡淡一笑：「三寶，去告訴慎刑司，本宮只要他吐完了肚子裡的話知道結果可以去回皇上，其餘的是他們的差事。」

「可是若逼不出什麼了……」

「若是已經吐到底了，就把他打五十大板，打發到辛者庫去服役算完。」

三寶答應著下去了。海蘭看著她道：「姐姐不細細追查了麼？這件事早有預謀，存心是要把姐姐害進去，若是不查……」

如懿氣定神閒把湯喝完，搖頭道：「查不出來了。」她看海蘭不解，便道，「再查下去，那便只有一個，畏罪自殺。慧貴妃可以把事情做絕了，香雲打死了，她還要塞上一嘴的炭。我卻不能。」

海蘭道：「可是事兒鬧得那麼大，連貴妃和皇后都吃了掛落。」

如懿撥著筷子上細細的銀鏈子：「就是因為貴妃和皇后都吃了掛落，所以不能再查。從妳受委屈那晚就該知道，那點紅籮炭的事不是查不下去，是皇上不願意查了。皇上才登基，後宮需要寧靜平和，不能惹出那麼大的事兒了。皇上的意思既然如此，我又何必追究到底？」

海蘭嘴角漾起一抹笑意：「左右這件事是貴妃惹起的，皇后替玫答應說了幾句姐姐的嫌疑，皇上也忌諱了。玫答應是受了安慰，可姐姐的委屈也平復了。她們兩敗俱傷，玫答應無功無過，姐姐反而重新得了皇上的眷顧了。」

如懿笑著拍了她一下：「也學會貧嘴了。既然事情都這樣了，再查就傷了臉面，便這樣吧。」

夜裡皇帝過來時如懿便一五一十對他說了。皇帝換了明黃的寢衣躺下了，聽她伏在枕邊說完，不覺失笑：「妳願意這樣便了了？」

如懿伸手捏了捏皇帝的鼻子，帶了一絲頑皮的笑意：「皇上的話，好像不信這是事實似的。」

皇帝微笑著攬過她：「朕有什麼信不信的。宮裡頭一團污穢，後宮更是如此。朕還是皇子的時候，看著先帝的後宮就那麼幾個人，皇額娘和齊妃她們便鬥得那樣狠。許多事，再查下去便是無底洞，妳肯見好就收，那是最好不過的事。」

如懿笑了笑，安靜下來道：「皇上所想，就是臣妾所想了。凡事給別人留有餘地，也是給自己留有餘地了。倒是玫答應，著實是委屈的。」

皇帝欷歔道：「說到委屈，有誰不委屈的？貴妃覺得她委屈，玫答應也委屈，妳和海蘭何嘗不委屈？朕也十足委屈，前朝的事兒忙不完，後頭還跟著不安靜。」

如懿伏在皇帝肩上，柔聲低低道：「她們不安靜她們的，臣妾安靜，皇上也不許不安靜。」

皇帝笑著輕吻她的額頭，西窗下依舊一對紅燭高照，燦如星子明光。天地靜默間，二人聽著簷下化冰的滴水聲，自有一分寧靜，自心底漫然生出。

二十、漁翁

如懿得寵的勢頭便在這次的因禍得福之後漸漸地露了出來，比起貴妃的寵遇深重，如懿自然是不如的，可是皇帝隔上三五天便來看她一回，也是細水長流的恩遇。連帶著延禧宮的宮人走到長街上，胸也挺起來了，頭也抬高了，再不是以前那低眉低眼的樣子。

如懿卻不喜歡他們這神色，當著三寶、阿箬和惢心的面再三囑咐了，要他們叮囑底下的人，不許有驕色，不許輕狂，更不許仗勢欺人與咸福宮發生爭執。

叮囑得多了，別人尚未怎樣，阿箬先道：「小主如今這樣得寵，何必還怕慧貴妃？再說宮裡的人最勢利了，老看我們低眉搭臉的，還不知道背後怎麼編排呢。」

如懿翻著內務府新送來的冬衣料子，道：「能怎麼編排？就因為宮裡的人夠勢利了，妳要還自己輕狂，那就是真的眼皮子淺了。得寵不得寵，他們會看不出來？妳自己越穩當，別人才越不清楚妳的底，越不敢也不能怎樣。」

惢心笑著替如懿翻過料子：「這幾件大毛的料子原不是分例裡的，是內務府額外孝敬了小主的。」她拉過阿箬的手，打開一個包袱道，「這裡有兩件青哆羅呢羊皮領袍子，一件玫瑰紫的灰鼠皮襖和一條洋紅棉綾鳳仙裙，是內務府格外孝敬咱們的，我再三問過了小主可以收才收下的。其實那些人的眼睛比刀子還尖呢，什麼都看得真真兒的。」

阿箬這才服氣，只是抿著嘴笑：「皇上常來，奴婢也替小主高興嘛。」

如懿道：「越是高興，越是得不露聲色，這才是歷練過的人。好了，快年下了，孝敬妳們的衣裳都穿上吧，看著也喜興些。」

阿箬高高興興地接過了。過了兩日，如懿看阿箬打扮得格外精神，裡頭穿著青哆羅呢羊皮領袍子和洋紅棉綾鳳仙裙，外頭套著玫瑰紫灰鼠皮襖，頭上簪了緋色的絹花和采勝，通身的貴氣，竟不亞於宮裡位分低的小主了。趁著阿箬在庭院裡和三寶清點內務府送來的年貨，如懿便問惢心：「我記得內務府額外孝敬妳和阿箬的東西，該是妳們一人兩件的，怎麼阿箬一人穿了三件去？我原想著天氣冷了，妳好歹也該把那件青哆羅呢的袍子穿上了。」

惢心不敢露出委屈的神色，只如常笑道：「阿箬姐姐選了半天，還是件件都喜歡，就都給了她了。」

如懿蹙了蹙眉：「都給了她？那兩件青哆羅呢的袍子一模一樣的，她要來幹什麼？」

惢心低了頭：「冬日的衣裳，總要替換著的。」

如懿轉過臉，透過窗上的霞影紗，正看見阿箬在外頭響亮地笑著什麼，用手指戳著幾個小宮女的腦袋，像是調撥著什麼好玩的東西似的。

如懿越發有些不高興，卻不肯露在臉上，便道：「前幾日內務府送來一件青綢一斗珠羔皮褀子，我穿著嫌薄，妳拿去套在外裳裡頭穿，倒是挺好。還有一件一起的桃紅色軟綢裙子，快新年了，穿著鮮豔些。」

惢心眼圈微紅，低低道：「奴婢不是小主的家生丫頭，小主不必這麼心疼奴婢。」

如懿含笑道：「阿箬的性子一向爭強好勝，嘴又厲害，妳和她住在一塊兒，雖然都是大丫頭，她明裡暗裡一定也給了妳不少委屈受。就為妳什麼都沒來向我抱怨過，我只要疼妳，就是應該的。」

惢心含淚帶笑：「那奴婢謝小主的賞。」

如懿笑道：「別謝了，穿上了好看讓我覺得高興，便是最好的了。」

這一日是臘月初八，皇帝留在皇后宮裡用了臘八粥，便與皇后在暖閣裡說話。皇后將內務府的帳簿遞過道：「這是這個月後宮的用度，皇上看一眼，臣妾也算有交代了。」

皇帝慢慢翻了幾頁，吹著茶水含笑道：「皇后厲行節儉，後宮的開支節省了不少，這都是皇后的功勞。只是快年下了，朕見嬪妃們的衣著老是入關時的花色式樣，未免在古風之餘有些呆板了。」

皇后笑得極為謙和：「皇上說得極是。只是臣妾想著，宮中嬪妃不少，以後還有的是添新人的時候。都是年輕女眷，平日裡爭奇鬥豔是不消說了。皇上初掌大權，前朝尚有許多要動用銀兩的時候，後宮裡能省則省些，也是一點心意。至於皇上以為呆板，臣妾倒以為，大清的祖宗們本是馬上得的江山，一刀一槍拚了性命的，後宮的嬪妃尤其不能忘了祖宗的艱難與功德，不該一味追求妝飾華麗，而失了祖宗入關時的儉樸風氣。」

皇帝啜了一口茶水，閉目片刻，似乎對茶水的清冽格外滿意：「朕才說一句，原來皇后思慮已經這樣周詳。朕以為，皇后所言，便如這一盞清茶，雖然入口苦澀，回味卻有餘香。」

皇后恭謹答了句「是」：「若是皇上覺得茶味太清苦，臣妾讓人再換一盞八寶茶來。」

皇帝擺擺手：「不必。皇后的意思，朕都明白了。只是朕初立後宮，也就潛邸幾個人伺候著，一時裁減了她們的，朕也不忍心。何況她們都還年輕，喜歡嬌俏些，只要不過分就是了。皇后且別說，如今快新年了，她們本就穿得厚重，又是沉甸甸的老式繡花，偏偏這些繡花出自宮女之手，也不靈動鮮活，連人也帶著沉悶了。本來多些輕靈光鮮的料子，也是一道風景。」

皇后頷首應了，又笑道：「皇上說得極是。只是後宮選嬪妃，與民間娶妾室不同。講究端正莊嚴為美，若一個個只曉得打扮，豈不成了狐媚子？妖妖調調的，整日只想著糾纏皇上，也不像皇家的體統呢。」

皇帝正捧著茶盞，聽到此節，杯蓋不由輕輕一碰，磕在了杯沿上。暖閣中本就安靜，冬陽暖暖地隔著明紙窗照進來，連立在閣外伺候的宮人們也成了渺遠的身影。青瓷的茶盞本就薄脆，這樣一碰，聲音清脆入耳，皇后遽然一凜，立刻起身道：「臣妾失言，還請皇上恕罪。」

皇帝靜了須臾，伸手向皇后道：「這麼多年夫妻了，皇后何必如此。」

皇后就著皇帝的手站起來，他的指尖有一縷隔夜的沉水香的氣味。皇后心中一動，便能辨出那是延禧宮的香氣。皇后穩了穩心神，掩去心中密密滲透的酸楚，一如舊日，微笑相迎。皇帝眷念夫妻之情，一向是常來宮裡坐坐的，可是琅嬅分明覺得，那種熟悉已經漸漸淡去。往日那種把握不住的惶惑與無奈一重重迫上身來，她還是覺得不安。

皇后想著，還是恢復了如常淡定的笑容：「臣妾只是為皇上著想。如今新年裡，各宮都盼著皇上多去坐坐，譬如怡貴人、海常在和婉答應。」

皇帝凝神片刻，笑道：「朕知道，無非是慧貴妃身子弱，朕多去看了她幾次，皇后總不是吃醋吧？」

皇后盈盈望著皇帝的眼睛，直視著他：「臣妾是這樣的人麼？不過是想六宮雨露均沾而已。」

皇帝揚了揚嘴角算是笑，撇開皇后的手道：「既然如此，朕去看看海蘭，皇后就歇著吧。」

皇后看著皇帝出去，腳下跟了兩步，不知怎的，滿腹心事，便化成唇邊一縷輕鬱的歎息。

到了正月初一那一天合宮陛見，嬪妃們往慈甯宮參拜完畢，太后一身盛裝，逗了幾位皇子公主，也顯得格外高興。太后又指著大阿哥道：「旁人還好，三阿哥尤其養得胖嘟嘟的，怎麼大阿哥倒見瘦了？」

大阿哥的乳母忙道：「大阿哥年前一個月就一直沒胃口，又貪玩，一個沒看見就竄到雪地裡去了，著了兩場風寒。」

太后臉色一沉：「阿哥再小也是主子，只有妳們照顧不周的不是，怎麼還會是阿哥的不是？下次再讓哀家聽見這句話，立刻拖出去杖刑！」

那乳母忙訕訕地退下了。皇后見狀，忙引了二阿哥和三公主去太后膝下陪著說笑了好一會兒，太后方轉圜過來。

嬪妃們告退之後，太后便只留了皇帝和皇后往暖閣說話。

福珈站在暖閣的小几邊上，接過小宮女遞來的香盒，親自在銀錯銅鏨蓮瓣寶珠紋的熏爐裡添了一匙檀香。她看著嫋娜的煙霧在重重的錦紗帳間散開，便無聲告退了下去。

太后讓了帝后坐下，笑道：「聽說最近宮裡出了不少事，皇后都還應付得過來麼？」

皇后安然笑道：「後宮的事，兒臣雖還覺得手生，但一切都還好。」

太后的笑意在唇邊微微一凝：「可是哀家怎麼聽說，皇后忙於應付，差點有所不及？由著她們鬧完了咸福宮又鬧養心殿，沒個安生。」

皇后臉上一紅：「臣妾年輕，料理後宮之事還無經驗……」

皇帝便道：「妳沒有經驗，皇額娘卻有。」他含著笑意看向太后，「皇額娘，後宮的事，還勞您多指點著。有您點撥，皇后又生性寬和賢慧，她會做得更好的。」

太后道：「哀家有心頤養天年，放手什麼都不管。可是皇后彷彿心有餘而力不足啊。這後宮統共就這麼幾個人呢，妳還安定不下來，真是要好好學著了。」

皇后低著頭，一眼望下去，只能看見髮髻間幾朵零星的絹花閃著，像沒開到春天裡的花骨朵，怯怯的，有些不知所措：「回皇額娘的話，兒臣明白了。」

太后撚著手裡的枷楠香木嵌金壽字數珠，慢悠悠道：「滿宮裡這麼些人，除了宮人就是妃嬪，她們見了哀家，是自稱奴婢自稱臣妾的。唯獨妳和皇帝是不一樣的，你們在哀家面前是『兒臣』，既是孩兒，又是臣下。所以皇后，哀家疼妳的心也更多了一分。」

皇后恭謹道：「是。」

太后微微閉眼，彷彿是嗅著殿內檀香沉郁的氣味。那香味本是最靜心的，可是皇后腔子裡的一顆心卻撲棱棱跳著，像被束著翅膀飛不起來的鴿子。她抬眼看著太后，她略顯年輕卻穩如磐石的面孔在裊裊升起的香煙間顯得格外朦朧而渺遠。好像小時候隨著家裡人去廟宇裡參拜，那高大莊嚴的佛像，在鮮花簇擁、香煙繚繞之中，總是讓人看不清祂的模樣，因而心生敬畏，不得不虔誠參拜。

皇后一直對太后存了一分散漫之心，只為她知道，當日遷宮的風波，種種起因，不過是因為太后並非皇帝的生身母親。卻從未想到，這樣與世無爭安居在慈甯宮的深宮老婦，會突然這樣警醒，字字如鋒刃挑撥著她的神經。呵，她是失策了，她以為自己是六宮之主，卻不承想，這個在紫禁城深苑朱壁裡浸淫了數十年的婦人，才是真正的六宮之主。

太后的聲音不高，卻沉沉入耳：「哀家疼妳，卻也不能不教導妳。皇后，妳失之急切了。」

皇后身上一凜，只覺得後頸裡一涼，分明是有冷汗逼迫而出。這可是冬日啊，滴水成冰的冬日，她居然沁出了汗珠。她只得道：「臣妾恭聽皇額娘教誨。」

「妳要節儉，哀家只有誇妳，不能指摘妳。可是皇后，妳厲行節儉是不錯，但也要顧著後宮和皇上的顏面。康雍盛世近乎百年，國庫豐盈，百姓安居樂業。年節下命婦大臣們朝見的時候，不能看著他們心目中住在紫禁城裡的高高在上的妃嬪主子們穿得還不如他們。臣民對咱們可以敬畏，可以崇拜，卻不能有一絲輕慢之心。就譬如廟裡的菩薩，沒了金身，沒了紫檀座，百姓們還能虔誠拜下去麼？他們只會說，寒酸，太寒酸。」

皇后滿頭冷汗，已經說不出話來了。太后繼續道：「再者皇上膝下才這幾個皇子，正是要開枝散葉為皇家綿延子嗣傳承萬代的時候，妳讓嬪妃們一個個打扮得跟剛入關的女人似的，妳讓皇帝願意睜開眼看誰？女人的心思不落在打扮自己上，自然就只盯著別人去了，後宮裡也不安寧起來。因小失大，皇后，妳實在太不上算！」

皇帝見太后的口吻中帶著不容置疑的沉穩，而皇后早已面紅耳赤，少不得賠笑說：「皇額娘教訓得是，皇后有皇額娘這般耳提面命，應當不會再有差錯了。」

太后微笑道：「皇后聰明賢慧，自然是一點就通。可是皇后，妳知道妳眼下最要緊的是什麼？」

皇后已經無力去想，只道：「請皇額娘指教。」

「妳膝下已經有了一個公主和一個皇子。但，這是不夠的。妳還年輕，又是中宮，應該讓後宮多些嫡出的孩子，把他們好好撫養長大。妳駕馭嬪妃，怎麼樣都不為過，但有一點，那就是六宮平靜，讓皇上無後顧之憂。其餘的事，放在中宮都算不得什麼頂天的大事。」

皇帝道：「那麼六宮的事……」

太后沉吟著看了皇帝一眼，慢慢撚著佛珠不語。太后的眼眸明明寧和如水，皇帝卻覺得那眼神猶如一束強光，徹頭徹尾地照進了自己心裡。他明白了太后的意思，斟酌著道：「那麼六宮的事，由皇后關照著，每逢旬日，再揀要緊的請示皇額娘，如何？」

太后笑著理了理衣襟上的玉墜子流蘇：「皇上的意思，自然是好的。只是慈甯宮清靜慣了，皇上不肯讓哀家清閒了麼？」

皇后立刻明白，恭聲道：「是臣妾有不足之處，還請皇額娘多多教導。」

太后笑了一聲：「好吧。那就如皇帝和皇后所願，哀家就勞動勞動這副老骨頭吧。」她瞥了皇后一眼，「至於妳所行的節儉之策，內務府那邊還是照舊，不許奢靡。嬪妃的日常所用也是如常，至於穿著打扮，告訴她們，上用的東西照樣可以用，但不許多。一季只許用一次就是了。」

皇后答應著，又聽了太后幾句吩咐，方才隨著皇帝告退了。

福姑姑見皇后與皇帝出去，方才為太后點上一支水煙，道：「太后苦心經營，終於見效了。」

太后長歎一聲：「妳是覺得哀家不該爭這些？」

福珈低首道：「太后思慮周全，奴婢不敢揣測。」

太后舉著烏金煙管沉沉磕了幾下：「哀家若是不費這點心思，慈甯宮除了點卯似的來請個安，哀家也要成了無人理會的老廢物了。哀家成了老廢物不要緊，哀家還有一位親生的柔淑公主，若不靠著哀家，來日和哀家的端淑公主一樣被指婚去了準噶爾這樣的偏遠之地，哀家卻連個置喙之地也沒有了。而且皇后母家的富察氏，原是滿洲八大姓之一，皇后又好強，一旦成了大氣候，如何還有哀家的立足之地呢？」

福珈感歎道：「素日皇后雖也常來，但奴婢看她今日這個神情，方是真正服氣了。奴婢冷眼瞧著今日來請安的嬪妃，嫻妃彷彿比往日得意多了，想是皇上又寵愛了。」

太后微微一笑：「上回咱們用的人用的心思，不就為了這個麼？慧貴妃好駕馭，嫻妃卻是個有氣性的。有她在那兒得皇上的歡心，皇后才沒工夫盯著中宮的權柄，咱們才騰得出手去！」

福珈會心一笑：「那也因為，太后挑了個可意的人兒，才做得成太后的交代啊！」

皇后回到宮中，已生了滿心的氣，路上卻一絲也不敢露出來。只到了寢殿中關上了大門，只剩了蓮心和素心在身邊，方冷下臉來道：「自先帝離世後，皇太后一直不問世事，這回的事，妳們覺得是誰去太后面前嚼舌根了？」

蓮心啐了一口道：「自然有那得了便宜還賣乖的！」

素心看了她一眼：「妳也覺得是嫻妃……只是太后一向不喜歡烏拉那拉氏，怎麼肯聽她的？」

皇后冷笑道：「嫻妃自然嫌隙最大，但別人也不能說沒有了。原以為後宮裡清靜些了，稍不留神對著妳笑的都能齜出牙來冷不丁背後咬妳一口。」

素心擔心道：「那娘娘如何打算？」

「打算？」皇后微微一笑，「太后要宮裡別那麼儉省，要她們打扮得喜興些漂亮些，那都無妨。她們奢華她們的，本宮是皇后，是中宮，不能和她們一樣狐媚奢華，自然還是老樣子。」

蓮心笑道：「也是。她們越愛嬌爭寵，越顯得娘娘沉穩大氣，不事奢華，才是六宮之主的風範。」

皇后啐地折下連珠瓶中的一枝梅花：「至於皇太后要本宮旬日回話，本宮就回吧。後宮裡能有多少了不得的大事？皇太后愛聽閒話，本宮就慢慢說給她聽。可有一句話，皇太后說的是對的。」

蓮心問：「什麼？」

「本宮是中宮，中宮只有一兒一女，是太少了。」皇后沉吟道，「二阿哥在咱們眼裡是金尊玉貴的苗子，可落在別人眼裡，怕是恨不得要折了他才好呢。所以中宮的孩子，自然是越多越穩當。」

素心雖然擔心，嘴上卻笑道：「中宮權柄外移，未必是好事，也未必是壞事。娘娘有太子在手，便什麼都不必怕了。」

皇后淡淡一笑：「是啊，要本宮落得清閒，本宮就清閒片刻吧。再有什麼事兒，也不是本宮這個六宮之主的責任了。」

二十一、永璜

過了新年便是元宵，因是乾隆元年的好日子，每一日都是熱熱鬧鬧地過，百戲、雜技、歌舞，沒有一日是斷的。連清音閣的戲曲，也是流水似的在宮苑的朱牆底下，在水墨青磚的縫隙裡，在宮燈微朦的火光裡，在曲院亭台的玉闌上四散開去。這才是宮裡的日子，天家富貴不只是外人傳聞裡的錦繡堆砌，金碧輝煌，而是那種戲文曲子裡天上人間流水落花緩緩流淌似的沉靜。日子一點一點淌過去了，到了明日，還是那樣花團錦簇，繁華是凋不盡的，也是望不到頭的。

到了二月二「龍抬頭」的日子，宮中的地龍收了起來，天氣也一日暖似一日了。京城裡的開春，未見新綠，總是先帶了一點風沙的乾冽氣味，所以人便成了花，成了葉，宮女們換上了春夏時節濃碧淺綠的宮裝，那是鵝黃翠綠的葉，新鮮刮辣的，帶著汁水豐盈的氣息，越發襯得滿宮的嬪妃們成了嬌豔的花朵，不，是花朵的蕊，一星兒一星兒柔軟的身段，爭著最嬌的豔。

宮中的瑣事雖還是皇后管著，但每逢旬日便揀些要緊的說與太后聽。太后若想知道得深些，便自己等內務府總管的回話，一宗宗、一件件理起來，皇后倒是比素日清閒了不少，得了空，除了陪著皇帝，便往阿哥所多走動些。

這一日延禧宮的小廚房裡做了些魚茸荷花糕，拿鰱魚的脊肉磨細了兌了漿細了的荷花糕，是做給嬰兒的吃食。如懿又讓惢心收拾了兩樣時新點心，一併拿去阿哥所給了三阿哥，又道：「年下純嬪是來得最勤的，她心裡除了兒子沒別的牽掛。大家常來常往的，妳便多送些東西去阿哥所給三阿哥。」

惢心笑道：「說也奇怪了，純嬪娘娘的三阿哥養得又肥又壯，都三月裡了還裹得嚴嚴實實的，阿哥所伺候的嬤嬤們連對皇后的二阿哥都沒這麼上心呢。」

如懿笑道：「三阿哥年紀最小，他們上心也是應該的。妳把東西交到三阿哥的嬤嬤手上，看著她餵了三阿哥，看合不合口味。」

惢心答應著去了。才到御花園中，見假山上薜荔藤蘿，杜若白芷，在幾場春雨過後，藤蔓也泛出青翠的顏色，散發出草木萌發時特有的微微的清香。惢心正貪看著，冷不丁手裡的朱漆祥雲如意食盒被人撞了一下，她嚇得差點沒叫出聲來，顧不上看是誰，忙護住了食盒打開一看，幸好是點心，沒散沒撒，倒也不妨。她這才回過神來，看了一眼，卻是大阿哥永璜。她忙收斂了神色請了個安道：「大阿哥萬福。」

大阿哥隨口嗯了一聲，抽著鼻子蹭到惢心跟前，盯著點心盒子道：「這是什麼？」

惢心忙笑道：「大阿哥，這是延禧宮新做的點心，奴婢送去阿哥所給三阿哥的。對了，今兒是三月三，御膳房給各宮裡都送了豌豆黃，大阿哥在阿哥所沒看見麼？」

大阿哥搖了搖頭，一臉不高興，兩隻眼睛卻盯著點心盒子，目光有些貪婪：「這個是給三阿哥的，我能吃麼？」他低低地嘟囔，「三弟什麼好吃的都有，吃也吃不完，我卻什麼也沒有。」

惢心有些疑心，臉上卻仍笑盈盈的：「大阿哥很想吃這個麼？奴婢拿給大阿哥一些吧。」

大阿哥有些膽怯地看著惢心：「這是嫻娘娘給三弟的點心，妳給了我，不怕嫻娘娘責罰妳嗎？」

惢心微笑：「嫻妃娘娘一直疼愛大阿哥，在潛邸時就是這樣。大阿哥吃兩塊點心，怕什麼呢。」

惢心說罷打開盒子，取了兩塊芙蓉糕放到大阿哥手裡：「大阿哥快吃吧。」

大阿哥看了惢心一眼，方才敢拿起來，立刻狼吞虎嚥吃了，才吃完，又眼睜睜盯著惢心的點心盒子。

惢心不覺生疑，微笑道：「大阿哥還想吃麼？糕點吃多了容易撐著，再過半個時辰就是午膳的時候了，阿哥用完膳再吃點心吧。」

大阿哥難過又畏懼地搖搖頭，搓著衣角道：「她們總不許我吃飽，才吃了半碗就收了飯菜，我總是餓。」

「她們？她們是誰？」

大阿哥向四周看了看，見沒人跟過來，才肯說出來：「就是伺候我的乳母嬤嬤們啊。」

向來年幼的皇子出門，都是由七八個宮人跟著的。惢心看了看並沒人跟著大阿哥，便問：「大阿哥，跟著您的人呢？」

大阿哥掰著指頭道：「他們都不喜歡跟著我，由著我逛。」

惢心更覺奇怪，也不敢再問，便取出兩塊奶黃酥交到大阿哥手中：「大阿哥悄悄兒藏著吃吧，可不能說是奴婢給的。奴婢先走了。」

大阿哥小心翼翼地張望著：「那妳也不能說我偷偷吃了點心啊，否則我也要挨罵的。」

惢心心頭一沉，忙笑問：「奴才們也敢責罵阿哥？」

大阿哥垂下臉點點頭，怯怯的似乎不敢多言。惢心知道不好再問，連忙點點頭往阿哥所去了。

延禧宮裡靜悄悄的，阿箬帶著宮人們輕手輕腳地換上春日裡用的珠綾簾子。如懿站在窗前賞玩內務府新送來的一盆玉石珊瑚花，聽得惢心回稟，不覺回頭道：「那麼妳見到大阿哥的時候，他身邊並沒有奴才們跟著？」

惢心點頭道：「大阿哥一個人從假山後面跑出來，身上衣衫都沾了泥灰，定是沒有人跟著。」她仔細想了想，「還有，奴婢記得大阿哥的衣領上沾了些油漬，這個時候還沒到午膳，阿哥公主們的早膳清淡，不見油腥。這油漬一定是隔夜的。」

如懿思忖片刻：「這麼說，阿哥所的嬤嬤們並沒有好好照顧大阿哥。」

惢心道：「奴婢一直聽人說起，說阿哥所照顧大阿哥的奴才比照顧皇后親生的二阿哥的人還要足足多上一倍。或許大阿哥頑劣，也未可知。」

珊瑚花冰冷的花瓣硌在手心裡，膩膩的有些發滑。如懿道：「是大阿哥頑劣還是奴才們有心怠慢，要仔細查查才知道。但妳說大阿哥吃了點心怕挨罵，倒真有奴才欺凌阿哥的可能。今日之事妳先別往外說，免得錯失。」

惢心點頭：「奴婢知道。」

如懿歎口氣：「大阿哥也是可憐，才八歲的孩子，額娘死得早，沒人看顧著，什麼也不周全。」

惢心笑道：「小主擔心這個做什麼？如今小主得皇上的寵愛，遲早也會有個有福氣的小阿哥的。」

如懿的歎息無聲地便蔓延出來：「我何嘗不想有個阿哥，哪怕是公主也好。雖然皇上眼下還寵著我，但膝下總得有個依靠。只是，總沒有動靜。」

惢心抿著嘴兒笑道：「小主別急，只要皇上常來，指不定哪天就有了呢。」

如懿有些不好意思，便急著去擰她的嘴：「嘴這樣壞，還什麼都懂！」

惢心笑著躲開了：「小主小主，奴婢再不說就是了，饒了這遭吧。」

如懿抬頭看了看天色：「時候不早了，妳去看看小廚房的燕窩可燉好了，若是好了，就陪我把燕窩送去養心殿。」

天色陰沉沉的，看著像快要落點雨珠子下來。那樣暗沉的鉛雲悶在頭頂，彷彿那濃墨般的顏色就要滴下來了似的。

到了養心殿前，一溜兒的太監侍衛立在外頭，王欽見了如懿的輦轎過來，便迎了上前：「奴才給嫻妃娘娘請安，娘娘萬福金安。」

如懿含笑道：「王公公快請起。」

王欽滿臉堆笑道：「看這天兒快下雨了，嫻妃娘娘怎麼還過來？」

如懿笑道：「給皇上燉了燕窩，熱熱的正好呢。」

王欽道：「嫻妃娘娘有心。可這個時辰……可不巧。」王欽眼睛一瞟，如懿順著他目光看去，見蓮心站在養心殿廊下，便會意道：「皇后娘娘在？」

王欽含笑道：「是。皇后娘娘給皇上送來親手做的豌豆黃。」

如懿微笑：「皇后娘娘規矩大，陪著皇上說話的時候嬪妃們等閒不能進去。這樣吧，還有勞公公通傳一聲，本宮放下東西請了安便走，若娘娘見怪，本宮自去領受。」

王欽躬身道：「有娘娘這句話，奴才也能安心辦事了。」

王欽轉身上了台階，惢心看著他的背影，輕聲道：「娘娘，王欽這個人不能不留意著。」

如懿點點頭，語不傳六耳：「他為皇后做事，咱們有數就成。妳和李玉結識得早，得常來往。」

不過片刻，王欽便下來道：「嫻妃娘娘，皇上說還有話與皇后娘娘商量，讓您把東西交給奴才就成。另外，皇上請小主預備著，夜來接駕。」

如懿看著惢心將燕窩交到王欽手中，含了矜持的笑意：「那就有勞公公了。」

如懿扶了惢心的手慢慢往回走，才到了長街，便見貴妃坐著一乘輦轎從夾道過來，按著規矩，如懿忙側身站在一旁迎候。只聽得太監們的靴聲橐橐，踏在石板上吱吱輕響。抬著輦轎的太監步伐齊整，如出一人，轉眼便到了跟前。如懿欠身福了一福：「貴妃娘娘萬福金安。」

雖然是三月初的天氣了，慧貴妃還是穿著二色金花開遍地的錦鑲一斗珠的錦襖，那衣裳是用未出生的胎羊皮製成的，因卷毛如一粒粒珠子，故名「一斗珠」，穿在身上十分輕暖柔和。貴妃見了她只是點點頭，道：「幾日不見妳，氣色越發好了。」

如懿便道：「貴妃娘娘的氣色也比前些日子紅潤多了。」

慧貴妃撫了撫自己的臉頰，倦倦一笑：「本宮還不是老樣子，身上乏。倒勞煩妳多伺候皇上了。」

如懿聽得這話裡有刺，也不欲與她爭鋒，只是笑笑：「皇上來了也只是惦記著貴妃。」

慧貴妃懶懶一笑：「本宮有什麼可惦記的？自己身子不爭氣罷了，也只是老毛病了。」

如懿知道她一向畏寒體弱，不由得問：「宮裡的太醫不比外頭的，太醫院院判齊魯大人又是一等一的國手，貴妃娘娘的身子應該會很快見好的。」

慧貴妃憮憮地捧著手爐：「我素來不過是那血淤的症候。調養了一冬天，原是好了。誰知道中午貪吃了兩塊御膳房送來的豌豆黃，就悶悶地滯了胃口，有些克化不動似的，所以剛去御花園遛遛彎消食。」

如懿便笑道：「眼看著快下雨了，貴妃娘娘別著了風，更別沾雨點兒，免得傷身子。」

慧貴妃點點頭，一行人迤邐而去。

如懿見她走遠了，才道：「她也真是可憐，饒是這般得寵，身子卻七災八難的。」

阿箬撇撇嘴：「該！心術壞了，身子也好不了。」

如懿橫她一眼，阿箬立刻噤聲，也不敢多話，便和惢心扶著如懿回去了。

慧貴妃回到宮中仍不肯換下厚衣服，只是一味皺眉道：「還說入春了，走進殿裡就寒浸浸的，一點暖和氣也沒有。」

茉心努了努嘴兒，幾個小太監忙生了炭盆端進來，茉心倒了一杯熱茶送上來，道：「小主嘗嘗這個，是用大麥和陳皮炒製了泡的茶，聞著倒香，也能開胃消食。是齊太醫特意囑咐給小主用的。」

慧貴妃看了一眼，沒好氣道：「什麼低賤玩意兒做的？如今也拿這個來敷衍本宮了。」

茉心賠笑道：「大麥和陳皮雖然是容易得的東西，但只要對小主的身子有益，有什麼吃不得的呢？只要小主的身子穩妥了，早早兒也能有個阿哥，那就四角齊全了。」

慧貴妃捧著茶有些出神，眼角便有些濕潤：「如今我是什麼也不缺，家世有了，位分有了，皇上的寵愛比從前在潛邸更多，連我父親也跟著在前朝得重用。」

茉心不免有些得意：「可不是！聽說皇上又升大人的官了呢。連宮裡人都說，皇上管著整個江山，咱們大人替皇上管著其中的一半呢。」

慧貴妃作勢拍了她一下，臉上笑意卻更濃：「不許胡說。」她說罷又歎氣，「如今唯一缺的，不過是我的肚子連著這些年都沒有動靜。」她說著便愁雲滿面，「說到恩寵，滿宮裡最多的就是我了。可是偏偏總也懷不上，也不知是為什麼。」

茉心替慧貴妃輕輕捶著肩膀，道：「小主也別太心急了。您的血淤之症是打娘胎裡落下的，這些年您費神費心，也不能好好養著，這病看著也得好好調養才能好。」

慧貴妃急道：「好好調養，好好調養，我都二十六了。再調養下去，歲數也不饒人了，哪裡還能有孩子！」

茉心抿唇想了想，壓低了聲音神秘道：「小主，如果您急著要孩子，奴婢倒聽說民間有個法子，叫招弟。」

慧貴妃好奇道：「招弟，是什麼？」

「就是民間的富貴人家，有沒生養的太太，便抱一個孩子過來養著。養得時日長了，自己的肚子也沾了孩子的旺氣，就能有自己的孩子了。最好，還得是個男孩子，這樣自己懷胎，就能一舉得男。這便叫招弟了。」

慧貴妃悻悻道：「這兒是後宮，別說是這兒，哪怕是潛邸的時候，哪能抱個孩子來養呢？真是越說越不著邊際了。」

茉心看了看四下無人，便低聲道：「不是不著邊際，這邊際就在這宮裡。小主細想想，皇后生的大公主和哲妃生的二公主都是沒福氣的孩子，一生下沒多久便夭折了。二阿哥、三公主是皇后當珍珠似的養著的，三阿哥更是純嬪的心肝寶貝兒。可是還有一個孩子，額娘不在了，孤苦伶仃的，正好給小主用來招弟呀！」

慧貴妃目光一亮，喜道：「妳是說大阿哥？那倒真是合適。只不過那孩子愣頭愣腦的，不像是個機靈的樣子。」

茉心笑道：「不機靈最好，橫豎咱們只是沾沾他的旺氣，領他過來養些日子，等小主有了自己的孩子，再說照顧不過來，把他打發回阿哥所就是了。」

慧貴妃雖然高興，仍是沉吟：「只是不知道皇上肯不肯……」

「無論肯不肯，家法本來就有將生母卑微的阿哥和公主交給高位的嬪妃撫養的先例。康熙爺良妃出身辛者庫，她的八阿哥不就是交給位分高的惠妃撫養的麼？再說大阿哥生母沒了，更是順理成章了。」她忽然壓低了聲音，嫌惡道，「小主還不知道呢？今兒奴婢打御花園過，看見嫻妃身邊的惢心和大阿哥有說有笑的，小主可得趕緊求求皇上，保不定嫻妃也打這樣的主意呢。若被嫻妃占了先機，她可不得意了？」

慧貴妃警覺，冷笑一聲，撥著手腕上的翡翠串道：「我說她今兒怎麼關心起我的身子來了，原來就沒安著好心。等我先求了皇上，哪怕不為招弟不招弟的話，也不能遂了她的心！」

二十二、封誥

傍晚的時候下了一場小雨，到了晚上倒放了晴，半彎朦朦朧朧的毛月亮掛在天際，暈黃得像被眼淚泡過似的，籠了一層濕濕的霧氣。如懿忍著睏意，拿銀簪子撥亮了快要熄下去的燭火，看著淡淡月華透過霞影窗紗漏進來，模模糊糊地灑在地上，像落了一攤清水似的晃悠悠的影子。院中幾株桃樹吐了一點一點粉紅色的花苞，嬌怯怯的，不願冒出頭來，卻帶著整個宮裡都沾染了春意將臨的喜悅。

阿箬打著呵欠，臉上卻帶著笑意：「小主再等等，或許今兒摺子多，皇上來得晚些。」

如懿點了點頭，吩咐道：「打點冷水來，我敷敷臉醒醒神。」

正說著話，卻見王欽擺著身子過來了，笑瞇瞇打了個千兒道：「叫嫻妃娘娘久等了。皇上剛從養心殿出來，本來是要過來延禧宮的，奈何慧貴妃身上不爽快，皇上就轉道兒去了咸福宮了。這不，讓奴才來回稟一聲。」

阿箬當下便有些不痛快：「王公公辛苦了，只是要說早該來說一聲，怎麼鬧得這麼晚？」

王欽像個笑彌陀似的，一點兒也不惱：「這不皇上宿在了咸福宮，奴才還得去敬事房說一聲記檔嘛，一來二去的，奴才只有這兩條腿，就耽擱了。」

如懿笑意淡淡的：「皇上歇下了就好，只是有勞貴妃侍駕了。夜深了，公公出去慢走。三寶，替王公公掌燈。」

王欽擺擺手：「不敢勞動了，奴才自己走吧。」

阿箬見他出去了，急道：「皇上就這麼被慧貴妃拉走了，那可怎麼辦呢？」

「怎麼辦？」如懿望著「六合春常在」的雕花長窗，那朱紅色的細密格子，一格一格的，把人的心也鏤成了細碎的漏子。她微微咬了咬牙：「我什麼辦法也沒有。」

阿箬急得臉都沁紅了：「宮裡的女人眼瞅著是越來越多了，今兒午後還聽說，皇上又晉了玫答應為常在了。您瞧，沒皮沒臉的南府歌伎都能晉封……」

「住口！」如懿冷不丁一聲，阿箬一抬頭看見她鼻翼微動，知道是生了氣了，忙嚇得不敢抱怨，只委屈道：「奴婢是替小主抱屈。小主是什麼身分？憑貴妃那妖妖調調、弱不禁風的樣子也爭著伺候到皇上跟前去，搶了小主的好時候！」

如懿心下煩悶，冷然道：「叫妳住口了還有這許多話，玫常在身分再低微，那也是個正經的小主，還有貴妃，她是什麼身分，由得妳議論來議論去麼？出了這延禧宮，要讓半個人聽到妳這樣的話，立刻就被拖去慎刑司打死了。」

阿箬又氣又委屈，只得垂下了臉，默默垂淚。如懿沉吟半晌，見她還在落淚，也難免有點不忍心，便放緩了語氣道：「妳是我的陪嫁丫鬟，事事擔心我我怎會不知道？」

阿箬聞聲，低低答了句「是」。

如懿柔聲道：「妳心裡不樂意的，正是我心裡也不樂意的。可是人這心裡的不樂意，放在自己心裡還行，一旦說出來，那就成了別人的笑話了。更何況還要嘴上不饒人，把皇上心疼的人也繞進去，那不是自己給自己找麻煩麼？」

阿箬眼圈紅得像兩枚櫻桃，抬起頭來：「奴婢知道自己性子急，嘴也快。可要不是奴婢是一直跟著小主打小伺候的，有些話也不敢說。這延禧宮裡敢說的，也就只有奴婢了。」

如懿本就煩心，見她又自忖著自小伺候自己的情分，更加煩悶，只得忍著道：「好了。妳的心意我都知道，先出去擦把臉吧，這兒由惢心伺候著就是了。」

阿箬福了一福出去，走到殿外，正見一輪毛月亮暈乎乎的，更覺得自己一片忠心對著如懿，卻總是受斥責，當真是委屈到了家。她忍一忍淚，甩著絹子就下了台階。一旁候著的太監小福子是跟她一塊兒從潛邸伺候過來的，叫了聲「阿箬姐姐」，便笑鼻子笑臉湊過來：「小主安置了麼？要不要我叫茶水備上，再送點點心進去？」

阿箬沒好氣道：「要你瞎操心什麼，你操心了人家還未必當你是這份心意呢！」

小福子一怔，立刻會意：「小主心情不好，又責罵姐姐了？」

阿箬一聽便氣道：「什麼叫又責罵了？有什麼好責罵的！也不看看我是誰，我是打小伺候小主，一路從娘家府第進了潛邸，又伺候進宮裡的。小主有什麼也不過嘴上一說罷了。」

小福子忙賠笑道：「是是是。可不是說麼？咱們這群伺候的奴才裡，憑誰也比不上您跟小主親啊！小主啊也是心煩，嘴上說過了，回頭照樣疼姐姐的。何況姐姐的阿瑪桂鐸大人都外放出去做官了，以後前程好著呢，小主更疼姐姐了。」

阿箬這才有些高興，挺了挺腰板道：「好了。裡頭有惢心伺候著，我就先去歇歇，你勤謹著點兒，留意著小主要什麼。」

小福子點頭哈腰答應了，往裡頭瞅了一眼，悄聲道：「怎麼又是惢心伺候著？咱們伺候小主的這些人裡，就她跟著小主最多，巴兒狗似的。其實論貼心、論懂小主的心思，誰能比得上姐姐您哪！」

阿箬撇撇嘴，不屑道：「誰知道呢？平時悶嘴葫蘆似的，現在一個人在小主跟前，還不知道說什麼呢。算了，反正咱們也不怕她。一個伺候了小主幾年的，能和咱們這些伺候了這麼多年的比麼？」

小福子連連點頭：「那是那是，姐姐的心思，那是誰都比不上的。」他打過燈籠，替阿箬照著路，「姐姐小心點兒，我替您看著路。當心，當心腳下。」

如懿托著腮沉思良久，惢心端了碗八寶甜酪送到跟前，小心翼翼道：「小主老想著事情費神，喝點甜湯潤潤喉嚨吧。」

如懿擺了擺手，惢心看著如懿的臉色，輕聲道：「其實阿箬姑娘說得也沒錯，她就是心太直了，什麼都放在了嘴上。她替小主擔的心是不錯的。」

如懿煩惱地擰著絹子道：「她說得是不錯。可是皇上多半的時間在前朝，回了後宮也是在各宮裡都走一走，是難免好幾天不來延禧宮了。」

惢心凝神想了想：「是啊。宮裡女人多了，皇上要一一顧及，其實就是一一冷落了。奴婢的意思……」她悄悄看了如懿一眼，「娘娘是該想個法子，攏住皇上的心才是。」

「攏住皇上的心？」如懿眉心的愁意如同遮住月光的烏雲，漸漸濃翳，「皇后是中宮，又有公主和皇子，慧貴妃有身分，純嬪有三阿哥，再不濟嘉貴人也有朝鮮宗女的身分在。我除了皇上眼前的恩寵，還有什麼法子呢？自從上次咸福宮的事之後，海蘭後怕，其實我也怕，沒個依靠，恩寵也是今日在明日走的，不穩當。」

惢心歎口氣：「也是。還有太后，太后對小主一直淡淡的……」

如懿眼神一跳，如同被點亮的火苗，熠熠生輝：「太后……」

惢心有些摸不著頭腦：「太后怎麼了？」

如懿靜了片刻，有個念頭悄無聲息地盤上了她的心頭，她便問：「這個時候，皇后會在哪裡？」

惢心想了想道：「這個時辰，應該剛去阿哥所看二阿哥，然後就去太后那兒請安了。」

如懿微微一笑：「晨昏定省，皇后是個好兒媳婦。我怎麼能不好好追隨皇后，向皇上的額娘盡足孝心呢？」

惢心愣住了道：「小主說什麼呢？奴婢都不明白。」

如懿默默望著那碗八寶甜酪出神，手指在桌上慢慢比劃著：「惢心，妳覺得皇上最缺什麼？」

惢心掰著指頭道：「皇上有公主，有阿哥，有皇后，有嬪妃，也有兄弟姐妹。前朝有張廷玉大人和高斌大人輔佐著，後宮有太后和皇后掌管著。天下太平，皇上沒有什麼不順心的，更沒有什麼缺的。」

如懿的手指定在了那裡，沉思道：「不，皇上有一樣缺的。」

「什麼？」

如懿極力壓低了聲音：「宮裡雖然諱莫如深，但是妳應該知道的，皇上並非太后親生。」

惢心瞪大了眼睛，立刻跑到窗口裝作無意瞄了一眼，直到確定門口守著的宮人都站得遠遠的，方才掩了窗，低聲道：「知道。皇上的生母是從前在熱河行宮伺候的宮女，叫李金桂。要不是誤打誤撞受了先帝的寵幸有了皇上，這輩子都是個最低賤不過的宮女。聽說生皇上的時候難產死了，先帝都沒過問一句。」

「先帝都沒過問，旁人更加要踐踏了。所以皇上小時候是放在圓明園養大的，他的生母李金桂，至今都無名無分的，埋在哪裡都不知道。」

惢心大驚：「小主的意思是……」

如懿擰著絹子打著花結，慢慢道：「皇上嘴上不說，但總得有人提一句。」

惢心大驚失色，慌忙跪下道：「小主不可，這太冒險了。不要說皇上會不會同意，太后那兒就是一道坎兒。她老人家已經對您不鹹不淡了，要再招出生母這回事來，太后會容不下您的！」

「如果我說生母，那李金桂自然是要追封聖母皇太后的。太后當然會容不下我，皇上更會嫌我張揚身世，立刻就將我廢入冷宮。妳放心，我不會冒險就是了。」如懿轉首，見惢心一臉擔心地看著她，便笑道，「我在這個宮裡，並沒有任何穩如泰山可以倚仗的東西，我自然會步步留心，絕不輕易冒險。」

三月初五原是如懿的生日。皇帝因著前夜失約，便早早知會了王欽前來通傳，說是要陪如懿一同過十九歲的生日。

到了如懿生日的那一天，內務府已經忙碌起來，將延禧宮裝點一新，又特意做了新式的菜餚點心讓如懿一一品嘗。皇帝早早叫人賞下了銀絲壽麵並一應的賞玩器物。

阿箬陪著如懿站在廊下看著太監們打掃院子，又換上時新花草，不覺喜不自禁道：「皇上心裡到底是有小主的。小主的生辰皇上時時惦記著呢。」

如懿只想著自己那樁心事，一時也未說話，只默默出神。

到了晚間時分，天剛剛暗下來，皇帝便來了。尚未行禮，皇帝便先攔住了她，歉然道：「晞月鬧了兩晚的不舒服，朕陪了陪她，耽擱了妳。」

如懿溫婉笑道：「貴妃身體不好，皇上陪她是應該的。」

皇帝欷歔道：「她身子不好，還給自己鬧心，一直跟朕說想撫養大阿哥，就她那身子骨，大阿哥八九歲正頑皮的時候，何必呢？」

如懿心裡一動，一個念頭轉瞬滑過，不及細想，便泯去了。她與皇帝喝了兩盞酒，備下的菜也是時新的爽口小菜，不過是菠菜蛋清、口蘑燉雞、清炒馬蘭頭、炸酥玉蘭花片、濃湯菜心、烤鹿脯、瑤柱蝦膾、鴛鴦炸肚、蘆筍小炒肉、雙百合炊鵪子，並一碗燕窩雪梨爽和薺菜肉絲煨的銀絲麵。

皇帝吃了兩口麵，讚道：「這時新薺菜的味道，真是什麼都比不上。妳哪兒找來的這個？御膳房都還沒上呢。」

如懿撲哧笑道：「要吃口新鮮的，哪裡能等御膳房？是臣妾託了娘家的人一大早去城外摘的，上午送來的時候還沾著露水呢。」

皇帝笑道：「難為妳肯用這份心。」

如懿笑盈盈望著他，柔聲道：「臣妾的心思不就是這些了？皇上吃得順口，睡得香甜，左左右右都和氣順心的，那就好了。」

皇帝笑著攬過她：「妳這兒朕雖然不是天天來，但心裡記掛著，總覺得想著就能靜下來。這些年，妳的性子也細膩沉靜了許多，不比剛嫁給朕那會兒，鬧鬧騰騰的。」

如懿笑得垂下了臉，在皇帝肩上輕輕捶了一下，方起身行了一禮道：「今日是臣妾的生日，臣妾有一心願，不知能否借皇上金口，成全臣妾？」

皇帝笑著扶起她道：「朕與妳相伴多年，妳想要什麼，儘管對朕說。」

如懿並不就著皇帝的手起來，只是垂首道：「不管臣妾的心願有多不知天高地厚，但請皇上成全。」

皇帝笑盈盈道：「只要妳不逼著朕立妳為皇后，其餘也沒什麼難的。告訴朕，是不是想晉一晉位分？」

如懿忙低首道：「臣妾如何敢這般不顧尊上予取予求？臣妾的心願與自己無關，是關係皇上的。」

皇帝挑了挑眉，好奇道：「哦？妳說來聽聽。」

有一瞬的猶豫，如懿咬一咬唇，還是讓話語從唇齒間清晰流出：「先帝駕崩遺留下滿宮嬪妃，皇上盡數加封，將各位太妃太嬪頤養在壽康宮等處。臣妾想的是，先帝早年去世的嬪妃，有些身分雖然低微，但請皇上顧念她們也曾侍奉先帝，雖然無名無分，也請皇上加以追封，以表孝心。」

皇帝的眉心漸漸擰成川字：「妳說的人是……」

如懿微一躊躇，還是說了出來：「是先帝在熱河行宮的嬪妃李氏金桂。」

皇帝矍然失色，冷下臉道：「放肆！李氏無名無分，不過是先帝一朝臨幸的宮女，如何能得追封！」

如懿俯下身體，懇求道：「李氏對社稷的功勞，皇上一清二楚。只是大清朝立功之人多如過江之鯽，不必事事褒揚。但請皇上看在先帝的面上，哪怕只將李氏追封為太貴人，葬入先帝的妃陵，也算是全她的顏面了。」

皇帝的臉上看不出任何表情，連聲音也冷得沒有任何溫度：「擅自追封先帝的嬪妃，恐怕太后知道了會不高興。」

「只是追封太貴人或太嬪，名位不需太高，盡的只是一份心意。也好過李氏的陵墓遠在熱河，荒草斜陽，孤墳寒煙，備受淒涼。」

沉默太長久，幾乎能聽清彼此呼吸的悠長之聲。彷彿連時光也就此凝滯不動，化成一層層不見形的凝膠，逼得如懿的額頭沁出一滴滴的冷汗。她伏在地上一動也不敢動，良久，自己額頭一滴冷汗落下，落在厚厚的赤錦荔枝紅地毯上，轉瞬不見蹤影。

良久，皇帝終於說了一聲：「起來吧。」他淡淡地看著如懿艱難地起身，「今兒是妳生辰，早些歇息。朕去後殿看看海蘭。」說罷，他頭也不回，便朝門外走去。

如懿只覺得身心虛弱，整個人都頹敗到底了，看著皇帝離去的頎長背影，情不自禁地喚了一聲：「皇上……」

皇帝的腳在邁出門檻的一瞬驟然收住，頭也不回地問道：「為什麼會向朕提出這樣的心願？」

如懿淒然道：「臣妾的姑母是大逆罪人，不容於先帝，也不被允許有任何名分。所以臣妾不希望另一位親人也如姑母一般，一輩子無聲無息，連該得的東西都沒有得到。」

皇帝停了一瞬，逕自向外走去。走到門外的一刻，他忽然覺得眼角微涼，像有什麼不能見人的東西瑟縮在眼角，不肯再流露分毫。他伸手，才發覺有一滴淚凝在自己指尖，在月色柔白之下，恍若冷露無聲。

惢心見皇帝出去，慌慌張張進來道：「小主，小主，皇上怎麼走了？」

阿箬也打了簾子，像丟了魂似的跑進來道：「小主，今兒是您的生辰，皇上怎麼去了後殿？皇上他……」

如懿失落地擺擺手：「別說了。這裡也不用收拾，下去吧。」

阿箬見如懿只留著惢心，卻打發自己離開，便有些賭氣，撤下簾子便退下了。

惢心著急道：「小主，您是不是還是說了？」

如懿點點頭，戚戚道：「該說的，不該說的，我都說了。」

「您這是……」惢心不敢再說下去。

「我知道妳要說我失策。可是皇上身為人子，許多事雖然不說，但總是惦記著生母，想要盡一份人子的孝心。今日拚著讓皇上責罰，我也要說出這番心意，皇上若能成全，也便是成全了他自己了。」

惢心急急道：「可是今兒是您的生辰，皇上連宴席都沒完就走了，顯然是生了大氣。您實在是不值啊！」

方才點起的成雙紅燭一明一滅，晃悠悠的，好像隨時都會熄去。窗槅開合的間隙，有風直灌而入，帶進殿外夜涼疏冷的潮濕，輕易撲熄了紫銅燭台上明熾的燭火。

黑暗如夜涼，悄無聲息地瀰漫開來。如懿張了張嘴想要出聲，可是無盡的孤獨與黑暗堵住了她的嘴，讓她除了含著溫熱的淚，發不出任何聲音。

惢心忙道：「小主候著，奴婢去點蠟燭。」

如懿任憑眼淚無聲地滑落，靜靜道：「不必了。妳出去吧，我自己靜一靜。」

二十三、得子（上）

這一夜的異變很快成了宮中的笑柄。金玉妍見到海蘭的時候還忍不住悄聲問她：「昨兒晚上皇上到妳那裡的時候，是不是很生氣？」

海蘭忙笑道：「嘉貴人一向是知道我的，我見了皇上連頭也不敢抬，哪裡還敢看皇上是什麼臉色。」

玉妍笑得神秘：「那皇上有沒有和妳說話解悶兒？妳也算不錯了，自從住在延禧宮後，皇上去看嫻妃，總能有幾次順便去看了妳。」

海蘭的神色謙卑而謹慎，帶了上回受辱後怯怯不安的緊張：「姐姐還不知道我？笨嘴拙舌的，皇上也不大和我說話。不過是和往常一樣罷了。」

玉妍似有不信，嫵媚清亮的鳳眼挑起欲飛：「真的和往常一樣？」

海蘭的神情看來誠實而可信：「真的。」

玉妍似有些氣餒，挽著怡貴人的手無趣地離開了。

回來後海蘭如實地向如懿說起今日的見聞，如懿只是比著唐代李昭道的《春山行旅圖》低頭在檀木繡架綳緊的白絹上繡著一幅一模一樣的繡品。

海蘭道：「外頭都鬧成這樣了，個個巴不得看姐姐的笑話呢，姐姐怎麼還沉得住氣在繡這個？」

如懿淡淡笑道：「好容易讓如意館[1]的人找出了這幅圖來，不沉住氣繡出來，難道還走到外面去讓人看是非麼？」

海蘭仔細看著畫卷道：「這幅設色畫懸崖峭壁，石磴曲盤。樹間蒼藤縈繞，行人策騎登山。盤行雄峻山間，樹藤蔽人眼，總讓人有一種山重水複疑無路之感。」

如懿伸手撫了撫垂落的鬢髮：「畫也罷了，我最喜歡的是畫卷下面配的詩。」如懿輕聲吟道，「蒼崖懸磴迷層疊，樹色陰濃遠近間。雲光嵐影都無跡，倦頓何妨暫息肩。仰瞑渴飲聊倫逸，巨坡平掌心亦安。」

海蘭雙眸清明，已含了幾分懂得的笑意：「巨坡平掌心亦安。難道姐姐已經有了解決之法？」

如懿繡了幾針，便停下手取了絲線比了畫卷上的濃綠深翠的顏色，一色一色選過去。海蘭笑道：「繡這一片山峰上一棵樹，就要用幾十種綠色，姐姐也不怕挑花了眼？」

如懿指著院中含苞待放的桃花：「妳瞧那花骨朵粉盈盈的，映著湖綠的珠綾簾子，可不像亂花漸欲迷人眼？既然如此，咱們只要平心靜氣，守著自己才不會迷進去了。」

海蘭也不多言語，在銅盆裡浣淨了雙手，取過一枚銀針道：「既然如此，妹妹也怕外頭亂花迷眼，便陪姐姐一起繡吧。」

沉溺在絲線翻飛的日子是過得沉靜而迅疾的。彷彿是繡架上理不清的各色絲線，明綠、翠綠、深碧、鵝黃、朱紫、傅粉、蝦青、芙紅……慢慢地選了在銀針的孔眼間穿過，一一繡在了雪白的絹地上，彷彿此身分明，漸漸便也安穩住了心思。

自如懿生辰之後，皇帝足有一月沒有踏足延禧宮。六宮的綠頭牌照例在指間翻落，咸福宮、永和宮、啟祥宮、長春宮、鐘粹宮、景陽宮，彷彿皇帝到了哪裡，就將春意帶到了哪裡。唯有延禧宮，即便是庭院的桃花開了幾朵，也是瘦怯怯的冷胭脂紅，花色不繁，豔亦失色，開在漸漸暖起的春風豔陽裡，亦是孤瘦伶仃的。

皇帝驟然冷了延禧宮，如懿和海蘭的日子也漸漸不好過起來。一開始是春日裡該有的衣裳料子沒有送來，她們只得揀舊年的衣裳穿了。幸好皇后還體恤，做主賞了一些，才勉強幫補過去。只是她和海蘭的衣裳有了，下人們的也顧全不周，難免有了怨聲。漸漸地，御膳房送來的吃食也不算新鮮了。時新的菜餚是沒有的，幾道主菜都是煮過再煮，今天送了來沒吃，明天還是這道菜，煮得油湯濃膩，菜都老了，根本不能吃。如懿不能事事回稟了皇后做主，既惹人笑話，又得罪了御膳房，少不得自己拿出銀子來貼補著小廚房的膳食，可也是萬事不周全。再漸漸地，連送來的月銀也不齊全了。阿箬數了數目不對，便朝內務府的主事太監秦立嚷起來：「憑什麼咱們的銀子不對，也不許嚷嚷？」

秦立年紀不大，卻在內務府當差久了，當下冷笑一聲道：「延禧宮裡住著兩位小主，原本開銷就大。年下的時候用這個用那個都是內務府自己掏了腰包貼補的銀子。如今都春天了，還不把這筆銀子補上麼？我都算過了，按著這麼個扣月銀的法子，延禧宮欠下的數目該要到明年這時候才還清呢。」

阿箬氣得渾身打戰，指著他的鼻子罵道：「延禧宮什麼時候要這要那欠內務府的銀子了，欠條呢？款項呢？一一拿出來我瞧！」

秦立晃著腦袋笑道：「哪有主子欠了奴才的錢不還的？還虧了是小主娘娘呢，這麼拿奴才的銀子不當銀子，說出去都讓人笑話。」

阿箬看他大搖大擺走了，氣得說不出話來。進了暖閣見如懿只顧著繡那幅《春山行旅圖》，越發氣不打一處來，紅了眼眶道：「小主您聽聽，內務府的人就這麼作踐我們！」

如懿平靜地理好絲線，道：「是委屈你們了。銀子不夠，將我舊年的一些衣裳送出去換些錢，再不濟便是我們辛苦些，多做些繡活兒叫小福子他們送出去換錢罷了。」

阿箬想了想道：「宮中哪裡不要用銀子？奴婢想著，與其這樣艱難，看人臉色，小主不如與母家商量……」

話未說完，如懿臉色已經沉了下來：「宮裡的難堪事自己知道就成了，還要告訴娘家人要他們擔心麼？何況烏拉那拉氏不比從前，他們都還指望著我，我怎麼還能讓他們放心不下？」

阿箬噎得一句話都說不出來，只得訕訕道：「奴婢想著，到底是至親骨肉……」

如懿擺手道：「就是因為至親骨肉，我才不能拖累了他們。」

阿箬無言，只得忍了氣下去。如懿拈著銀針的手沾了一手的冷汗，一陣陣發澀，索性丟開了繡架去浣手。

彼時正值黃昏，庭院裡斜暉脈脈，斜斜照進暖閣裡，光線被重重繡帷掩映，更暗淡了幾分。那夕陽的餘暉是薄薄的金紅色，望得久了，並沒有那種暖色帶來的溫意，反而寒浸浸地像是落在秋涼裡了。連飛在半空中的燕子，也似被夜寒打濕了翅膀，飛也飛不高。她無端地便想起幼時學過的一首詞，前面都渾忘了，只有一句記得清清楚楚：夕陽無語燕歸愁，東風臨夜冷於秋[2]。

惢心倒是一聲言語都沒有，捧過兩盞白紗籠的掐絲琺瑯桌燈放在繡架旁，安靜伺候了道：「小主，奴婢方才整理衣裳，找出幾匹舊年的料子，花樣是不時興了，但料子卻是極好的，不如先裁了給底下人做了春衫，也免得宮裡先鬧起來。」

如懿道：「也好。只是我另外交代妳的事，妳都做了麼？」

惢心輕聲道：「大阿哥那兒，奴婢知道那些嬤嬤靠不住，所以按小主的吩咐，隔幾天就悄悄送些吃食去，避開人給了大阿哥。」

「那就好。我能顧上的也就只有這些了。」如懿拿清水涴了手，無奈道，「原是我魯莽了，兵行險著，連累了你們。」

惢心淡淡笑道：「在這宮裡，起起伏伏也是尋常的。旁人看低了咱們，是他們眼力不夠罷了。」

如懿搖頭，頗為感慨：「旁人也罷了，偏偏阿箬也這麼沉不住氣……」

兩人正說著話，三寶打了簾子進來道：「小主，奴才剛在外頭長街上碰到李玉，他正要去傳旨呢，倒是件新鮮事。」

如懿道：「什麼？」

三寶道：「皇上不知怎麼心血來潮了，說是稟明了皇太后，要替先帝留下的太妃們加以封賞。」

如懿幾乎沒反應過來，便問：「說仔細些，是什麼？」

三寶不想如懿這般有興致，便細細說道：「皇上前幾日去太廟祭祖，回來便傷感得很，對太后說未曾好好盡孝道。太后寬慰了皇上幾句，皇上便說，當以天下養太后，又增加了壽康宮太妃太嬪們的月銀分例。另外，皇上也想追封先帝已故的嬪妃，一同遷入妃陵，與先帝做伴。」

如懿壓在心頭數十天的大石驟然間四散如沙，鬆了開來。她忍不住會心一笑：「先帝駕崩，到了地下自然不能沒有人陪著侍奉。妃陵裡陪葬的人太少，也不像樣子。皇上這樣的孝心，皇太后自然沒有不答應的。」

三寶笑道：「小主遠見，太后也是這樣說的。所以先是將先帝已故的敦肅皇貴妃從葬泰陵，然後是從前歿了的幾位在圓明園和熱河行宮伺候的貴人、常在、答應或是侍奉過先帝的官女子，一律追封了太嬪，也遷往泰陵陪著了。」

如懿的心上泛起無聲的喜悅，漸漸地迷了眼睛，成了眼底薄薄的淚花。惢心忙遞上絹子，見機道：「小主繡花看累了眼睛，快歇歇吧。三寶，你也下去吧。」

三寶答應著退下了，如懿不由得喜極而泣：「皇上這麼做了，他還是這麼做了。」眼淚是熱的，從眼底落到面頰上，那種溫熱的濕潤，提醒著皇帝的在意與孝心。她的高興是摻著悽楚與欣慰的。這麼多年，皇帝避諱著自己的身世，心裡何嘗不是也如常人一般記掛著自己的生母？她心裡知道，至此，哪怕是身分未明，有了追封，到底是了卻了皇帝的一樁心事。這麼多年他的心事，也漸漸成了她的心事。哪怕她算計著榮寵，算計著安身立命之道，此刻也是欣慰萬分。

惢心笑逐顏開，忍不住帶了欣慰的淚：「小主，皇上遂了您的意思。皇上他……他很快就要來了。」

然而，皇帝並沒有到延禧宮中來。雖然日常朝見總也有見到的時候，皇帝也只是淡淡地和她說幾句話，和對其他人並無兩樣。如懿雖然心焦，卻也不知是何故。幾次召了李玉來問，饒是聰明如李玉，也是說不上緣故來。如懿心知情急也是無用，只得勉強度日。只是依稀聽聞著，皇帝又新納了一個宮女為答應，已經封了秀答應，住在怡貴人的景陽宮裡。即便如此，玫常在卻依舊得寵，雖然皇帝有了新人，也半分分不去她的寵愛。這樣的事，如懿聽在心裡，不免有些難過。她也才十九歲，年華正好的時候，旁人是「喜入秋波嬌欲溜」，自己偏是「玉枕春寒郎知否？[3]」只能眼睜睜看著皇帝的寵愛，謝了荼蘼春事休。平淡的日子裡唯一安慰的，是海蘭，常來與她做伴，從晨到晚，也不厭倦。再來，便是純嬪了，雖然她的寵幸也淡薄，但好歹有個阿哥，明裡暗裡也能幫著如懿些。

再見到皇帝的時候已經是在五月裡了，如懿清楚地記得，那一日下著微濛的小雨，雨色青青的，隱隱能聞得雨氣中的庭院架上滿院的荼蘼香。如懿歎口氣，手中的《春山行旅圖》繡了大半，自己還在群山掩映中迷惑，春日卻是將盡了。

來傳旨的是皇帝跟前的李玉，他打了千兒喜滋滋道：「傳皇上的口諭，請嫻妃娘娘速往皇后宮中見駕。」

如懿忙起身道：「這個時候急急傳本宮去，李公公可知道是什麼事麼？」

李玉忙道：「奴才也不知道。只是王公公和奴才是一同出來的，他去了咸福宮，傳了一樣的口諭給慧貴妃娘娘。小主，您趕緊著吧，輦轎已經在外頭候著了。」

如懿立刻更衣梳妝，出門的時候雨絲一撲上臉，才覺得那雨早無涼意，帶著甜沁沁的花香和暑氣將來的溫熱。

到了長春宮中，蓮心已經掀了簾子在一邊候著，見了如懿便笑道：「嫻妃娘娘來了，貴妃娘娘也剛到呢。」

如懿見慧貴妃與皇后一左一右伴在皇帝身邊，似在說笑著什麼，極為融洽。這樣家常熱鬧的場景，她與皇帝之間卻是許久未見了，不覺眼中一熱，低頭進來一一見過。

皇帝向她招了招手，讓她坐下，道：「這麼急過來，沒淋著雨吧？」

如懿隨口答應了。慧貴妃嬌俏笑道：「上次在皇上宮裡看到一頂遮雨的蓑衣，臣妾可喜歡了，皇上賞了臣妾吧。」

皇帝失笑道：「那是外頭得來的，說是民間避雨的器具。還是妳父親高斌找來的玩意兒，誰知他這樣偏心，竟沒留一件給妳。」

慧貴妃撇了櫻唇道：「父親是最偏心了，眼裡只有皇上，沒有女兒。」她本穿了一身櫻色挑銀線玉簪花夾衣，外面套著薄薄的淡粉色琵琶襟撒金點小坎肩，顯得格外嬌豔欲滴。領口上的白玉流蘇蝴蝶佩隨著她一顰一笑，晃得如白雪珠子一般。

皇帝笑道：「妳父親偏心朕，朕就偏心妳了。妳既喜歡，便拿去吧，只一樣，不許戴了各處逛去。」

慧貴妃含笑謝了，瞥了如懿一眼，得意洋洋地取了一粒香藥李子吃了。

皇帝正色道：「今兒這麼急著叫妳們到皇后宮裡來，是有件事與妳們商量。」眾人答了「是」，皇帝又道：「今兒朕查問永璜的功課，見他瘦是瘦了些，但換了身新衣裳倒也精神。誰知朕才命他寫了幾個字，那孩子卻不太爭氣，只盯著朕案上的瓜果心不在焉的。」

皇后微微一凜，忙起身道：「皇上切勿怪罪。永璜年紀還小，讀書寫字的時候分心也是有的，臣妾一定會讓師傅好好管教約束，這樣的事定不會再有了。」

皇帝慢慢啜了口茶道：「朕原也這麼想著，孩子年幼貪玩總是有的。可是朕看他寫字的時候翻出袖口來，手臂上竟帶了傷。再三問了，才知道是今天永璜在御花園玩耍的時候在假山上磕的。」他的臉色沉了一沉，旋即平靜道，「可是伺候永璜的幾十個人，竟沒有一個是知道的。」

慧貴妃「哎喲」一聲，便道：「那奴才們也太不小心了，既替永璜換衣裳，怎會看不見傷痕？要麼是太粗心，要麼那衣裳根本就不是他們替永璜換的。」

貴妃說完，皇后便默默橫了她一眼，偏偏貴妃尚未察覺，全落到了如懿眼裡。如懿不動聲色地取了片芙蓉糕慢慢吃了，只見皇帝頷首道：「貴妃這話不錯。因為朕發覺，永璜外頭的新衣裳是臨時套上的，裡頭的衣裳怕是穿了三四日都沒換了，油漬子都發黑了。」

皇后滿面愧疚和不安：「都怪臣妾不好。都說永璜是沒了額娘的孩子，臣妾格外心疼他些，還特意多撥了一些人去照顧。誰知道人多手雜，反而不好了。皇上放心，等下臣妾親自去阿哥所好好責罰那些奴才，以儆效尤。」

皇帝冷冷道：「那些奴才朕自會發落。妳也不是沒用心，是底下人欺負永璜是沒娘的孩子罷了。所以朕想來想去，還是得給永璜尋個能照顧他的額娘。」

皇后一怔，尚未反應過來，慧貴妃已經滿面含笑：「皇上，臣妾膝下無子，長日寂寞。還請皇上成全臣妾一片盼子之心，將永璜交給臣妾撫養吧。臣妾一定會恪盡為母之責，盡心照料。」

皇帝看了眼如懿，慢慢道：「嫻妃可有這樣的心思？」

如懿微一尋思，便含笑道：「皇上若放心，臣妾萬分欣喜。」

皇后道：「既然貴妃和嫻妃都喜歡永璜，皇上的意思是……」皇后沉靜一笑，「其實臣妾好歹生養過，若皇上放心的話……」

皇帝歎口氣道：「妳們都喜歡孩子，這個朕知道。可是也得孩子與妳們投緣才好。朕已經讓人把永璜帶來了，他願意選誰為養母，誰有這個福氣得了朕的大阿哥為子，讓永璜自己決定。」

說著便有人帶了永璜進來。永璜已經八歲了，身量雖比同齡的孩子高些，卻顯得瘦伶伶的，面色也有些發黃，總像是沒什麼精神。如懿見他雖低著頭，卻有一分這個年紀的孩子所沒有的對於世事的了然。

皇帝溫和地招手，示意永璜走近，一指眾后妃，慈愛地向他道：「永璜，這是你皇額娘、慧娘娘和嫻娘娘。你告訴皇阿瑪，你喜歡她們誰做你的額娘？」

永璜逐一看她們，片刻道：「皇阿瑪，兒子有額娘。兒子的額娘是富察諸瑛，皇阿瑪的哲妃。」

皇帝憐愛地撫撫他的頭髮：「好孩子，你額娘去了，但誰也替不了你的額娘，皇阿瑪只想找個人好好照顧你，像你額娘一樣疼你。」

永璜懂事地點點頭，伸手按了按肚子，貴妃輕笑出聲，伸出雙手作勢要抱他：「永璜，來，來慧娘娘這邊！讓慧娘娘抱抱你。」

如懿也微笑著，取過一塊芙蓉酥道：「好孩子，先吃點東西再過去吧。」

永璜左看看右看看，忽而一笑，取過芙蓉酥撲進如懿懷中，只看著她不說話。

慧貴妃神色一黯，似是無限失落，便有些懶懶的。皇后倒是和顏悅色，展顏對如懿笑道：「恭喜嫻妃了，喜得貴子。」

如懿把著永璜的手，餵他吃了芙蓉酥，又趕緊拿水防他嗆著，方笑道：「皇上若放心將孩子交給臣妾撫養，就是臣妾的福氣了。」

皇帝的目光溫煦如春陽：「這種母子的緣分是前世修來的，永璜既選了妳，以後妳便是他的額娘了。」

慧貴妃猶自有些不服氣：「皇上，永璜只是喜歡那塊芙蓉酥才過去的。這樣不算，您讓永璜再選一次，臣妾也拿塊糕點在手裡。」

皇帝的目光柔和得如潺湲的春水：「好了。妳身子不大好，受不住孩子的頑皮。何況妳常要陪著朕，嫻妃比妳清閒許多，永璜由嫻妃照料也是好的。」

如懿原本這兩個月受足了委屈，聽得皇帝這句話，心下一動，彷彿是明白了什麼。她仰起頭，對上皇帝的目光，不覺也含了溫煦清湛的愉悅。

注釋：

1 如意館：清朝以繪畫供奉於皇室的一個服務性機構。在此處也彙集了全國各地的繪畫大師、書法家、瓷器大師，進入如意館也成為被肯定畫藝的一個重要表現。

2 出自宋代吳文英《浣溪沙》。全詞為：門隔花深舊夢遊，夕陽無語燕歸愁，玉纖香動小簾鉤。落絮無聲春墮淚，行雲有影月含羞，東風臨夜冷於秋。

3 出自宋代李祁的《青玉案》。全詞為：綠瑣窗紗明月透。正清夢，鶯啼柳。碧井銀瓶鳴玉甃。翔鸞妝詳，粲花衫繡，分付春風手。喜入秋波嬌欲溜。脈脈青山兩眉秀。玉枕春寒郎知否？歸來留取，御香襟袖，同飲酴醾酒。

二十四、得子(下)

慧貴妃陪著皇帝出了長春宮的大門，眼見了皇帝的儀仗迤邐而去，才露出沮喪的神情，悻悻道：「求了皇上這麼多次，終於眼見要成事了，誰想便宜了嫻妃！」

茉心忙勸道：「小主別生氣。」

慧貴妃惱道：「妳說皇上兩個月不理她了，怎麼今兒倒想到了她，還叫她來？」

茉心扶著貴妃的手慢慢走著道：「大概是位分高又沒孩子的，只有小主和嫻妃了，原是想讓她來應應景的，沒想到大阿哥那沒福氣的孩子……」她說著下意識地掩住了口，四下裡看了看。

慧貴妃抿了抿唇，低聲道：「就是一個沒福氣的孩子。本宮的位分比嫻妃高多了，恩寵也多多了，他偏喜歡去那冷窩兒，那就隨他去！」

茉心忙賠笑道：「可不是！就是個沒福氣妨著額娘的孩子，剋死了生母，如今就剋著嫻妃去吧。小主急什麼？您自會生下高貴的孩子，連皇后娘娘的也比不上。」

慧貴妃無限企盼地將手搭在了自己尚且平坦的小腹上，露出幾分期許的笑容，步伐放得越發慢了。

皇后看了眾人散去，手上微一用力，一雙瑪瑙纏絲鐲敲在紫檀桌上發出清脆欲裂的響聲。素心忙笑著捧過一碗燕窩來遞到皇后手中，輕聲道：「娘娘，這燕窩平肝理氣的，您喝一點兒吧。」

皇后接過燕窩伸手欲摜，素心忙攔著喊道：「娘娘仔細燙了手。」

皇后冷笑一聲，由著素心接過了燕窩，也不顧燕窩的湯汁淋淋瀝瀝滴在了手上，便道：「去阿哥所狠狠掌那幫人的嘴！本宮交代的事沒一件做得好的，惹出這樣的事端來便宜了別人！」

素心忙賠笑道：「是，她們沒照顧好大阿哥，娘娘氣惱也是有的。只是娘娘別傷了身子。奴婢知道，那些照顧大阿哥的人不是沒用心思，只是不敢太急了。誰也沒想到大阿哥身子那麼好，能熬過那兩場風寒的。本想著……」

皇后目光微冷，彷彿含了化不開的冰霜：「來不及了！」

素心的語氣低沉而狠戾：「來得及。伺候大阿哥的人是裁了一批，但要緊的奶娘乳母是跟過去的。」

皇后的唇角化出幾分薄薄的笑意，似照在冰面上的陽光：「那麼素心，妳該知道怎麼辦。」

皇后起身往寢殿走去，唯有裙幅的擺動恍若天際的雲霞浮動，餘下華光曳然。

永璜跟著如懿到了延禧宮，猶是有些怯怯的。如懿只留了惢心在身邊，親手取了一套乾淨衣裳替他換上，又打了水仔仔細細擦了臉和手，方才溫聲憐惜道：「永璜，你已經到了延禧宮，不必再害怕了。」

永璜用力點點頭：「只要離開阿哥所，我就不怕了。」

如懿示意惢心取過架子上的白藥粉，自己輕輕地替永璜擦在傷口上：「在假山上擦得疼不疼？」

永璜搖搖頭：「不疼。」

如懿撫著他的手臂，輕輕地吹著：「傻孩子，怎麼會不疼呢？」

永璜露出一絲頑皮的笑意：「我自己撞的，當然不算疼。而且我不說，誰知道我擦傷了呢？」他低下頭有些傷感，「嬤嬤們和乳母都不管我。」

如懿柔聲道：「就是因為她們不管你，你才要管自己。嫻娘娘也是沒有辦法，才讓惢心姑姑給你想了這麼個主意。」

永璜乖巧地點點頭：「您講的我都知道。要不是您讓惢心姑姑總給我送吃食，她們給我吃得太少了，我每天都餓得胃疼。您是要救我，我心裡都明白。」

如懿摟住他，也不覺帶了幾分傷感的淚意：「好孩子，就因為你明白，我才更心疼你。別的孩子在你這個歲數天天無憂無慮的，偏你要懂得這些，我實在是不忍心。」

永璜伸出小手替她擦了擦欲落的淚，小聲地說：「嫻娘娘，您別哭，別哭。」

這樣溫軟的小手，碰在臉上有柔軟的觸感，好像是能撫平一切憂傷的良藥。如懿歡喜道：「永璜，有你在，我便高興多了。」

永璜笑著露出並不整齊的牙齒：「我來這兒，您高興，我也高興，所以我是不會選慧娘娘的。」

如懿柔婉笑道：「你若叫不慣我額娘，也可以叫我嫻娘娘，反正都一樣。你的親額娘是哲妃，但我會像待親生孩子一樣待你好。」

永璜睜大了烏圓的眼珠看著她，輕輕點了點頭：「嫻娘娘，我選您是因為您待我好。那麼您為什麼要選我？」

如懿靜靜地看著他，這個孤苦伶仃失去母親庇護的孩子，他的天真頑皮之下有著與年齡不符的思量和遠慮。如懿亦不瞞他：「因為我孤零零的沒有孩子，永璜孤零零的沒有額娘。我們都是孤零零的，所以要彼此靠在一起。就好像冬天的時候，兩個不暖和的人靠在一起，就暖和了。」

永璜若有所思地點點頭：「我知道，我想暖暖和和的，您也是。所以今天皇阿瑪讓我選，我便選了您。」他低聲道，「從前額娘還在的時候，慧娘娘從來不理我。今天哪怕她要我去，她說喜歡我，我也不喜歡她。」

如懿含笑道：「真是好孩子，我說的你都明白。那麼以後便不用怕了，安安心心待在我這兒就是。」

兩人正說著話，卻聽阿箬在外道：「小主，海常在過來了。」

如懿忙讓了海蘭進來，海蘭一進來便笑意盈然，道：「聽說姐姐新得了個兒子，我趕緊過來看看，恭喜姐姐了。」

如懿笑道：「是大喜。誰也不承想皇上突然召了我去，原是有這樣的福氣等著我。」

海蘭讓葉心抱過兩匹青緞道：「我那兒也沒什麼太好的東西，尋了兩匹緞子出來，給大阿哥做件衣裳。」

如懿眨一眨眼，永璜便明白了：「多謝海娘娘。」

海蘭笑著道：「真是個懂事的孩子。難怪大家都喜歡你。」

如懿笑吟吟道：「這麼喜歡孩子，就該自己趕緊生一個了。」

海蘭唇邊的笑容驟然凝住了，像是一朵驟然遇到了嚴霜的花朵。片刻，她黯然道：「我若有了孩子，也不能自己撫養。連純嬪這樣高的位分都逃不脫這些苦楚，我還能怎麼樣？與其到時母子生離，還不如一個人清靜些。」她勉強一笑，「何況皇上如今這個樣子，我哪裡能指望自己有身孕呢。」

如懿被她無聲的感傷蘊染，勉強笑著摟過永璜道：「幸好如今有永璜在，日子也好過些。」

海蘭稍稍欣慰：「也是。有個阿哥在身邊，論誰也不敢隨意欺負妳了。」

正說著，外頭忽然熱鬧起來。如懿隔著霞影紗往外一看，卻是內務府的主事太監秦立帶著一位乳母並十幾個太監捧著抱著一堆東西來了。

阿箬在外冷嘲熱諷道：「哎喲！哪陣風把秦公公招來了，這麼多人和東西，是做什麼呀？」

秦立滿臉堆笑，恨不得眼縫裡也擠出笑意來：「皇上說了，嫻妃娘娘有了大阿哥，宮裡得多添置些東西。這不，內務府趕緊給挑了上好的東西來了呢。」他說罷便探頭，「嫻妃娘娘和大阿哥呢，我去請個安。」

阿箬伸手一攔，不客氣道：「可不敢讓你進，你可是咱們延禧宮的債主，欠著你千兒八百兩銀子呢。咱們得找個神位把您供起來才好。」

秦立有些難堪，訕訕地賠笑：「阿箬姑娘，那天是我喝醉了說胡話呢，姐姐您別往心裡去！」

阿箬扠著腰嚷嚷道：「姐姐，誰是你姐姐？我是你姑奶奶，由著你剋扣延禧宮到今天！你去回皇上的話，這些東西咱們不敢收，全當是還給你秦公公的債務！我還要去內務府找總管大人問一問，有沒有欠條寫著的，我要拿去請皇上瞧瞧。」

秦立嚇得臉都白了，連連作揖打躬地告饒：「姑奶奶，好姑奶奶，您饒了我吧。我那是犯渾胡說，您看，這兩個月內務府欠了延禧宮的東西，奴才我足足加了倍兒才敢來的。還請姑奶奶笑納了。」

惢心聽著阿箬為難他們，正想出去勸，如懿擺擺手，輕聲道：「內務府的人狗眼看人低，由著阿箬鬧一鬧也好。咱們聽著別過分就是。」

海蘭笑道：「可不是，這兩個月咱們真是委屈夠了。」

秦立討饒了許久，阿箬才消停了些，由著他一一說了拿來的東西，殷勤地在一旁奉承。

秦立道：「原先伺候大阿哥的人都被皇上打發了，這是大阿哥從小的乳母蘇嬤嬤，所以留了下來在延禧宮跟著照顧大阿哥。」

旁人聽得這一聲還好，大阿哥不自覺地打了個激靈，往如懿懷裡縮了縮。

如懿即刻明白：「她是你的乳母，卻待你不好，是不是？」

永璜低頭片刻，眼裡噙著淚花道：「我想不明白，別的奴才也罷了，蘇嬤嬤跟著我那麼久，為什麼也這麼待我了？餓著我，凍著我。」

如懿低低道：「人心會為了利益變，只有親情才是不變的。」她拉過永璜的手，「走，我也去看看，你的乳母是個什麼人物？」

如懿牽了永璜從暖閣走到正殿坐下，只見一個三十多歲的婦人從人群後走出來，見了永璜便喜笑顏開，伸手撲過來：「我的好阿哥，原來你先來了，叫嬤嬤我好找呢！」

惢心蹙眉道：「妳是什麼人，當這兒什麼地方，見了嫻妃娘娘居然這般不尊重。」

那乳母嚇了一跳，打量了如懿兩眼，忙賠笑道：「嫻妃娘娘萬福，奴婢是永璜的乳母蘇嬤嬤。」

如懿當下皺眉道：「永璜這個名字也是妳叫得的嗎？沒上沒下的！」

那乳母怔了一怔，不情不願改口道：「是，是大阿哥。」

如懿聽她改口改得快，便也罷了，淡淡道：「妳照顧大阿哥多年，以後還是辛苦妳了。」

蘇嬤嬤滿口笑道：「大阿哥自幼是奴婢奶大的，什麼都聽奴婢的。日後嫻妃娘娘若要管教大阿哥，一切都跟奴婢說就是了。」

如懿知蘇嬤嬤是永璜的乳母，自幼帶著他的，如今看她這般倨傲，倚老賣老，也不覺含了怒氣：「妳若能管教大阿哥，就不會連大阿哥衣食不周受了傷都不知道。妳仔細告訴本宮，去年冬天大阿哥兩次著了風寒，是為什麼？又為什麼綿延兩月都未痊癒？若不是你們這幫奴才懈怠，大阿哥會這般可憐！」

蘇嬤嬤倚仗著自己的身分，便倔強道：「大阿哥著了風寒自是他自己貪玩不愛多穿衣裳，又不肯好好吃藥。奴婢雖然貼身照顧，但哪裡能時時刻刻都照顧到？」

永璜倚在如懿身邊，神色淒苦而畏懼，輕輕搖了搖頭：「母親，不是這樣的。」

如懿突然一怔：「永璜，你叫我什麼？」

永璜的聲音雖輕，卻極堅定，他重複了一聲，望著如懿的眼睛喚道：「母親。」

如懿心底一軟，像是嬰兒的手輕軟拂過心上，那樣暖著心口。她攥緊了永璜的手，為了這一聲「母親」，從未有人喚過她「母親」，做任何事情，她都能豁得出去。

蘇嬤嬤嚷起來：「大阿哥，您雖然是主子，可說話不能這麼沒良心，您可是喝著奴婢的血吃著奴婢的肉長大的，您可不能睜眼說瞎話！您……」

如懿心思一沉，將手裡的茶盞重重一擱，碧綠的茶湯立刻潑了出來，厲聲道：「三寶，小福子！把這個藐視主上的刁奴拖出去，立刻給本宮杖打三十，打完趕出宮去！不許她再伺候大阿哥！」

三寶立刻答應了一聲，伸手和小福子拖她出去。

如懿又道：「行刑的時候讓所有宮人都到院子裡給本宮看著，看看背叛主上欺凌主上是什麼下場！」

那蘇嬤嬤剛被拖出去的時候口中猶自亂嚷，杖板落了幾下下去，便只剩下嗚嗚的討饒聲。如懿拉著永璜的手站在廊下，看著血紅的杖板一杖一杖用力落下去，在碰到皮肉筋骨的時候發出沉悶的碰撞聲，沉聲道：「永璜，別怕！你就看著，看著那些欺負你的人怎麼敗在你的手下，受他們應受的責罰！」

打到二十杖的時候，蘇嬤嬤漸漸沒了聲氣，只剩下低低的嗚咽聲。血漬染紅了她的衣裳，每一杖下去，都濺起鮮紅的血點子。永璜看得有些怕，晃了晃如懿的手道：「母親，還要打麼？」

如懿的聲音平穩得沒有一絲波瀾，緊緊擁著永璜道：「永璜，你記著，一個人做了什麼因，就要承擔什麼果。他們欺負你的時候，就該知道這個。所以現在哪怕她受不住被打死了，那也是她自己的惡果。明白了麼？」

永璜點點頭，烏黑的眸閃過一絲沉穩與堅毅，默默站在如懿身邊，一直到行刑完畢。

如懿見他們拖了蘇嬤嬤出去，地上只留下一攤暗紅的血跡，拖出了老遠，方才朗聲道：「你們都記好了，大阿哥從此之後就是本宮的養子，也是本宮唯一的兒子。誰要敢輕慢了他，就是輕慢了本宮，蘇嬤嬤就是個例子！」

眾人響亮地答應了一聲。秦立守在一旁，一臉畏懼害怕，終於撐不住撲通跪下，求道：「嫻妃娘娘饒命，嫻妃娘娘饒命！」

如懿冷笑一聲：「你的狗命本宮還不想要！要怎麼做，你自己看著辦！」

秦立嚇得一身冷汗伏在地上爬不起來，海蘭帶了一縷讚許的笑意，低聲在她耳邊道：「我最喜歡看姐姐這個樣子，看著姐姐，我便什麼都不怕。」

當晚宮人們便收拾了東配殿出來給大阿哥住下。如懿親去看了，三間闊朗的屋子明光敞亮，朝向亦好。因著是男孩子住，收拾得格外疏朗。一間臥房，一間書房，一間休息玩耍的地方。每日的膳食若不在讀書的書房裡用，便是跟著如懿。伺候大阿哥的人全是新挑上來的，如懿一一盤查了底細乾淨，才許照顧著。如此忙了大半日，無一不妥當。延禧宮上下也因為新得了一個阿哥，皇帝又賞賜不斷，知道是時來運轉了，高興得跟過節似的。

晚上如懿陪著永璜用了晚膳，皆是小廚房做的時新菜式，因永璜正在換牙，煮得格外軟和些。又因永璜半饑半飽了許久，為了調養胃口，一律只喝煮得極稠的碧粳粥。永璜胃口極好，吃飽了如懿讓惢心量了裁衣服的尺寸，便如一個寵溺孩子的母親一般，親自給永璜擦洗了，方哄了他睡下。

惢心在旁邊揀選著給永璜做衣裳的料子，如懿輕輕拍著永璜，看一匹便挑剔一匹，惢心忍不住笑道：「小主，妳給自己選料子都沒這麼上心。」

如懿憐愛地看著永璜：「原以為自己只想找個依靠。可是他一叫我母親，我心裡就軟了，好像他就是我的孩子，我這心裡……」

惢心又選了一匹料子遞給如懿看，低聲道：「為了大阿哥，小主費了好幾個月的心思。安排了奴婢私下照顧大阿哥，又將阿哥所的人怎麼對待大阿哥的事通過李玉的嘴說給皇上聽，帶著皇上看見。奴婢原以為皇上是不在乎大阿哥了，才一直不動聲色……」

如懿看著永璜熟睡的容顏，低低道：「雖然哲妃不在了，但皇上到底和她有幾分情分在，又是親生的孩子。」

惢心歎口氣道：「小主有了大阿哥，也有個安慰。」

如懿側過身挑了幾匹料子：「天快熱了，給大阿哥多做幾身夏天衣裳換著，要選透氣不悶熱的。京城的夏天短，一閃兒秋天就到了，秋衣也要備好。還有冬衣，阿哥去年的冬衣都不能要了，彈點新棉花厚厚實實做兩身。還有永璜的飲食起居，嬤嬤們是新來的，妳要多警醒著點看著，別有什麼差錯。」

如懿正說著，忽然發覺地上落了一個頎長的影子，轉過身去，正見皇帝站在簾下，含了一抹淡若山嵐的笑意，深深看著她。

如懿乍然見了皇帝來，方要笑，那笑意卻凝成了三分酸楚，連行動也遲緩了。她正要起身，皇帝走過來按住她：「朕剛來的，聽妳交代惢心的這些話，真像一個慈母。」

如懿有些不好意思：「臣妾沒有做母親的經驗，所以嘮叨了。讓皇上笑話。」

惢心見皇帝進來，便掩上門悄悄告退了。皇帝將她的手指一根一根放到手心裡：「這麼些日子沒來看妳，朕知道妳委屈了。」

如懿眼中不自禁地便有了酸楚的水氣，低低道：「原來皇上知道。臣妾明白，皇上是埋怨臣妾自作主張、自以為是了。」

皇帝清俊的面容上籠著一層薄薄的笑容，那笑本該是暖的，卻帶著隱然可見的憂傷，像秋冷寒露裡驟然飛落的薄霜：「原以為妳那天的話是戳了朕的心了，朕也不想理會。可不知怎麼的，想到後來，不知不覺還是這麼做了。只有這麼做，給李氏一點名分，一點尊榮，哪怕什麼都不說破，朕夜裡睡著也安穩些。」他望著如懿的眼睛，遲遲的語氣如外頭雨停後潮濕的水氣，「這些話朕憋了這些天才來告訴妳，妳是不是覺得朕太傻了？」

如懿懂得地按住他的唇：「是臣妾說了讓皇上為難的事，讓皇上煩心了。」

皇帝的眼裡有深深的情意流轉：「可是這樣為難的事，只有妳會對朕說。除了妳，再沒有別人。」

如懿頗為歉然：「那日也是臣妾莽撞了。」她心中有無限溫柔的情意柔波似的蕩漾，「可是臣妾想著，世間萬物皇上都有了，千萬別留下什麼遺憾。圓滿中的一點缺失，才會成了大缺失。」

皇帝的眼底有些潮濕，看得久了，裡頭只能望見如懿清晰的面容：「朕知道妳是在替朕補上缺憾。朕一直明白，卻不敢來見妳。一是如故人所言，大概是近鄉情怯。另一樁是因為……」

皇帝尚未說完，如懿盈然一笑，彷彿一朵潔白的梔子疏疏開在暖濕的風裡：「因為臣妾清閒，所以可以撫養大阿哥。」

皇帝笑道：「朕的話，原來妳記著。朕想著，妳也不缺什麼，只是子嗣上的事要隨緣，朕只能先給妳一個養子，暫時補上妳的缺憾。」

如懿低著頭，半是感慨半是期待：「臣妾也想有個自己的孩子。不過眼下永璜帶著，也挺好的。」

皇帝摟住她的肩，看著熟睡中帶著笑意的永璜：「這孩子在妳這裡睡得挺香。」

如懿伸手替永璜掖好被子，癡癡地含了笑，反手握住皇帝的手：「臣妾多少次夢裡想著，盼著，等有了咱們的孩子，一家子三個，就這樣靜靜地守在一起。」

皇帝笑著吻了吻她：「會的，妳放心。」

紅燭熚熚，光暈搖曳在卷綃薄金帳上，照出二人成雙的身影。如懿回眸一笑，生出無限情意，彷彿是尋到了一生一世的企盼，緊緊握著皇帝的手，再不願鬆開。

二十五、山雨

自從永璜到來，如懿便漸漸品味出日子的不同了。有了個孩子，便有了新的寄託和依靠。從前總盼著君恩長駐，如今一心一意在永璜身上，連向來安靜的海蘭也願意常常過來陪著孩子說笑。每日五更天永璜晨起去讀書，如懿便一直送他到宮門外。晚膳時分，便候在滴水簷下盼著他回來。每日晚膳後的時分是母子倆最親近的時候，有時候是海蘭陪著一塊兒刺繡描花樣子，有時候是如懿一個人捧著書卷看書，永璜便有說不完的話，繞在她膝下，將一日的見聞事無巨細都告訴如懿。或者再背上一段太傅新教的文章，向來偏僻清冷的宮苑裡，也因為稚子童音而多了許多歡聲笑語。

因著永璜，皇帝來延禧宮的時候也比以往多了更多。隔上兩三日，即便不在如懿處過夜，也必定是要來陪著一起用晚膳，順便考問永璜的功課。連久未得幸的海蘭，也因為一起撫養著永璜，晉位為貴人。

如懿總是想，即便永璜不是親生的，但或許這樣，便已經是太后所說的「美好如意」了吧。

如此，宮中等人更不敢輕慢了如懿，皆以為她平白無故得了個兒子，連運數也跟著轉了。漸漸地，不止後宮諸人，連咸福宮也格外客氣起來，饒是背地裡慧貴妃對孩子眼紅得不行，三番五次往寶華殿求神拜佛祈求子嗣，當面裡對如懿也不再如往日般隨心所欲了。

這一日永璜下了學便有些悶悶的，不似往日般活潑，如懿當著許多人也不便問他，待到用完了晚膳，便攜了永璜往御花園去。

時至盛夏，御花園中鳳尾森森，桐蔭委地，闊大疏朗的梧桐與幽篁修竹蘊出清涼生靜的寧謐。彼時夕陽西下，夜幕低垂，北地春歸遲，可是曾經嫣紫粉白繁密欲垂的桐花亦大多開敗，凋落在芳草萋萋之上，萎謝了殘紅作塵。那樣紅千紫百的繁華也不過是春日裡的夢一場，最後何嘗不是滿地蕭條？如懿看著天際升起了一顆一顆明亮的星子，彷彿伸手可得，又那樣遠，遠不可及。能握在手心裡的，唯有永璜小小的一雙手。

她攜了永璜在御苑中，看著清凌凌碧水裡鮮翠欲滴的新荷底下悠遊往來的緋色金魚，清波如碧，紅魚悠遊。如懿叫永璜折了楊柳在手，將撚得細碎的柳葉拋向池中，引得紅魚爭相躍起，相嬉而食。

永璜到底年幼，玩了一陣便高興起來了，如懿示意跟著的人退下，笑著看他：「永璜，心裡舒坦些了麼？」

永璜撥弄著柳枝在水裡蘸著嬉戲：「母親，兒子舒坦些了。」

如懿倚著池邊的白石欄杆坐下，看著他的眼睛道：「既然舒坦些了，心裡的話也可以告訴母親了。今兒為什麼不高興？」

永璜的目光微微一縮，便看著自己的鞋尖蹭來蹭去：「母親……」

他欲言又止，似乎在遲疑，如懿溫柔地道：「回來的時候新做錦袍上哪裡都是乾乾淨淨的，只有膝蓋的地方落了塵土的痕跡。難道是太傅罰你跪了麼？」

永璜難過地點點頭，又搖搖頭：「母親，今天永璉來上尚書房了。」

如懿心裡微微一驚，嘴上卻笑著說：「二阿哥才六歲，那麼早就開蒙了麼？」

永璜道：「皇額娘也來了。皇額娘說，永璉年紀不小了，要跟著我一起讀書了。所以今天尚書房還來了兩位新太傅，陳太傅和柏太傅，皇額娘說兩位新太傅都是大學士，要我們都要聽話。」

如懿微笑：「這是好事呀。明日母親就陪你去見過新太傅。」

永璜丟下手裡的柳枝，委屈道：「可是新太傅們對兒子不好！明明永璉第一天讀書，坐不住，可是新太傅們居然罰我，罰我在尚書房的外頭跪了半個時辰，連教我的黃太傅都不敢攔著。陳太傅還說下次太子……」

如懿立刻警覺：「什麼太子？」

永璜茫然地搖搖頭：「母親，什麼叫太子？陳太傅叫了這一聲太子，被柏太傅喝止了。」

如懿心中沒來由地一緊，臉上還是如常笑道：「母親也不知道什麼是太子。但是好孩子，太傅說的話大多有深意，你別逢人便去問，這話不能問的。你說，陳太傅還說了什麼？」

永璜乖巧地點點頭，又哭訴道：「陳太傅說下回永璉再不聽話，就要把兒子關黑屋子裡去敗火。」他十分懼怕，「兒子知道什麼是敗火，去年兒子風寒的時候，蘇嬤嬤沒叫太醫來看，反而把我一個人關在黑屋子裡不給吃的。那時候我怕極了！」他緊緊抱住如懿，「母親，我再不要敗火了！」

如懿滿心酸楚，卻有更深的無奈如重雲壓著她的心頭，她緊緊摟著永璜，柔聲道：「好孩子，母親與你的額娘都是嬪妃的身分，所以你的身分也不如二阿哥貴重。在尚書房讀書，難免會受些委屈。」她溫和的語氣裡有不容轉圜的堅定，「可是你要記得，你是你皇阿瑪的孩子，有母親照料，不能由著他們欺負你。下回再有這樣的事，你便告訴太傅，他們這樣罰你，皇阿瑪知道麼？」

永璜睜大了眼睛道：「母親，我可以這樣說麼？」

如懿鼓勵似的抱抱他：「你是皇阿瑪的長子，照顧幼弟是應當的，但也不能委屈了自己。不管是誰，是你的乳母也好，太傅也好，母親都不許他們欺負了你去。」

兩人正說著話，卻見純嬪憂心忡忡地趕過來，在後頭喚了一聲：「嫻妃娘娘……」

如懿見她神色不似往常，忙將地上的柳枝撿起遞到永璜手中，囑咐他乖乖玩耍。純嬪匆匆請了個安，便上前挽住如懿的手欲落下淚來。如懿忙低聲道：「這是怎麼了？」

純嬪淚眼矇矓地看了正在逗魚的永璜一眼：「聽說大阿哥今天在尚書房被罰跪了？」

如懿驚異地看她一眼，將她拉遠了走到梧桐樹底下道：「妳怎麼知道？」

「在尚書房伺候的小栗子原是我宮裡出去的人，本想早點打發他在尚書房伺候，以後我的永璋去尚書房讀書也多個人照顧。沒承想我剛在甬道上碰到他，卻聽他說了這麼件事。」她悄悄瞥一眼永璜，「大阿哥受委屈了吧？」

如懿歎口氣：「咱們都是嬪妃，比不得皇后的嫡親孩子尊貴，也是有的。」

這句話勾起了純嬪的傷心事，她眼圈微紅，忍不住嗚咽道：「大阿哥都這樣，那我的永璋以後……」

如懿忙安慰道：「皇后那麼疼永璋，照顧他的人是最精細的。連永璜都羨慕呢。」

純嬪臉上不敢露出哭意來，只得擦了淚，低首附在如懿身邊道：「我正是為這事傷心呢。今兒午膳皇上是在我那兒用的，居然說起永璋不太聰明。」她急得六神無主，「我的永璋怎麼會不聰明呢？」

如懿微微遲疑，還是道：「我聽永璜說，永璋一歲的時候還爬得不太利索。乳母嬤嬤們不是抱著就是背著，從不讓落地。如今是不是十四個月了，會走了麼？」

純嬪的眼淚不自禁地落下來：「就是因為不會走路，嬤嬤們老怕他磕著碰著，所以皇上才這麼覺得，說永璋學路慢，學話也慢，看著不聰明。這孩子還這麼小，若失了他皇阿瑪的歡心，可叫我怎麼辦好？」

星子的微光從樹葉的縫隙間簌簌抖落一身稀微的光暈，如懿道：「妳幾次三番對我說，阿哥所的嬤嬤們對孩子照顧得很精心，如今看來，這精心竟是寵壞了他了。」

純嬪又是焦灼又是無奈：「這話我怎麼敢說，若在皇上面前提一句，豈不是壞了皇后的一番苦心？她對自己的二阿哥和三公主，都沒這麼上心呢。」

如懿心中一動，驟然生出幾分疑義，但這樣的話並不能去對純嬪說，除了加深她的憂心與焦慮，她還能怎樣呢？如懿只得勸道：「皇上不過是一時生氣才這麼說吧，下回再見著皇上，妳便說咱們是馬背上得的天下，孩子不能多嬌慣著，也拉著皇上多去阿哥所看看。有皇上時常過問，或許會好些。再說了，父子親情是天性，只要多見幾次，永璋又那麼可愛，皇上會喜歡的。」

純嬪點點頭，她的憂愁深長如練，將自己層層纏裹：「本來想著永璋若是有福氣，可以寄養到娘娘膝下，我也能常看看她。如今看來是沒有指望了。」

如懿斂容：「這個念頭妳動也不要動。如今宮裡高位而無子女的，唯有慧貴妃，妳自然是不肯的。且永璜是阿哥所照顧不周才送來我這裡，永璋卻無這樣的事。妳這念頭若被人知曉，不止皇后，只怕皇上也要怪妳了。」

純嬪只得噤聲，如懿忙道：「趕緊擦了眼淚回去吧，別叫人閒話。」

純嬪拿絹子按了按眼角：「妹妹如今也有了孩子，有什麼話我可得多來問問妳，一起拿個主意。」

如懿含笑道：「妳且放心，只要不這麼哭哭啼啼的，我都答應了妳就是。」

純嬪無可奈何，只得離去。如懿望著她孤獨而瘦削的背影，心下亦是生憐。她不過是一個母親，只想要自己的孩子好好的。可是在這深宮裡，偏偏連這也不可得。而自己呢？如果有一天有了自己的孩子，是不是也會如此淒然，欲哭無淚？

眼看著天色也晚了下來，如懿招手喚過永璜，一起慢慢走回宮去。一路上偶爾有魚兒躍出水面，濺起數點水花。蓮葉田田，青萍叢生，早開的睡蓮綻了兩三朵，粉盈盈的。幾隻鷺鷥棲在深紅淺綠的菖蒲青葦之畔，互相梳理著羽毛。永璜看了什麼都歡喜，笑著鬧著拉著如懿的手說這說那。如懿嘴裡答應著，可心裡的疑義難以傾之於口，卻如密密的絲線勒在那裡，一圈沉悶過一圈。她極力地想撇開那些念頭，卻好像是這一定會暗下來的天色，那墨汁似的色澤洇在了清水裡，無法遮攔地傾散開來。

如懿正凝神想著，卻聽得假山後頭有嗚咽的哭聲傳來，那聲音太輕微，叫人一個耳錯，只以為是夏蟲綿長的唧唧聲。如懿不動聲色，只作不經意一般，朗聲道：「永璜，快回來，別到假山那邊去捉蛐蛐兒！」

那邊的哭聲立刻止住了，如懿示意永璜噤聲。不過片刻，卻看一個宮女模樣的女子從假山繞了出來，如懿撒開永璜的手，永璜立刻會意，只裝著跑去捉蛐蛐兒，一下撞在那女子身上。那宮女抬頭就要罵，一看如懿跟在永璜身後，忙收斂了氣焰請了個雙安道：「嫻妃娘娘萬福金安。」

如懿笑吟吟道：「本宮自然是萬福金安。可是蓮心，妳怎麼不安了呢？」㵋心手中的風燈照出蓮心哭過的面容，「眼睛哭得跟桃兒似的，這是怎麼了？」

蓮心下意識地摸了摸臉，繃出一個笑容，朗聲道：「奴婢伺候皇后娘娘，有什麼不安的呢？不過是想家了，偶爾哭一哭罷了。」

如懿情知她不肯說實話，也不願和她費唇舌，便道：「妳伺候皇后娘娘，更當萬事小心，別落了一臉淚痕回去。」她微微一笑，「只是話說回來，皇后娘娘那麼疼妳和素心，自然見了妳的眼淚也不會不高興。」

蓮心本仰著臉毫無懼色，聽了這一句，不知怎的便低下了臉，帶了薄薄陰翳似的黯然，嘴上卻強著說：「皇后娘娘自然是疼我們的。比不得那些刻薄人，連從小跟著的乳母都趕出宮去了。」

這話是指著如懿說的，阿箬立時忍不住了，道：「妳說誰？」

蓮心盈盈一笑：「我自有我要說的人，阿箬妳又急什麼？橫豎說的不是妳，妳何必跟著吃這個心？」

阿箬何曾被人說倒過，冷笑一聲道：「我自然不吃這個心。只是想著蓮心姑娘要大喜了，何必嘴上還不積些福德，免得叫人聽了笑話去。橫豎妳要嫁的好人家，是斷不會刻薄了妳的。」

蓮心臉上登時燒紅了一片，卻隱隱透著難看的鐵青色，恨聲道：「妳……」

阿箬笑道：「我……我自然是沒皇后娘娘親自指婚這般好福氣了。先恭喜姐姐、賀喜姐姐了。」

蓮心又窘又惱，一跺腳立時跑遠了。

阿箬看著她的背影，冷笑連連。如懿便道：「妳再這樣冷笑，夜梟的笑聲都比不上妳了，聽著怪瘮人的。」

阿箬笑得彎腰：「小主，奴婢是笑蓮心呢。您可知道麼，今兒上午奴婢去內務府的皮庫，想叫他們將今年秋天貢來的好皮子留著些給大阿哥做衣裳，誰知看見內務府的人忙忙碌碌地在旁邊的皮庫選大毛料子呢。奴婢好奇問了一句，原說夏天找什麼大毛料子，誰知他們說是皇后娘娘給蓮心備嫁妝呢。」

如懿道：「蓮心已經二十四了，本該放出宮去的，偏她是皇后娘娘的家生丫鬟，也沒地方回去。既然要在宮裡伺候一輩子，還不如嫁人呢。皇后肯指婚，也是給她面子了。」

阿箬笑著啐了一口，手裡的燈籠也跟著晃悠悠地打轉：「小主還不知道皇后娘娘給她指了誰吧？」

如懿看了惢心一眼，惢心忙哄著永璜去了。如懿問道：「從前是聽說她跟皇上跟前的王欽走得近，皇后也有這麼一說，可是這到底是句笑話兒，王欽是個公公，不是個男人，怎麼能配了他呢？」

阿箬得意得眉毛都飛起來了，道：「小主別說，還真就是王欽了。內務府的嫁妝都備起來了，說皇上也知道了，就等過了中秋就指婚呢。皇后宮裡說了，蓮心陪了她那麼多年，要跟嫁半個女兒似的呢。」

如懿怔了半天，半晌才回過神道：「好好一個女孩子，真是可惜了。」

阿箬眉飛色舞：「有什麼可惜的！滿宮裡的太監，就數王欽地位最高，多少人想巴結還巴結不上呢。蓮心配了他，還便宜了蓮心呢！」

如懿不悅地看她一眼：「好了，別說這樣的話！宮女配了對食本就可憐了，蓮心再不好，妳也別當面取笑她了。」

阿箬不情不願地應了一聲，紅了半邊臉，吭哧吭哧湊到如懿跟前道：「小主，以後妳也會給奴婢指個好人家麼？」

如懿笑著伸手去刮她的臉：「妳放心，去年妳阿瑪放了外官，我一直聽說挺好的。到時候怎麼也要給妳風風光光地指一個好人家。」

阿箬又是害羞又是高興：「奴婢能挑什麼好人家，全憑小主的恩典罷了。」

如懿道：「外邊的人怎麼樣咱們也不清楚，能挑個御前的侍衛，憑自己掙個好前程就是了。」

阿箬喜不自禁，在如懿身邊黏了良久。正好惢心帶了永璜過來，阿箬招手笑道：「小主今兒高興，快求求她，也給妳放個好人家指婚，也好抬高了妳的門第，省得讓人知道妳那兩百錢的出身！」

如懿嗔怪地拍了阿箬一下，作勢要打她的嘴，阿箬笑著躲開了：「奴婢和惢心這麼熟，笑話罷了。」

惢心沉靜道：「奴婢不比阿箬姐姐好出身，只想一輩子守著小主，哪兒也不去。」

阿箬挑了挑眼角，似有不滿，嘟囔一句道：「這麼大的恩典在眼前，別假惺惺的！」

惢心替永璜撣乾淨衣裳，淡淡笑道：「沒什麼可假惺惺的。阿箬姐姐要嫁個好人家，小主不能沒個人伺候，奴婢被賣的時候就忘了家鄉在哪裡了，正好留下來伺候小主一輩子。」

如懿撫了撫鬢邊微涼的鎏金流蘇，笑著道：「妳有這個心自然是好的，但女孩子不能不嫁人。哪怕是嫁得近些，嫁個侍衛或是太醫，也是好的。」

惢心滿面赤紅，咬了咬唇，只是不說話。

如懿扶著她們的手正要起身離開，忽然看見前頭燈火通明，幾十盞燈籠晃點著如暗紅淺黃的星子，朦朧地亮成一片。

如懿揚了揚臉，惢心立刻跑到前面去，片刻回來道：「小主，是永和宮出事了，皇上正趕過去呢。」

二十六、阿箬

這一夜永和宮中並不安寧，鬧了整整一夜也不知是怎麼回事，只見太醫去了一撥又一撥，卻不見放出來。六宮眾人都驚異不已，私下裡查問卻也問不出什麼，只知道永和宮的燈火亮了一夜，卻大門緊閉，沒有一點聲息。

晨起時也不知永和宮中到底出了何事，如懿惦記著要去長春宮請安，早早梳洗了便傳了輦轎往外頭去。

向例嬪妃出門都是傳的輦轎，只是如今初夏早晨尚算清涼，如懿便扶了惢心和阿箬的手慢慢出去，正過了長街，看著初陽澄澈如金，流金般的日光落在琉璃瓦上，彷彿漾著一池金波浮曳。如懿貪看那日色，才走了幾步，卻見慧貴妃也在前頭，忙恭謹立在道邊迎候，見她近前，方福了一福。

慧貴妃笑盈盈打量著她道：「幾日不見嫻妃，氣色越發好了。是不是皇上昨兒歇在妳那兒，所以人逢喜事精神爽？」

阿箬滿面都是甜笑，嘴上卻道：「皇上來也是常有的事，這也能算喜事麼？」

如懿氣惱阿箬嘴這樣快，尚未來得及瞪她，慧貴妃只是笑容如常，伸手撫了撫髮髻上新簪的一支冷翠色碧玉明珠釵，淡淡道：「也是本宮渾忘了，昨兒皇上彷彿是歇在永和宮。本宮還以為妹妹那兒春色長駐，一日也不落下呢。」

如懿不欲與她逞口舌之快，便只安靜地垂下臉，看著自己松花絹子上細細的流蘇。

慧貴妃以為她氣餒，眼角便多了幾分桃花色，正欲再出言諷刺幾句，卻見斜刺裡一頂輦轎橫穿出來，差點撞到慧貴妃。她腳下一個踉蹌，花盆底一斜，差點摔了出去。幸好彩珠和彩玥扶得快，人雖沒事，髮髻上的碧玉釵卻滑落下來，跌得粉碎。

那頂輦轎撞了人，全作無事一般，往角門一拐便過去了，渾不理撞了什麼人，撞得重不重。

彩玥「哎呀」一聲，忙蹲下撿起那支碧玉釵，情急道：「這是皇上新賞的，就這麼碎了……」

話未說完，彩玥臉上已經重重挨了一掌。慧貴妃氣惱道：「看清楚那人是誰沒有？」

彩玥捂著臉也不敢哭，倒是茉心道：「背影像是玫常在，但看衣服卻不大像呢。」

慧貴妃呵斥道：「只一支玉釵，皇上賞得還少麼？小家子氣！」說罷，她便丟下如懿匆匆往長春宮去了。

如懿見她離去，不覺含了幾分氣惱，向阿箬道：「妳若再這般逞口舌之快，便不要再和我出來！」

阿箬嘟囔道：「小主怕她做什麼？咱們有大阿哥，延禧宮的恩寵也不比貴妃少！」

如懿見她教而不善，氣道：「即便如此，妳又何苦去惹她？現在大阿哥在我身邊，多少人的眼睛看著，妳還不肯檢點些！」

阿箬還欲再說，終究還是忍耐了下去，扶了如懿的手往長春宮去。

如懿到時嬪妃們都已在了。她跟著慧貴妃進去按著位次坐下，皇后便笑吟吟向貴妃道：「今兒妳是怎麼了？頭髮也有些鬆了，臉色也不大好。」

慧貴妃遞一個眼色，茉心忙道：「方才從長街過來，我們小主不知被誰的輦轎橫衝直撞出來碰了一下，人差點扭了，連皇上賞的玉釵也跌碎了。」

慧貴妃忙起身道：「如此匆忙來見皇后娘娘，實在是怕誤了請安之時，還請皇后娘娘見諒。」

皇后溫和道：「這有什麼要緊的，倒是妳自己沒事吧？跟著的人沒看清是誰撞的麼？」

茉心道：「奴婢看著恍惚是玫常在。」

蕊姬倒也不驚，只是盈然一笑如芙蓉清露：「方才是冒失了，差點撞到貴妃，真是失敬了。」

慧貴妃神色不豫，冷然道：「如今才知道撞著本宮了，方才怎麼逃得一陣風兒似的？」

蕊姬盈然一笑，撫著腮邊道：「本是想停下來跟貴妃娘娘您致歉的。可是，嬪妾有一樁要緊事不能不先來回稟皇后娘娘，所以只好對不住貴妃娘娘了。至於跌了皇上賞賜的玉釵，您到嬪妾宮裡隨便挑，喜歡什麼您自己揀去，賠您兩根三根都不要緊。」

慧貴妃聽她如此倨傲，一張秀荷似的粉面不由得含了幾分怒意：「昨兒晚上永和宮就鬧騰了一夜，今日又來無禮，即便皇上寵著妳，也由不得妳這個樣子！」

蕊姬側了側臉，唇角的弧度如一彎新月，起身向皇后恭恭敬敬福了一福：「回皇后娘娘的話，臣妾昨夜腹痛不止，皇上傳了太醫來看，才知臣妾是有了身孕了，已然兩個月了！」

此言一出，四座皆驚。

如懿下意識地按住自己的小腹，不覺生了幾分悽楚。她立刻意識到這不是該自己傷心的時候，忙撐住了臉上的笑容，不容它散落下來，也隨著眾人賀喜道：「恭喜皇上，恭喜皇后，恭喜玫常在。」

皇后倒還鎮定，滿臉笑意像遮不住漏下的春光：「是麼？只是既然有孕，怎會腹痛？」

蕊姬微有得色：「太醫說臣妾體質寒涼，胎兒體熱，有所衝撞，加之是頭胎，所以腹痛。其實也是無妨的，臣妾也是因為這件事要急著回稟皇后娘娘，所以衝撞了貴妃也不敢停留。」她說罷便要屈膝向貴妃行禮，「還請貴妃寬恕嬪妾這遭吧。」

蕊姬雖是要屈膝，動作卻極緩慢，貴妃知她的意思，只得讓茉心攔住了，道：「才有了身孕便仔細些吧。萬一磕了碰了，仔細丟了這福氣。」

蕊姬的目光略含挑釁，看著貴妃道：「好容易得的這福氣，怎麼會丟了？有貴妃娘娘庇佑，嬪妾的福氣長著呢。」

皇后連忙道：「妳是頭胎，得格外仔細著。等下本宮就多撥幾個人過去伺候妳。缺什麼要什麼，儘管來和本宮說。十月懷胎，有得辛苦呢。」她蓄了寧和的微笑，看著貴妃與如懿道，「不過這辛苦也是福氣，本宮也希望妳們兩個早有子嗣呢。」

玫常在眼波微曳，看著慧貴妃，曼聲道：「是啊，十個月是辛苦呢，嬪妾看著嫻妃娘娘照顧大阿哥就費盡心力。不是親生的尚且如此，若是親生要當何等艱辛呢。還是慧貴妃福氣好，沒生養的人，看著也比實際的年齡年輕些，不那麼顯老。」

慧貴妃氣得渾身發顫，幾乎即刻就要發作。皇后安撫似的看她一眼，她都沒有察覺，素心不動聲色地點了點頭，遞了一碗茶過去，碰了碰貴妃的手肘，示意她安靜下來。

皇后環視眾人，慢慢道：「有了孩子的固然高興，沒有的也不必著急。皇上待後宮一向仁厚關愛，遲早都會有自己的孩子的。」她頓一頓，緩聲道，「對了，本宮今日正好有一樁喜事要告訴妳們，也是滿宮裡的大喜事。」她喚了一聲，「蓮心。」

蓮心本木木地在那兒站了一早上，像個泥胎木雕人兒一般。她聽得皇后召喚，幾乎是劇烈地顫抖了一下，不由自主跪下了道：「奴婢在。」

皇后指著她，口氣溫和如春風：「滿宮這些丫頭裡，本宮最疼的就是蓮心。如今蓮心也大了，本宮想著給她指婚指個好人家，她又不願意出宮遠嫁。跟著本宮忠心耿耿的人，自然不能委屈了她，便和皇上商議了，將蓮心指給養心殿副總管大太監王欽，八月十六成親。」

蓮心一個激靈，臉色頓時變得雪白，伏下身哀求道：「皇后娘娘，奴婢……奴婢實在不想成婚，只想一直伺候著您。」

皇后笑得極和藹，彷彿是對著自己的女兒一般溫言細語：「本宮知道妳的忠心，只是女人總不能不嫁人哪。妳是本宮最信任的人，一定要嫁得好才是。王欽才三十出頭，會長長久久陪著妳的。妳的嫁妝，本宮也會加倍厚厚地給妳。」皇后語氣微微一沉，「王欽中意妳許久，這門親事可是求也求不來的好姻緣。妳可別辜負了本宮和皇上對妳的疼惜。」

蓮心顫巍巍跪在那裡，泫然欲泣。素心忙扶了她道：「皇后娘娘慈愛，蓮心高興還來不及呢。她這定是高興壞了。」說罷便扶了蓮心下去。

如懿與海蘭互視一眼，皆是默默，只隨眾人道：「皇后娘娘慈愛憫下。」

慧貴妃更是道：「王欽是皇上跟前的大紅人，這門姻緣是配得起蓮心的，要換了別人，求也求不得呢，還是皇后娘娘的臉面大。」

皇后笑意不減：「好了。這些都是閒話。」她看著蕊姬道，「如今最要緊的是玫常在的胎。妳可得好好養著，萬不能掉以輕心。」

蕊姬躬身答應了。眾人賀了幾聲也告退而去。

皇后待殿中安靜下來，方看了看素心，淡淡道：「去看看蓮心，這樣的大喜事，別掉淚珠子，晦氣！」

素心忙賠笑勸道：「皇后娘娘放心，蓮心只是一時糊塗，還沒想明白罷了。」

皇后取了一顆枇杷，剝成倒垂蓮花的樣子，方慢慢吃了：「她還有什麼不明白的！整個長春宮裡，不是像妳一般過了三十，便是年紀太小入不了眼。幸好王欽喜歡她，再三跟本宮提了，她又是本宮的心腹，本宮才肯抬舉她。妳要她好好記著，乖乖嫁過去，籠絡住了王欽，就等於籠絡住了皇上的心思和腳步。本宮斷斷容不得她壞了本宮的大事！」

素心知道輕重，忙又替皇后剝了一顆枇杷遞過去，道：「娘娘的苦心咱們都知道，只是娘娘有阿哥有公主，又有中宮的權柄和皇上的關愛，咱們怕什麼呢？」

皇后抬眼看了看碧澄澄空中流金潑灑似的日光，伸手探了探景泰藍盆裡供著的冰山，欷歔道：「本宮何嘗不想高枕無憂？可是太后對後宮之事的涉入越來越多，妳看玫常在就知道，皇上的嬪妃和子嗣只會越來越多，而本宮只會越來越人老珠黃，色衰愛弛。」她眸中一亮，似是閃過一點黑色的焰火，「所以萬事不能不多一層防範。」

素心歎道：「智者必有千慮。娘娘費心了。」

玫常在的身孕是皇帝登基後的第一胎，皇帝雖然早有子女，也顯得格外高興。儘管連著幾日操心於江南水事，但皇帝得閒便留在永和宮中噓寒問暖。

這一夜難得玫常在沒再纏著皇帝，皇帝便往延禧宮來，略略問過了永璜的功課，便留在如懿閣中一同用膳。

如懿替皇帝夾了一筷子菜道：「皇上可知道皇后娘娘要為蓮心賜婚對食之事？」

皇帝含笑道：「妳怎麼問起這個了？」

如懿蹙了蹙眉：「臣妾只是覺得，好好的女兒家嫁了太監，實在可惜。」

皇帝道：「皇后這樣說，宮中太監宮女多了，又不能都放出去，癡男怨女多了，還不如湊合了賜了對食，也好彼此安慰。皇后是好意，朕便允了。」

如懿聽得這樣，也不好多說，便倒了一杯酒在皇帝盞中，櫻桃色的瓊液凝在白玉酒盞中，如同一方上好的紅玉，盈盈生輝。

皇帝笑道：「這酒的顏色看著很喜慶。」

如懿看著皇帝神色，亦是歡喜：「皇上心情好，自然看什麼都是喜慶的。」

「妳覺得朕心情好？」

如懿笑著伸手去撫他的眉毛，一根根濃黑如墨。這樣近距離地望著他，連眉毛，也是這樣好看的。「臉上全是笑紋兒，藏都藏不住。還有眉毛，眉毛都飛起來了。」她忍著心底的酸澀，輕笑道，「玫常在有了身孕，皇上是真高興。」

皇帝笑著握一握她的手，只覺得她的手涼得如一塊和田玉，握久了，慢慢也生了潤意。他朗聲道：「後宮裡的事再高興也是小事，前朝出了高興的事兒，朕心裡才真正快活。」

如懿倒了一盞酒敬到皇帝跟前：「皇上心裡快活，就是臣妾心裡快活。皇上為了治理前朝，日夜操心，所費的心神不是旁人看著就能明白的。所以這一杯，臣妾敬皇上。」

皇帝接過了卻不喝，饒有興致道：「妳不問問朕，為什麼高興？」

如懿微微低首：「如同農人耕種，有付出，有收穫。這便是高興。其他的，臣妾身在後宮，不該問，也不能問。」

皇帝接過酒一仰脖子喝了，眼睛裡都是晶燦燦的笑影兒，他執著如懿的手，柔聲道：「這就是妳的好處了。若是慧貴妃，她一定要追著朕問，是什麼高興事兒。」

如懿唇邊恬淡的笑意微微一斂：「慧貴妃自然有慧貴妃的好處。可是皇上……」她頓一頓，柔聲裡帶著一分倔然硬氣，「皇上，在這兒，咱們不說別人。」

皇帝怔了一怔，不覺一笑：「沒看出來，妳還有小心眼兒的時候。」

如懿的笑意若映著月亮的水，清亮分明：「皇上的心分成了兩半，一半是前朝，一半是後宮。後宮的一半心兒，大半給了太后和公主皇子們，小半兒給了臣妾和諸位姐妹。在這小半裡頭，皇后占個大頭，嬪妃們各自分了皇上的一點兒心，留給臣妾的也不多了。那麼這一小瓣心來臣妾這裡的時候，皇上若再分給了別人，那臣妾就連芝麻粒兒那麼大都占不上了。」

皇帝吁了口氣，伸手攬過如懿的肩：「這話妳雖是帶著笑說的，但是朕知道妳心裡的委屈和難受。朕還年輕，前朝的事情顧不過來，大臣們都是跟著先帝的老臣了，一個個都有資格擺在那兒。朕若是不親自一件一件打理好了，哪件落了他們的話柄，都是朕的難堪。為著這個事兒，朕進後宮進得少了，為著孝親的禮數和正宮的威儀，更要多陪陪太后和皇后。朕有數，朕陪妳的時間，是不比在潛邸的時候了。」

如懿倚在皇帝肩頭，金線騰雲五爪龍紋的花樣細密地硌在臉頰上，硌得久了，也覺出一絲粗糙的生硬，她低低道：「臣妾不敢怨，怨了那是不懂得皇上的難處。臣妾也盼著皇上來，私心裡，最好是皇上來了就不走了。可是臣妾知道，夫君可以是一人的夫君，但皇上是天下的皇上。所以臣妾盼皇上來，也不敢盼皇上來。」

皇帝靜了片刻，撫著如懿的鬢髮，定定道：「這是真話了。朕走到後宮裡，有皇后這個賢妻，也有慧貴妃的溫柔，純嬪體貼，嘉貴人嫵媚，連怡貴人、海貴人和婉答應，也有她們的老實本分。可是唯獨一樣，妳有的，她們誰都沒有。」

如懿好奇：「是什麼？」

皇帝吻一吻她的額頭，靜聲道：「是一份直爽。這份直爽是對著朕的，從妳入潛邸到今天，都沒有變過。」

如懿怔了一怔，內心感懷，嘴上卻硬著：「直爽算不得后妃之德，不是什麼好處。」

皇帝輕歎一聲，笑道：「這好處，后妃之中都沒有，是夫妻之間的。」

彷彿是心底最柔軟的地方被誰的手輕柔拂過，如懿幾乎要落下淚來，她低下頭，極力忍著淚：「如懿謝皇上，能夠這樣懂得。」

皇帝動容道：「朕懂得，更珍惜。所以如懿，雖然妳不是朕的結髮妻子，也不是陪伴朕最久的人，可妳的好，都在朕心裡。朕也希望妳明白，不管這延禧宮朕來得多不多，妳總是在朕心裡，而不是只在這宮裡。」

月光瑩白，悠然漫行天際，像冰破處銀燦燦流瀉而下的一汪清水。遠處的風帶來花木肆溢張揚的清香。這樣好的月色，隔著窗戶半開的縫隙望出去，彷彿整個宮苑都凝霜般地冰雪潔白。這樣好的月，是要映著這樣成雙的人的。如懿從未覺得，這紫禁城裡的十六月圓，竟也是這般完滿無缺。

這樣寧和的時光，如懿真覺得自己要眠過去了。若是一眠醒來，還是這般的人月兩圓，那該多好。

只是外頭的敲門聲響了兩下，她原本閉著眼不想理會，外頭卻是又響了兩下。如懿歎口氣，看看桌上的菜色快涼了，知道是送菜進來的宮女，只得歎道：「進來吧。」

皇帝曉得她的心思，握一握她的手，含著笑並不說話。如懿臉上一紅，卻聽殿門「吱呀」一聲輕響，一個身影輕快地閃進來，後頭跟著一個端著黃木四方虯紋盤子的小宮女，穩穩當當地走了進來。來人正是阿箬，她輕巧行了一禮，道了「萬福」，輕輕頷首，托著盤子的宮女便走上前來。阿箬一道一道將菜式端出來，口中便道：「這道鵪子水晶膾是皇上最喜歡的，小主一早就吩咐了小廚房盯著做好，差半分都做不成這水晶剔透的樣子；這道荷花蒸鴨脯是專用了不肥不瘦的鴨脯肉，鴨子愛活水，所以性涼去火，小主特意囑咐了給皇上備上，解解批摺子勞累的火氣；這道糖醋鱖魚酸甜可口，最宜下飯飲酒；還有一道碧糯佳藕口味清甜，是象徵著皇上和小主佳偶天成，蜜裡調油。」

皇帝笑道：「每道菜都是妳們小主的心思，可她自己是不肯說的。從妳嘴裡說出來，這心思就活靈活現了。」

阿箬作勢輕輕拍了一下自己的臉：「是奴婢多嘴了。可咱們娘娘是個實心人兒，惦記著皇上的心存在那兒，說不出來。奴婢要是不替小主說出來，只怕小主的癡心，更沒人知道了。」

皇帝笑得輕快，拍了拍如懿的手背道：「其實妳也算是個會說話的人了，沒想到手下調教出來的丫頭，一個賽一個機靈。朕記得，阿箬跟了妳好幾年了吧。」

如懿頷首道：「阿箬是臣妾的家生丫頭，跟著臣妾陪嫁過來的。仗著伺候臣妾久了，那話就不肯安分蹲在舌頭底下。」

皇帝倒是頗高興：「自打住進了宮裡，皇后的規矩大，教導得滿宮裡的奴才一個比一個更會裝啞巴，恨不得沒了舌頭才好。朕倒覺得，都像阿箬這麼說說笑笑的才好，妳們關起門來過日子，也有趣兒得多。」

如懿聽著阿箬被誇獎，心裡也頗喜悅，便道：「既然皇上這麼抬舉妳，留下布菜伺候吧。只一樣，別得意得沒了規矩。」

阿箬福了一福，笑盈盈道：「娘娘的囑咐，奴婢哪回不記在心裡？」說罷，便靜靜候在一邊，伺候著兩人用膳。

皇帝夾了一塊甜藕慢慢吃了，笑道：「本來朕也不想提前朝的事兒了。可是這會兒看見這塊藕，心裡又高興起來。江南水患連年成災，一到夏天發了洪水毀掉良田萬畝，災民流離失所，這一直是朝廷的心頭大患。先帝年年想治水，撥了銀子下去築造堤壩，可那堤壩比豆腐還軟，總是防不住洪水。到了朕登基，朕派去江南治理兩淮的官員上了摺子，說今年的堤壩建得好，發了再大的水都沒沖下去，百姓們總算是安樂了一年。尤其是淮陰知縣管修的那一段，實實在在是把朝廷派下去的銀子都用上了，那堤壩比鐵漿澆得還硬實。往年淮陰最容易受災，今年的知縣倒能管事，又能治水，朕好好嘉獎了他一番。」

如懿替皇帝又夾了一筷子藕，側首笑吟吟看著他：「能為皇上分憂的人，是該好好嘉賞，只不知這淮陰知縣，叫什麼名字？」

皇帝凝神想了想：「彷彿是叫桂鐸，索綽倫氏，鑲紅旗的包衣出身，倒是極能幹的一個人。朕正想著，他能實實在在修好了堤壩，便是個中用的人。朕再看他一陣子，若是經用，便可賞他做個知府。」

皇帝話音未落，卻聽阿箬利索地跪下磕了個頭，激動得淚流滿面：「奴婢謝皇上的賞，謝皇上隆恩。」

皇帝奇道：「朕賞朕手底下的官員，妳急著謝什麼恩呢？」

如懿含笑看著阿箬道：「桂鐸是阿箬的阿瑪。」

皇帝便也露出幾分笑顏：「原來朕誇了半日，人家女兒就在這裡。」他便向著阿箬道，「妳阿瑪在外頭替朕盡心，妳就好好在後宮伺候著，自己也能熬出個眉目來。」

阿箬喜不自勝，趕緊磕了個頭謝恩。如懿見時機恰好，便道：「皇上這個意思，是可以替阿箬指個好人家了，那臣妾先替阿箬謝過皇上。」

皇帝夾了一筷子鱖魚在如懿碗中：「阿箬有沒有這個造化，還得看她自己的。」

阿箬見皇帝取過一旁的熱手巾擦了手，忙站起身來，倒了一盞茶遞到皇帝跟前：「這是新備下的六安茶，消垢膩去積滯是最好的。皇上嘗嘗。」

皇帝喝了一口，便含了幾分笑意：「論細心周到，嫻妃，妳這兒是一等一的。」

如懿低眉笑得溫文：「細心周到是對心的。皇上感覺到了，這心意也就到了。」

二十七、對食

皇帝站起身，往東暖閣去：「把朕常看的《春秋》拿來，朕去看會兒書，妳洗漱完了再和妳說話。」

如懿欠身答了「是」，阿箬又伺候著如懿添了一碗湯。西暖閣裡燭火通明，越發襯得阿箬一張俏臉歡喜得面若桃花。

如懿笑著望她一眼，低聲嗔道：「快把妳那喜眉喜眼藏起來，皇上瞧見了，難免要覺得妳沉不住氣。」

阿箬摸了摸臉，不好意思道：「真藏不住了麼？」

如懿笑道：「是呀是呀。不過妳可記著，妳阿瑪只要用心，有的是前程，妳也能有個好的將來。但是千萬別得意忘形，要都傳開了，怕別有用心的人惦記上。」

阿箬忙答應著下去了。

這一晚，皇帝自是宿在如懿這裡不提。

到了深夜時分，小太監自是守在寢殿外守夜，阿箬出來看了一圈，見寢殿裡都睡下了，便吩咐宮人們滅了幾盞宮燈，自行散去歇息。

阿箬回到自己屋裡，看著房間的陳設雖是宮女所住，但比綠痕她們所住的好了不止十倍，自是因為自己家中爭氣，又是如懿的陪嫁緣故。而以後阿瑪步步高升，自己的來日更是有得指望了。這樣想著，阿箬越發得意，一進門便在銅鏡妝台前坐了，慢慢洗了手卸了妝。她自鏡中見惢心只專心鋪著床被，便瞥著惢心道：「雖然我與妳都是伺候小主的宮女，但今日皇上的話妳也聽見了。從今往後，我與妳便更是不同了。」

惢心向來不與她爭執，只謙和笑道：「恭喜姐姐了，娘家有這樣大的喜事。」

阿箬蘸了點杏花粉撲臉，仔仔細細地揉著道：「這杏花粉就是好，拿杏花汁子兌了珍珠末細研的，撲在臉上可養人了。是我阿瑪特意從外頭捎給我的。」她眼角帶了倨傲的風色，斜眼看著惢心道，「其實阿瑪這樣巴巴兒地做什麼，平日裡小主賞我的東西也不少了。」

惢心理著床帳上懸著的流蘇與荷包：「小主自然是疼姐姐的了。」

阿箬微微頷首，取下髮髻間點綴的幾朵嵌珠絹花，倚著手臂道：「小主疼愛，我阿瑪也爭氣，以後妳更要有點眼色。咱們雖住在一起，但上下有別。我是旗籍出身，妳卻是兩百錢買回來的。以後這房裡的打點，便是妳的事了。」

惢心理著杏紅流蘇的手指微微一顫，旋即道：「知道了。」

阿箬點點頭：「出了一身的汗，難受死了，妳去打水來給我擦身子吧。還有，拿艾草好好熏熏，別讓蚊子半夜咬著我。」

那本是底下小丫頭做的事，阿箬雖平時霸道些，也不至於如此使喚她。惢心只覺得手裡滑膩膩的，摸著那荷包也冷濕冷濕的。大約真是天熱，手上的汗都冒出來了吧。惢心答應著，便也去了。

第二日晨起皇帝便要去早朝，如懿早早服侍了皇帝起身，便提醒小福子去喚了永璜起床預備著去尚書房讀書。皇帝正要走，如懿心念一動，含笑道：「皇上的髮辮有些亂了，左右離上朝的時辰還早，臣妾替皇上梳梳頭吧。」

皇帝微微一笑，坐到鏡前道：「從前在潛邸的時候妳倒是經常替朕梳頭，如今也疏懶了。」

如懿笑道：「臣妾倒想勤謹，只是皇上登基後儀容半分也不鬆懈，臣妾倒是想著，只那頭髮不肯給臣妾機會罷了。」

皇帝笑著擰了擰她的臉頰：「越發會玩笑了。」

如懿取過犀角梳子，將皇帝的頭髮梳得鬆散了，一點一點仔細地篦著。皇帝看著她蘸取篦髮的花水，便問道：「妳這篦髮的是什麼水？不是尋常的刨花水麼？」

如懿笑道：「刨花水有什麼好的？臣妾不喜歡那味道。這花水裡加了薄荷、烏精、苦參、當歸、何首烏、乾薑、皂角、天麻、桑葚子、榧子、核桃仁、側柏葉等幾味藥，收了冬日梅花上的雪水和榆花水兌著，又用茉莉和梔子調香，除了香氣宜人淡雅，經常用來蘸了梳頭，可以養血溫腎，使頭髮烏黑健旺。」

皇帝笑起來別有溫雅之風：「原以為妳用東西精細講究，原來講究都在這裡頭。」

如懿為皇帝束好辮髮，將辮梢上的明黃纏金絲穗子、翡翠八寶墜角一一結好，才笑道：「女兒家的心思也就弄這點小巧罷了，不比皇上胸中的經緯天地。」

皇帝看著她手中的犀角梳子：「朕記得這把梳子妳用了許多年了，妳看犀角周身的包漿乾淨瑩潤，大約是妳女兒家時就用了吧。」

如懿愛惜地撫著梳子：「臣妾喜歡可以長久的東西。」

皇帝握住她的手，滿面皆是春色笑影，越發顯得豐神高澈：「人家都說是白頭到老。朕整日用妳的花水梳頭，豈不是與妳總是黑髮到老，不許白頭了？」

庭院中開了無數雪白的梔子花，那素華般的荼蘼脂澤如積雪負霜，滿盈冰魄涼香。如懿溫柔睇他一眼，半是笑半是嗔，那欣喜卻化作眼底微盈的淚：「皇上慣會笑話臣妾。」

皇帝含了幾許認真的神氣，道：「朕只長妳七歲，歲月雖長，但慢慢攜手同行，總有白髮齊眉、相攜到老的時候。」

如懿鼻中微酸，眼中的潮熱更盛，宮中的女子那樣多，就如庭院裡無盡的梔子花，前一朵還未謝盡，後一朵的花骨朵早已迫不及待地開了出來。他們的人生還那樣長，皇帝不過二十六，自己也才十九。往後的路上還不知有香花幾許，蜂縈蝶繞。可是此時此刻，這份真心，已足夠讓她感動。

心中的感動如雲波伏起，她含笑含淚：「到時候臣妾雞皮鶴髮，皇上才不願意看呢。」

皇帝道：「妳是雞皮鶴髮，朕何嘗不是？這才是真正的相看兩不厭。」

如懿伸手延上皇帝的肩，頭緊緊抵在他頸間，聆聽著他心脈脈脈地跳動，彷彿是沉沉的承諾。良久，她終於以此心回應：「只要皇上願意，臣妾會一直陪著皇上走下去。多遠，多久，都一直走下去。」

皇帝笑著吻了吻她的臉頰，忽而咬住她的蝴蝶珍珠耳墜：「只說不算。朕要妳拿一樣東西來應。」

如懿滿面羞紅，推了皇帝一把：「什麼？」

皇帝豎起食指噓了一聲，在她耳畔道：「妳看鏡子裡，朕與妳身成雙，影也成雙。」

如懿望了一眼鏡中，泥金的並蒂蓮花連理鏡，花葉脈脈，皆是成雙成對。如懿嗤地一笑：「臣妾想到了，自然會給皇上。」

皇帝不肯輕易放過：「可不許賴。」

如懿點點頭，看著天光一分一分亮起：「皇上快起駕吧，別晚了。」

正巧外頭敲門聲響，是永璜童稚的聲音在外頭喚道：「母親。」

如懿忙開了門，正見阿箬和小福子一個拉著永璜，一個替他背著書籍。永璜進來恭恭敬敬請了個安：「給皇阿瑪請安，給母親請安。」

如懿忙扶了他起來，憐惜地替他攏一攏頭髮：「睡得頭髮有些蓬了，母親替你梳一梳再走。」說罷她便取過梳子替永璜梳好了。

永璜眨了眨眼睛，一副陰謀得逞的快樂：「母親，兒子是故意蓬了頭髮，這樣您就會替我梳了。」

皇帝在一旁看著，也不覺生了愛子之意：「你母親的手很軟，梳頭髮很舒服是不是？」

永璜用力點了點頭，一臉幸福地拉住皇帝的手勾了勾。皇帝心下愛憐，牽過永璜的手道：「皇阿瑪要去早朝了。不過還早，你跟著皇阿瑪一起，皇阿瑪今天先送你去尚書房見見你的師傅，好不好？」

永璜眼裡閃過一絲雀躍，很快沉穩道：「兒子多謝皇阿瑪。」

皇帝出門前，望著相送的如懿道：「有件事朕先告訴妳。玫常在的身孕是朕登基後的第一胎，朕很高興，所以打算封她為貴人。」他湊近如懿的耳邊，語不傳六耳，「但朕更盼著妳，男孩女孩朕都喜歡。」

如懿面上燒得滾燙，卻不敢露出半分神色來，只得極力自持道：「臣妾恭送皇上。」

永璜緊緊攥住皇帝的手走了出去，一路絮絮說著：「皇阿瑪，兒子已經能把《論語》都背下來了……」他說著，回頭朝如懿擠擠眼睛，跟著皇帝出去了。

阿箬送到了宮門口，復又轉進來，笑意滿面：「大阿哥可真是聰明，一點就通。能有皇上親自送去尚書房，以後大阿哥再不會受委屈了。」

如懿兀自微笑，忽然目光落在阿箬身上，逡巡不已。阿箬被如懿看得有些不好意思，不安地摸了摸鬢角和袖口，強自微笑道：「小主這麼看著奴婢，是怎麼了？」

如懿的目光失去了溫和的溫度，冷然道：「這身打扮，都快趕上皇上新封的秀答應了。只是秀答應臉上的坦然倨傲之色也沒有妳的多。」

阿箬有些訕訕的，摸著袖口密密的櫻桃紅纏枝繡花，那花色一定是讓小宮女拆了縫縫了拆忙活了許久才成的，每一瓣繡花裡都點著玉色的蕊，配著雙數的翠葉，落在翠粉色的衣料上，十分鮮亮。阿箬的繡花鞋上也繡了滿幫的花朵，宮女的鞋原可繡花，但求素淨。阿箬卻是粉藍的繡鞋上綴滿了胭脂色的撒花朵兒，唯恐人看不見似的，映著一把青絲間點綴著的同色絹花並燒藍嵌米珠花朵，越發奪目。

如懿蹙眉道：「妳進宮時就知道宮訓，宮女衣著打扮要樸素，說話行動不許輕浮。尤其是穿衣打扮，得像寶石玉器一樣，由裡往外透出潤澤來。妳看妳穿粉點翠的，像個彩珠玻璃球一樣，只圖表面光彩做什麼？」

阿箬的臉紅成了蝦子色，囁嚅道：「奴婢也是為小主高興，所以打扮得鮮亮些。」

如懿對鏡梳通了頭髮，由著惢心盤起飽滿的髮髻，點上幾枚翠翹為飾，又選了支素的白玉珠釵簪上，方道：「妳是為我高興還是因為妳阿瑪的功勞為自己高興？妳在延禧宮裡是最有身分的宮女，和惢心是一樣的。只是妳得明白，身分不是靠衣飾出格來換取的。」她見阿箬露出幾分窘色，只搓著衣角不說話，只得緩和了語氣道，「尤其是皇后不喜歡宮中奢華，如今雖然比從前寬鬆了些，嬪御許用金飾了，但宮女打扮得出格，必是要受責罰的。」

阿箬看如懿神色寬和了些許，才嘟囔著說：「奴婢也是知道自己和旁人不一樣了，又是近身伺候小主的，所以才……」

如懿見她如此不知事，不覺懊惱：「除去正月和萬壽節外，宮女是不許穿紅的。妳看看妳的衣裳和鞋子，若是被外頭人看見，指不定就要挨竹板子。挨竹板子，疼是小事，丟人是大事，讓執法的太監把衣服一扒，褲子褪下來，一點情面不留，臊也得臊死。」

阿箬嚇了一跳，忙跪下道：「奴婢只是高興，沒想那麼多。小主，奴婢……」

如懿揀了一副玉葉金蟬佩正要別上領口，看她那個樣子，不覺生煩，呵斥道：「趕緊脫了去，這身衣裳鞋襪，不到年節不許再穿！」

阿箬慌不迭下去了。如懿看了惢心一眼：「她如今有些家世，越發輕狂了。妳和她一塊兒住著，也提點著她些。」她見惢心只是默然，不覺苦笑，「是了，她那個性子，我的話都未必全聽，何況是妳呢？妳不受她的氣就是了。下去吧。」

惢心回到房中，阿箬只穿著中衣，正伏在妝台上哭。衣裳脫了下來橫七豎八丟在床上，像一團揉得稀皺的花朵。阿箬聽見她進來，忙擦了眼淚賭氣道：「惢心，妳說實話，我這樣穿明明很好看是不是？」

惢心笑道：「是很好看，只是……」

「只是小主覺得我太好看，怕搶了她的風頭罷了。方才我送大阿哥去小主寢殿，看見皇上和小主在照鏡子，那鏡子裡落進我半個身影，我也沒覺得礙了誰的眼。沒想到小主就覺得我礙眼了。」她嗚咽著氣憤道，「明明我這樣打扮了出去的時候問過妳，妳也不覺得太僭越的。」

惢心露著恰到好處的笑容：「是是是，我是想，姐姐以後不在皇上來的時候這樣打扮，就萬無一失了。」

阿箬方才破涕為笑，換了衣裳出去了。

如懿趁著無人在旁，便打開壓底的描金紅木箱子，一層層翻起薄紗堆繡，有一樣舊年的物事赫然出現在眼前。那還是她初嫁的時候，新婚才滿三月，自然無事不妥當，無事不滿意。閒來相伴他讀書的時候，嗅著身邊沾染了墨香書卷香的空氣，一針一針繡下滿心的憧憬與幸福。彼時她才學會刺繡，笨手笨腳的，所以一方打了櫻色絡子的絹子上，只繡了幾朵淡青色的櫻花，散落在幾顆殷紅荔枝之側，淡淡的紅香，淺淺的翠濃，不過是兩個名字的映照：青櫻，弘曆，相依相偎。繡好的時候，她也不敢送出手，怕惹他笑話，終究還是塞了箱底。如今想起來，除了這個，自己所有，除了身體髮膚，無一不是他的。唯有那份稚拙的真心，經時未改，長存於此。

她想了想，拿過一個象牙鏤空花卉匣封了，喚了三寶進來道：「等皇上下了朝，送去養心殿吧。別叫人看見。」

三寶答應著去了。如懿伏在窗下，看著瑩白的梔子花開了一叢又一叢，無聲無息地笑了。

日子過得極快，好像樹梢上蟬鳴嘶嘶，荷塘裡藕花初放，這一夏便過去了。玫貴人因著身孕而獲晉封，一時間炙手可熱。人人都想著無論她生男生女，因著這寵愛，皇上也勢必對這孩子青眼有加。永和宮這般熱鬧，咸福宮也未清靜，慧貴妃一心一意地調理著身體，隔三差五便要請太醫診脈調息，又問了許多民間求子之法，總沒個安靜。這樣過了七夕便是中元節，然後秋風一涼，連藕花菱葉也帶了盛極而衰的蓬勃氣息，像要把整個夏天最後的熱情都燃燒殆盡一般，竭盡全力地開放著。

眼看著快到中秋，長春宮也忙碌起了蓮心的婚事，雖是宮女太監對食，然而皇后卻極重視，事事過問，宮人們無一不讚皇后賢慧恩下，連宮女都這般重視。八月十五的節慶一過，十六那日眾人便忙碌了起來。對食是宮人們的大事，意味著此風一開，便有更多的寂寞宮人可以獲得恩典，相互慰藉。因著蓮心與王欽都在宮中當差，所以在太監們所住的廡房一帶選了最東邊、離其他太監們又遠的一間寬敞屋子做了新房。

這一日黃昏，嬪妃們隨著皇后一同在長春宮門外送了蓮心。皇后特意給蓮心換了一身紅裝，好好打扮了，慈和道：「雖然妳是嫁在宮裡，但女兒家出嫁，哪能不穿紅的？」

皇后此言一出，眾人又是嘖嘖稱讚皇后的恩德。蓮心含淚跪在地上，王欽緊跟著她跪下了，千恩萬謝道：「多謝皇后娘娘恩典，奴才一定會好好疼蓮心的。」

皇后含笑道：「這話就是了。雖然你們不是真夫妻，但以後是要一世做伴的，一定要互相尊重，彼此關愛，才不枉了本宮與皇上的一片心意了。」

蓮心似有不捨，緊緊抓著皇后的袍角磕了三個頭，淚汪汪的只不撒手。慧貴妃笑道：「蓮心果然知禮，民間婚嫁就是這般哭嫁的，哭一哭，旺一旺母家，妳就當是旺了皇后了。」

皇后彎下腰，手勢雖輕，卻一下撥開了蓮心的手，溫婉笑道：「好好去吧，別忘了本宮對妳的期許就是了。」

素心忙笑著道：「恭喜蓮心姐姐。以後便是王公公有心照顧了。」

王欽利索地扶過蓮心，拉著一步一回頭的她，被一群宮女太監簇擁著去了。

如懿自長春宮送嫁回來便滿心的不舒服，卻無半點睡意。好容易哄了永璜睡著，她便支著腮在燭下翻看一卷納蘭的《飲水詞》。

惢心端了一碗紅棗銀耳湯來，道：「皇上叮囑了每日早起喝燕窩，臨睡前用銀耳，小主快喝了吧。否則皇上不知怎麼掛心呢。」

如懿頭也不抬道：「先放著，我先看會兒書再喝。」

惢心將蠟燭移遠了些：「小主看什麼這麼入神？小心燭火燎了眉毛。」

如懿緩緩吟道：「飛絮飛花何處是？層冰積雪摧殘。疏疏一樹五更寒。愛他明月好，憔悴也相關。最是繁絲搖落後，轉教人憶春山。湔裙夢斷續應難。西風多少恨，吹不散眉彎。」她慨然觸心，「難為納蘭容若侯門公子，竟是這般相重夫妻之情。綠衣[1]悼亡，無限哀思。」

惢心舀了舀銀耳湯道：「小主，今日是蓮心出嫁的好日子，妳看這個，好不應景。」

如懿失笑道：「是了。要讓貴妃知道，必是以為我在咒蓮心呢。」

兩人正說笑著，阿箬點了艾草進來放在角落熏著，又換了景泰藍大甕裡供著的冰。阿箬替如懿抖開紗帳，往帳上懸著的塗金鏤花銀熏球裡添上茉莉素馨等香花，取其天然之氣熏這繡被錦帳。花氣清雅旖旎，在這寂靜空間中縈紆旋繞。忽然靜夜裡不知何處傳來一聲尖厲的叫喊，彷彿是誰受了最痛苦的酷刑一般，那叫喊聲穿破了寂靜的夜空，迅速刺向深夜寧靜的宮苑。

如懿一時沒反應過來，只以為自己聽岔了。正要說話，又一聲叫聲嘶厲響起，帶著淒厲而綿長的尾音，很快如沉進深不見底的大海一般，無聲無息了。

三人愣了半晌，阿箬怯怯道：「那聲音，好像是從太監廡房那兒傳來的。」她遲疑著道，「應該不會錯，咱們延禧宮離那兒最近了。」

惢心靜靜挑亮了燈火，低聲道：「這聲音像是……」

阿箬眼睛一亮，帶著隱秘的笑容：「蓮心！」

注釋：

1 綠衣：《綠衣》是《詩經》中一首有名的悼亡詩，本詩表達丈夫悼念亡妻的深長感情。詩人目睹亡妻遺物，備生傷感，由此浮想聯翩。由衣而聯想到治絲，惋惜亡妻治家的能幹。

二十八、西風恨

次日清晨，如懿被照進寢殿的金色光斑照醒，無端便覺得身上沁了一層薄薄的汗意。到了初秋尚有暑意，如懿迷濛地躺著，看著惢心和綠痕進來捲起低垂的竹簾，又端了新的冰進來，將榻前景泰藍大甕裡供了一夜漸漸融化的冰都換出去了。她臥在床上，身下的水玉涼簟細密地硌著肌膚。她打著水墨山水的薄綾扇，聽著細小的水珠順著那些巨大的冰雕漉漉沁滑下去，泠泠的一滴輕響。她兀地想到昨夜那雨聲驚破了靜寂的悽楚叫喊，彷彿蘊著極大的無助與痛楚。如懿微微一想，便忍不住自驚悸中醒轉。

起來梳洗的時候如懿還有些怔怔的蒙昧，惢心一邊替她梳頭，一邊道：「昨天傍晚燒了滿天的火燒雲，今天起來那太陽紅悶悶的，等下怕是要下雨呢。等下了雨，就涼快些了。」

如懿道：「等下去長春宮請安，備著傘吧。」

惢心答應了一聲，去外頭準備了，便和阿箬陪著如懿往長春宮走。

蓮心雖是新婦，一早也在長春宮中伺候了。眾人見她穿著平素的宮女衣裳，只是髮髻間多了幾朵別致絹花，喜盈盈的顏色，神色倒是平靜如常。嬪妃們賀了幾句「恭喜」，又各自備下了一點賞賜贈她。蓮心一一謝過，便安分地隨在皇后身邊。

皇后含笑飲了口茶，瞥見她手上新戴著的一個玉鐲子，便道：「看妳這個打扮，想來王欽待妳極好。」

蓮心臉上一呆，露了幾分淒苦之色，很快如常笑道：「託皇后娘娘的洪福，一切都好。」

皇后極高興：「這便好，也不枉了本宮一番心意了。」她喚過素心，取出一雙銀鎏金福壽雙成簪子捧在錦盒中，「小主們都送了妳不少東西，本宮是妳的主子，也不能薄待了妳。這雙簪子便送妳吧，希望妳和王欽也福壽雙安，白頭到老。」

蓮心身上一個激靈，像是高興極了，忙屈身謝過。

眾人請安過後便一同出來。怡貴人笑盈盈道：「皇后娘娘慈心，對下人們真是好。」嘉貴人亦道：「蓮心不過是個宮女，即便指婚也未必能指到多好的人家，還不如嫁了王欽，也是一世的榮華呢。」

純嬪帶了幾分惋惜：「可惜了王欽是個太監，蓮心她……」

嘉貴人不屑道：「太監是缺了那麼一嘟嚕好玩意兒，可是缺了怕什麼？蓮心嫁到外頭，一旦有點好歹，那是貧賤夫妻百事哀。還不如守著宮裡的榮華呢。」

純嬪不好意思地啐了一口，秀答應聽她說得直接，紅著臉笑得捂住了嘴：「這話也就嘉貴人敢說了，咱們是想也不敢多想。」

玫貴人原走得慢，聽到這兒忽然站住了腳道：「各位姐姐難道昨晚沒聽見什麼聲音麼？」

怡貴人睜大了眼睛，神神秘秘道：「難道……玫貴人也聽見了？」

玫貴人含了一縷隱秘的笑意：「也不知道我是不是聽岔了，恍惚聽得太監廡房那兒傳來兩聲女人的叫喊。」

怡貴人連忙拉住了她道：「我也聽見了。但我的景陽宮在妹妹的永和宮後頭，聽得不大清楚，還當是風吹的聲音呢。」

玫貴人笑著揮了揮絹子，見眾人都全神貫注聽著，越發壓低了聲音道：「我的永和宮在嫻妃娘娘的延禧宮後頭，照理說延禧宮離太監廡房那兒最近，該是她聽得最清楚了。」

阿箬忙興奮道：「的確是……」

如懿立刻打斷道：「的確是我們已經睡熟了，沒有聽見。」

怡貴人便有些悻悻的：「那個時候還不算太晚，嫻妃娘娘不肯說就罷了。」她只打量著阿箬，「阿箬，妳伺候嫻妃娘娘，肯定睡得晚。妳可聽見了？」

阿箬含糊地搖了搖頭。海蘭道：「姐姐們別瞎猜了。即便有什麼動靜，那太監的喊聲，也和女人的聲音差不多。」

玫貴人笑道：「太監就是太監，女人就是女人，這點總還是分得出來的。妳們想，太監廡房那兒會有什麼女人呢？莫不是……」

純嬪忙念了句佛，歎道：「可不能胡說，這是皇后娘娘莫大的恩典。咱們這麼揣測，可是要惹皇后娘娘不高興的。」

嘉貴人哧哧笑道：「現在已經離了長春宮了。再說了，難道許她喊，就不許我們議論麼？我倒想知道個究竟，蓮心為什麼會喊起來的？」她壓低了聲音，笑得像一隻竊竊的鼠，「即便沒見過男人，見個太監，也不必高興成這樣吧？」

玫貴人皺了眉頭，拿絹子擦了擦耳朵：「阿彌陀佛，還當是什麼叫聲呢，夜裡聽著怪瘆人的！像受了酷刑一般！嚇得龍胎都在我腹中抽了兩下，差點便要傳太醫了。」

怡貴人立刻附和道：「玫貴人聽得沒錯，叫得可淒厲了。我還當是夜貓子叫呢。」

嘉貴人不解道：「太監能有什麼本事，她便不情願，還能怕成那樣？」

純嬪聽著不堪，便道：「嘉貴人出身朝鮮，便不知道這個了。前明的時候閹宦橫行，多少見不得人的髒東西都有呢。」

秀答應忽然詭秘一笑，招了招手示意眾人靠近道：「可不是！從前明朝的大太監魏忠賢，便耍盡了那些見不得人的手段，和皇帝的乳母客氏對食。後來還弄死了好幾個小宮女呢。」

嘉貴人驚詫道：「這也有死了人的？」

秀答應點頭道：「可不是！有些有錢的太監在外頭娶了妓女做小老婆的，娶一個弄死一個，連妓女都架不住，何況一般人！」

如懿實在聽不下去，腳下步子略快，與海蘭拐了彎便進了長街，不與她們再閒談。她正疾步走著，忽然聽得身後一聲喚：「嫻妃娘娘留步！」轉頭竟是蓮心，捧著一方絹子急急趕上來道，「嫻妃娘娘，您的絹子落在長春宮了。皇后娘娘叫奴婢給您送過來。」

如懿謝了她，接過。離得近了，方才瞧見她仔細敷好的脂粉底下，一雙眼皮微微腫泡著，想是哭過。如懿心中明白，想她素日雖然有幾分驕橫，如今也是可憐，不覺便生了幾分憐惜：「多謝妳。看著天色快下雨了，趕緊回去吧。沾了雨可不好。」

阿箬忽然笑了一聲，道：「沾點雨怕什麼，如今蓮心姐姐可與我們不同了，淋了雨都是有人心疼的。」

如懿輕聲喝止道：「阿箬，咱們回宮去。」

阿箬走了兩步，止住腳轉身笑吟吟打量著蓮心道：「都說太監會疼人，看蓮心姐姐今日的打扮，的確是王公公會疼人了。穿衣打扮都不一樣了。」她湊近了低聲笑道，「不過還有一件好處，姐姐嫁了王公公，便省了生兒育女的一樁苦處，也省下了為人母親的煩心事。那是多少人求也求不來的福氣。」

蓮心氣得雙唇發顫，雪白的面孔上只見一雙充斥了血絲的眼睛黑紅交間地瞪著阿箬，又是氣憤又是悽楚，顯然是氣到了極點。良久，她終於吐出一句，那語氣冷得像冰錐子一般扎人：「這福氣這麼好，我就祝願妳，也嫁一個公公對食，白頭到老，死生不離。」

阿箬氣得眼睛一瞪，很快忍住了笑道：「我哪裡能和姐姐比，不過是我們小主抬舉，總要將我指婚給御前侍衛的。只好眼看著姐姐和王公公，無兒無女，相伴到老了。」

如懿氣得胸口像裹了一團火似的，喝道：「阿箬，妳給本宮住嘴！再敢放肆，本宮就要狠狠罰妳！」

蓮心滿眼是淚，只咬著牙狠狠忍著。如懿呵斥聲未止，只聽後頭一個聲音森冷道：「什麼就要狠狠罰，在宮裡這樣放肆取笑，立刻就該打死！」

如懿聽得聲音，知道不好，忙轉過身去，只見慧貴妃攜了茉心站在拐進長街的朱紅門壁邊，目光冷厲，盯著如懿，宛如要在她身上剜出兩個透明窟窿來。

如懿忙屈身道：「貴妃娘娘萬安。」

阿箬也不禁有些慌，忙跟著道：「貴妃娘娘萬安，娘娘恕罪。」

慧貴妃冷哼一聲，也不看她，語氣冷冽如冰：「恕罪？是誰縱得妳在宮裡放肆喧譁，胡言亂語？還敢在螽斯門[1]底下說無兒無女這種話，簡直是大逆不道！」

如懿立時回過神來，才發覺方才急於避開那些閒話之人，原來是轉進了螽斯門。宮中所建螽斯門，意在取螽斯之蟲繁殖力強，以祈盼皇室多子多孫，帝祚永延。阿箬在這裡說這種「無兒無女」的話自然是大逆不道，更怕是戳著這些日子來一直求子的慧貴妃的心思了。

如懿忙屈身道：「阿箬一時放肆，言語失了輕重，還請貴妃娘娘恕罪。」

阿箬也著實吃了驚嚇，忙跪下道：「貴妃娘娘恕罪，奴婢是無心的。」

蓮心看了貴妃一眼，低低道：「無心也能說出這般刻薄的話來，奴婢實在是聞所未聞。一切交給貴妃娘娘處置，奴婢先告退了。」

茉心含了一絲譏諷與厭棄：「貴妃娘娘每日晨昏都要來螽斯門祝禱大清子孫昌盛，妳也太不要命了！何況蓮心的婚事是皇上皇后親口允的，那是賜婚，是無上榮耀，憑妳也敢說三道四，出言嘲諷？等下貴妃娘娘說給皇后聽，皇后也必不會饒妳。」

阿箬求救似的看了如懿一眼，如懿無奈地搖搖頭，實在是恨鐵不成鋼。阿箬無計可施，只得規規矩矩跪著磕了頭道：「奴婢因是與蓮心姐姐相熟，才這般玩笑的，娘娘恕罪啊！」

慧貴妃沉默片刻，指著門上匾額向阿箬道：「大清歷代祖宗在上，螽斯門乃宮中綿延子嗣最神聖之地，妳竟敢在此說出大逆不道的話，本宮不能不在此責罰妳，以敬列祖列宗。」

撒金海藍底的匾額，以滿蒙漢三種文字分別書寫著「螽斯門」三字。此時天光暗沉，遠遠有烏雲自天際滾滾卷來，唯雲層的縫隙間漏出幾線金線似的明光，落在匾額的泥金框上，那種炫目的金色，幾乎要迷住人的眼睛。

貴妃使了個眼色，雙喜立刻會意，一招手帶上一個小太監，死死按住了阿箬，茉心拔下頭上一支銀簪子，沒頭沒臉地往阿箬嘴上戳過去。阿箬嚇得面色煞白，拚命躲避，嘴裡不住地求饒。茉心戳了幾下沒戳到，又氣又恨，忍不住手上更是加力。

如懿忙攔在阿箬身前道：「住手！阿箬再有差錯，也不能這樣扎她。」

慧貴妃一把扯開她，輕蔑道：「本宮還沒有問妳管教不嚴之罪，妳還敢幫她！」

如懿見阿箬躲了兩下沒躲開，嘴唇上已被扎了一下，汩汩流出殷紅的血來，看著甚是嚇人。

如懿忙跪下道：「阿箬是有過錯，但請貴妃娘娘寬恕，容我帶回宮中慢慢管教！」

慧貴妃精心描摹的眉眼露出森冷的寒光，與她嬌豔溫柔的面龐大不相稱：「交給妳也只是教而不善。本宮是貴妃之位，就替妳管教管教下人。」

如懿眼見阿箬受苦，雖是氣她口不擇言去傷蓮心，可也心疼她唇上的傷，心中愈加焦急難言，只得低頭道：「娘娘怎麼罰我和阿箬都不敢有怨言。只是宮中的規矩，對宮女許打不許罵，傷人不傷臉。阿箬在宮中還是要當差的，帶著傷誰也不好看。還請貴妃娘娘寬宥。」

天際有悶雷遠一聲近一聲傳過來，空氣黏著如膠，像是誰的手用力撻在胸上，讓人透不過氣來。貴妃淡淡一笑，眼波卻如碎冰一般：「阿箬不要顏面，妳不要顏面，本宮卻是要的。茉心，妳去回皇后娘娘的話，阿箬出言不敬，冒犯祖宗，本宮罰她在螽斯門下思過六個時辰，不到時辰誰也不許放她！」

茉心得意地答應一聲，貴妃道：「雙喜，留在這兒看著她，本宮先回去歇一歇。」

雙喜響亮地答應著，笑眯眯向阿箬道：「姑娘，如今只有我陪著您了。六個時辰，咱們貴妃娘娘已經是大發慈悲了。」

貴妃目光一剜：「至於嫻妃，本宮罰妳抄寫《佛母經》[2]百遍，今夜之前交到寶華殿焚燒謝罪。」

如懿諾諾答應，見她走遠，方才起身。阿箬慌不迭膝行上來，抱住如懿的腿道：「小主救奴婢，小主救救奴婢！」

那長街的青石板磚上都是鏤刻了吉祥花紋的，哪裡會不疼？跪在那裡六個時辰，等於是給膝蓋上了刑。如懿又氣又恨又心疼，心裡跟攪著五味似的複雜，當著雙喜的面又不願露出來，只得撇開她的手，怒其不爭道：「妳現在知道求我了，我讓妳閉嘴的時候妳怎麼就要這麼饒舌去取笑人家，挖人家的傷疤！如今妳讓我去求誰？口不擇言傷了貴妃的顏面，羞辱蓮心傷的是皇后皇上和王欽的顏面，現下還有誰能來救妳！妳便老老實實跪著吧！」

不遠處隱隱傳來貼地旋卷的風聲，一股奇特的塵土氣息在風裡飛散。濃密的雨雲匯集過來，烏壓壓地蓋住了天空，每一陣風過，都簌簌卷來不知從何處落下的大片森綠的葉子和殘花。落在紅牆碧瓦之下，隱隱帶了絲陰沉的氣味。

雨點子冷不丁地落下來，濺起塵土嗆濁的味道，如懿看著更是不忍，只得低聲下氣向雙喜道：「雙喜公公，阿箬跪在這兒也罷了，只是眼看著便要下雨，這兩把傘便留給您和阿箬吧，免得都淋壞了身子。」

雙喜皮笑肉不笑道：「可不敢當。嫻妃娘娘，奴才皮糙肉厚的，不怕雨點子淋。可是阿箬嘛，既是受罰，就不必得這樣照顧了。難道哪天她那張惹事的嘴拖著她要被送去砍頭，您還怕刀太快削了她麼？好了，您也請回吧，犯不著和奴才們一塊兒堆著。」

惢心低低道：「小主還是回去吧，那百篇的《佛母經》抄不完，只怕貴妃又要怪罪呢。」

烏沉沉的天空中電閃雷鳴，轟轟烈烈的焦雷幾乎是貼著頭皮滾過，帶著水氣的風陣陣襲來，將裙角吹得飛揚如翅。如懿實在是無可奈何，只得搖搖頭，撇身離去。

一襲冷風暴烈地叩開窗槅，席捲著泥土草木被雨水暴打的氣息肆無忌憚地穿入宮室，忽忽的風吹得窗子啪啪直響，幾乎要將四盞蒙著白紗籠的掐絲琺瑯桌燈盡數吹滅。如懿趕緊護住案几上已經抄了大半的《佛母經》。惢心忙將窗上的風鉤一一掛好，方過來研了墨道：「這雨下到午後了，怎麼一點兒也不見小？」

她見如懿只是低眉專注地抄寫，又憂聲道：「奴婢悄悄去看過阿箬，原想塞兩個饅頭給她。可是雙喜打了傘坐在宮門避雨的簷下看著她，一點都不肯鬆動。」

如懿筆下一顫，寫歪了一個字，只得揉皺了扔下道：「活該！幾次三番要她嘴上留心，她偏偏不聽，恃強拔尖，嘴上不饒人。」如懿越說越恨，「事事要拔尖也得有拔尖的本事，這樣沒遮沒攔的，活該長個記性！」

惢心不敢再說，只得細心添了水研磨墨汁。如懿心下煩憂，又惦記著慧貴妃的囑咐，知她不好應付，只得用心仔細抄錄，生怕被她挑出一點毛病來。好容易只剩下十幾遍了，她又不放心起來，聽著雨聲嘩嘩如注，簡直如千萬條鞭子用力鞭打著大地，抽起無數雪白的水花。她側耳傾聽，歎息道：「都說雷雨易止，這雨怎麼越下越大了呢？」

惢心知她心中還是擔心阿箬，便道：「也是老天爺愛磋磨人，早起雖熱，下了雨卻寒涼，阿箬跪在大雨裡，回來還不知道是怎麼樣呢？」

雨水敲打著屋簷瓦當，驚得簷頭鐵馬叮噹作響，如懿心下愈加煩躁。她按捺住滿心的擔憂，吩咐道：「我這兒的《佛母經》快抄完了，妳等下趕緊送去咸福宮知會一聲，然後去寶華殿焚燒了交差。」

惢心口上答應著，知道如懿的話必定還沒完，便拿眼瞧著如懿。果然如懿凝神片刻，喚進三寶道：「阿箬跪了幾個時辰了？」

三寶忙道：「四個多快五個時辰了。」

如懿點點頭：「你去太醫院請許太醫過來，就說是我身上不大鬆快。再囑咐他備些祛風治寒的發散藥物。」

三寶答應著趕緊出去了，如懿又吩咐綠痕：「去多燒些滾燙的熱水來，阿箬回來給她泡個熱水澡去去寒氣。再抱兩床厚被子在她屋子裡給她捂上。還有，薑湯也要備好。」

綠痕一迭聲答應著，惢心含笑道：「小主還是心疼阿箬。」

如懿搖搖頭：「她跟了我這些年，自然沒有不心疼的。只是，她也太不爭氣了。」

過了好一陣，如懿將寫好的百篇《佛母經》都交到惢心手裡：「去吧。回了慧貴妃就去做妳的差事。」

惢心叮囑了綠痕並幾個小宮女幾聲，便告退了出去。

如懿站在廊下，看著惢心擎了傘出去，四周濕而重的水氣帶著寒意透過衣裳，像是要把她的身體一同浸潤了一般。天色暗沉得宛如深夜，廊下院中數十盞宮燈飄搖在雨中，像是忽遠忽近的鬼火，飄忽不定。如懿披衣站著，看著宮苑殿閣的棱角在雨水的沖刷下漸漸變成深色卻模糊的薄薄剪影，心中便生出無盡的擔憂與惘然。

她正沉思著，只見一個渾身濕透的人豁然闖入宮門，精疲力竭地跪倒在雨水之中。

注釋：

1 螽斯門：螽斯門是西二長街南門，南向，北與百子門相對。螽斯是一種昆蟲，繁殖力強，善鳴。螽斯門的典故源自《詩經・周南・螽斯》，詩中描述了螽斯聚集一方、子孫眾多、蟲鳴陣陣的景象。皇宮內廷西六宮的街門命名為螽斯，意在祈盼皇室多子多孫，帝祚永延。

2 《佛母經》：又名《佛母大孔雀明王經》，內容敘述莎底苾芻為眾破樵，為黑蛇所螫，不堪苦痛，阿難向佛求救，佛為他說大孔雀明王神咒而救之。

二十九、獨自涼

如懿一怔，旋即辨認出那個如同水裡撈出來的身影便是阿箬。如懿連忙讓幾個小宮女扶她進了自己的房中。綠痕正好燒好了熱水進來，忙把水倒進了柏木浴桶中，七手八腳和如懿將她濕透的衣服剝除了，整個人挪進浴桶裡去泡著。

阿箬感覺到周圍滾燙的水，才呻吟著醒了過來，一見如懿在身邊，眼淚立刻落了下來，喚道：「小主。」如懿一壁吩咐綠痕往水中加入活血驅寒的薑片、石菖蒲和黃酒，一壁伸手進水裡替她搓著手臂，方道：「不是要六個時辰麼？怎麼那麼快回來了？」

阿箬的臉上已分不清是水還是淚，只哭著道：「說是皇上去皇后娘娘那兒用晚膳，見奴婢跪在那裡可憐，便向皇后娘娘提了一句。皇后娘娘才開恩放了奴婢回來。」

如懿道：「先別哭了。趕緊泡熱了身子，我給妳腿上上點藥。跪了那麼久腿一定很疼。」她起身回到殿中，默默剔亮了燈芯，聽著外頭雨疏風驟，不過多久，卻見惢心推門進來，她有些詫異：「怎麼回來了？」

惢心有些為難，片刻方道：「慧貴妃看了小主抄寫的《佛母經》，說小主敷衍了事，寫得不仔細，並不是誠心受罰。」

如懿歎口氣：「那她要怎樣？」

惢心屏息斂氣：「慧貴妃說，要小主重新抄錄一百遍，明日去長春宮請安前送去咸福宮。」如懿微微凝神，便道：「無妨，我再抄一百遍就是。」

惢心覷著如懿的神色，低低道：「其實，其實慧貴妃壓根沒翻小主抄的佛經，小主怎麼抄她都不會滿意的，分明是存心刁難小主。」

如懿淡然一笑：「那不是意料中的事麼？她要的何嘗是佛經？不過是要看我辛苦勞碌，疲於奔命罷了。」

她說罷再不言語，起身到了案几前，提筆蘸墨，依次抄錄了起來：「為著玫貴人的身孕，她已經慪了許多氣，我再這般不馴服，便是落了她話柄了。」

惢心躊躇片刻，還是道：「可是貴妃的確是過分了。」

如懿含了一縷微薄的笑意，淡淡道：「阿箬沒有分寸，她要管教阿箬。她自己失了分寸，我也會讓她知道什麼叫在分寸之內。」

惢心看著她提筆立時寫就，不覺詫異：「小主不是要抄佛經麼？怎麼寫了一首旁人的詩？」

如懿道：「抄寫佛經不過是小巧，這個才是最要緊的。」她附耳低語幾句，惢心會意一笑：「奴婢遵命。」

兩人正說著話，三寶已經帶著許太醫過來了。阿箬也換了一身乾淨衣裳被綠痕扶了顫巍巍地過來。如懿道：「勞煩許太醫了，替本宮瞧瞧這位姑娘。」

許太醫答應了一聲，便替阿箬請了脈，很快道：「姑娘淋了大雨著了風寒，現下有些發熱，需得仔細調養。現在最要緊的是防著高熱發作，免得燒壞了身體。微臣會開好方子送了藥來，請小主宮裡的人趕緊替姑娘煎了藥吃下去才好。」

「那膝蓋上的傷？」

許太醫恭謹道：「只是外傷，上點藥就不妨事的。」說著從藥箱裡取了兩瓶藥粉出來，「內服外敷，好得更快。」

如懿謝過，便吩咐三寶好生送了許太醫出去，取過他留下的藥，語氣平穩無瀾：「把褲腿捲起來。」

阿箬捲好褲腿，露出又青又紫的膝蓋，最嚴重的地方硌破了皮肉，沁出鮮紅的血絲。如懿微鬆一口氣，替她敷上藥粉。阿箬止不住嗚咽起來：「小主，奴婢好委屈！」

如懿慢慢在傷口上撒著藥粉，淡淡道：「委屈什麼？」

阿箬哭道：「慧貴妃這麼折磨奴婢，就是為了折損小主的顏面。奴婢受委屈不要緊，可是小主……」

如懿將藥瓶往桌上重重一擱：「妳受委屈當然不要緊，因為妳受的委屈都是自作自受，都是活該！」

阿箬怔了片刻，似乎是不可置信般，放聲哭道：「小主以為奴婢是為什麼？從前蓮心言語冒犯，幾次頂撞小主，不陰不陽的，奴婢已經瞧不上她許久了。昨日她指婚榮耀，今日就受折磨，奴婢是替小主高興，是替小主報仇才奚落了她幾句麼！」

心口像有一團野火燎原，如懿沉著臉呵斥道：「為我報仇，還是替我挖個坑跳下去？我再三告誡過妳，宮裡不比外頭，由得妳這樣驕縱任性，滿口亂說。這是後宮，一句話說錯便是要活活打死的，妳有幾條舌頭去填妳自己的命！」

阿箬戰戰兢兢地看著如懿，哀泣道：「奴婢就算有不是，也是對小主一片忠心呀！」如懿氣得話也不會說了。惢心忙道：「阿箬姐姐，小主就是為了替妳求情，才被貴妃娘娘再三為難，抄了一百遍《佛母經》還不夠，還要再抄一百遍。」

阿箬怯怯道：「奴婢就是不服氣，不服氣從前在潛邸的時候小主和她都是側福晉，如今怎麼就要事事踩在小主頭上？小主又不是爭不過她！」

如懿氣得臉都漲紅了，手上的護甲敲在紫檀桌上發出沉悶的悠響。她惱怒道：「妳凡事只知道爭，只知道要出頭！卻從沒想過凡事要適可而止，有進有退！妳是想爭，偏偏爭不過人家，還把自己填了進去！」

阿箬氣餒地哭起來，惢心見兩下裡尷尬，便端過一碗薑湯給阿箬：「姐姐身上不好，快喝了薑湯散一散吧。」

阿箬就著惢心的手正要喝，如懿愈加不樂：「讓她自己喝！」阿箬癟了癟嘴不敢再哭，只得自己接過喝了。

如懿嚴厲道：「等下喝了藥好好去睡。這是最後一次，下次還要口不擇言，凡事胡亂逞強，我也保不了妳。」

阿箬垂著眼睛，無聲地啜泣著出去了。

如懿心下煩亂不堪，拽過一管玳瑁紫毫筆便開始抄寫佛經。惢心小心翼翼道：「小主也該餓了，不如傳晚膳吧！」

如懿頭也不抬：「氣也氣飽了，不必了。」

這一生悶氣便是一夜。如懿抄錄佛經抄得晚，夜裡又聽著微涼的雨簌簌一夜，夾雜著雨打芭蕉之聲，格外愁人似的，這一夜便沒有睡好。

如懿起來便悶悶的，將昨夜剩下的佛經一併抄錄好交給惢心，便道：「去吧。」

惢心見外頭雨停了，便先送永璜去了尚書房。繞過尚書房便到了長街，惢心一早便知皇帝昨夜歇在玫貴人處，便特意繞了往永和宮外走。果然見微明的天色下，遠遠有太監們薄底靴輕快擦著青石磚板的步聲傳來。一溜宮燈如星子明耀，簇擁著明黃御輦，後頭跟著無數儀仗，自悄然寂靜的宮牆夾道疾疾走來。

惢心只當是低頭走路，打皇帝跟前走過。前頭的引導太監便呵斥起來：「誰呢？沒看見御駕在此麼？」

惢心嚇得忙跪下道：「奴婢延禧宮宮女惢心，無心冒犯聖駕，還請皇上恕罪。」

皇帝倒還和氣：「這個時候，是剛送了永璜去阿哥所麼？」

惢心道：「是。奴婢原本想去永和宮門外迎候皇上。」

皇帝道：「什麼事？」

惢心垂著頭，恭恭敬敬道：「嫻妃娘娘說，今日是八月十八觀潮日，皇上曾與小主說起嚮往海寧觀潮勝景，遺憾不能一去。小主特意叫奴婢交一份東西給皇上。」

皇帝點點頭，王欽便上前從惢心手中取過，雙手捧著奉給皇帝。皇帝打開一看，卻見一張玉版紙上，寥寥幾行簪花小楷：「八月濤聲吼地來，頭高數丈觸山回。須臾卻入海門去，捲起沙堆似雪堆。」那是劉禹錫的《浪淘沙》，寫的正是八月十八錢塘江潮壯觀之景。

皇帝明如寒星的眼裡便有了一絲溫暖清澈的笑，這是他曾與如懿說過的，對於錢江狂潮的嚮往。她卻都記得，在這八月十八的清晨，便將滿江浪潮一筆一筆寫了給他。紙張下部還有一篇《佛母經》，皇帝溫和道：「怎麼有一篇《佛母經》？」

惢心道：「小主說，錢江潮雖然萬馬奔騰，氣勢無可比擬，但難免對民眾有所損傷，常常聽聞有人被捲落江水。所以小主特意抄寫《佛母經》一篇，想借佛母慈悲，眷顧民眾。」

皇帝十分喜悅，便道：「如此，朕就收下了。王欽，將嫻妃所抄的《佛母經》供在養心殿神龕前，這個月都不必取下來了。」

王欽答應著，惢心側身跪在甬道邊，滿面恭敬地看著御駕迤邐而去，才露出了一絲愉悅的笑容。

惢心回到宮中時，如懿已經自長春宮中請了安回來，倚在長窗下挑揀新送來的白菊花苞。那些花苞尚未開放，帶著淡淡的青色，仿如凝玉一般。如懿一朵一朵地挑選著，任清幽的香氣在指間幽幽瀰漫。

惢心笑道：「小主在忙什麼？」

如懿盈然一笑，恍若淡淡綻放的白菊盈朵：「挑點白菊花苞做個枕頭，給永璜枕著，可以明目清神。」

惢心搬了小杌子坐在如懿身邊，幫著一起挑選：「小主怎麼突然有這個興致了？」

「從長春宮請安回來，慧貴妃什麼話都沒對我說，我就知道，妳把事情辦好了。」

惢心低眉恭順道：「是。皇上把小主的《佛母經》供在了養心殿的神龕前，奴婢只在貴妃面前提了一提，貴妃便不做聲了。她雖然氣惱，但還是讓奴婢把佛經都送去寶華殿燒了。」

如懿露出一絲意料之中的微笑，道：「皇上都喜歡的，她還能挑剔麼？」

惢心道：「小主沒有告訴皇上貴妃刁難您的事，已經是手下留情了。」

「我只是想警醒她，並不欲與她劍拔弩張。還是那句話，適可而止。」她將選好的白菊放進青金色福字軟枕中，問道，「昨夜阿箬怎麼樣？燒得厲害麼？」

惢心想了想道：「吃了許太醫開的藥，前半夜燒得厲害，一直要水喝，後半夜就安靜多了。」

如懿凝神片刻，憂然歎了口氣：「惢心，這些年我是不是寵壞阿箬了？」

惢心斟酌著詞句，慢慢道：「阿箬姐姐是小主的陪嫁，小主疼她也是應該的。」

如懿撚著指尖的白菊慢慢地揉搓著，清香的汁液便沾染上了細白的手指，她沉吟著：「阿箬也到了指婚的年紀了，我想著……」

惢心便露了一個甜甜的笑：「阿箬姐姐好福氣。」

如懿歎口氣，斷然道：「不是我不想留她，只是阿箬的性子，宮裡是斷斷容不得了。不如趁著青春正好，送出宮打發了配人吧。」她想了想，「阿箬到底跟了我這些年，婚事上必得上心，不能造孽。等哪日我額娘入宮，我得託付她去外頭打聽了，給阿箬安排個好人家。」

惢心有些意外：「小主不是想給阿箬指個御前當差的侍衛麼？」

如懿心下愀然，搖頭道：「原這麼打算，本來能指個在宮中當差的侍衛是最好的，哪怕是個二等蝦三等蝦[1]，總有出頭之日，也是想讓她在我身邊長長久久地一起。可是她的性子，若還是跟宮裡牽扯關係，終究麻煩。」

惢心會意道：「小主還是替阿箬姐姐打算，若是嫁個準備外放的官員，哪怕去外頭苦幾年，終究也是正室的名分，少不了一份富貴的。」

如懿微微頷首，讚許地看了惢心一眼：「妳說得不錯。」

話音未落，只聽殿門哐當一響，一個碧色的身影繞過花梨木雕玉蘭花碧紗櫥，直奔進來道：「小主，小主，求求您別放了奴婢出去，奴婢不想嫁人，不想離開小主！」

如懿不防著阿箬病中起來，竟在外頭聽著，不覺也嚇了一跳，沉下臉道：「越來越沒規矩了！」

阿箬含淚跪下，一臉悽楚道：「小主恕罪，奴婢不是有意偷聽小主說話的。只是覺得身上好了些，所以起來給小主請安，想來伺候小主。」她原在病中，臉色白得沒半分血色，額頭上還纏著防風的布條，看著憔悴至深。

如懿有些不忍，便道：「妳先起來吧。我也不過是一句頑話，哪裡是立刻就要送妳出去了，也得好好挑了人家才是。」

阿箬哭得梨花帶雨：「奴婢知道，奴婢離開了紫禁城就什麼都不是了。如果小主真要放奴婢出去，也請多留奴婢幾年，讓奴婢可以好好伺候小主。奴婢保證，無論如何，絕不再多嘴多舌給小主惹禍了。」

如懿見她如此誠懇，不覺有幾分可憐。畢竟，從十二歲那年開始，阿箬便陪在自己身邊，看著自己從驕縱的佐領家的格格成了皇子府邸備受寵愛不知收斂的側福晉，又成了宮中日漸沉靜安斂的嬪御之一。阿箬的驕橫，隱隱帶了自己從前的幾分影子，那樣牙尖嘴利，針鋒相對，不肯輕易饒人。如懿神思恍惚地想著，那麼，她所不喜歡的，到底是如今一樣驕矜的阿箬，還是從前那個不知輕重的自己？

這樣的念頭不過一瞬，便嚇到了自己。如此想來，阿箬的錯失，也有自己的過錯了。那麼，她如何還能怪阿箬？

如懿伸出手，憐惜地扶起她：「地上涼，起來吧。」

阿箬哀哀地哭著，求道：「小主不答應，奴婢便再不起來了。」

如懿只得笑道：「宮女出宮的年紀是二十五歲。只要妳願意，便留到二十五歲再走吧。」

阿箬的眼中閃過一絲亮光：「真的？那奴婢多謝小主了。」她慌不迭地又要行禮相謝，如懿挽住她手，溫和道：「去吧，好好去養好身子。」

阿箬含了一絲難得的溫和謙卑的笑，告退出去。只是在轉身的瞬間，她將這縷笑暗暗咬齧成了唇邊一個不肯褪去的印子。

紫禁城的秋涼總是顯得有些短暫。秋風吹黃了枝頭青翠鬱鬱的葉，便毫不留情地帶著它們一同墜落在地，零落成泥碾作塵灰。冬寒伴隨這日益光禿的枝椏不動聲色地入侵，紫禁城開始進入了漫長的冬季。空氣裡永遠浸淫著乾燥而寡淡的寒冷氣息，所以大朵大朵養在清水中的水仙便格外討人喜歡，香得欲生欲死，散發出濕潤而纏綣的氣味。宮室內的溫度永遠要比室外溫暖纏綣，彷彿暖洋的春天總未曾離去。但這樣的溫暖亦是寂寞的，讓人離不開又捨不得走遠。在這寂寞裡，不期而至的冬雪便叫人格外地心生溫柔，就連那些棱角分明、生硬硌人的宮牆青磚，那些淩厲如翅的卷翹飛簷，亦少了許多平日的巍峨疏冷，生出幾分難得的被雪覆蓋後的靜謐與安詳。

天氣漸冷，除了每日必須去的晨昏定省，如懿並不太出門。只是隱隱約約聽著永和宮不太安寧，她便也隨眾去看了幾次玫貴人。因是頭胎，前三個月玫貴人的反應便格外大，幾乎是不思飲食，連太后亦驚動了，每隔三五日必定送了燕窩羹來賞賜。到了三月之後，她漸漸慵懶，胃口卻是越來越好，除了御膳房，嬪妃們也各自從小廚房出了些拿手小菜送去，以示嬪御之間的關切，亦是討好於皇帝。太醫每每叮囑玫貴人要多吃魚蝦貝類，可以生出聰明康健的孩子，她便也欣然接受，每一食必有此物。旁人也還罷了，如懿便吃了些苦頭。只因她的延禧宮外離著宮人們進出運送雜物的甬道最近，宮外送進新鮮魚蝦，自蒼震門、昭華門而進永和宮，必定要經過她的延禧宮，一時間魚蝦腥味，綿綿不絕。

如懿也不敢多言，只是讓宮人們多多焚香，或供著水仙等祛除氣味。玫貴人胃口雖好，嘴角卻因體熱長了燎泡，又跟著牙齒酸痛，皇帝心疼不已，每隔一日必去探望，太醫們也跟著往來不絕，簡直熱鬧得沸反盈天。

這一日如懿與海蘭、綠筠相約了去探視玫貴人，她正捂著牙嚶嚶哭泣，嘴角上的燎泡起了老大的兩個，塗著薄荷粉消腫。她見三人來，便一一訴說如何失眠、多夢、頭昏、頭痛，時有震顫之症，又抱怨太醫無術，偏偏治不好她的病。聽得一旁候著的幾個太醫逼出了一頭冷汗，忙擦拭了道：「貴人的種種症狀，都是因為懷胎而引起，實在不必焦灼。等到瓜熟蒂落那一天，自然會好的。」

綠筠是生養過的人，便含笑勸道：「懷著孕是渾身不舒服，妳又是頭胎。方才聽妳這樣說，這些不適多半是體熱引起的，那或許是個男胎呢。」

玫貴人這才轉怒為喜，笑道：「純嬪娘娘不騙嬪妾麼？」

如懿笑道：「旁人說也罷了。純嬪是自己生育過阿哥的，必不會錯。」

海蘭亦道：「我記得純嬪姐姐懷著三阿哥的時候也總是不舒服，結果孩子反而強健呢。」

眾人安慰了玫貴人一番，便也告辭了。出門時純嬪想著今日是初一，便邀了如懿和海蘭一起去阿哥所看三阿哥永璋。如懿想著正好到了時辰去接永璜下學，便推託了。

去尚書房便要抄近路經過御花園，夏日裡蓮葉田田，青萍叢生的菡萏池只剩下了幾脈枯葉殘梗，落寞地寧靜著。

冬日裡天黑得早，此時御花園中已經無人走動。如懿才欲帶著惢心繞過假山蓮池，忽聽得咕咚一聲巨響，旋即便是水花四濺的聲音。

如懿一怔，立即明白過來，失聲道：「不好，是有人落水了！」

注釋：

1　二等蝦三等蝦：即是二等侍衛三等侍衛。

三十、畸珠

冬日天色黑濛濛的，眼前又枝椏交錯，和著半壁假山掩映，遮去了大部分視線。如懿聽得動靜，心下本是慌亂，忙繞過假山跑到水邊。池中撲騰的水花越來越小，卻無一點呼救之聲，三寶嚇了一跳，趕緊喊起來：「救人哪——」

如懿立刻喝道：「喊什麼救人，等人來還不如自己救啊！」

三寶咬了咬牙，也顧不得水寒徹骨，霍地往水中一跳，拚命朝著水波揚起處游去。很快三寶從水裡撈出個水淋淋的人來，她猶自咳嗽著喘息，如懿心頭一鬆，知道是還有活氣，忙喚了惢心一起將她扶到地上平躺。朦朧中只看那女子一身宮女服色，倒頗有身分。惢心舉過燈籠一照她的臉，不覺驚道：「小主，是蓮心！」

如懿看清了蓮心的面孔也是大驚，轉念間已經平復下來，看她渾身是水，胸口微弱地起伏著，一時說不出話來。如懿使一個眼色，和惢心拚命地按著她胸口，將腹中的水控出來。

三寶冷得渾身發抖，轉身就道：「小主，奴才去請太醫！」

如懿喝道：「糊塗！」她靜一靜，「離這兒最近是養性齋，那兒沒人，你趕緊過去生上火盆烤著，然後找附近廡房的太監換身乾淨衣裳。記著，不許聲張！」

三寶立刻答應了小跑過去。

如懿與惢心使勁按了一會兒，只見蓮心口中吐出許多清水來，眼睛睜開，眼珠子也慢慢會動了。她呆呆地瞪了半天眼睛，終於遲疑著問：「嫻妃……」

如懿鬆了口氣，將自己身上的大氅脫下披在她身上：「會說話就好了。」她看四下無人，便道，「惢心，這裡風太大，蓮心這個樣子不能見人，送她去養性齋。」

惢心答應著，半扶半抱著惢心往養性齋去。養性齋原是御花園西南的兩層樓閣，因平素無人居住，只是太監宮女們打掃了供遊園的嬪妃們暫時歇腳所用，所以一應佈置倒還齊全。三寶已經生好了幾個火盆，見她們進來，方才告退出去換衣裳。如懿看蓮心坐下了，方道：「惢心，妳去宮裡找身乾淨的宮女衣裳給蓮心換上，記著別聲張。」

惢心連忙掩上門去了。

如懿見她猶自凍得瑟瑟發抖，拿過桌上的青瓷杯用水沖了沖，摸了摸壺中尚有熱水，便倒了一盞遞給她，又將手上抱著的手爐塞進她懷裡，打量著她道：「連冷都受不住，怎麼還敢去尋死？」

蓮心驚惶地睜大了眼睛：「不，奴婢不是尋死！是失足，奴婢只是失足！」

如懿也不反駁，只是倒了杯茶水自己慢慢喝了：「失足的人落水必定大喊救命，妳卻無聲無息，可不是一心尋死？」

蓮心臉色煞白，冒著一絲絲寒氣，囁嚅道：「奴婢不敢尋死，宮女自戕是大罪，要連累家人的。」

如懿淡然一笑，撥著髮髻上垂落的金絲流蘇，沙沙地打在鬢邊，晃出一點微亮的螢光。「妳家人都在外頭，宮裡還有一個丈夫王欽。妳若自尋死路，頭一個要連累的就是他！要是只連累了他也划算，但妳還有父母家人呢！」

蓮心在聽到這個名字的時候陡然一凜，像是受了極大的驚嚇，眼珠子也不會動了。如懿搖頭道：「本宮只是提到這個名字，妳便已經嚇成這樣，難怪要去尋短見。」

蓮心不知是冷還是怕，渾身劇烈地顫抖著，像隻疲於奔命才從獸口逃出生天的小鹿，猶自驚魂未定。須臾，她終於控制不住自己的情緒，激烈地爆發出破碎的聲音，哭喊道：「是！我要是死了，能拖他一起下地獄，我一定會！一定會！」她的喉嚨中冒出泣血般的哭聲，「可是我沒有辦法！他早就說過了，即便我要尋死，死了也還是他的人！他是副總管大太監，是皇上跟前的紅人，連皇后娘娘都要對他客氣三分，百般籠絡，我能有什麼辦法！只能生生地被他沒日沒夜地折磨，折磨到死罷了！」

如懿道：「所以，妳就不想活了？」

「這樣的日子過一天還不如早死一天，我既然不能自殺，那總能失足落水吧！死有什麼可怕的？早死早超生罷了！」

如懿凝視著她：「所以，妳新婚那夜，廡房裡發出的尖叫聲……」

蓮心悲切的哭聲如同被胡亂撕裂的布帛，發出粗嘎而驚心的銳聲：「是！從我被賜婚做他的對食那天起，我的日子就完了。白天是皇后跟前最得臉的大宮女，是副總管太監的對食，看著風光無限，人人討好。可是到了夜裡，只要天一擦黑我就害怕。他簡直不是人，他是禽獸！少了一嘟嚕東西還要強做男人的禽獸！」

如懿道：「他打妳？」

蓮心忍著淚，切齒道：「打我？哪個宮女從小不挨打的，我怕什麼？」她撩起衣袖，捲得高高的，手肘以下完好無缺，並不妨礙蓮心勞作時露出戴著九連銀鐲並翠玉鐲的手腕。可是手肘以上不易露出的地方，或青或紫，伴著十數排深深的牙印，像是有深仇大恨一般，那些牙印直咬進血肉裡，帶著深褐色的血痂。尚未痊癒的地方，又有新的咬傷。幾乎沒有一寸皮膚完好。

如懿看得觸目驚心：「王欽這樣恨妳，他何必還要向皇后求娶妳？」

蓮心冷笑，眼淚在她眼角凝成了冰霜似的寒光：「因為他需要一個女人，一個白天帶給他體面的女人，晚上可以任他折磨的女人。」她呵呵冷笑，發出夜梟似的顫音，「他不會親女人，所以就咬。他沒有辦法像一個男人那樣，就拿針扎我的身體，是身體的每一寸。他極力想做一個男人，補上他所缺失的東西，就拿各種能想到的東西捅我。我求他，我哭，他卻愈加高興！嫻妃娘娘，這樣的日子，妳知道我每天是怎麼熬過來的麼？」

如懿心裡一陣一陣發寒，她不敢去想像，只要一想，就覺得無比噁心，連帶著心肝肺臟都一起發抖。可是偏生，蓮心就活在那樣的日子裡，掙扎沉浮，不能託生。蓮心看著她捂著胸口，忽然生了一點悲涼的笑意：「嫻妃娘娘，您的臉色和您的噁心告訴我，您是在想像我過的苦日子。多謝您，因為我曾經嘗試著告訴皇后娘娘，可是她才聽了一句就念了阿彌陀佛，要我嫁雞隨雞嫁狗隨狗。還好，您是替我想著的。」

如懿忍耐著腹中強烈的翻江倒海，極力不把那種血腥的畫面與蓮心連在一起，而是由衷地冒出更大的驚詫：「皇后居然知道？她不肯幫妳？」

蓮心瑟縮著，眼裡只剩下絕望的灰燼：「是。皇后娘娘願意把我嫁給王欽，也是為了多一層保障，知道皇上的所思所想。如果我不僅做不到這個，還要皇后娘娘出手救我，她怎麼肯呢？她是絕對不會為了我和王欽撕破了臉的！」她的淚有無盡的墮落與絕望，彷彿掉到了崖底的人，再無力爬起來，「王欽和皇后娘娘都告訴我，不能自戕，否則會連累家人。可我實在活不下去了，那失足落水總是可以的吧？」

如懿屏住心氣，沉聲道：「如果王欽不願意妳死，不願意少了他那點樂子，不管妳是自殺還是失足，他都會當妳是自殺，拖著妳全家一起下地獄。如果猛獸傷人，妳以身飼獸之後牠還是要吃妳的家人，妳說應當怎麼辦？」

蓮心眼中微微一亮：「您是說，殺了猛獸，以絕後患？可是我只是個宮女，能有什麼辦法？」

如懿凝視著她，語意沉著：「任何一個想要求生的人，都會這樣想。王欽折磨妳，傷害妳，他固然無恥，也是看準了妳不敢反抗，羞於聲張。既然如此，妳就假裝馴服。因為想要持刀殺獸，妳既然力氣不夠，就可以挖陷阱，下毒藥，甚至借別人的手去殺了他。這樣和自己撇得乾乾淨淨，也不會連累了妳，讓妳受人嘲笑。」

蓮心有些膽怯，惶惑道：「嫻妃娘娘以為奴婢能做到？」

如懿笑道：「妳連死都不怕，還有什麼做不到的？只是任何事都要忍耐為先，妳若沒有耐心，忍不住，那便什麼事情都做不成。」

蓮心似乎十分懼怕王欽，遲疑良久仍說不出話。正躊躇著，惢心抱著一身乾淨衣裳進來了：「小主，奴婢已經儘量選了一身和蓮心姑姑今日穿著相似的衣裳，請姑姑即刻換上吧。」

如懿看她一眼，示意惢心解下蓮心身上披著的大氅。如懿轉身離去，緩緩道：「頭髮已經烤得快乾了，是要換上乾淨衣裳還是任由自己這麼濕著再去跳一次蓮池，隨便妳。」

如懿走了幾步，正要開門出去，只聽蓮心跪倒在地，磕了個頭，語氣決絕如寒鐵：「多謝嫻妃娘娘的衣衫，奴婢換好了就會出去。」

如懿不動聲色地一笑，也不回頭，逕自走了出去。惢心在身後掩上門，如懿低低道：「去告訴李玉準備著，他的出頭之日就要來了。」

尚且等不到李玉的出頭之日到來，臘月的一天，玫貴人突然早產了。如懿清晰地記得，那是一個深夜。

她坐在暖閣裡，看著月光將糊窗的明紙染成銀白的瓦上霜，帷簾淡淡的影子烙在碧紗櫥上。閣內只有銅漏重複著單調的響聲，一寸一寸蠶食著時光。皇帝正在專心地看著內務府送來的名冊，如懿則靜靜地伏在繃架上一針一針將五彩的絲線化作雪白絹子上玲瓏的山水花蝶。暖閣裡靜極了，只能聽到蠟燭芯嗶剝的微響和鏤空梅花炭盆內紅籮炭清脆的燃燒聲。

繡得倦了，如懿起身到皇帝身邊，笑道：「向例不是生下了孩子內務府才擬了名字來看的麼？如今玫貴人還有一個月才生產，尚不知道是男是女，怎麼就擬好名字了呢？」

皇帝不自覺便含了一分澹澹的笑色，道：「太醫說了，多半是個阿哥。自然，公主也是好的。倒也不是朕心急，是內務府的人會看眼色，覺得朕對登基後的第一個孩子特別期許，所以先擬了名字來看。」

如懿道：「內務府既然知道皇上的期許，那一定是好好起了名字的。」

皇帝攬過她道：「妳替朕看看。」皇帝一一念道，「阿哥的名字擬了三個，永字輩從玉旁，永琋、永瑊、永玨；公主的封號擬了兩個，和寧與和宜，妳覺得哪個好？」

如懿笑著推一推皇帝：「這話皇上合該去問玫貴人，怎麼來問臣妾呢？」

皇帝笑道：「遲早妳也是要做額娘的人，咱們的孩子，朕也讓妳定名字。」

如懿笑著啐了一口，髮髻間的銀鏤空珐瑯蝴蝶壓鬢便顫顫地抖動如髮絲般幼細的翅：「皇上便拿著玫貴人的身孕來取笑臣妾吧。」

皇帝道：「朕原也想去問問玫貴人的意思。但是她身上一直不大好，總說頭暈、嘴裡又發了許多燎泡，一直不見好。朕只希望，她能養好身子，平平安安生下孩子來便好了。」

如懿帶了幾分嬌羞，指著其中一個道：「皇上既然對玫貴人的孩子頗具期望希翼，那麼永琋便極好。若是個公主，和寧與和宜都很好，再擬個別致的閨名就更好了。」

皇帝撫掌道：「那便聽妳的，朕也極喜歡永琋這個名字。」銅漏聲滴滴清晰，杯盞中茶煙逐漸涼去，散了氤氳的熱氣。如懿依偎在皇帝懷中，聽著窗外風動松竹的婆娑之聲，心下便愈生了幾分平和與安寧。

如懿與皇帝並肩倚在窗下，冬夜的星空格外疏朗寧靜，寒星帶著冰璨似的光芒，遙迢星河，彷彿伸手可摘。如懿低低在皇帝身畔笑道：「在潛邸的時候，有一年皇上帶臣妾去京郊的高塔，咱們留到了很晚，一直在看星星。就是這樣，不敢高聲語，恐驚天上人。」

皇帝吻著她的耳垂，自身後擁她：「如今在宮裡，出去不便。但是往後，朕答應妳，會帶妳遊遍大江南北。」

如懿依依道：「皇上最喜歡江南的柔藍煙綠、疏雨桃花。」

皇帝清朗的容顏間滿是嚮往之情：「朕說的，妳都記得。小時候聽皇阿瑪講佛偈，一口氣不來，往何處安身立命？朕想來想去，便是往山水間去。最好的山水，便是在江南。所以朕想去的地方，一定會有妳。我們，遲早會去江南的。」他說著，瞥見如懿方才繡了些許的刺繡，「手藝越發精進了，可是那時候為什麼送朕那麼一方帕子，一看就是妳剛學會刺繡的時候繡的。」

如懿的笑意如枝頭初綻的白梅，眼中含了幾分頑皮之色：「送了那麼久，皇上到現在才來問。是不是覺得不好，早就扔了？」

皇帝笑著捏一捏她的鼻子：「是啊，就因為不好，所以得珍藏著。因為以後妳的繡功只會越來越好，再不會變成那樣子了。」

如懿低低道：「雖然不夠完美，但那是最初的心意。青櫻，弘曆。」

皇帝無聲地微笑，似照上清霜的明澈月光，又如暮春時節帶著薔薇暗香的風，暖而輕地起落。

庭院內盛滿深冬的清澈月光，恍若積水空明。偶爾有輕風吹皺一片月影，恰如湖上粼粼微波，漾起竹影千點。如懿看著窗外紅梅白梅朵朵綻放，冷香沁人，只是默默想著，這樣，大約也是一段靜好歲月了吧。

她正想著，卻聽外頭響起了一陣急促的步伐，彷彿有低低的人聲，如同急急驚破湖面平靜的碎石。

如懿微微不悅，揚聲道：「誰在外頭？」

進來的卻是大太監王欽，這麼冷的天氣，他的額頭居然隱約有汗水。如懿看到他的臉便想起蓮心身上的傷，滿心不舒服地別過頭去看著別處。王欽急得聲音都變調了：「皇上，永和宮的人來稟報，玫貴人要生了！」

皇帝陡然一驚，臉色都變了：「太醫不是說下個月才是產期麼？」

王欽連忙道：「伺候的奴才說用晚膳的時候還好好的，還進了一碗太后賞的紅棗燕窩羹。用了晚膳正打算出去遛彎兒，結果出門從牆頭跳下一隻大黑貓，把玫貴人驚著了，一下子就動了胎氣。」

皇帝的鼻翼微微張合，顯然是動了怒氣，喝道：「荒唐！伺候的人那麼多，一點也不周全！」

如懿忙勸道：「皇上，現在不是動氣的時候。趕緊去看看玫貴人吧。」

皇帝連忙起身，如懿替他披上海龍皮大氅。皇帝拖住她的手道：「妳跟朕一塊兒去。」

如懿沉靜地點頭：「臣妾陪著皇上。」

永和宮離延禧宮最近，自延禧宮的後門出去，繞過仁澤門和德陽門的甬道便到了。尚未進永和宮的大門，便已聽到女人淒厲的呼叫聲，簡直如凌遲一般，讓人不忍卒聞。

皇帝握著如懿的手立刻沁出了一層薄薄的冷汗，滑膩膩的。如懿握了自己的絹子在皇帝手中，輕聲道：「女人生孩子都是這樣的。純嬪那時候也痛得厲害。」

皇帝有些擔憂，道：「怎麼朕聽著玫貴人的叫聲特別淒厲一點？」

兩人急急進了宮門，宮人們進進出出地忙碌著，一盆一盆的熱水和毛巾往裡頭端。皇上攔住一個人道：「玫貴人如何了？太醫呢？太醫來了沒有？」

那人急得都快哭了：「太醫來了好幾個，接生嬤嬤也來了，可貴人的肚子還是沒動靜呢。」

皇帝急道：「沒動靜就痛成了這樣？快去叫個太醫出來，朕要問他。」

那人答應著跑進去，很快領了一個太醫出來，正是太醫院院判齊魯，齊魯來不及見過皇帝，皇帝便道：「你都在這兒了，是不是玫貴人不大好？」

齊魯忙道：「皇上安心。早產一個月不是大事，只是……只是胎兒還下不來，微臣要開催產藥了。」

皇帝吩咐道：「你趕緊去！好好伺候著玫貴人的胎，朕重重有賞！」

齊魯忙趕著進去了。不過須臾，皇后也帶著人到了。皇后急匆匆問了幾句，便吩咐素心道：「多叫幾個人進去伺候著，不怕人多，就怕人手不夠。」

素心立刻去安排了。皇后低低道：「皇上，臣妾聽聞玫貴人是被黑貓驚著了。黑貓晦氣，不太吉利。臣妾為了玫貴人能順利產下孩子，已經請寶華殿的師父誦經祈福，保佑母子平安。」

皇帝微微鬆一口氣，欣慰道：「皇后賢慧，一切辛苦了。」

皇后含了端肅的笑容：「臣妾身為六宮之主，一切都是分內的職責。」

裡頭的叫聲愈加淒慘，恍如割著皮肉的鈍刀子，一下又一下，在寂靜的夜裡，聽得人毛骨悚然。伺候著的宮女不斷地進出，端出一盆盆染著徹骨腥氣的血水。

皇帝的臉色越來越難看，幾乎按捺不住，往前走了一步。皇后立刻挽住了皇帝的手臂，語氣柔和而不失堅決：「皇上，產房血腥，不宜入內。」

皇帝想了想，還是停住了腳步。

王欽忙勸道：「皇上，外頭冷，不如去偏殿等著吧。」皇帝低低「嗯」了一聲，攥著如懿的手闊步走進偏殿。只有如懿知道，他那麼用力地握著自己的手，以此來抵禦那可怕的叫聲帶來的驚懼。

等待中的時光總是格外焦灼，雖然偏殿內生了十數個火盆，暖洋如春，但摻著偶爾出入帶進的冰冷寒氣，那一陣冷一陣暖，好像心也跟著忽冷忽熱，七上八下。

也不知過了多久，終於聽到一聲微弱的兒啼。

皇帝遽然站起身，王欽已經滿臉堆笑地迎了進來：「皇上，皇上，您聽，孩子生下來了。」

皇帝臉上的緊張一掃而空，取而代之的是無限的喜悅。他疾步走到外頭，向著從寢殿內趕出來的齊魯道：「如何？是阿哥麼？」

齊魯說不上話來，只是囁嚅著不敢抬頭，皇帝的笑意微微淡了一些：「是公主也不要緊。」

皇后微微皺眉，側耳聽著道：「怎麼哭聲那麼弱？臣妾的永璉出生時，哭聲可響亮了。」

話音未落，只聽寢殿裡頭一聲驚恐的尖叫。

皇帝不知出了何事，便吩咐道：「王欽，去把孩子抱出來給朕看看。」

王欽緊趕著去了，不過片刻，便抱出一個襁褓來，可是王欽卻抱著襁褓，站在廊下不敢過來。

皇帝當即變了臉色：「怎麼回事？」

王欽面色發青，抖著兩腿道：「皇上，玫貴人她累昏過去了。她……」

皇帝只管道：「那孩子呢？快給朕看看。」

王欽遲疑著挪到皇帝跟前，卻不肯撒手。皇后與如懿對視一眼，隱隱都覺得不好。

王欽撲通跪下了道：「皇上，您不管看到了什麼，您都穩穩當當地站著。您還有千秋子孫……」

他話未說完，皇帝已經伸手撥開了襁褓，撒金紅軟緞小錦被裡，露出孩子圓圓的臉，分外可愛。皇帝情不自禁地微笑道：「不是挺好一個孩子麼？」他伸手微微抖開襁褓，王欽幾乎是嚇得一哆嗦，皇帝觸目所見，幾乎是愣在了當地，碰著襁褓的手似被針扎了似的，立刻收了回來。如懿發覺不對，一眼望去，嚇得幾乎一個踉蹌，連驚叫聲也發不出來了。

襁褓中的孩子，四肢瘦小卻腹大如斗，整個腹部泛著詭異的青藍色。更為可怕的是，孩子的身上，竟長著一男一女兩副特徵。

——第一部完·待續

原創愛
YL001.007

《后宮·甄嬛傳》
原創小說作家——

流瀲紫

希代多媒體
Sitak Multimedia

後宮 甄嬛傳

第一冊
甄嬛，吏部侍郎之女，出眾的才貌讓她在選秀會被皇上看中，還好有從小的好友沈眉莊，和縣丞之女安陵容相伴入宮……

第二冊
甄嬛在後宮原本打定主意避世以求自保，然在確定與皇上玄凌之間的愛情之後，決定在風雲詭譎的後宮中守護這段得來不易的感情……

第三冊
被華妃設計而失去腹中骨肉的甄嬛，從憂傷和失寵中再度站起，並決意重新奪回皇上的寵愛，她該如何穩固君恩並報殺子之仇……

第四冊
後宮寵妃甄嬛在再次晉封之前被設計失寵，此時卻又有了身孕，並且生下了朧月帝姬，但此時她也對皇上心灰意冷，遂自請出宮戴髮修行……

第五冊
甄嬛用最漂亮的計謀和身段回到了紫奧城，回到皇上身邊。然而這已經是一個不同於五年前的後宮！有妙齡如花的新人和聖寵不衰的舊人，皇后一黨的勢力盤根錯節……

第六冊
順利獲封乾元朝第一位正一品四妃的甄嬛，除了擁有皇上無比的榮寵、雙生龍鳳胎的喜悅，還有協理六宮的權力，看似完美的前程，是否是山雨欲來的平靜……

第七冊
精采完結篇！甄嬛如何用智慧度過難關，保護家族和所愛的人？而她的秘密是否能陪她到最後一刻？玄凌、玄清，誰才是她一生最後的歸依？最殘酷又痛快的結局，一次呈獻！

番外篇 收錄〈玉嬈和小九〉(玉嬈)、〈算來一夢浮生〉(甄嬛)、〈鸝音聲聲，不如歸去〉(安陵容)等三篇番外。

原創愛系列書目

001-007	后宮 · 甄嬛傳（全七冊）	流瀲紫
008-010	不負如來不負卿（全三冊）	小春
011-013	狐狸相公（全三冊）	胡小媚
014-015	雲畫扇（全二冊）	茹若
016-021	平凡的清穿日子（全六冊）	柳依華
022-024	惡女下堂妻（全三冊）	小晚
025	惡魔的仙度瑞拉 1（全一冊）	尹晨伊
026-028	穿越之江湖一片雷（全三冊）	蜀客
029-030	桃妝（全二冊）	池靈筠
031	戀愛 419（全一冊）	胡小媚
032	惡魔的仙度瑞拉 2（全一冊）	尹晨伊
033-034	瀟灑出牆（全二冊）	小晚
035-036	極品腹黑男（全二冊）	星野櫻
037-038	獨步軒然（全二冊）	八桃
039-040	嬉遊記（全二冊）	星野櫻
041-043	蘇染染追夫記（全三冊）	雲葭
044-046	玉娉婷（全三冊）	三月暮雪
047-049	朱雀美人（全三冊）	是今
050	修羅娘子（全一冊）	黑顏
051-052	契約皇后（全二冊）	碧海丹青
053-055	禁宮柳（全三冊）	三月暮雪
056-057	替身娘子（全二冊）	黑顏
058-060	犀利繡娘（全三冊）	暝色
061-063	二手王妃（全三冊）	四葉鈴蘭
064-065	傾心（全二冊）	三月暮雪
066-068	一夜皇妃（全三冊）	懮然
069-070	怨做帝王妻（全二冊）	風凝雪舞
071-073	白髮皇妃（全三冊）	莫言殤
074-075	寧為下堂妻（全二冊）	伶九
076-081	大清風華－庶女當家（全六冊）	歸曄
082-084	禍水皇后（全三冊）	寂月皎皎
085-086	朱門閨女（全二冊）	王當當
087	愛奴（全一冊）	花清晨
088-090	捨我妻誰（全三冊）	圓不破
091-098	牡丹冠天下（全八冊）	意千重
099-100	不良夫君（全二冊）	草芯人
101-105	江山美人（全五冊）	藍雲舒
106-109	福妻嫁到（全四冊）	薄慕顏
110-117	大唐明月（全八冊）	藍雲舒
118-119	巧手閨女（全二冊）	中秋
120-131	奸臣（全十二冊）	唐風
132-135	名門喜事（全四冊）	沐沐游
136-137	勝者為夫（全二冊）	冷胭
138-139	妻逢敵手（全二冊）	素衣渡江
140-144	貴妻臨門（全五冊）	端木景晨
145	后宮 · 如懿傳（一）	流瀲紫

在閱讀中，美感與愛意正喃喃傾訴著…

D&D JEWELRY® 愛妳一生　集點限量抽 賞讀活動

看《后宮・如懿傳》，是一種張力，是美感。文字間透露的古典意境與深刻人性，令人心繫迴旋。賞D&D JEWELRY，優雅，璀璨。清晰閃爍中流露款款情意，現在就讓我們由Dream Girls為妳銓釋與綻放。

◆ 活動辦法：
即日起參加「D&D JEWELRY集點限量抽」賞讀活動，集滿《后宮・如懿傳》第一集至第三集印花寄回，可參加「D&D JEWELRY 愛妳一生」獎項抽獎，三種品項，共60名。

◆ 抽獎獎項：
花　　語　珍珠項鍊，20名　材質：天然珍珠、珠母貝、合金　定價3,600
幸運心鎖　項鍊，20名　材質：CZ彩色晶鑽、925純銀　定價6,500
心之躍動　項鍊，20名　材質：珠母貝、925純銀　定價6,000

◆ 活動單位：
D&D JEWELRY 嘉寶珠寶〔獨家贊助〕、高寶書版集團

◆ 活動步驟：
1) 集滿《后宮・如懿傳》第一集至第三集印花，各自黏貼在下方「集點卡」一至三集方格內。
2) 填妥「集點卡」內個人資料。
3) 將印花黏貼完成的集點卡，寄回至「高寶書版集團，114 台北市內湖區洲子街88號3 樓，《后宮・如懿傳》D&D抽獎活動組 收」，可參加本項集點限量抽獎活動。
(信封請註明《后宮・如懿傳》D&D抽獎) **集點卡與印花，影印者無效！**

◆ 活動日期：
集點卡收件截止日：《后宮・如懿傳》第三集上市月份之次次月底，以郵戳為憑。
★ 包括其他各項：抽獎日期、獎項公佈日期、獎項寄送日期、活動注意事項等，請務必詳細閱讀背面說明。

花　語　珍珠項鍊
材質：天然珍珠、珠母貝、合金
定價：3,600

幸運心鎖　項鍊
材質：CZ彩色晶鑽、925純銀
定價：6,500

心之躍動　項鍊
材質：珠母貝、925純銀
定價：6,000

D&D JEWELRY®
DESIGN & DESIRE
嘉寶珠寶 - D&D 旗艦總店
台北市民生東路四段93號 (總售後服務中心)
886-2-2713-4361

獨家贊助

沿此線剪下寄回

D&D JEWELRY® 愛妳一生　集點限量抽　賞讀活動　集點卡

◆ 黏貼完成《后宮・如懿傳》一至三集印花 ▸ 填妥下列個人資料 ▸ 將本張集點卡寄回至「高寶書版集團，114台北市內湖區洲子街88號3樓，《后宮・如懿傳》D&D抽獎活動組 收」▸ 可參加集點限量抽獎活動。
◆ **請留意！集點卡與印花，影印者無效**。各項欄目必填，字跡請工整，若有缺項集點卡無效。
◆ 活動日期、活動註明事項，請務必詳閱「活動辦法」之各項說明。

真實姓名：＿＿＿＿＿＿　電話：＿＿＿＿＿＿　手機：＿＿＿＿＿＿　email：＿＿＿＿＿＿＿＿

寄送地址（附郵遞區號）：＿＿＿＿＿＿＿＿＿＿＿＿＿＿＿＿＿＿＿＿＿＿＿＿

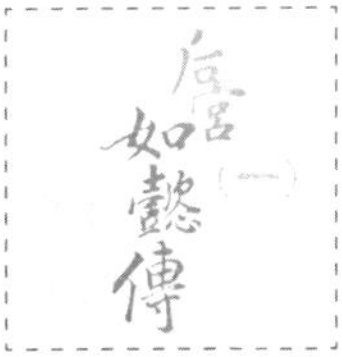

《后宮・如懿傳》第一集印花

《后宮・如懿傳》 第一集 印花黏貼處	《后宮・如懿傳》 第二集 印花黏貼處	《后宮・如懿傳》 第三集 印花黏貼處

在閱讀中，美感與愛意正喃喃傾訴著…

D&D JEWELRY® 愛妳一生　集點限量抽 賞讀活動

◆ **活動日期：**

・ 集點卡收件截止日：《后宮・如懿傳》第三集上市月份之次次月底，以郵戳為憑。
　舉例假設，《后宮・如懿傳》第三集若為2013年10月15日上市，集點卡收件截止日為2013年12月31日前。

・ 抽獎波段：採二波抽出，每次各抽出30名獲獎者。

・ 抽獎日期、獎項公佈：
　第一次抽獎日訂於：《后宮・如懿傳》第三集上市後三個月內，30名獲獎者公佈於《后宮・如懿傳》第四集書籍內頁、高寶官網。
　第二次抽獎日訂於：《后宮・如懿傳》第四集上市後一個月內，30名獲獎者公佈於《后宮・如懿傳》第五集書籍內頁、高寶官網。

・ 獎項寄出：60名獲獎獎項，採統一寄出，擬訂於《后宮・如懿傳》第五集上市後一個月內寄出。

＊各項活動日期確定（年月日），陸續公告於《后宮・如懿傳》各集書籍內頁中。
＊《后宮・如懿傳》每集上市年月日，以高寶官網公告為準。

◆ **抽獎遴選：**

由D&D JEWELRY嘉寶珠寶、高寶書版集團，共同抽獎得出。

◆ **活動注意事項：**

・ 獲獎者的個人寄送資料，若有不完整、辨識不明的情況，視同放棄中獎資格。
・ 獲領的獎項，不得要求更換品項、規格、折換現金。
・ 獎品以實物為準，各項文宣圖片提供參閱用。
・ 獎品寄送地點限台灣地區（台灣本島、澎湖、金門、馬祖）。
・ 獎項寄出經簽收後，若發生遺失、盜領、毀損或自行拋棄，主辦單位不負責補發獎品。
・ 獎項寄出後，獲獎者請主動回覆傳真「獎項領收函」，以利於主辦單位匯整。（獎項領收函將隨同獎項一同寄出）
・ 獲領的獎項，皆不得轉售，如有轉售行為，導致產生相關法律責任，屬於轉售者個人行為，主辦單位不予負責。
・ 參加者同意，若活動辦法、獎項內容產生異動，主辦單位保留更改活動辦法、更換活動獎項的權利。
・ 本活動若有異動，以高寶書版集團官方網站公告為準。

◆ **活動客服信箱：高寶書版集團**　readers@gobooks.com.tw

◆ **活動即時公告：高寶書版集團官方網站**　http://gobooks.com.tw/